ANABELLE STEHL
NICOLE BÖHM

LET'S BE BOLD

ROMAN

1. Auflage 2023
Originalausgabe
© 2023 by HarperCollins in der
Verlagsgruppe HarperCollins Deutschland GmbH, Hamburg
Gesetzt aus der Stempel Garamond
von GGP Media GmbH, Pößneck
Druck und Bindung von CPI books GmbH, Leck
Printed in Germany
ISBN 978-3-7457-0369-6
www.harpercollins.de

Für Nina, Pia, Henrike und Vincent
Manifestation at its best!

Liebe Leser:innen,

dieses Buch enthält potenziell triggernde Inhalte. Deshalb findet ihr auf der letzten Seite eine Triggerwarnung. Achtung, diese Warnung enthält Spoiler für das gesamte Buch.

1
SHAE

Samstag, 1. Juni

»Ja!«, stöhnte ich, warf meinen Kopf zurück und krallte die Fingerspitzen tiefer in Cams Schulter. Er wiederum grub seine fester in meinen Po und gab mir den Halt, den ich brauchte, um nicht über die Küchentheke zu rutschen. Ich schloss die Augen, blendete die morgendliche Sonne in dem kleinen New Yorker Apartment aus und gab mich vollends Cams Berührungen hin. Seinen Lippen an meinem Hals, seinen Händen, die meinen Körper hielten, seinen Stößen, die mich immer lauter stöhnen ließen. Seinem herben Geruch, der mir mittlerweile so vertraut war, der dafür sorgte, dass ich mich fallen lassen konnte – oder aber mich, wie jetzt, in andere Sphären beförderte. Cam ließ eine Hand an meinen Bauch wandern, strich tiefer, noch tiefer – und massierte mich plötzlich an meiner empfindlichsten Stelle. Ich riss die Lider auf und begegnete seinen vor Lust verhangenen blauen Augen. Als ein Lächeln seine Züge umspielte, beugte ich mich vor und biss sanft in seine Unterlippe. Das Ganze entlockte auch ihm ein Stöhnen, und innerlich gab ich mir ein High five. Heute würde es klappen.

Ich rutschte ihm weiter entgegen, ohne meinen Mund von seinem zu lösen, schob mein Becken nach vorn. Die Beine schlang ich um seine Hüfte, zog ihn näher, so nah es nur ging. Cams Atem wurde schneller, lauter, seine Stöße fester. Er zuckte zusammen, als seine Bewegung irgendetwas neben mir von der Theke fegte, doch ich legte meine Hand an sein Kinn und zwang ihn somit, mich weiter anzusehen.

»Scheiß drauf«, murmelte ich und seufzte kurz danach auf, als Cam mich in genau dem richtigen Winkel nahm. »Oh Gott, ja! Hör nicht auf.«

Als würden ihn meine Worte anspornen, erhöhte Cam das Tempo, schob sich schneller und tiefer in mich. Ich biss mir auf die Unterlippe, um den Orgasmus, der sich ankündigte, hinauszuzögern. Ich wollte noch nicht kommen, wollte nicht, dass es vorbei war, wollte …

»Fuck!«, rief Cam, doch es war nicht die Art von *Fuck*, die ich hatte hören wollen. Seine Augen waren geweitet, und die Begierde war aus ihnen gewichen. Stattdessen starrte er an mir vorbei in Richtung Tür – die geräuschvoll ins Schloss fiel.

»Hi.«

»Was zur …?« Ich blickte über die Schulter, geradewegs in Tylers Gesicht, der uns mit erhobenen Brauen betrachtete und nicht einmal die Manieren hatte, den Blick abzuwenden, geschweige denn, betreten zu schauen.

»Ich hab mein Handtuch fürs Gym vergessen«, sagte Ty gelassen, machte jedoch keinerlei Anstalten, ins Badezimmer zu gehen und es zu holen. »Konnte ja nicht wissen, dass ihr hier zugange seid, sobald ich euch den Rücken kehre.«

Cam zog sich aus mir zurück und griff geistesgegenwärtig eines der Küchentücher, die am Herd hingen, um dieses vor seinen Schritt zu halten.

»Tut mir so leid«, sagte ich an ihn gewandt. Sein Kopf war

mittlerweile hochrot, und es war nicht schwer zu erkennen, dass er am liebsten im Erdboden versunken wäre.

»Ich, ähm, warte vielleicht besser mal in deinem Zimmer«, murmelte er. Dann winkte er Tyler peinlich berührt zu und ging seitwärts, um meinem besten Freund möglichst wenig von seinem Hintern zu präsentieren, in Richtung meiner Tür.

»Nicht schlecht, man sieht, dass du trainierst«, kommentierte Tyler mit einem Grinsen, das deutlich machte, dass er die Situation wesentlich mehr genoss als Cam oder ich.

»Danke?«, nuschelte Cam und war kurz darauf verschwunden. Na, prima. Wenn ihn unsere WG-Partys noch nicht genug verstört hatten, war es nun definitiv um ihn geschehen.

»Tyler Alexander Mitchell!«, rief ich mahnend, sprang von der Küchentheke und bückte mich, um mein achtlos zur Seite geworfenes Shirt anzuziehen. Nun stand ich immerhin nicht länger nackt vor meinem besten Freund herum – nicht dass es auf ihn irgendeinen Effekt gehabt hätte. Wir kannten uns seit Ewigkeiten und hatten nie mehr als freundschaftliche Liebe füreinander empfunden. »Hast du sie noch alle?«

»Bitte? Ist doch nicht meine Schuld, wenn ihr es in unserer Küche treibt wie die Karnickel. Andere Leute wollen hier essen. Wart ab, bis Evie davon erfährt.«

»Du hast es zuerst in dieser Küche getrieben!«

»Ja, aber ich hab mich nicht dabei erwischen lassen«, erwiderte Tyler und spazierte auf mich zu. Plötzlich sog er die Luft ein und deutete auf den Boden. »Das war Tante Gertrudes Salzstreuer!«

Ich umrundete die Theke und folgte seinem ausgestreckten Finger mit dem Blick. Unser Salzstreuer lag in seine Einzelteile zerlegt auf dem Boden. Irritiert sah ich wieder zu Ty.

»Was redest du da, du hast überhaupt keine Tante namens Gertrude.«

»Stimmt, hätte ich aber haben können. Und dann wäre mein letztes Erinnerungsstück an sie jetzt hinüber dank eurer Sexkapade.«

»Du hast einen Schaden. Außerdem: Darf ich dich daran erinnern, dass du die Freundin meiner Cousine auf einem Traktor gevögelt hast? Auf einem Traktor, Ty! So viel zu Sexkapaden.«

»Daran darfst du mich natürlich sehr gern erinnern«, erwiderte Tyler mit einem breiten Grinsen. An manchen Tagen würde ich diesen Kerl gern von der Feuerleiter in meinem Zimmer schubsen. Heute war einer davon.

»Aber dann stör ich euch beide wohl besser nicht weiter und schnapp mir mein Handtuch.« Er legte sich spielerisch den Finger ans Kinn. »Hab ich noch was vergessen? Turnschuhe, Schlüssel, Mitgliedskarte ...« Er zuckte mit den Schultern. »Na, sonst muss ich wohl noch mal vorbeikommen. Hoffen wir einfach, dass du bis dahin gekommen bist.«

Tyler lachte viel zu laut über seinen eigenen Witz. Dass ich vor Wut die Hände in die Hüfte gestemmt hatte, schien ihn nur noch mehr zu amüsieren.

»Ich verfluche dich! Auf dass du ein Jahr lang nur noch miesen Sex hast. Oh, oder noch besser: gar keinen!«

Nach wie vor lachend klopfte Ty mir auf die Schulter und verschwand daraufhin ins Bad. Seufzend fuhr ich mir übers Gesicht und sah missmutig zu meiner Zimmertür. Schon wieder nicht. Cam jetzt noch einmal in Stimmung zu bringen, konnte ich wohl knicken.

Ich warf Ty, der – nun mit Handtuch – aus dem Bad trat, einen letzten bösen Blick zu, dann verschwand er aus der Wohnung, und ich klopfte zaghaft an die Tür zu meinem Zimmer.

»Du musst nicht klopfen, das ist dein Apartment.« Ich konnte das Schmunzeln in Cams warmer Stimme hören, und Erleichterung flutete meinen Bauch. Langsam drückte ich die Tür auf. Cam lag in Jogginghose auf meinem Bett, sein Smartphone in der Hand.

»Schon, aber ich dachte, das ist das Mindeste an Privatsphäre, was ich dir nach der Szene gerade bieten kann.« Ich krabbelte zu ihm und legte meinen Kopf auf seiner Brust ab, atmete seinen Duft ein, der sich bereits so sehr nach Heimat anfühlte.

»Tut mir leid. Tyler …«

»… ist Tyler, ich weiß schon. Ich kenn euch beide mittlerweile gut genug, dass mich das nicht mehr schocken sollte.«

Er zog mich enger an sich und hauchte mir einen Kuss auf den Scheitel.

»Tut mir trotzdem leid«, wiederholte ich. »Es war grad so gut, und du warst so in Stimmung und …«

»Shae, es ist alles in Ordnung. Du brauchst dich nicht entschuldigen.«

Ich hörte das Lächeln in seiner Stimme, doch ich konnte es nicht erwidern. Dafür war der Frust zu groß. Heute hätte es klappen können. Ich hatte extra gewartet, bis alle aus dem Haus waren, hatte farblich passende Unterwäsche getragen – am frühen Morgen wohlgemerkt –, und jetzt war alles umsonst gewesen. Es sei denn …

Langsam schob ich meine Hand von seiner Brust in Richtung des Bunds seiner Jogginghose, ließ die Finger über Cams nackte Haut wandern, seine Bauchmuskeln und verharrte schließlich an dem grauen Stoff. Doch noch bevor ich diesen nach unten schieben konnte, umschlossen Cams Finger meine, und er zog meine Hand zu seinem Mund, wo er sie küsste.

»Ich sollte mich besser langsam fertig machen.«

»Dein Shoot geht doch erst mittags los.«

»Ja, aber ich muss noch in meine Wohnung, mich umziehen, duschen, den Make-up-Koffer holen. Und der Shoot ist in Long Beach. Dahin brauch ich selbst ohne Berufsverkehr fast eine Stunde.«

Cam drückte mir einen Kuss auf die Nase, doch ich konnte nicht zulassen, dass dieser Morgen so endete. Ich hatte schließlich eine Mission.

Ich richtete mich auf und setzte mich genau auf Cams Schritt. Dieser hob die Augenbrauen und erwiderte meinen Blick. Langsam bewegte ich mich vor und zurück.

»Wir können da weitermachen, wo wir eben aufgehört haben«, raunte ich. Cam lächelte, doch schon bevor er den Mund aufmachte, las ich das Nein in seinen Augen und rollte mich von ihm herunter. Ich bemühte mich um einen neutralen Gesichtsausdruck, die Abfuhr saß dennoch.

»Süße, hey.« Der mir so vertraute herbe Duft umhüllte mich wie eine warme Decke, als Cam die Arme von hinten um mich schlang. »Ich bin einfach nicht mehr in Stimmung nach der Szene in der Küche. Sei mir nicht böse.«

»Bin ich nicht!«, erwiderte ich eilig. Natürlich war ich Cam nicht böse. Vielmehr war ich wütend auf mich. Denn so oft wir auch Sex haben mochten – und wenn man unsere Mitbewohnerin Evie fragte, hatten wir den zu oft –, war Cam nicht ein einziges Mal dabei gekommen. Beim ersten Mal hatte ich es auf den Alkohol geschoben, den wir auf unserer WG-Party getrunken hatten, dann auf den Stress, Tylers Anwesenheit im Nebenzimmer … Doch wenn es selbst heute nicht klappte, wenn niemand im Haus war, wir keinerlei Verpflichtungen hatten und noch dazu stocknüchtern waren, dann musste es doch an mir liegen, oder etwa nicht?

»Hey«, sagte Cam erneut und strich mir sanft eine Strähne meines schwarzen Haars aus dem Gesicht. »Wir haben ein tolles Sexleben, da kommt es auf die eine Unterbrechung doch nicht an, oder?«

Ich nickte und zwang mir ein Lächeln ins Gesicht, auch wenn ich wusste, dass seine Worte unmöglich der Wahrheit entsprechen konnten. Bevor ich mich zum hundertsten Mal innerhalb der letzten Tage fragen konnte, was zur Hölle mit mir nicht stimmte, klingelte mein Handy auf dem Nachttisch. Ich drückte Cams Hand und umrundete dann das Bett, um das Gespräch entgegenzunehmen.

»Es ist Emely«, stieß ich aus, und schlagartig pochte mir das Herz bis zum Hals. Wie immer, wenn meine kleine Schwester mich anrief, hatte ich Sorge, dass etwas passiert war. Noch dazu war ein Anruf um diese Uhrzeit mehr als ungewöhnlich. Mit ungutem Gefühl in der Magengrube drückte ich die grüne Taste auf dem Display.

»Hi«, sagte ich mit atemloser Stimme, als wäre ich gerade einen Marathon gelaufen.

»Shae!« Bei Emelys fröhlichem Ton entspannten sich all meine Muskeln innerhalb einer Sekunde. Das hätte ich mir denken können, die schlimmen Nachrichten waren meist von Mom und Dad oder von Ems Freund Laurence gekommen. Selbst diese lagen schon eine ganze Weile zurück. Seit Emely in der Klinik war, ging es ihr immer besser. Langsam erst, dann irgendwann war es gewesen, als hätte sich ein Schalter umgelegt.

Cam trat zu mir, strich mit sachten Bewegungen über meinen Rücken und musterte mich besorgt. Ich schenkte ihm ein Lächeln, ein aufrichtiges diesmal, damit er sich keine Sorgen machte. Denn das tat er. Dieser Mann sorgte sich um mich, und ich schaffte es nicht einmal, ihm das zu geben, was er brauchte.

»Du glaubst es nicht!«, quiekte Em mir ins Ohr und holte mich ins Hier und Jetzt zurück.

»Was denn?«

»Ich darf gehen!«

»Was?« Vor Aufregung machte ich einen Satz nach vorn und warf Cam einen entschuldigenden Blick zu, doch er lächelte sichtlich erleichtert. »Was meinst du, du darfst gehen?«

»Ich werd entlassen!«

»Oh mein Gott, das ist großartig!«

»Ja, sie reden schon länger darüber, aber ich wollte es dir noch nicht sagen, falls sie sich doch entscheiden, mich noch drinzubehalten. Aber nope. Ich bin eine freie Frau!« Emelys Lachen war ansteckend und vertrieb die Angst, dass es sich bei ihrer Entlassung um einen Schnellschuss handelte. Em hatte aufgrund ihrer Essstörung in eine Klinik gemusst. Sie hatte es erst allein versucht, war sogar schon einmal auf dem Weg der Besserung gewesen, hatte dann jedoch herbe Rückschläge erlitten. In den letzten Wochen und Monaten schien sie wieder ihre innere Mitte gefunden zu haben.

»Geht es dir denn gut?«, fragte ich dennoch. Doch Ems Antwort kam prompt.

»Ja. Glaub mir. Mom und Dad wissen es schon, sie holen mich heute Mittag mit Laurence ab.«

»Ich freu mich so sehr für dich! Ich wünschte, ich könnte auch dabei sein.« Ich fuhr mir durch die Haare und blieb an meinem Fenster stehen, wo ich auf das morgendliche Manhattan blickte. »Vielleicht kann ich dich besuchen übers Wochenende. So spontan krieg ich sicher keinen Urlaub, aber ich kann nachher nach Flügen gucken und zumindest zwei Tage nach Phoenix fliegen. Es sei denn, Laurence und du braucht erst einmal Zeit zu zweit, dann natürlich nicht. Aber sonst könnten wir feiern und …«

»Nicht nötig. Denn das waren noch gar nicht alle guten Neuigkeiten.« Emelys Lachen am anderen Ende der Leitung war glockenhell und trug Erinnerungen an meine Kindheit, die ich längst vergessen geglaubt hatte. In meiner Brust löste sich ein Knoten, von dessen Existenz ich gar nicht gewusst hatte. Tränen schossen mir in die Augen. Ich hatte meine kleine Schwester zurück.

»Was denn noch?«

Ems Lachen wurde noch eine Spur lauter. »Sag mal, heulst du? Spar dir das besser auf für Freitag.«

»Freitag?«

»Ich komm nach New York!«

»Wirklich?«

»Jap! Sponsored by Mom and Dad. Sie waren genauso aus dem Häuschen wie du und dachten sich schon, dass du sonst direkt den Heimflug buchst, und da ich noch nie in New York war …«

»Oh mein Gott. Wir müssen so viel Sightseeing machen! Vielleicht krieg ich spontan noch Tickets für den Broadway.«

»Seit wann stehst du auf Musicals?«

»Ich wohne mit Tyler zusammen, und meine Freundin Ariana ist auch ein Musical-Geek. Außerdem würde ich für dich gerade alles tun!«

»Notiert, das hättest du jetzt besser nicht laut ausgesprochen.« Em seufzte. »Ich freu mich so, Shae.«

»Ich mich auch. Für dich, für mich, für Laurence, für Mom und Dad ... für deine Zukunft.« Eine Träne löste sich und rollte mir über die Wange, denn eine Zeit lang waren wir uns alle nicht sicher gewesen, ob Em diese Zukunft haben würde. Zu tief hatte sich die Krankheit in ihre Gedanken gefressen, ihr Handeln bestimmt, ihren Charakter geprägt. Em hatte in erster Linie mir zuliebe dem Klinikaufenthalt zugestimmt, doch sie hatte ihn sich selbst zuliebe durchgezogen.

»Ich bin so unendlich stolz auf dich.« Erneut rollte eine Träne über mein Gesicht. »Gibt es ... Hast du Regeln? Muss ich auf irgendwas achten? Fear Foods aus dem Kühlschrank verbannen?«

»Ich glaube nicht«, erwiderte Em. »Mir geht es gut. Mir wird es auch wieder schlechter gehen, und es wird nicht immer einfach, da mache ich mir nichts vor. Es ist immer noch nicht leicht, aber ich kann es schaffen.«

»Das kannst du.«

»Ich pack jetzt aber mal besser alles zusammen. Ich hab mich vorher nicht getraut, falls es doch alles umsonst ist.«

»Ich hab dich lieb. Grüß Mom und Dad. Und Laurence.«

»Mach ich! Ich hab dich auch lieb. Ich schreib dir!«

»Bis dann!«

»Bye!«

Ich ließ das Handy sinken, drehte mich um und warf mich mit solchem Karacho in Cams Arme, dass er ächzte.

»Alles okay?«, fragte er lachend.

»Mehr als nur okay! Heute ist der beste Tag aller Zeiten!«

Noch in seinen Armen sprang ich aufgeregt von einem Bein aufs andere und gab ihm eine Zusammenfassung des Telefonats.

Dann gab ich ihn frei, damit er seine Sachen für die Arbeit zusammensuchen konnte. Rastlos tänzelte ich dabei neben ihm hin und her, und gemeinsam gingen wir die verschiedenen New Yorker Sehenswürdigkeiten durch, die Em unter keinen Umständen verpassen durfte. Mit jedem weiteren Punkt auf der Liste wurde mein Lächeln noch größer. Vielleicht war ja doch alles okay.

TYLER

Samstag, 1. Juni

Gut gelaunt und vor mich hin pfeifend folgte ich der Treppe nach unten und nahm zwei Stufen auf einmal. Die Bilder von eben schossen mir durch den Kopf, was meine Mundwinkel weiter hob. Es war nicht das erste Mal, dass ich Shae beim Sex erwischte. Wir kannten uns, seit wir Kinder waren, und hatten früher so ziemlich jede freie Minute miteinander verbracht. Shae war die Erste gewesen, der ich mit elf erzählt hatte, dass ich einen feuchten Traum gehabt hatte, sie hatte mir ein Jahr später eröffnet, dass sie jetzt ihre Periode hatte. Wir hatten einander von unserem ersten Kuss genauso berichtet wie vom ersten Mal Sex. Wir hatten Nächte wach gelegen, geredet, gelacht, einander Geheimnisse anvertraut, die sonst niemand wusste. Wir waren Geschwister, die nicht miteinander verwandt waren. Über die Jahre hatte sich ein festes Band zwischen uns gewoben, das ich mit keinem anderen Menschen teilte. Spätestens bis heute Abend hätte sie mir verziehen, dass ich ihren Sexmorgen ruiniert hatte. Vermutlich fielen sie und Cam schon wieder übereinander her.

19

Vielleicht sollte ich mir auch Gesellschaft für später suchen. Ein wenig Spaß haben, abschalten, das Gleiche tun wie Cam und Shae eben ... Ja, der Gedanke gefiel mir. Ich trat aus der Tür unseres Apartmentkomplexes in Midtown Manhattan und zückte mein Handy. Die Sonne lachte mir ins Gesicht, es wehte eine wundervolle warme Brise, die den New Yorker Lärm genauso zu mir trug wie diesen ganz speziellen Geruch nach Asphalt, Stadt und Freiheit. Shae und ich waren erst vor zwei Monaten von Phoenix, Arizona, hergezogen, aber ich liebte jeden einzelnen Moment hier. New York war so wild und aufregend, wie ich es mir immer vorgestellt hatte. Egal, wohin man blickte, überall brodelten das Leben, die Musik und diese ganz spezielle Energie, die so oft in Liedern besungen wurde. New York war ein Ort voller Magie und Abenteuer, und ich war jeden Tag dankbar, dass ich die Entscheidung getroffen hatte, mit Shae herzukommen.

Dass ich es wegen meiner ehemaligen Chefin zu Hause nicht mehr ausgehalten hatte, spielte natürlich auch eine große Rolle. Ich kam ins Straucheln, als die Erinnerung an Rhianna in mir aufblitzte. Vor Kurzem hatte ich Shae das erste Mal davon erzählt, was diese Frau mir angetan hatte. Rhianna war scharf auf mich gewesen, hatte aber mein Nein nicht akzeptieren wollen. Es fiel mir noch immer schwer, an diese Zeit zurückzudenken oder überhaupt darüber zu reden. Der Umzug in den Big Apple sollte ein Neuanfang werden. Weit weg von Rhianna und dem ganzen Scheiß, aber wie es sich herausstellte, konnte ich nicht vor meiner Vergangenheit davonlaufen. Es ging schon damit los, dass so ziemlich jeder in meinem Umfeld die App nutzte, die ich damals in der Firma entwickelt hatte. *Funvironment* war das Flaggschiff geworden und spielte gerade Gewinne in Millionenhöhe ein. Gewinne, die Rhianna schön auf ihr Konto verbuchte, die aber eigentlich zum Teil mir gehörten.

Das Geld war mir tatsächlich ein Stück weit egal. Ich kam zurecht mit dem, was ich hatte. Shae verdiente gut, mein Gehalt war ebenfalls okay, und es reichte, um uns diese schöne Wohnung in Manhattan zu leisten. Viel mehr störte mich, dass Rhianna noch so viel Macht über mich besaß. Dass ich einfach nicht vergessen konnte, wie oft sie mich auf der Arbeit bedrängt und angefasst hatte. Sie hatte mich geküsst und …

Ich kam erneut ins Straucheln, aber dieses Mal nicht, weil ich gestolpert war, sondern weil mich jemand angerempelt hatte.

»Sorry, Mann«, rief der Typ, der gerade an mir vorbei zur Subwaystation hetzte. Ich schüttelte den Kopf, setzte meinen Weg fort und widmete meine Aufmerksamkeit wieder dem Handy. Ehe ich weiter in Grübeleien über Rhianna verfallen konnte, öffnete ich TikTok und nahm ein kurzes Video von mir auf. Titel: »Mein Gesicht, wenn ich meine Mitbewohnerin beim S€chs erwische.« Ich hob eine Augenbraue, tippte mir ans Kinn und grinste schief. Dann packte ich den passenden Sound darauf und schickte es ab. Seit ich bei Greenwood & Steele arbeitete und dort einige Influencer kennenlernte, wuchs mein Account ziemlich schnell. Ich wurde öfter auf Stories oder TikToks verlinkt, manchmal postete ich auch ein Selfie mit einem unserer Kunden. Ich mochte den Austausch mit dieser virtuellen Community und hatte sogar schon ein Date darüber bekommen.

Apropos Date. Ich rief meine Kontaktliste auf und scrollte die Namen durch. Bei Heather blieb ich hängen. Die erste Frau, die ich in der Stadt kennengelernt hatte. Sie arbeitete im Metropolitan Museum of Art und hatte mir einige Sehenswürdigkeiten gezeigt. Inklusive ihres schönen Apartments Uptown. Ich grinste, drückte auf den Anrufknopf und lauschte dem Freizeichen. Heather und ich hatten nichts Ernstes laufen. Wir trafen uns ab und zu, hatten Spaß, gingen weiter.

»Tyler, hi«, sagte Heather.

»Stör ich?«

»Nein, aber ich hab nicht viel Zeit. Wir bereiten gerade eine neue Ausstellung vor.«

»Oh. Ich wollte dich fragen, ob du nachher Lust auf einen Kaffee oder so hast.« Sie verstand genau, was ich mit »oder so« meinte. Es war Heathers Idee gewesen, diese lose Beziehung zwischen uns aufrechtzuerhalten.

»Eigentlich gern, aber ich kann echt nicht. Ein anderes Mal, ja?«

»Klar.«

»Bis dann.«

Sie legte auf, ehe ich noch ein Wort sagen konnte. Ich runzelte die Stirn und scrollte weiter durch meine Kontakte, während ich meinen Weg ins Gym fortsetzte. Es war nur wenige Blocks entfernt, die ich in der Regel lief, um mich schon mal aufzuwärmen.

Als ich an der Subwaystation vorbeikam, drang leise Gitarrenmusik an meine Ohren. Dieses Geräusch gehörte für mich mittlerweile so zu New York wie die Sirenen und das Autogehupe. Der Kerl, der spielte, hockte jeden Tag an derselben Ecke. Von morgens bis manchmal spätabends. Vor ein paar Wochen hatte ich ihm extra einen Fünfziger gegeben, damit er Feierabend machen konnte, aber schon am nächsten Morgen war er zurückgekehrt. Er war verdammt gut, seine Stimme klang angenehm warm und weich, und er interpretierte die Songs immer auf seine eigene Art. An manchen Tagen spielte er ausschließlich Musicallieder, heute allerdings coverte er »Walking on Sunshine« in einer langsamen, getragenen Version.

Ich tastete meine Tasche ab, hatte aber kein Kleingeld dabei. Normalerweise legte ich ihm immer etwas hin, auch wenn es mir manchmal so vorkam, als wollte er gar kein Geld. Er blickte zu mir herüber und nickte mir zu, ohne sein Lied zu unterbrechen. Irgendwann musste ich ihn anquatschen und herausfinden, wie es kam, dass er auf der Straße musizierte. Vom Aussehen her könnte er auch locker als Model arbeiten. Er hatte gebräunte Haut, kinnlange dunkelblonde Haare, dunkelgrüne Augen und eine sympathische Ausstrahlung. Meistens trug er ein schwarzes T-Shirt und zerschlissene Jeans. Außerdem war er ziemlich durchtrainiert. Vielleicht arbeitete er nachts in einem Stripclub und die Musik war nur ein Nebenerwerb.

Irgendwann finde ich es raus. Heute allerdings nicht. Ich hatte eine Mission für den Abend. Ich scrollte weiter in meinem Handy die Kontakte durch und rief Samanthas Namen auf. Sie hatte ich vor einem Monat beim Einkaufen getroffen und ihr 'ne Tüte Milch spendiert, weil ihr Geld nicht gereicht hatte. Wir waren ins Gespräch gekommen und kurz darauf auf meiner Couch. Danach hatten wir noch zwei-, dreimal die Nacht miteinander verbracht. Mit Sam war es auch sehr lustig gewesen, vielleicht hatte sie heute Abend Zeit und Lust. Ich wählte ihre Nummer, aber es sprang nur die Mailbox an.

»Mh«, machte ich und legte wieder auf. Die Nächste wäre Charlotte, wobei ich mir bei ihr nicht sicher war, weil sie das letzte Mal angedeutet hatte, dass sie mehr wollte. Ich hätte zwar nichts gegen eine feste Beziehung, konnte mir das mit Charlotte aber nicht so richtig vorstellen. Wenn ich sie jetzt kontaktierte, machte ich ihr vielleicht falsche Hoffnungen.

In Gedanken ging ich die Bekanntschaften durch, die ich in New York in den letzten beiden Monaten gemacht hatte. Von den meisten hatte ich keine Nummer, weil es eine einmalige Sache gewesen war, aber ein paar konnte ich noch anrufen. Also wählte ich einen Namen nach dem anderen. Und kassierte eine Absage nach der anderen. Isabella war im Urlaub, Mia hatte kein Interesse, Eleonore war mit einem anderen Typen verabredet, Nova war nicht in Stimmung. Nach diesem letzten Anruf ließ ich gefrustet das Handy sinken und schüttelte den Kopf. Das war mir noch nie passiert. Irgendwer hatte immer Zeit, und ich war mit jeder dieser Frauen im Guten auseinandergegangen.

Shaes Worte von vorhin kamen mir in den Sinn. *Ich verfluche dich! Auf dass du ein Jahr lang nur noch miesen Sex hast. Oh, oder noch besser: gar keinen!*

Eigentlich war ich kein abergläubischer Mensch, aber das kam mir schon komisch vor.

Ich bog in die Straße ein, in der das Gym lag, und wäre fast in einen Stand gelaufen, der direkt an der Ecke parkte. Der war sonst nicht hier.

»Oh, Achtung!«, sagte die junge Frau, die das Ding anscheinend betrieb. Sie hatte dunkelbraune kinnlange Haare, warme Augen und ein offenes Lächeln. Gerade wischte sie sich die Hände an ihrer Schürze ab. »Tut mir so leid. Ich parke gleich um. Ständig kollidieren Leute mit meinem Stand.«

Ich musterte ihren Laden. Er war vollgestellt mit Smoothies in jeder Farbe und Größe. Dazu bot sie Obst wie grüne Äpfel, Bananen, Erdbeeren, Mangos und Heidelbeeren an.

»Kein Ding«, sagte ich.

»Wobei das vielleicht mein neues Geschäftsmodell wird. So bleibt gleich die richtige Kundschaft bei mir hängen.«

Ich grinste breit.

»Wenn du schon da bist, darf ich dir doch sicher einen Smoothie machen.«

»Klar.«

»Was hättest du denn gern drin?«

»Was auch immer du empfehlen kannst.«

»Dann probier den Spinat-Erdbeer-Bananen-Smoothie. Soll ich dir etwas Proteinpulver reinmischen?« Sie deutete auf meine Sporttasche, die über meiner Schulter hing.

»Gern.«

Sie klatschte in die Hände und bereitete den Smoothie für mich zu. Ich musterte ihren Stand. Oben war ein Schild angebracht mit der Aufschrift: »Berry's Berries – Beste Smoothies der Stadt.«

Sie bemerkte meinen Blick und lachte. »Bescheuerter Name, oder? Ich heiße Berry. Meine Schwester Peaches meinte, ich solle ein Wortspiel draus machen.«

»Peaches und Berry?«

»Frag nicht.« Sie rollte mit den Augen und reichte mir den Smoothie. »Unsere Eltern haben ein Faible für Obstnamen. Es ist echt schlimm. Meinen Bruder wollten sie Apple nennen, aber das konnte ihnen zum Glück meine Oma ausreden. Jetzt heißt er Oliver in Bezug auf Oliven.«

Ich nahm den Drink entgegen und zahlte mit meiner Uhr. »Ich heiße ganz banal Ty.«

»Hi, Ty.« Sie schlug die Hände vor den Mund und kicherte. »Oh, Mann. Reime sind wiederum ein Tick von mir.«

Ich grinste und nahm einen Schluck von meinem Smoothie. »Ziemlich lecker.«

»Danke. Sind alles meine Rezepte.«

Ich nickte anerkennend und trank noch mal. »Wirst du ab jetzt öfter hier stehen?«

»Weiß noch nicht. Je nachdem, wie das Geschäft an dieser Straßenecke läuft, aber bisher ist die Kundschaft sehr nett.« Sie kaute auf ihrer Unterlippe herum und musterte mich.

Na also. Von wegen Fluch und so. Shae konnte mich mal kreuzweise.

»Wie lange machst du das schon?«

»Ist meine erste Woche.«

»Deine Smoothies sind auf alle Fälle ausgezeichnet.«

»Danke, aber du kennst bisher ja nur den einen.«

»Ich lerne gern noch mehr kennen.«

Ihr Blick blieb einen Hauch länger an meinen Oberarmen hängen. »Bist du aus New York?«

»Nein, aus Phoenix.«

»Ah, daher der leichte Dialekt.«

»Den hört man raus?«

»Nur ganz wenig.«

»Was ist mit dir? New Yorkerin?«

»Ich bin aus Queens. Auch wenn viele sagen, dass es nicht das echte New York sei, aber für mich schon. Findest du dich gut zurecht in der Stadt?«

»Wird von Tag zu Tag besser.« Ich trat einen Schritt näher und versuchte herauszuhören, ob sie offen für mehr war. Sie straffte die Schultern, atmete tief ein und leckte sich über die

Lippen. Sah ganz danach aus. »Falls du nachher Zeit hast, könnten wir gern weiter Smoothies austesten.«

»Ich …« Ihr Mund öffnete sich leicht, schloss sich wieder. Sie war nicht abgeneigt, das spürte ich. »Ich kann nicht.«

Ich zuckte, weil ich ehrlicherweise nicht mit einer Abfuhr gerechnet hatte. »K-klar. Ein anderes Mal vielleicht?«

»Eher nicht. Tut mir leid.«

Wow. Das nenn ich direkt, aber okay. Vielleicht war ich nicht ihr Typ und deutete die Signale gerade völlig falsch. Wobei mir das eigentlich nie passierte.

Ich nickte und trat einen Schritt zurück.

»Also, du wirkst nett, und du siehst echt gut aus, aber ich … sorry.«

»Hey, kein Ding.« Ich hob den Smoothie, als wollte ich mit ihr anstoßen. »Ich danke dir für das Getränk und das nette Gespräch. Es hat mich sehr gefreut, dich kennenzulernen, Berry.«

»Ebenfalls. Danke, dass du meinen Smoothies eine Chance gibst.«

Ich hätte gern auch ihr eine Chance gegeben, aber sie machte keine Anstalten, ihre Meinung zu ändern. Mit einem weiteren Lächeln verabschiedete ich mich von ihr und ging zum Gym. Erst die ganzen Absagen am Telefon, jetzt das …

Ich wollte gerade eintreten, als mein Handy in der Tasche klingelte. Ich angelte es heraus und sah Samanthas Namen. Perfekt. Dass sie zurückrief, musste ein gutes Zeichen sein.

»Hi.« Ich drückte die Tür auf und betrat das Gym. »Wie geht es dir? Hast du Lust und Zeit, nachher abzuhängen?«

»Eher nicht, und es ist gut, dass wir sprechen. Ich … ich hab jemanden kennengelernt. Es ist was Ernstes.«

Ich stolperte über eine Stufe. »Glückwunsch, das ist toll.«

»Danke. Ich freu mich auch, aber das heißt natürlich, dass das zwischen uns nicht mehr stattfinden kann.«

»Hey, ganz klar. Wenn du einfach so mal was trinken gehen magst, sag gern Bescheid.«

»Ja, mal sehen. Danke für die schöne Zeit mit dir.«

»War mir ebenfalls ein Vergnügen.«

»Bis dann, Ty. Alles Gute für dich.«

»Ciao.« Ich legte auf und tippte mir mit dem Handy ans Kinn. Dann wählte ich Shaes Nummer. Sie hob nach dem dritten Klingeln ab.

»Hast du noch Sex?«

»Ja, wir treiben es gerade ziemlich heftig auf der Couch.«

»Was? Warum nimmst du dann das Gespräch an?«

»Weil du mein bester Freund bist und ich immer Zeit für dich habe. Das Gleiche erwarte ich übrigens von dir, wenn ich das nächste Mal anrufe. Egal, wo du bist und was du gerade tust.«

»Du machst Witze.«

»Sah ich heute morgen so aus, als wäre ich zu Witzen aufgelegt?«

»Eigentlich sahst du recht wütend und unbefriedigt aus.«

»Schön, dass dir das aufgefallen ist und du nicht nur damit beschäftigt warst, meinem Freund auf den Arsch zu glotzen.«

»Hey, es ist ein schöner Arsch, da kann man schon mal …«

»Was willst du, Ty? Und wehe, du bist noch nicht im Gym, nachdem du mir den Morgen versaut hast.«

»Dafür, dass du gerade tollen Sex auf der Couch hast, bist du ganz schön grantig.«

»Du hast noch fünf Sekunden, ehe ich dieses Gespräch beende.«

»Nein, warte! Wegen dieses Fluchs, den du vorhin ausgesprochen hast.«

»Hab jedes einzelne Wort genau so gemeint.«

»Du … das war aber … Kannst du den bitte zurücknehmen?«

»Auf keinen Fall.«

»Aber niemand will sich heute mit mir treffen, und eben hat mich 'ne echt heiße Frau abblitzen lassen, obwohl sie offenkundig Interesse an mir hatte.«

»Gut! Das hast du verdient.«

»Ganz schön hart von dir.«

»Hier sind andere Dinge auch ganz schön hart. Ich muss jetzt Schluss machen.«

»Shae, warte!«

»Geh ins Gym und tu Buße!«

Shae legte auf. Ich gab ein leises Grummeln von mir und wählte sofort wieder ihre Nummer, aber sie drückte mich tatsächlich weg.

»Die spinnt doch.« Kurz überlegte ich, so lange Telefonterror zu machen, bis sie abnahm, aber dann hängte sie mir bestimmt den nächsten Fluch an, und wollte ich das wirklich riskieren?

Chill mal, Tyler. Flüche sind Quatsch. Vermutlich ist gerade nur etwas Sand im Getriebe.

Ich steckte das Handy wieder weg, trat ins Gym und blickte mich um. An der Theke stand Avery. Sie arbeitete seit zwei Wochen hier und war immer sehr offen und charmant. Na also. Sie hatte letztes Mal recht heftig mit mir geflirtet. Ich straffte die Schultern und ging auf sie zu. Sie telefonierte gerade und lächelte, als sie mich sah. Ich wartete, bis sie fertig war.

»Hallo, Tyler. Wie kann ich dir helfen?«

Geh mit mir aus und brich den Fluch. »Hab mein Handtuch zu Hause vergessen, könnt ich mir eins von euch ausleihen?« Ob Shae noch mehr ausflippen würde, wenn sie hiervon erfuhr? Ich war extra wegen des Handtuchs zurückgegangen, weil mir die vom Gym zu kratzig waren.

»Kein Problem.« Sie griff unter die Theke und gab mir eins. Ich zahlte das Pfand mit meiner Uhr und hielt inne.

»Wie lange geht deine Schicht heute?«, fragte ich.

»Bis vierzehn Uhr.«

Bis dahin war ich locker mit dem Training fertig.

»Hast du Lust, danach was trinken zu gehen?«

Avery runzelte die Stirn, und ich zuckte zusammen, weil meine Frage vielleicht etwas zu offensiv war. Eigentlich ließ ich mir mehr Zeit und fiel nicht so mit der Tür ins Haus. »Ich meine, ich … will dich nicht überrumpeln oder so.«

»Tust du nicht.« Sie musterte mich kurz und seufzte. »Aber ich muss leider passen.«

Was? Warum? Liegt das am Fluch? Steht er mir auf die Stirn geschrieben? Was ist da los?! Statt mit all meinen Fragen raus-zuplatzen, hielt ich mich zurück und rang mir ein Lächeln ab. »Okay. Klar. Danke fürs Handtuch.«

»Keine Ursache. Viel Spaß beim Training.«

»Ja.« Mal sehen, ob mir das half.

Ich stopfte das Handtuch in die Tasche, drehte mich um und zuckte zusammen. Lily Moore stand vor mir. Wir waren uns vor ein paar Wochen das erste Mal hier im Gym über den Weg gelaufen. Danach hatte ich sie nicht mehr gesehen, aber Shae hatte gemeinsam mit Evie an einer großen Kampagne mit ihr ge-arbeitet. Lilys Fotos hatten es sogar auf ein Billboard am Times Square und auf einige Busse geschafft. Seither explodierte ihr Fitnesskanal auf Instagram und YouTube noch viel mehr.

»Lily, hi«, stammelte ich.

»Guten Morgen.« Sie lächelte mich an, was ein angenehmes Kribbeln in mir auslöste. Lily war eine wunderschöne, selbstbe-wusste und gleichzeitig zarte Frau. Sie trug die dunkelblonden Haare wie beim letzten Mal in einem Pferdeschwanz gebunden und hatte bereits ihre Trainingsklamotten an.

»A-alles klar bei dir?« *Fuck.* Ich klang wie ein Fünfzehn-jähriger, der das erste Mal ein Mädchen ansprach.

»Ja.«

Ich grinste dümmlich und wippte auf den Füßen vor und zurück. Lily steckte sich eine verirrte Haarsträhne hinters Ohr und atmete tief durch.

»Du und Shae …«

»Wir sind kein Paar, falls du das denkst.«

»Was?« Sie lächelte. »Davon bin ich ausgegangen, so heftig wie sie mit Cam beim Shoot geflirtet hat.«

»Ich … oh. Also … gut.« Gott, was redete ich denn da? »Ich sag das nur, weil unsere Mitbewohnerin Evie zu Beginn dachte, dass Shae und ich zusammen sind, aber wir sind nur Freunde. Beste Freunde. Meistens. Nicht, wenn sie mich gerade verflucht und verhindert, dass ich Sex habe.«

Lilys Augenbrauen wanderten nach oben. Ich gab ein Stöhnen von mir und rieb mir übers Gesicht. Shae hatte nicht nur mein Sexleben verflucht, sondern auch meine Fähigkeit, mit Frauen zu sprechen.

»Nicht so wichtig«, schob ich rasch nach. »Ich wollte einfach sagen, dass Shae und ich uns ziemlich gut verstehen.«

»Das freut mich. Die Zusammenarbeit mit ihr an der *April Dreams*-Kampagne war großartig. Darauf wollte ich auch gerade hinaus. Ihr wohnt zusammen?«

»Genau.«

»Ich habe dein Bild auf ihrem Handy gesehen und war recht erstaunt, dass ihr euch kennt.«

»Ja, die Welt ist manchmal ein Dorf.«

»Ich fand es vor allen Dingen schön. Nachdem unser erstes Treffen hier so plötzlich vorüber war, hatte ich gehofft, dir noch mal über den Weg zu laufen.«

Ach, hatte sie das? Sie hatte sich mir zwar vorgestellt, aber ich hatte nicht den Eindruck gehabt, als würde sie großen Wert auf ein Wiedersehen legen.

»Ich wollte gerade mit dem Training anfangen.« Sie deutete auf die Halle, in der heute nicht viel los war. Beim ersten Treffen war sie von ein paar Typen schräg angemacht worden. Sie war mit den Jungs zwar gut allein zurechtgekommen, aber der Frust darüber war ihr deutlich anzusehen gewesen. Ich konnte mir nicht vorstellen, wie das war, wenn man ständig erkannt oder angesprochen wurde. Lily hatte sich als Fitnessinfluencerin einen ziemlich großen Namen gemacht und war in der Branche eine Topmarke.

Sie sah mich erwartungsvoll an und wartete vermutlich darauf, dass ich etwas Kluges erwiderte.

Vermutlich sollte ich so was sagen wie: »Oh, ich auch. Wollen wir zusammen trainieren?« oder »Schön, kann ich dir helfen? Zu zweit macht es eh mehr Spaß.« Stattdessen starrte ich sie an. Wenn Lily mir heute auch eine Abfuhr verpasste, würde ich das nicht verkraften. Wir kannten uns kaum, aber sie wirkte nett, und ich war völlig durch den Wind.

»Ich muss leider los«, sagte ich und drehte mich um.

»Bist du nicht eben erst gekommen?«, erwiderte Lily.

»Ja, aber ich hab was vergessen.« Ich schulterte die Tasche und ging zum Ausgang.

»Das Handtuch, Tyler!«, rief Avery mir nach.

»Bring ich dir das nächste Mal zurück.« Mit raschen Schritten trat ich nach draußen und atmete tief durch. Ich blickte kurz nach links, wo Berry gerade einen Smoothie an ein junges Pärchen verkaufte. Da ich nicht an ihr vorbeiwollte, wählte ich die entgegengesetzte Richtung. Wenn Lily bisher noch nicht gedacht hatte, dass ich 'ne Panne hatte, dann spätestens jetzt.

ARIANA

3

Samstag, 1. Juni

»Hier hätten wir das Badezimmer.«

Der glatzköpfige Mann, Neal, wenn ich ihn richtig verstanden hatte, stieß die Tür auf, die mit einem lauten Quietschen nachgab und mir und den anderen, die zur Besichtigung da waren, einen Raum offenbarte, der den Namen eigentlich nicht verdient hatte. Jede Umkleidekabine auf der 5th Avenue hatte die doppelte Größe, hier würde ich mich kaum umdrehen können. Die Lampe erhellte flackernd die rissigen Fliesen, ein Fenster gab es nicht. Als kurz darauf die Lüftung ratternd zum Leben erwachte, fiel mir erst das größte Manko des Badezimmers auf.

»Es gibt keine Dusche?«

»Doch natürlich«, gab der Mann beinahe entrüstet zurück. Bevor ich mich weiter suchend umsehen konnte, drehte er ab und durchquerte den Flur, der im Vergleich zum Rest der Wohnung überproportional groß war. »Hier.«

Gemeinsam mit dem Pärchen und der Frau, die etwa in meinem Alter sein musste, trat ich durch die mir soeben geöffnete

Tür und blieb auf dem Absatz stehen. »Die Dusche ist in der Küche?«

»Es handelt sich um einen alten Bau, einige der Wände wurden erst später reingezogen. Daher mag die Aufteilung unkonventionell erscheinen …«

Unkonventionell war eine Weise, diese Wohnung zu beschreiben. Katastrophal, lachhaft und an der Grenze zur Körperverletzung erschienen mir deutlich passender. Neal verlor sich in weiteren Erklärungen und führte mich dabei durch die Küche, doch ich strich diese Wohnung in Gedanken bereits von der Liste. Mit Rotstift. Genauso wie die drei anderen davor. In einer hätte ich mir das Badezimmer teilen müssen, in eine andere passten gerade einmal ein Bett und eine kleine Küchenzeile. Nur eine einzige Wohnung hatte mich bisher überzeugen können, und bei dieser hatte sich schnell herausgestellt, dass in der Anzeige ein Zahlendreher passiert war und ich mir die Miete definitiv nicht leisten konnte.

Ich entsperrte mein Handy und öffnete die Notiz-App. Das war die letzte Besichtigung für heute. Am Montag stünden drei weitere auf dem Programm, doch besonders positiv gestimmt war ich nicht. Dabei brauchte ich dringend etwas, denn das Hotel, in dem ich gerade hauste, würde ich mir nicht ewig leisten können. Außerdem nervte es gewaltig, nicht selbst kochen zu können. Tyler und Shae hatten zwar angeboten, dass ich weiterhin bei ihnen bleiben konnte, doch zu viert war auch ihre Wohnung etwas zu klein, außerdem wollte ich ihnen nicht länger zur Last fallen als nötig.

Ich umklammerte das Armband, das sich wie immer an meinem Handgelenk befand. Mein kleiner Bruder Quinn hatte es mir einst geschenkt, und es erdete mich für gewöhnlich – heute jedoch wollte das nicht ganz gelingen.

»Die Wohnung wäre sofort bezugsbereit, richtig?«

Die Frage der anderen Frau riss mich aus meinen Gedanken. Neal nickte. »Exakt, Sie sollten sich beeilen, ein solcher Glücksgriff bleibt nicht lange leer.«

Glücksgriff? Standen wir in derselben Wohnung? Erneut ließ ich meinen Blick durch die Duschküche schweifen. Hatte ich zu hohe Ansprüche? Es war New York, diese Wohnung war in Harlem und somit nicht zu weit ab vom Schuss ... Was, wenn ich nur verwöhnt war? Das Apartment, das ich bis vor Kurzem mit meinem Ex Jared geteilt hatte, war ein Traum gewesen. Leider konnte ich es mir allein nicht leisten. Nicht dass Jared je etwas zur Miete beigetragen hätte, aber seine Eltern hatten es getan – und dank ihrer finanziellen Unterstützung hatte er unsere alte Wohnung mittlerweile mit seinen Kumpels zur WG umfunktioniert. Also brauchte ich dringend etwas Neues, denn meine Sachen standen nach wie vor bei ihm, und ich wollte ihn lieber früher als später komplett aus meinem Leben wissen.

Ich musterte die kleine Küche, die Dusche, deren Fugen bereits schwarze Spuren von Schimmel zeigten. Ansprüche hin oder her, so weit wollte ich sie nicht senken. Es musste doch etwas halbwegs Bezahlbares geben, ohne dass ich mich in meiner eigenen Küche würde waschen müssen. Shae und Tyler hatten es schließlich auch geschafft, etwas zu finden.

Ich verabschiedete mich von den anderen und nahm frustriert die Treppenstufen nach unten. Draußen angekommen, schloss ich die Augen, genoss die warmen Sonnenstrahlen und nahm einen tiefen Atemzug. Noch bevor ich richtig runterkommen konnte, klingelte mein Handy, das ich nach wie vor in der Hand hielt. Tyler. Irritiert kniff ich die Augen zusammen. Ich hatte ihm gesagt, dass ich heute nicht würde joggen können. Hoffentlich hatte er nicht auf mich gewartet.

»Hey, alles okay?«, nahm ich den Anruf entgegen.

»Ich hab mein Sex-Mojo verloren. Nichts ist okay!« Tyler klang verzweifelt, und ich biss mir auf die Lippe, um nicht loszulachen.

»Dein was bitte?«

»Mein Sex-Mojo! Meinen Charme, meine sexuelle Anziehungskraft! Ich bin verflucht!«

»Hattest du nicht gerade letzte Woche was mit der Frau von der Theaterkasse?«

»Das war, bevor Shae mich verflucht hat.«

Ich sah auf die Uhr. Es war gerade einmal elf. Zu früh für Alkohol, selbst an einem Samstag. »Ich hab keine Ahnung, wovon du redest, aber magst du was trinken?«

»Jetzt schon?«

»Nur Kaffee. Ich könnte einen gebrauchen, mein Tag war bisher auch nicht gerade rosig.«

»Wo bist du denn grad? Sollen wir ins *Orchard*? Dort gibt es sicher auch Kaffee. Wir waren viel zu lang nicht mehr da.«

»Hat das denn schon auf?« Beim *Orchard* handelte es sich um die Kneipe, die Tyler, Evie, Shae und ich nach einem sehr turbulenten Gala-Abend besucht hatten. Sie hatte den Beginn unserer Freundschaft markiert, und sollte der Kaffee nicht reichen, hätten sie zumindest doch noch Hochprozentiges da, um den Frust hinunterzuspülen.

»Die Kellnerin ist bestimmt schon da. Wie hieß sie noch mal?«

»Layla«, erwiderte ich und erinnerte mich an den Abend zurück, an dem sie mich vor diesem aufdringlichen Typen verteidigen wollte – nur damit Evie ihr im Anschluss als Dankeschön in die Pflanze kotzte. Sosehr ich mich freuen mochte, sie wiederzusehen, war ich mir nicht sicher, ob das auf Gegenseitigkeit beruhte.

»Stimmt! Die war cool und lässt uns bestimmt rein«, meinte Ty. »Ich fahr schon mal los und spreche unterwegs niemanden an. Nie wieder! Ich hab mich so blamiert.«

»Kannst du gleich erzählen. Ich nehm ein Taxi und bin in etwa einer halben Stunde da.«

Ich legte auf, verstaute das Handy in meiner Prada-Tasche, die ich mir damals von meinem ersten Gehalt gegönnt hatte und bei den New Yorker Mietpreisen wohl bald würde versteigern dürfen. Dann stellte ich mich an die Straße und streckte die Hand nach einem der vorbeifahrenden gelben Taxis aus. Ein

Fahrer hatte Erbarmen mit mir und hielt kurz darauf am Bordstein an. Immerhin eine Sache, die heute gut lief. Bevor ich im hinteren Bereich des Wagens Platz nahm, sah ich noch einmal zu dem Haus zurück, aus dem nach wie vor keiner der anderen Interessenten getreten war.

Ich würde etwas Besseres finden, ganz sicher. Ich hatte schon viel größere Hindernisse bewältigt.

»Hi!«

Laylas freudige Stimme schaffte es, ein paar der dunklen Gedanken zu vertreiben, die sich während der Autofahrt nicht verflüchtigt hatten. Lächelnd trat ich zu ihr an die Theke. Außer mir war nur ein älterer Herr hier, der im Eingangsbereich am Fenster saß, ein Bier trank und etwas auf seinem iPad las. Tyler war noch nicht angekommen, was allerdings kein Wunder war, bei dem Tempo, das der Fahrer draufgehabt hatte.

»Dich hab ich ja ewig nicht gesehen.«

Ich ließ mich auf einem der Barhocker nieder und erwiderte Laylas Lächeln, was nicht schwerfiel. Diese Frau hatte einfach eine einzigartige Ausstrahlung. Ihre dunkelbraunen Haare waren etwas kürzer als zuvor, doch ihr warmes Lächeln sorgte noch für dasselbe wohlige Gefühl wie beim letzten Mal.

»Offensichtlich«, gab ich zurück. »Die Frisur ist neu. Und das hier auch, richtig?«

Ich deutete auf das Tattoo, das ihren Oberarm nun zierte. Es zeigte den Sensenmann, doch statt einer Sense hielt er einen Strauß Blumen über die Schulter.

Sie folgte meinem Blick und nickte. »Ja, das ist erst eine Woche alt.« Sie fuhr darüber. »Heilt gerade noch ab. Du hast keine Tattoos, oder?«

»Nein, dabei finde ich sie bei anderen total schön. Vielleicht irgendwann, wenn mir das richtige Motiv über den Weg läuft. Woher stammt deines?«

»Das hab ich selbst entworfen. Meine Interpretation des Sprichworts *Kill 'em with kindness*.«

»Wirklich?« Ich riss die Augen auf und deutete erneut auf das Bild. Dabei berührte mein Finger für den Hauch einer Sekunde ihren Oberarm. Mein Herz setzte aus, ein Kribbeln schoss von meinem Bauch bis hinauf in meine Brust. Sofort zog ich meine Hand zurück und schluckte.

Layla hatte meine Reaktion entweder nicht bemerkt, oder aber sie überspielte sie gut, denn sie nickte bloß.

»Ich … ich wusste gar nicht, dass du so gut zeichnen kannst.«

»Woher auch? Man sieht dich hier ja viel zu selten, als dass wir einander besser kennenlernen könnten.« Sie zwinkerte mir zu, und erneut war da dieses Gefühl in meinem Bauch. Es war nicht so, dass ich es nicht zuordnen konnte. Das konnte ich. Doch genau das beunruhigte mich. Layla war attraktiv, das war mir schon bei meinem ersten Besuch aufgefallen, doch das letzte Mal, dass ich mich einer Frau gegenüber so gefühlt hatte, war Jahre her. Dass es nach all diesen Jahren wieder passierte, überraschte mich. Vielmehr aber machte mir Sorgen, dass ich überhaupt schon wieder für jemanden so empfand. Das mit Jared war doch gerade einmal ein paar Wochen her. Nicht dass die letzten Monate unserer Beziehung von viel Liebe gezeichnet gewesen wären, aber dennoch … sollte ich schon wieder so fühlen?

»Hey, Ari! Hi, Layla! Ich hoffe, du hast nicht so lang gewartet.«

Ich zuckte zusammen, als Tylers Stimme plötzlich direkt an meinem Ohr erklang. Kurz darauf schob er sich neben mich auf den Barhocker und schlug mit der flachen Hand auf den Tisch. »Ihr glaubt nicht, was mir heute passiert ist. Oder besser gesagt, nicht passiert. Layla, kann ich einen doppelten Espresso haben, bitte?«

»Klar. Ariana?«

»Nehm ich auch, danke.«

Layla lächelte mir zu, und ich presste mir die Hand auf den Bauch, der bitte schleunigst aufhören sollte, so zu kribbeln, als wäre ich wieder vierzehn und säße mit Hayley Kennel am Camp-Lagerfeuer am Lake Ontario.

»Alles okay?«, fragte Ty und blickte besorgt zu meinem Bauch. Sofort ließ ich die Hand wieder sinken. Ich hatte genug Probleme mit der Wohnungssuche, für mehr war gerade wirklich kein Platz in meinem Kopf.

»Ja, alles bestens«, wiegelte ich ab. »Also: Du bist verflucht?«

»Sag das nicht mit so einem ironischen Unterton. Ich weiß, wie das klingt. Aber nachdem ich heute Morgen Shae und Cam beim Sex erwischt habe, hat sie mich verflucht, auf dass ich nie wieder Sex haben soll.«

Layla hielt in der Bewegung an der Kaffeemaschine inne und drehte sich um. »Was?«

»Ich weiß, total übertrieben. Aber anscheinend hat es geklappt, denn ich bin heute all meine Kontakte durchgegangen. Alle, wirklich. Keine von ihnen hat Zeit oder Lust oder … ich weiß teilweise nicht mal, warum sie abgesagt haben.« Tyler raufte sich die Haare und wirkte genauso verzweifelt wie ich noch vor wenigen Minuten.

Layla biss sich auf die Lippe, was jedoch nicht verhindern konnte, dass ihr breites Grinsen sich Bahn brach. Tyler schien jedoch keinen Blick dafür zu haben, denn er schüttelte bloß den Kopf. »Ich bin geliefert. Was mache ich denn jetzt?«

»Ty, das ist wie lange her? Vier Stunden? Fünf? Komm mal runter.«

»Wie soll ich runterkommen, wenn bei mir nie wieder was hochkommen kann? Das ist mir noch nie passiert. Und dann hab ich mir vor Lily noch komplett die Blöße gegeben.« Er seufzte. »Oh, Mann. Am Ende werde ich richtig frustriert und buche vor lauter Verzweiflung einen dieser seltsamen Dating-Coaches, die man ständig auf TikTok sieht.«

»Wirst du nicht, vorher schubse ich dich vor einen Bus«, sagte Layla trocken und stellte die zwei Tassen Espresso vor uns ab. »Diese Typen sind ein frauenverachtender Fluch.«

»Danke«, gab Ty zurück. »Für den Kaffee und die versprochene Hilfe, sollte es jemals so weit kommen.«

»Du hast sie nicht mehr alle«, meinte ich kopfschüttelnd und trank einen Schluck des noch viel zu heißen Espressos. Doch das Koffein konnte ich nach dem Morgen wirklich gebrauchen.

»Na ja, das war auf jeden Fall mein Tag bisher. Wieso war deiner nicht rosig?«

Ich seufzte und gab Tyler eine Zusammenfassung der Wohnungsbesichtigungen. »Auf jeden Fall war eine Besichtigung schlimmer als die andere, und am Montag werde ich mich dennoch erneut ins Getümmel stürzen und so tun, als ob schimmlige, überteuerte Einraumwohnungen der Traum einer jeden Mieterin sind«, beendete ich meinen Bericht.

»Du weißt, dass du jederzeit bei uns unterkommen kannst, bis du etwas gefunden hast. Das ist keine Dauerlösung, aber nimmt den Druck etwas raus. Du kannst ja nicht ewig das Hotel zahlen.«

»Das ist lieb, danke, aber nicht nötig.« Ich schenkte Ty ein Lächeln, das hoffentlich zuversichtlicher aussah, als ich mich fühlte. Es war unfassbar nett von den dreien, dass sie mich so unterstützten. Aber ich wollte ihnen nicht zur Last fallen. Sie hatten mir nach der Trennung von Jared schon genug geholfen. Ich war erwachsen, ich konnte meine Probleme lösen.

»Hm, wenn du meinst. Aber versprich, dass du Bescheid sagst, wenn du deine Meinung änderst, ja? Das Angebot läuft nicht ab.«

»Danke.«

Filigrane Finger schoben sich in mein Sichtfeld, als Layla nach der Untertasse meines Espressos griff.

»Ich will mich nicht einmischen, aber nach Tylers Sex-Misserfolgen war es schwer, nicht weiter zuzuhören.« Sie warf Tyler einen vielsagenden Blick zu, der jedoch unbeeindruckt mit den Schultern zuckte. »Über der Bar befinden sich einige Wohnungen, von denen eine seit einer Weile leer steht. Eigentlich wollte ich sie erst ein wenig aufpolieren, bevor ich sie zur Miete anbiete. Aber theoretisch könntest du sie dir anschauen.«

Überrascht sah ich Layla an. »Dir gehört das gesamte Gebäude? Ich dachte, nur die Bar?«

»Nein, ich hab das Haus geerbt. Sonst wär ich hier nie rangekommen, das war einfach Glück.« Sie verzog kurz das Gesicht. »Also … Glück im Unglück, meine Großmutter hat es mir vermacht. Ich kam erst kurz vor ihrem Tod nach New York und kannte sie nicht besonders gut. Wie dem auch sei … Wenn du magst, zeig ich dir die Wohnung mal?«

»Total gern! Wann passt es dir denn? Ich kann immer!«

Mein Enthusiasmus brachte Layla zum Lachen. Mein Herz machte einen aufgeregten Hüpfer, und wenn ich ehrlich zu mir selbst war, lag das nur zum Teil an der Aussicht auf eine neue Wohnung.

»Wir können gern jetzt kurz hochgehen.« Sie sah zu Tyler. »Kannst du so lange die Theke überwachen und raufschreien, wenn Kundschaft kommt? Bedien dich auch gern an den Getränken.«

»Na klar, ich schmeiß den Laden schon.« Tyler sah sich in dem Lokal um und bekam plötzlich große Augen. »Oh mein Gott!«

Fragend scannte ich die Bar, erkannte jedoch nicht, was ihn so überraschte.

»Evies Kotzpflanze, schau mal!«

Er deutete in die Ecke, in der wir an unserem ersten Abend hier gesessen hatten, und tatsächlich: Die Pflanze, in die Evie ihre Sorgen und ihren Überschuss an Alkohol erbrochen hatte, war ergrünt.

»Audrey geht es wieder gut. Das schick ich den anderen, das glauben sie mir nie!«

»Audrey?«, fragte Layla, doch er war bereits mit gezücktem Handy aufgesprungen und zu der Pflanze gelaufen.

»Wir haben sie an dem Abend getauft«, erwiderte ich stattdessen.

»Ihr seid ein sehr … spezieller Haufen.« Layla schmunzelte, stellte jedoch keine weiteren Fragen und bedeutete mir, ihr zu folgen. Ich tat genau das, jedoch nicht, ohne mich noch einmal zu Tyler umzudrehen. Ich konnte Layla nicht widersprechen, doch dieser Haufen seltsamer Menschen hatte mein Leben auf die bestmögliche Art und Weise beeinflusst. Genau wie die Pflanze, bei der wir bereits jegliche Hoffnung hatten fahren lassen, war auch ich wieder aufgeblüht.

Mit einem Lächeln folgte ich Layla, die in einer hinteren Ecke der Bar kurz stehen blieb und eine dunkelrote Tür entriegelte, von der aus schmale Stufen nach oben zu einer weiteren Tür führten.

»Die Wohnung wurde ursprünglich mal als Gästezimmer verwendet, daher der Eingang über die Kneipe. Der ist aber immer verriegelt, du musst dir also keine Gedanken machen, dass jemand plötzlich hereinplatzt. Die Frau, die bis vor Kurzem hier gewohnt hat, hat die Tür einfach mit Bücherregalen versteckt – brandschutztechnisch nicht die beste Idee, aber wenn es dich stört, könntest du das genauso machen. Es gibt einen weiteren Eingang über den Hinterhof, den du nutzen kannst.«

»Notiert«, sagte ich bloß und wartete voller Anspannung, bis Layla die Tür endlich geöffnet hatte und mich ins Innere führte.

»Da wären wir«, sagte sie, und ich trat hinter ihr in die Räumlichkeiten. Wir befanden uns in einem dunklen, länglichen Flur, von dem mehrere Türen abgingen. Also schon einmal keine Einraumwohnung.

»Sind Badezimmer und Küche getrennte Räume?«, rutschte mir die Frage raus, bevor ich sie zurückhalten konnte.

Layla blickte mich irritiert an und lachte. »Süße, in was für Wohnungen warst du denn vorher?« Sie ging voraus und drückte eine Tür auf. Sofort flutete Licht von außen den schmalen Gang. »Hier wäre die Küche und hier …« Sie drehte sich um und stieß die Tür zum gegenüberliegenden Raum auf. »Hier ist das Bad. Leider ohne Fenster, aber dafür sind die anderen Räume alle gut ausgeleuchtet.«

»Das ist gar kein Thema!«, sagte ich schnell. Die Dusche befand sich im Bad und sah noch dazu sauber aus. Damit war diese Wohnung schon tausendmal besser als alles, was ich heute angesehen hatte. Von der Küche aus blickte ich auf den Hinterhof, in dem gerade ein Vater Ball mit seiner kleinen Tochter spielte. Die Wohnung war zu niedrig gelegen, um etwas außer den gegenüberliegenden Wohnungen sehen zu können, aber durch den großen Innenhof drang dennoch viel Sonnenlicht nach innen. Außerdem war die Lage ein Pluspunkt, da ich in kürzester Zeit zum Central Park gelaufen war. Für mich als Joggerin ein absoluter Traum.

»Schau dich ruhig mal in Ruhe um. Wie gesagt, eigentlich wollte ich noch ein paar Arbeiten machen.« Layla klopfte an die Wand im Flur. »Es müsste dringend gestrichen werden, die Tür zum Schlafzimmer muss ich austauschen, die ist vollkommen hinüber, und die Heizungen wollte ich erneuern. Jetzt im Sommer nicht so tragisch, aber bevor der Winter anrückt, will ich das erledigt haben. Es war einfach zu viel zu tun bisher, aber du wärst der nötige Tritt in den Hintern, das endlich anzugehen.«

Ich ging den Flur entlang und betrat das geräumige Zimmer an dessen Ende. Es gab gleich mehrere große Fenster, was für warmes Licht im gesamten Raum sorgte. Der Boden war aus dunklem Holz und könnte, mit einigen Pflanzen und einem Teppich, zu einer gemütlichen Atmosphäre beitragen. In Gedanken nahm ich Maß und stellte zufrieden fest, dass auch meine Eckcouch, die noch bei Jared stand, problemlos in das Zimmer passen müsste.

»Wie viel würde die Wohnung denn kosten?«, stellte ich die Frage, vor deren Antwort mir bereits graute. Doch besser ich klärte es direkt, bevor ich mich zu genau umschaute, mich verliebte und dann eine herbe Enttäuschung erlebte, so wie beim letzten Mal.

»Zweitausendeinhundert Dollar im Monat.«

»Nur?« Ich sah zurück zum Flur. »Da hinten war noch ein Schlafzimmer, richtig? Ich meine, ich beschwer mich nicht, aber ich hab mir heute Studios angeguckt, die nicht einmal den Namen Einzimmerwohnung verdient hätten und teurer waren.«

»Mein Haus, meine Preise.«

»Ich nehm sie.«

»Magst du dir nicht erst einmal das Schlafzimmer anschauen?«

»Selbst wenn ich im Stehen schlafen müsste: Ich nehm sie. Hast du dir in letzter Zeit einmal Wohnungen in dieser Stadt angeschaut? Das hier ist ein Sechser im Lotto.«

Layla lachte bloß, legte eine Hand in meinen Rücken und schob mich in Richtung des letzten Zimmers, das ich noch nicht besichtigt hatte. Doch meine Entscheidung stand. Ich würde einziehen. Ich würde meine restlichen Sachen bei Jared packen, endlich aus dem Hotel auschecken und mich hier einrichten, diese Zimmer zu einem Zuhause machen. Dass Layla, deren Hand nach wie vor meinen Rücken berührte, somit nur wenige Schritte von mir entfernt wäre, war ein weiterer Vorteil – auch wenn ich mir diesen noch nicht ganz eingestehen wollte.

Montag, 3. Juni

»… dieser Typ ist echt süß. Wir waren jetzt zweimal aus, und, Gott, kann der küssen, Evie! Wir sind nicht ein Mal mit den Zähnen aufeinandergeprallt.«

Ich wechselte das Handy von einem Ohr zum anderen, öffnete die Tür zu unserem Apartmentkomplex und hielt inne. Draußen regnete es in Strömen. Dazu wehte ein recht kalter Wind. So eine Scheiße. War das gemeldet? »Das darf doch nicht wahr sein.«

»Oh, sorry. Ich wollte nicht mit 'nem komischen Thema um die Ecke kommen«, sagte Christin.

»Was?«

»Na ja, wegen dem Geknutsche und so. Ich halt mich zurück. Versprochen.«

»Das hab ich gesagt, weil es hier Hunde und Katzen regnet. Du kannst mir immer von deinen Eroberungen erzählen, das weißt du doch.« Ich stellte die Kameratasche, die ich auf der Schulter trug, neben mir im Hausflur ab und öffnete eins der vorderen Fächer, wo ich immer einen Knirps einstecken hatte. Ein Erbstück meiner Oma Renate. Mit seiner roten Farbe und den ausladenden grünen Blumen war er zwar sehr altmodisch, aber ich war mir sicher, dass dieser Stil bald wieder in sein würde.

»Ja, schon. Aber ich will auch nichts triggern bei dir.«

»Tust du nicht. Falls doch, sag ich es.«

Christin seufzte leise. Wir hatten uns vor rund sieben Jahren kennengelernt und waren seither unzertrennlich. Na ja, fast. Im Moment lag ein gewaltiger Ozean zwischen uns. Christin arbeitete in Köln als Assistentin des Vorstands einer großen Baufirma, und ich war in den Big Apple gekommen, um meine Fototräume zu verwirklichen.

»Es interessiert mich, wie es dir geht und mit wem du dich triffst.« Sexgespräche waren zwar noch immer nicht mein Lieblingsthema, aber ich war definitiv abgehärteter als noch vor ein paar Wochen. Vermutlich lag es daran, weil ich mit zwei sehr aktiven Menschen zusammenlebte, was das anging. Keine Ahnung, wie viele Frauen Tyler mittlerweile abgeschleppt hatte, seit ich bei ihnen wohnte, und Shae ließ es mit Cam auch nicht gerade ruhig angehen. Meine Ohropax waren meine besten Freunde geworden.

»Ich glaube, du würdest Mark mögen. Er dreht Videos und lernt irgendein 3-D-Programm, mit dem er eigene Filme erstellen kann. So spannend. Ich soll demnächst in einem Anzug für ihn Modell spielen. Er nimmt dann meine Bewegungen auf, oder so. Hab's nicht ganz verstanden, ist mir auch egal, solange er mich hinterher küsst. Oder andere Dinge mit mir macht.«

»Ich freu mich für dich, Christin.« Ich schulterte die Tasche wieder und klappte den Regenschirm umständlich mit einer Hand auf.

»Wie sieht es denn bei dir aus? Irgendein heißer New Yorker, der dein Herz erobert?«

»Nein. Ich hab auch gar keine Zeit für Dates. Mein Termin-kalender ist derart voll mit Shootings, dass ich mir einen dritten Satz Akkus und zehn neue Speicherkarten kaufen musste.«

»So heftig, dass sie dir so viel reinballern. Ist das wirklich rechtens? Du bekommst ja nichts dafür.«

»Natürlich ist das rechtens.« Ich trat hinaus in den Regen. Mein Schirm ächzte nach wenigen Metern unter der Wasser-menge, aber zum Glück war es nicht weit bis zur Subway. »Ich glaube, sie geben mir so viele Aufträge, damit ich schneller mei-nen Anwaltskram abbezahle.« Das war der Deal, den ich mit Owen eingegangen war. Da ich nur auf einem Touristenvisum in die Stadt gereist war, durfte ich offiziell kein Geld verdienen. Das hatte ich aber nicht gewusst und trotzdem Aufträge für die Agentur angenommen. Beinahe wäre mir alles um die Ohren geflogen, aber dank Arianas, Shaes und Tylers Einsatz bei Owen für mich besaß ich nun ein richtiges Arbeitsvisum. Ein Freund von ihm war Anwalt. Der hatte den ganzen Papierkram erle-digt und dafür natürlich ordentlich Geld verlangt. Mein Konto war aber gemolken, und so hatte Owen vorgeschlagen, dass ich die Summe für die Agentur abarbeiten durfte. In knapp drei Monaten sollte ich damit durch sein. Dann bekäme ich Gehalt und konnte mir endlich auch eine eigene – sexfreie – Wohnung suchen. Wobei Ariana am Wochenende von ihren Horrorbe-sichtigungen berichtet hatte und mir danach ziemlich angst und bange geworden war. Shyler hatten mir aber schon gesagt, dass ich auf ihrer Couch so lange willkommen war, bis ich etwas Pas-sendes hatte. Der Gedanke war schön, und ich fühlte mich wohl bei ihnen, doch ich hätte auch gern meine eigenen vier Wände.

»Aber du bist schon glücklich, oder?«

»Was? Ist die Frage ernst gemeint?«

»Na ja, du klingst ein wenig mürbe.«

»Das liegt daran, weil es pisst, als gäbe es kein Morgen mehr, meine Schuhe bereits durchgeweicht sind und ich nicht viel geschlafen habe.« Was ich Tyler zu verdanken hatte. Er hatte gestern Abend mit Shae diskutiert, weil sie sich nach wie vor weigerte, diesen komischen Fluch von ihm zu nehmen. Es war wie in einer Comedy gewesen, die mich länger wach gehalten hatte, als gut für mich war. Ich lebte eindeutig mit Chaoten zusammen, die ich aber verdammt liebte. Genau wie diese Stadt und dieses Leben, auch wenn es manchmal hektisch war.

»Ich bin genau dort, wo ich immer sein wollte«, fuhr ich fort. »New York ist ein Traum. Nein, es ist besser, denn es ist für mich Realität geworden. Also ja, ich bin super glücklich.«

»Gut.«

»Aber ich vermiss dich schrecklich.«

»Geht mir genauso. Sobald ich kann, komm ich dich besuchen.«

»Auf alle Fälle.«

»Dann bring ich gleich Marian mit.«

Mein Herz zog sich zusammen, als sie meinen Bruder erwähnte. Er hatte vor ein paar Wochen im Vollsuff einen heftigen Autounfall gebaut. Zwar war er mittlerweile in der Reha, aber er hatte noch einen langen Weg vor sich. Marian war spielsüchtig und hatte nicht nur sein Erspartes verzockt, sondern meins gleich mit. Ein Grund mehr, warum ich gerade blank war und so viel für die Agentur machen musste. Aber auch das war ein Preis, den ich gern zahlte, solange ich hier sein durfte.

»Ich muss gleich Schluss machen, da vorne geht es runter in die Subway.«

»Alles klar. Ich sollte mich eh langsam fertig machen.«

»Date mit Mark?«

»Jawohl.«

»Und was passiert heute?«

»Alles, wenn es nach mir geht. Ich berichte morgen früh.«

»Ja, tu das. Pass auf dich auf.«

»Du auch. Hab dich lieb.«

»Ich dich auch.« Ich legte auf, steckte das Handy zurück in die Tasche und ging auf die Treppe zur U-Bahn-Station zu. Leise

Gitarrenmusik drang an meine Ohren, und ich hielt inne. Das konnte ja wohl nicht wahr sein, oder? Spielte der allen Ernstes bei dem Scheißwetter?

Ich drehte mich um meine Achse und brauchte nicht lange, bis ich ihn fand. Unser Gitarrenspieler hockte unter einem Vordach, hatte die Beine angezogen, das Instrument im Schoß und spielte einen fröhlichen Song. Er trug heute einen Schlapphut, den er tief ins Gesicht gezogen hatte und von dem der Regen tropfte. Seine Hosenbeine waren durchweicht, weil das Dach nicht ausreichte, um ihn komplett zu schützen.

Der Typ saß beinahe Tag und Nacht an der Subwaystation, spielte auf seiner Gitarre und sang dabei. Shyler fanden ihn genauso toll wie ich, und wann immer wir konnten, steckten wir ihm Geld zu. Er war richtig gut und sollte meiner Meinung nach auf größeren Bühnen auftreten, statt hier zu hocken.

Ich schüttelte den Kopf, kramte noch mal in meiner Tasche und holte meinen Geldbeutel hervor. Ich hatte nur noch eine Zwanzigdollarnote, mit der ich eigentlich einkaufen gehen wollte, aber der Typ tat mir leid. Mit dem Geld konnte er hoffentlich eine Pause machen und den Regen irgendwo im Trockenen aussitzen. Ich nahm den Geldschein und flitzte zu ihm rüber. Dabei hielt ich den Kopf gesenkt, weil mir gerade der Wind das Wasser ins Gesicht peitschte. Ich bemerkte aus dem Augenwinkel, wie der Typ mich musterte, aber nicht in seinem Spiel innehielt. Ich suchte rasch nach dem Hut, den er manchmal neben sich liegen hatte und wo man Geld reinwerfen konnte. Aber leider trug er den. Ich schüttelte den Kopf, entdeckte einen Kaffeebecher neben ihm und warf den Geldschein hinein.

Jetzt hörte er doch auf zu spielen.

»Mach Pause«, sagte ich und drehte mich um. Ich musste mich echt beeilen, dass ich die Subway noch erwischte.

»Würde ich glatt, wenn du eben nicht meinen Kaffee ruiniert hättest.«

»Was?«

Ich drehte mich wieder zu ihm. Er hob gerade den Becher an, in den ich den Schein geworfen hatte, und kippte ihn aus.

»Oh …«, sagte ich. »Der war noch voll?« Ich hatte gar nicht drauf geachtet.

»Mit der Betonung auf *war*.« Der Typ klaubte die Zwanzigdollarnote aus dem leeren Becher. Sie triefte vor Kaffee.

»Ach herrje, das tut mir total leid. Kannst du das trocknen? Bestimmt, oder? Geldscheine gehen nicht so leicht kaputt?«

Er hob den Kopf und sah mir in die Augen. Ein Grinsen umspielte seine Lippen. Ich schnappte nach Luft. Zwar hatte ich ihn öfter aus der Ferne gesehen, aber mir war nicht klar gewesen, dass er so schöne Augen hatte. Sie hatten einen warmen dunkelgrünen Ton und waren umrahmt von leichten Lachfältchen. Das Faszinierende an ihnen war aber nicht nur die Farbe, sondern dass sie voller Lebensfreude strahlten. So etwas hatte ich noch nie gesehen und vermutlich auch nicht erwartet von einem Typen, der an der Straßenecke mitten im Regen hockte und Gitarre spielte. Ein Grübchen erschien auf seiner linken Wange, als er breiter grinste. Ein paar feuchte dunkelblonde Haarsträhnen klebten ihm auf der Stirn.

»Ich … Kann ich dir einen neuen kaufen?« Ich tastete noch mal nach meinem Geldbeutel, aber der Zwanziger war mein letztes Geld gewesen. Ich hatte zwar noch eine Kreditkarte, die war aber nur für Notfälle gedacht. Wobei das hier eindeutig einer war!

»Nein, schon gut. Ich sollte eh nicht so viel von dem Zeug trinken.«

»Aber ich wollte nicht …«

»Es ist nicht schlimm.« Er sah auf den Geldschein und wirkte einen Moment unschlüssig, was er damit tun sollte.

»Gönn dir bitte eine Pause«, sagte ich.

»Was?«

»Setz dich irgendwo rein. Kaffee geht somit auf mich. Haha.«

Ich schüttelte den Kopf. »Ich werde den noch richtig ersetzen, aber ich muss los. Hab einen Termin.«

Er öffnete den Mund, wollte anscheinend noch was sagen, aber ich drehte bereits um und winkte ihm zu. »Danke für deine Musik. Sie ist toll. Und du auch.« Ich stolperte. »Ich meine, deine Stimme ist toll! Danke! Fürs Singen und so.«

»Keine Ursache«, rief er mir nach. »Schicker Regenschirm übrigens.«

»Das ist ein Knirps! Der ist aus Deutschland, genau wie ich.« Ich stöhnte innerlich auf, weil ich schon wieder den größten Müll von mir gab.

»Freut mich, dich und deinen Knirps kennenzulernen.«

Ich winkte ab, drehte mich aber nicht mehr um. Der Typ lachte. Das Geräusch klang warm und weich und vertrieb für einen Moment sogar die Kälte und Nässe, die gerade über New York reingebrochen waren.

Knapp dreißig Minuten später war ich bei der heutigen Location angekommen. Die Subway hatte ich natürlich nicht mehr erwischt und die nächste nehmen müssen. Die war zum Glück ein Expresstrain gewesen, der einige Stationen übersprungen hatte, sodass ich einigermaßen pünktlich war. Shae hatte ich bereits geschrieben, dass ich ein paar Minuten zu spät kommen würde. Zum Glück hatte es aufgehört zu regnen. Dafür wurde die Luft deutlich wärmer und schwüler. Ariana hatte mir erklärt, dass die Sommer in New York einem oft vorkamen, als stünde man in einer Dampfsauna. Heute begriff ich zum ersten Mal, was sie damit meinte.

Ich bog um die Ecke und betrachtete das Gebäude vor mir. Es lag in der Nähe der berühmten New York Music & Stage Academy, die seit Jahren beeindruckende Künstler für die Bühnen dieser Welt ausbildete. Shae und ich sollten uns mit Jaz Forsythe treffen, der das Tanzzentrum mit seiner Partnerin Gillian leitete. Ihr Vater war auch gleichzeitig der Gründer der NYMSA. Ich hatte mich kurz auf der Website über die Schule informiert und mir vor allen Dingen die Bilder angeschaut. Das machte ich, wenn möglich, immer, ehe ich eine Location vor Ort scoutete.

Ich blickte mich um und sah Shae vor dem Gebäude stehen. Sie tippte auf ihrem Handy herum und bemerkte mich erst, als ich ihren Namen rief.

»Die Verspätung tut mir leid«, sagte ich, als ich zu ihr aufgeschlossen hatte.

»Nicht schlimm. Ich hab die Zeit genutzt und bin noch mal das Konzept durchgegangen.«

»Ah, sehr gut.« Ich sah auf ihr Handy, wo sie die Mindmap für ihr neues Magazin *Concrete Jungle* aufgerufen hatte. Wir hatten sie über die letzten Tage gemeinsam erstellt. Das heute war die Vorbereitung für unser erstes Shooting dafür. Shae hatte das Go von Owen bekommen, diese Sache aufzuziehen. Nachdem ein Blogartikel von ihr auf der Seite der Agentur viral gegangen war, hatte er ihr Budget für dieses Projekt zur Verfügung gestellt. Das Magazin sollte einmal im Quartal erscheinen und Themen rund um die Influencerwelt beinhalten. Shae durfte Leute interviewen, die sie auf Events oder bei Shootings traf, ich die Fotos beisteuern. Es war eine weitere riesige Chance, mich zu beweisen und zu etablieren. Neben Shae arbeiteten auch Hannah aus der Agentur sowie einige freie Mitarbeiter am Magazin. Das Ganze war bisher recht klein, aber mit ein wenig Mühe würde es wachsen und hoffentlich auch mehr Budget erhalten, damit wir noch krassere Sachen aufziehen konnten.

Aber heute würden wir uns erst mal um diese Kampagne kümmern. Wir waren hier, um die Location abzuchecken. Ich hoffte, dass sie für das Shooting passte, denn ich hatte schon ganz spezielle Bilder im Kopf.

»Bereit?«, fragte Shae.

Ich wollte gerade nicken, als mein Handy in der Tasche vibrierte. »Moment noch.« Ich fischte es heraus und las die eingegangene Nachricht von Tyler.

Tyler, 9.04 am:

Bist du schon bei Shae?

Evie, 9.04 am:

Ja. Gerade angekommen.

Tyler, 9.05 am:

Sag ihr, dass sie den Fluch aufheben soll.

Evie, 9.05 am:

Sag es ihr doch selbst.

Tyler, 9.06 am:

Versuch ich. Sie ignoriert meine Nachrichten.

Ich rollte mit den Augen. »Es ist Ty, er möchte, dass du den Fluch aufhebst.«

»Was? Dieser … darf ich?« Sie zeigte auf mein Handy. Ich nickte. Shae nahm es an sich und tippte eine Antwort.

Evie, 9.07 am:

Hier ist Shae. Dazu hab ich nur eins zu sagen: VERGISS ES!

Tyler, 9.08 am:

Das ist aber nicht mehr witzig! Bin heute Morgen schon wieder abgeblitzt, und auf TikTok sind mir hundert Leute entfolgt.

Evie, 9.09 am:

Tja, dann klopf das nächste Mal gefälligst an, ehe du ins Apartment platzt.

Tyler, 9.10 am:

Ey, ich wohne da auch und zahle Miete. Ich klopf bestimmt nicht an meiner eigenen Tür! Treibt es in eurem Bett, auf der Feuerleiter oder wenn niemand da ist.

Evie, 9.11 am:

Es WAR niemand da! Jetzt hör auf, Evie zu belästigen. Sonst dehn ich den Fluch weiter aus!!!!

Tyler, 9.12 am:

Du bist eine sehr böse Frau, Shaelynn Wright.

Shae schloss die Nachrichtenapp und reichte mir das Handy.

»Kriegt er sich wieder ein?«, fragte ich.

»Irgendwann schon. Kann ja nicht ewig so weitergehen.«

»Aber nicht, dass ihr deshalb noch Krach bekommt.«

Sie winkte ab. »Ach, er ist nur theatralisch. Beim Sex und beim Essen ist er immer etwas empfindlich.«

»Du … du glaubst aber nicht wirklich an diesen Fluch, oder?«

»Nicht im Geringsten, aber Tyler tut es, und das ist witzig. So ein kleiner Denkzettel schadet seinem Ego überhaupt nicht. Wollen wir rein?«

»Klar.« Ich atmete tief durch, während Shae die Glastür öffnete. Kaum glitt sie auf, vernahm ich schon die ersten Beats. Es war ein dumpfer, lauter Bass, der durch das rhythmische Stampfen von Steppschuhen unterstrichen wurde. Dazu sang jemand aus vollem Leibe: »I got rhythm, I got music.« Ich wippte automatisch im Takt mit, während wir dem langen Flur nach unten folgten. Rechts und links gingen verschiedene Türen ab. In sie waren kleine Fenster eingelassen, damit man von außen sehen konnte, was drinnen passierte. Vermutlich wollte man so vermeiden, dass jemand mitten in eine Probe platzte. An den Wänden hingen Schwarz-Weiß-Fotografien der Studierenden in allen möglichen

Tanzposen. Wir kamen an Balletttänzern genauso vorbei wie an Pantomimekünstlern oder Akrobatinnen. Vom Handstand über Pirouetten bis hin zum wilden Freestyle wurde hier alles geübt. Die Schüler und Schülerinnen schwitzten und dampften. Die Leidenschaft war ihnen in die rot angelaufenen Gesichter geschrieben, genau wie die Anstrengung und die Erschöpfung. Mich erfasste eine ganz besondere Stimmung, von der ich gehofft hatte, sie hier zu finden. Dieses Gefühl, wenn man an einen Ort kam, wo Träume verwirklicht wurden. Wo man sein konnte, was man sich draußen nicht traute, wo man losließ, alles von sich gab und immer irgendwer da war, der einen auffing.

Ich hatte in einigen Vlogs von der Magie der NYMSA gehört, aber sie hier zu fühlen, war tausendmal intensiver. Dabei waren wir gar nicht in der richtigen Schule, sondern nur im ausgelagerten Tanzzentrum. Wie musste das erst drüben sein, wo auch gesungen und geschauspielert wurde?

Wir bogen um eine weitere Ecke und fanden uns vor einem Büro wieder. Shae blieb davor stehen und sammelte sich kurz, ehe sie anklopfte.

»Kommt rein«, erklang eine warme männliche Stimme.

Shae und ich traten in das kleine Büro ein. An der einen Wand setzten sich die Fotografien fort. Hier zeigten sie die Tanzenden nicht nur in den Ballettsälen, sondern auch draußen. An der Bethesda Fountain oder mit der Brooklyn Bridge im Hintergrund. Die Männer und Frauen waren in wilden Posen eingefroren, auf ihren Gesichtern lag pure Lebensfreude.

»Hi«, sagte der junge Mann, der bis eben noch hinter dem Schreibtisch gesessen hatte. Er kam uns mit ausladenden und federleichten Schritten entgegen. Seine Bewegungen wirkten so geschmeidig, als würde er auf Wolken wandeln. Er trug komplett schwarze Kleidung, Tanzhosen, ein locker sitzendes Shirt, die dazu passenden Sneaker. Seine dunklen Haare waren ein wildes Durcheinander und nicht wirklich als Frisur erkennbar. Er hatte braune Augen und lächelte uns offen an.

»Ich bin Jaz.« Er reichte erst Shae, dann mir die Hand. Wir stellten uns ebenfalls vor. »Freut mich, euch kennenzulernen. Wir haben ja schon per Mail kurz geschrieben.«

»Ja, und danke noch mal, dass wir euer Tanzzentrum anschauen dürfen. Es ist genau das, was wir suchen. Denk ich zumindest.« Shae sah mich fragend an, ich nickte eifrig.

»Ihr habt doch noch gar nicht viel gesehen, oder?«

»Nein, aber allein der Flur und die kurzen Einblicke in die Tanzräume waren toll.«

»Dann zeig ich euch gern den Rest und bringe euch hoffentlich noch mehr ins Staunen.« Er lächelte breiter und deutete auf die Tür. »Unterwegs können wir weitere Fragen klären, falls ihr welche habt.«

»Ja«, sagte ich sofort. »Habt ihr hier Scheinwerfer, oder könnt ihr welche anbringen?«

»In den einzelnen Räumen gibt es nur die Deckenbeleuchtung, die man aber dimmen kann. Ich finde, dass es ein sehr schönes Licht gibt, aber ich kenn mich null damit aus. Wir besitzen noch ein kleines Theater, wo einige Scheinwerfer hängen.«

»Ein Theater?«, fragte Shae. »Ich dachte, das ist nur drüben in der Schule.«

»Unseres hier ist viel kleiner. Es passen rund fünfzig Leute rein, aber es hat eine Bühne.«

»Klingt nicht schlecht, doch ich hätte lieber einen Tanzsaal.« Manchmal hatte ich sehr spezielle Bilder im Kopf, die dann genau so werden mussten. Das dauerte zwar in der Regel länger, dafür kamen besondere Fotografien raus.

»Kein Problem.« Jaz deutete nach links und erklärte uns im Gehen, wie dieses Tanzzentrum entstanden war. Das Gebäude hatte früher schon für Konzerte oder Firmenevents gedient, bis Gillian, die die Schule leitete, es dazugekauft und umgebaut hatte.

»Wie groß soll der Raum denn sein?«, fragte Jaz.

»Nicht allzu ausladend. Ich würde gern eine intime Atmosphäre schaffen. Auf alle Fälle bräuchte er Spiegel.«

»Die sind in allen vorhanden.« Er blieb vor einer Tür stehen, spähte hinein und öffnete dann. »Bitte nicht mit Straßenschuhen eintreten.«

Ich blickte über seine Schulter, erkannte aber nicht genug. Also stellte ich die Tasche ab, zog die Schuhe aus und ging in den Raum. Shae tat es mir gleich. Jaz folgte uns. Seine Schritte verursachten fast kein Geräusch.

»Wahnsinn.« Staunend drehte ich mich um die eigene Achse. Dieser Raum kam dem, was ich suchte, schon sehr nahe. Das Licht war nur nicht ganz passend.

»Um was geht es denn genau in eurem Shooting?«, fragte Jaz. »Du meintest nur, dass ihr was zu Body Neutrality machen wollt.«

»Ja, genau«, sagte Shae. »Wir haben Kim Baxter, Dawn Eastwood und Alfie Cunningham gewinnen können. Sagen die dir was?«

»YouTuber, oder?«

»Richtig. Alle beschäftigen Themen mit ihrem Körper. Seien es Feuermale, Cellulite, Dehnungsstreifen oder andere Dinge, die nicht in die übliche Schönheitsnorm passen. Wir wollen sie so zeigen, wie sie wirklich sind, und die Botschaft vermitteln, dass auch das okay ist. Etwas Ähnliches haben wir schon mit Fitnessinfluencern gemacht. Wir möchten mit dem Schönheitsideal brechen. Jeder Körper ist wundervoll.«

»Klingt spannend«, sagte Jaz. »Tanzende haben leider auch oft mit Essproblemen zu kämpfen. Wir versuchen, das im Keim zu ersticken, aber es ist manchmal nicht aufzuhalten.«

»Das kann ich mir vorstellen«, sagte Shae mit einem traurigen Unterton in der Stimme.

Bestimmt dachte sie gerade an Emely. Gestern hatte sie Ty und mir gesagt, dass ihre kleine Schwester zu Besuch kommen würde, um die Entlassung aus der Klinik zu feiern.

»In der Schule gibt es auch einen Counselor, der bei diesen Problemen helfen soll, aber ich hab das Gefühl, dass es nur ein Tropfen auf dem heißen Stein ist«, sagte Jaz. »Manchmal kommen Mädchen aus einer anderen Ballettschule zu uns und sind so abgemagert, dass ich Sorge habe, wie sie sich auf den Beinen halten sollen. Ihnen wird von klein auf beigebracht, zu verzichten, schlank zu sein und dennoch Leistung zu bringen. Dieser Job verlangt viel vom Körper; wenn man ihn dann noch durch Nahrungsentzug schwächt, sind die Probleme vorprogrammiert.«

»Das wäre auch ein sehr spannendes Thema fürs Magazin«, sagte Shae. »Dürften wir das eventuell mit aufnehmen?«

»Ich denke schon.« Jaz kratzte sich am Hals. »Lasst mich mit Gil darüber reden. Solche Entscheidungen will ich nicht allein treffen.«

»Natürlich.«

Er nickte und drehte sich zu mir. »Wie ist der Raum?«

»Gut, aber noch nicht perfekt.«

»Kein Problem, wir haben noch ein paar, die ich euch zeigen kann.«

»Dann los.« Ich lächelte und wusste bereits jetzt, dass wir das Passende hier finden würden. Die Kampagne würde großartig werden.

Montag, 3. Juni

»Das Meeting um zwei kollidiert morgen mit deiner Verabredung zum Lunch«, sagte ich und tippte auf dem iPad herum, auf dem ich Owens Termine aufgerufen hatte. Er selbst stand mit dem Rücken zu mir vor einem der bodentiefen Fenster und blickte auf die Stadt. Es war keine Unhöflichkeit, dass er sich von mir abgewandt hatte. Mittlerweile wusste ich, dass er so besser denken konnte.

»Kannst du den Lunch vom *Chef's Choice* in den *Olive Garden* am Times Square verlegen?«, fragte er. »Dann sollte ich beides schaffen.«

»Times Square, echt? Der *Garden* ist meistens überfüllt und das Essen ölig.«

Owen lachte leise. »Hat dir das *Funvironment* erzählt?«

Mein Magen krampfte, als Owen die App erwähnte. »Nein, das hab ich selbst rausgefunden. Ich war vor zwei Wochen dort zum Date verabredet.« Auch dabei krampfte mein Magen, weil mir Shaes Fluch in den Sinn kam. Diese kleine Mistkröte wei-

58

gerte sich vehement, ihn von mir zu nehmen, was dafür sorgte, dass ich nach wie vor keine Dates hatte. Aber das letzte Wort in dieser Sache war noch nicht gesprochen!

»Wir werden mit dem *Olive Garden* auskommen müssen«, sagte Owen. »Beide Termine sind zu wichtig. Pete fliegt extra für den halben Tag nach Manhattan, und die Verabredung zum Lunch hab ich schon dreimal verschoben. Das kann ich nicht wieder canceln, sonst macht Margaret keine Geschäfte mehr mit uns.«

Margaret war die Inhaberin einer Kleidungsmarke, die im letzten Jahr bei der Fashion Week ganz vorne mit dabei gewesen war. Owen wollte sie als Kooperationspartnerin für Greenwood & Steele gewinnen. Er handelte öfter Deals dieser Art aus. Die Kleidungsfirmen statteten die Mitarbeiter unserer Agentur für Galas oder andere festliche Anlässe aus.

»Okay, dann hoffe ich, dass sie der *Olive Garden* nicht abschreckt.« Ich notierte mir die Änderung und würde gleich die Reservierungen anpassen, sobald wir durch waren.

»Das passt schon so.« Owen drehte sich um und kehrte zurück zu seinem Schreibtisch.

»Den Bericht der letzten Kampagne hab ich dir übrigens auch geschickt«, fuhr ich fort und ging meine To-dos weiter durch. »Heute kam eine Mail vom Veranstalter rein, der mehr Geld für die Location haben will. Er meinte, unsere – ich zitiere – schicken Fashionmädels hätten seinen Fußboden mit ihren Stöckelschuhen zerkratzt.«

»Haben sie das denn?«

»Er hat Bilder von den Schäden mitgeschickt, aber ich hab ein wenig recherchiert und in einer alten Googlebewertung gesehen, dass die Kratzer schon da waren. Also würde ich eher sagen, dass unsere *Fashionmädels* nichts dafür können.«

»Gut. Leite ihm das genauso weiter. Mit schönen Grüßen von mir.«

»Mach ich.« Ich schrieb mir auch an dieses To-do eine Notiz.

Owens Stuhl knarrte leise, als er sich zurücklehnte.

»Soll ich dem Hausmeister Bescheid geben, dass er sich das anschaut?«

Owen blickte mich fragend an.

»Dein Stuhl. Der quietscht schon seit einer Woche.«

»Oh. Ja. Klar, danke.«

Ich nickte und tippte mir die Erinnerung ein.

»Ach, mir ist aufgefallen, dass mein Desktop aufgeräumter ist.«

»Ja, ich hab mir erlaubt, ein wenig Ordnung zu schaffen. Außerdem hab ich ein Skript programmiert, das dir hilft, die Dateien schneller zu finden und zu verschlagworten. Du musst nicht viel machen, außer unten das Icon mit dem Stern anzuklicken und dein Doc dort abzulegen. Den Rest sucht sich das Programm selbst raus.«

Owen sah auf seinen Rechner, schüttelte den Kopf, als könnte er nicht glauben, wie einfach das war. So gut er darin war, diese Agentur zu leiten, so schlecht war er, wenn es um die Ordnung auf seinem Rechner ging.

»Hoffe, das war okay. Ich wollte das die ganze Zeit schon machen, damit du es leichter hast und …«

Er lehnte sich im Stuhl nach vorne, der daraufhin ein quietschendes Geräusch von sich gab.

»Ich kann es rückgängig machen, wenn es dich stört.«

»Nein, überhaupt nicht. Ich stelle nur mal wieder fest, wie viel du auf dem Kasten hast.«

»Das ist echt keine große Sache.«

»Offensichtlich für dich nicht. Hast du solche Programme auch für deine alte Firma geschrieben?«

Ich hielt inne und schluckte. Früher oder später hatte Owen dieses Thema wohl noch mal ansprechen müssen. Vor Kurzem war die Agentur gehackt worden, weil wir eine große Sicherheitslücke in unserer IT gehabt hatten. Die hatte ich mit einem von mir geschriebenen Programm stopfen können und so den größten Schaden abgewendet. Natürlich hatte Owen an dem

Tag mitbekommen, was ich geleistet hatte, zumal Shae auch noch in den höchsten Tönen von mir geschwärmt hatte und meinte, dass ich ein toller ITler sei.

Das Thema war mir aber unangenehm, und ich hatte Owen damals absichtlich nichts von meiner vorherigen Stelle erzählt. In meinem Lebenslauf hatte ich ausgelassen, dass ich einen Master in Informatik hatte. Ich hatte befürchtet, dass Owen mir keine Chance als sein Assistent geben würde, weil ich eigentlich völlig überqualifiziert für diesen Job war.

»Tyler?«

»Ja. Ich … ich hab auch solche Programme für die Firma geschrieben. Manchmal. Je nachdem, wie viel Zeit war.«

»Warum hast du das damals nicht in deinem Lebenslauf erwähnt? Ich habe ein wenig recherchiert und erfahren, dass du sogar an *Funvironment* mitgewirkt hast. Eine App, die gerade Millionenumsätze einspielt.«

Ich räusperte mich. »Ja.« Ich hatte nicht nur mitgewirkt, sie war meine Erfindung.

Owen hob eine Augenbraue. »Das ist nichts, was du unter den Teppich kehren solltest.«

»Ich weiß. Es ist nur … Die Zeit in meiner alten Firma war nicht leicht für mich, es sind Dinge vorgefallen, über die ich lieber nicht sprechen möchte. Persönliche Dinge, keine beruflichen. Der Wechsel nach New York kam mir also sehr gelegen. Zudem wollte ich unbedingt hier arbeiten.«

»Du hättest dich jederzeit bei uns in der IT bewerben können.«

»Aber da war zu der Zeit nichts ausgeschrieben. Shae hatte bereits die Zusage für ihre Stelle, und ich wollte sie begleiten. Ich dachte, wenn mein Lebenslauf zu sehr raussticht, stellst du mich nicht ein.« Ich zog die Schultern hoch. »Tut mir leid, falls das doof rübergekommen sein sollte.«

Owen nickte. Seine dunklen Augen scannten mich ab, und ich hatte das Gefühl, unter seinem Blick zu verbrennen. »Du bist mit Abstand einer der besten Assistenten, die ich je hatte. Du bist schnell, denkst voraus, nimmst mir Arbeit im Vorfeld ab und hast den vollen Überblick. Ich vertraue dir mit äußerst sensiblen Daten zur Agentur und unserer Klientel.«

»Ich weiß.«

»Was du beim IT-Hack für uns geleistet hast, werde ich ebenfalls nie vergessen. Du hast unserer Firma im Grunde den Arsch gerettet.«

Ich zuckte mit den Schultern. »Ich hätte nicht nichts tun können.«

»Ich möchte dennoch gern von dir wissen, ob du glücklich bei uns bist.«

»Was? Ja! Natürlich. Mach ich den Eindruck, als wäre es nicht so?«

»Noch nicht. Aber ich weiß, wie es ist, einen Job zu haben, der einen nicht zu hundert Prozent ausfüllt. Ich habe das lange genug über mich ergehen lassen, ehe ich diese Agentur gründete. Mir ist es wichtig, dass meine Mitarbeiter und Mitarbeiterinnen ihr Potenzial voll ausleben können. Ihr sollt euch verwirklichen dürfen, damit ihr genauso euer Herzblut in Greenwood & Steele steckt wie ich.«

»Das tue ich. Wirklich.« Dieser Job bot mir zwar nicht ganz das, was mein Herz begehrte, aber er stellte mich dennoch zufrieden. Manchmal vermisste ich natürlich das Programmieren. Beim IT-Hack hatte ich bemerkt, wie sehr ich darin aufging, wenn meine Finger über die Tasten schwirrten und ich mich in Codes verlieren konnte. Aber es war okay für mich, diese Seite von mir nicht auszuleben.

Owen nickte und lehnte sich wieder auf seinem quietschenden Stuhl zurück. Sobald ich aus dem Büro war, wäre meine erste Aufgabe, mich mit dem Hausmeister in Verbindung zu setzen.

»Falls du eines Tages merken solltest, dass es dich nicht mehr erfüllt, möchte ich, dass du zu mir kommst und mit mir darüber sprichst. Wir finden eine Lösung. Für alles. Ich muss es nur wissen.«

»Klar.« Ich tippte unruhig auf meinem iPad herum, weil ich echt gern gehen würde.

Zum Glück läutete in dem Moment das Telefon. Owen gab ein leises Brummen von sich und sah auf sein Display. »Das ist Pete, da muss ich leider ran. Vielleicht ist was mit dem Termin morgen.«

»Okay. Ich bin draußen, wenn du mich brauchst.«

Owen nickte und nahm den Hörer ab, während ich aufstand.

»Hi, Pete. Wie geht es dir? Passt noch alles mit dem Flug?«

Ich drückte das iPad an mich und machte mich so schnell wie möglich aus dem Staub.

»Ja, ich freu mich auch und bin gespannt, was du …«

Mehr verstand ich nicht. Ich schloss die Tür hinter mir, lehnte mich mit dem Rücken dagegen und atmete tief durch. Gespräche wie dieses fielen mir nie leicht, schon gar nicht, wenn es um meine alte Firma ging, die ich eigentlich lieber vergessen wollte.

Ich kehrte zurück zu meinem Schreibtisch, checkte kurz die Mails, tippte eine an den Hausmeister, dass er heute Abend vorbeikommen sollte, und prüfte dann auch meine privaten Nachrichten auf meinem Handy. Vorhin hatte ich Stella eine geschrieben und gefragt, ob sie heute Abend Lust hätte, mit mir was trinken zu gehen. Stella war mir letzte Woche beim Joggen begegnet. Sie hatte sich den Knöchel verstaucht, und ich hatte ihr zur nächsten Parkbank geholfen. Sie hatte mich an dem Tag gefragt, ob und wie sie sich revanchieren könnte, aber ich hatte leider keine Zeit gehabt.

Heute schon.

Ich rief die Nachrichten-App auf und lächelte, als ich sah, dass sie geantwortet hatte. Das Lächeln verblasste allerdings, als ich den Text las.

Stella, 1.01 pm:

> Hi, Tyler. Danke für deine Einladung. Es tut mir schrecklich leid, aber ich kann nicht mit dir ausgehen. Es hat nichts mit dir zu tun, ich bin nur gerade sehr eingespannt und hab keinen Kopf für Dates. Danke noch mal für deine Hilfe im Park. Ich hoffe, das ist jetzt nicht zu unhöflich von mir. Schreib mir bitte zurück, Stella.

Ich schnaubte und warf das Handy auf den Tisch. So etwas war mir noch nie passiert! Nicht mal als Teenager, der gerade erst lernte, wie er ein Mädel ansprach, hatte ich so viele Absagen kassiert.

»Ich dreh noch durch, echt.«

»Na, ich hoffe doch nicht«, sagte Alice, die gerade an meinem Tisch vorbeikam. Sie lächelte mich an. In ihrer Hand hielt sie eine volle Kaffeetasse. »Wäre schade um dich.«

»Willst du heute Abend mit mir was trinken gehen?«, platzte es aus mir raus. Alice war scharf auf mich. Das wusste ich. Sie hatte erstens schon ein paarmal mit Sophie darüber gesprochen, und ich hatte es zufällig mit angehört, zweitens warf sie mir sehr oft sehr eindeutige Blicke zu, und bei der letzten Party in der WG hatte sie heftig mit mir geflirtet. Ich war nur leider zu betrunken gewesen, um darauf einzugehen.

Alice hob die Augenbrauen und musterte mich unsicher. Ich rieb mir über die Stirn und schüttelte den Kopf.

»Lass mich raten, du hast keine Zeit.«

»Ich … also, es ist total lieb, dass du fragst, und ich hätte sofort Ja gesagt … aber es gibt da jemanden …«

»Okay.« Ich erhob mich vom Stuhl. »Das ist voll okay. Ich freu mich für dich. Auch wenn ich gerade nicht so klinge.«

»Es ist noch nichts Festes, wir waren erst ein paarmal aus.«

»Du musst dich nicht erklären. Wirklich nicht. Ich wünsch euch das Allerbeste.« Ich rang mir ein Lächeln ab, schnappte mir meine leere Kaffeetasse und marschierte durch das Groß-raumbüro Richtung Kaffeeküche.

Die Räumlichkeiten der Agentur waren modern, hell, offen und in sanften Beige- und Grüntönen gestaltet. Es ähnelte eher einem schicken Café statt einem Büro.

Damit sich alle wohlfühlten, gab es in der Küche etliche Snackautomaten, die wahlweise mit Schokolade, Keksen oder gesunden Alternativen gefüllt waren. Die meisten Speisen waren vegan oder vegetarisch. Wir konnten uns an den Kaltgetränken, Kaffee und Tee bedienen, so viel wir wollten.

Als ich auf die Küche zuging, hörte ich ein helles und mir sehr vertrautes Lachen.

»Das wird großartig, Evie. Wir haben die perfekte Location, tolle Models, einen super Plan. Wir werden mit dieser Kampagne ordentlich auffallen«, sagte Shae.

»Und wie wir das werden. Warte mal ab, wenn Dawn und die anderen das auf ihren Social-Media-Kanälen teilen.«

»High five.«

Sie klatschten sich gerade ab, als ich die Küche betrat.

»Oh, Ty! Das musst du dir unbedingt anschauen«, sagte Shae und stellte ihre Coke zur Seite. »Evie hat erste Testbilder von der Location gemacht. Wir wissen genau, wie wir es machen wollen, und bekommen sogar von der Schule …«

Ich stellte meine Tasse ebenfalls ab, ging auf sie zu, legte meine Hände rechts und links um ihre Wangen und zwang sie, mich anzusehen. Shae hielt mit offenem Mund inne und starrte mich an.

»Is lls klr?«, nuschelte sie, weil ich sie so fest umschloss, dass sie nicht richtig sprechen konnte.

»Absolut nichts ist klar, Shaelynn Wright. Ich möchte hier und jetzt, dass du diesen verdammten Fluch von mir nimmst, denn sonst verliere ich den Verstand!«

Sie blinzelte. Einmal. Zweimal. Das Funkeln in ihren Augen verriet mir, dass sie viel zu viel Spaß an der ganzen Sache hatte.

»Es tut mir leid, dass ich euren Sex unterbrochen habe! Das wird nie wieder vorkommen. Versprochen. Aber bitte erlös mich von diesem Scheiß!«

Shae packte meine Unterarme und nahm meine Hände von ihren Wangen. »Übertreibst du nicht etwas?«

»Ich übertreibe überhaupt nicht!« Ich zückte mein Handy und zeigte Shae all die Absagen, die ich übers Wochenende und heute kassiert habe. »Sieh dir das an. Das sind Frauen, die bis vor Kurzem noch scharf auf mich waren, und jetzt hat niemand Zeit. Nicht mal Alice will mit mir ausgehen.«

»Das ist allerdings verdächtig«, sagte Evie. Sie hockte auf dem Tresen und aß gerade Kekse, die auf einem Teller neben ihr standen. »Alice findet dich sehr heiß. Sie hat mich neulich erst gefragt, ob ich nicht mal was für sie arrangieren könnte.«

Ich runzelte die Stirn.

»Hab natürlich Nein gesagt«, fügte Evie an. »Das könnt ihr schön unter euch ausmachen.«

»Ja. Äh. Danke. Aber im Moment hat sich das sowieso erledigt, weil ich nämlich nie mehr Sex haben werde!«

Jemand räusperte sich hinter mir. Ich zuckte zusammen und blickte über meine Schulter zurück. Ariana stand an der Tür, und sie war nicht allein, denn neben ihr wartete Lily.

»Hi«, sagte Ariana und winkte in die Runde. »Evie, ich hab Lily gerade an den Aufzügen getroffen. Sie meinte, sie hätte einen Termin mit dir?«

»Ja«, sagte Evie, sprang von der Theke und stopfte sich einen weiteren Keks in den Mund. »Ich geb dir gleich deine Bilder, hab sie schon auf dem Server bereit.«

»Kein Stress, ich bin zehn Minuten zu früh hier«, sagte Lily. »Man soll kaum glauben, dass so was in New York möglich ist.«

Ich schloss die Augen und wäre am liebsten im Erdboden versunken. Nicht nur, dass ich eine enorme Pechsträhne hatte, jetzt bekam Lily, die mich sicher eh schon für völlig durchgeknallt hielt, auch noch mit, dass ich keinen Sex mehr hatte.

Lily lächelte mich an und legte den Kopf leicht schräg. »Es ist schön, dich wiederzusehen, Tyler.«

»Ich … ja. Hi. Und. Moment.« Ich wandte mich wieder an Shae, packte ihre Finger und presste sie zusammen. »Lass mich bitte nicht hängen«, flüsterte ich.

Shae sah mir in die Augen und schien wohl abzuwägen, wie ernst es mir gerade war und ob ich wirklich am Rande eines Nervenzusammenbruchs stand.

»Bitte, verflucht noch mal«, schob ich zwischen zusammengepressten Zähnen hervor.

»Jetzt erlös ihn endlich, das ist ja grausam.« Evie klopfte Shae auf die Schulter. Sie ging an mir vorbei und verließ mit Lily und Ariana die Küche. Das vermutete ich zumindest, ich hielt meinen Blick fest auf Shae gerichtet.

»Tyler.« Sie legte die freie Hand auf meine. »Dieser Fluch ist totaler Quatsch.«

»Ist er nicht, und ich bitte dich im Namen unserer Freundschaft, dass du ihn zurücknimmst.«

Sie atmete tief durch. Ihre Miene wurde weicher, und jetzt endlich erkannte sie, wie schlimm es für mich war. Ich merkte es an der Art, wie sie mich anschaute und sich ihre Augen dabei weiteten. »Na gut. Wenn es dir so wichtig ist: Ich hebe den Fluch auf, und du sollst ab jetzt wieder Sex haben.«

»Tollen Sex, bitte.«

Sie rollte mit den Augen.

»Du sollst wieder tollen Sex haben.«

»Mit den richtigen Frauen.«

»Mit den richtigen Frauen.«

»Und außerdem sollen sie …«

Sie boxte mich gegen die Brust. »Übertreib es nicht, mein Freund. Und denk dran, was dir blüht, solltest du mich je wieder ärgern.«

»Ich werde es niemals wieder tun.« Ich zog sie in eine Umarmung und drückte sie fest an mich. »Danke, Shae.«

»Schon gut.« Sie klopfte mir auf den Rücken. »Ich hab dich lieb.«

»Und ich dich erst.«

Donnerstag, 6. Juni

»Ich sterbe.«

»Stell dich nicht so an.«

»Tu ich nicht, ich sterbe wirklich. Hör auf zu lachen, Tyler!«

Schmunzelnd verfolgte ich Shylers Schlagabtausch, doch leider musste ich Shae zustimmen: Selbst mein Herz raste schneller, als sich gesund anfühlte. Die New Yorker Schwüle tat ihr Übriges, und der Schweiß rann mir in Sturzbächen über Gesicht, Rücken – nun, eigentlich überall. Ächzend stellte ich ein weiteres Brett meines Schreibtischs in den Flur und zog an meinem Top, damit zumindest ein wenig Luft auf meine Haut traf. Der Stoff klebte unangenehm an meinem Rücken, und ich konnte es kaum erwarten zu duschen.

»Ich brauch 'ne Pause«, stöhnte Shae und ließ sich, ohne zu zögern, die Wand entlang auf den Boden gleiten.

»Komm halt mal mit ins Gym, oder geh joggen mit Ari und mir.« Ty stupste Shae mit der Fußspitze in den Oberschenkel. »Kein Wunder, dass du nichts aushältst. *Friends-*

Binge-Watching ist nach wie vor keine eingetragene Sportart.«

»Halt die Klappe, sonst verfluche ich dich gerade noch mal! Und dann kannst du deinen allerliebsten Sport wieder vergessen.«

Bei Tylers Gesichtsausdruck brachen Shae und ich in lautes Gelächter aus. Ich wusste keine Details, doch laut Evies Berichten, die wieder einmal mit Ohropax hatte schlafen müssen, war Tylers Fluch wohl wirklich gebrochen – nicht, dass außer ihm überhaupt jemand daran geglaubt hätte.

»Ich geh weiter schleppen und schau mal, was Evie treibt«, sagte Tyler und war so schnell verschwunden, dass wir nicht einmal mehr antworten konnten. Shae hatte ihn wirklich nachhaltig verstört.

»Ich werde morgen auf der Arbeit solchen Muskelkater haben«, murmelte sie, bevor sie sich in die Höhe hievte. »Aber hilft ja alles nichts. Sollen wir uns den Rest vom Bett vornehmen?«

»Gern. Und danke noch einmal, dass ihr helft.«

»Na klar! Kein Thema. Ich jammere nur viel, aber ich helf gern.« Shae schenkte mir ein Lächeln und folgte Tyler dann die Treppe in den Hof hinunter. Da das *Orchard* bereits voller Gäste war, hatten wir den Mietwagen mit meinen Sachen dort geparkt. Leider hatten wir somit auch einige Treppenstufen mehr zu laufen.

»Wir haben ein Problem«, begrüßte Tyler uns, kaum dass wir zu ihm aufgeschlossen hatten. Er musste nicht einmal ausführen, welches, denn ich sah es selbst. Die Kommode würde unmöglich durch das schmale Treppenhaus, geschweige denn die noch schmalere Tür passen.

»Auseinanderbauen kann man die nicht?«, fragte Evie, die auf der Ladefläche des Wagens im Schatten saß, doch ich schüttelte bereits den Kopf.

»Die hat meiner Oma gehört. Unter keinen Umständen baue ich das Teil auseinander. Wenn da was drankommt, machen mich meine Eltern einen Kopf kürzer.« Der bloße Gedanke an meine Eltern genügte, dass mir flau im Magen wurde. Sobald dieser Umzug gestemmt war, würde ich mich bei ihnen melden müssen.

»Wir könnten es durch den Eingang in der Kneipe probieren«, schlug Tyler vor.

Ich nickte. »Aber nicht jetzt, ich will Layla nicht noch mehr Umstände machen.«

»Nichts für ungut, Ari, aber so schick, wie das Teil aussieht, würd ich es nicht bis nach Ladenschluss hier im Hof lassen.«

»Ich bleib einfach daneben stehen«, hielt ich dagegen, obwohl ich wusste, dass das eine Schnapsidee war. Tylers erhobene Brauen teilten mir dasselbe mit. Genervt rieb ich mir die Schläfen, hinter denen es leicht zu pochen begann – ob wegen der Hitze oder des Umzugschaos konnte ich nicht sagen.

»Drinnen ist jemand für dich.« Ich wirbelte herum, als Layla aus der Kneipe zu uns nach draußen trat. Bevor einer meiner vorlauten Freunde sie um Hilfe bitten konnte, machte ich einen Schritt auf sie zu. Ich würde es Shae jedoch durchaus zutrauen, Layla zu beschwatzen, das Ungetüm von Kommode durch den laufenden Betrieb zu tragen. Und lieber würde ich das Teil im Hof verrotten lassen. Ich hatte Laylas Freundlichkeit schon genug strapaziert.

»Für mich? Wer?«

»Keine Ahnung, hat seinen Namen nicht gesagt.«

Seufzend sah ich zu den dreien. Evie lächelte mir mitleidig zu und sprang dann auf die Beine. »Wir kümmern uns einfach schon mal um die Kartons, dann kannst du wegen der Kommode überlegen.«

»Danke«, sagte ich mit einem weiteren Seufzen und folgte Layla in die Bar, die noch wärmer und stickiger war als die New Yorker Luft draußen. Mein Blick scannte den Raum und blieb schließlich an dem Gesicht kleben, das meine Laune noch ein Stückchen weiter sinken ließ.

»Auch«, erwiderte ich knapp. Sie wusste nichts von dem Umzug, selbst die Trennung von Jared hatte ich meinen Eltern nicht gebeichtet. Sie mochten ihn, nicht zuletzt, weil er sich regelmäßig auf ihre Seite gestellt hatte, wenn ich versucht hatte, ihnen die Nachforschungen auszureden.

»Das ist schön. Hör mal, weshalb ich anrufe ...«

Innerlich wappnete ich mich bereits, schaltete auf Autopilot, richtete eine Mauer auf, damit mich die stupide Hoffnung, an die meine Eltern sich nach wie vor klammerten, nicht traf. Sie hatten nie akzeptiert, dass mein Bruder sich selbst das Leben genommen hatte, hatten erst Mobbing und externe Ursachen vermutet und mittlerweile eine komplette Verschwörung.

»Du erinnerst dich doch noch an den Detektiv?«

»Dessen Spur ins Nichts führte? Ja, an den erinnere ich mich gut«, brachte ich zwischen zusammengebissenen Zähnen hervor. Aus dem Augenwinkel sah ich, wie Jared die Brauen hob, und ging einige Schritte in Richtung Hintereingang. Fehlte gerade noch, dass er seinen Senf dazugab.

»Er hat den Kontakt zu Quinns Kamerad hergestellt, der ihn angeblich gefunden hat.«

Angeblich. Als handelte es sich bei dem Tod meines Bruders um ein Spiel. Ein Escape Game, das man nur zu lösen brauchte und an dessen Ausgang Quinn lächelnd auf einen wartete. Instinktiv hob ich die freie Hand zu meinem Handgelenk, um nach Quinns Armband zu greifen, bis mir einfiel, dass ich es oben in den Flur gelegt hatte, damit ich es bei den Umzugsarbeiten nicht beschädigte. Obwohl es nur ein paar Gramm Metall waren, fühlte ich mich seltsam nackt ohne das Schmuckstück.

»Liam heißt der Junge. Er hat zugestimmt, sich mit uns zu treffen.«

»Warum?«

»Na, er wird nichts zu befürchten haben, er wird da ja nicht mit drinstecken.«

Ich biss die Zähne so fest zusammen, dass es in meinem Kiefer knackte.

»Nicht warum er zugestimmt hat. Warum wollt ihr ihn treffen?«

»Ach Ariana, jetzt sperr dich doch nicht schon wieder. Hast du die Nachrichten verfolgt? Ein Navy-Offizier wurde gerade verurteilt, weil er Informationen gegen Geld verkauft hat. Über dreißig Millionen Dollar hat er so gemacht. Den Leuten trau ich alles zu. Ich bin mir sicher, dieser Liam kann uns ein paar Namen nennen, von Situationen erzählen, die die Navy uns verschweigt, und ...«

Die Stimme meiner Mom verschmolz immer mehr mit den Hintergrundgeräuschen der Kneipe. Plötzlich war mir alles zu viel. Jared, den ich noch in meinem Rücken wusste, die stickige Hitze, die Kommode, die draußen im Flur stand und es nie in meine Wohnung schaffen würde, die Menschen um mich herum, meine Mom am Telefon, die niemals Ruhe geben, uns nie erlauben würde, zu heilen.

»Ich muss los, tut mir leid«, brachte ich mit kratziger Stimme hervor.

»Aber ich hab dir noch gar nicht erzählt, wo ...«

»Tut mir leid, Mom. Ich meld mich. Hab dich lieb.«

Dann legte ich auf, bevor sie etwas erwidern konnte, und ging, ohne mich ein letztes Mal zu Jared umzudrehen, zurück zu den anderen nach draußen. Dass ich mich melden würde, war eine Lüge. Ich meldete mich kaum noch. Ich ertrug es einfach nicht.

Die Schranktür fiel mit einem Knarzen zu, und ich lehnte mich schwer atmend gegen die Küchentheke.

»Geschafft«, sagte ich in die Stille des Raums hinein. Evie, Tyler und Shae hatte ich vor ein paar Stunden bereits nach Hause gezwungen. Sie hatten mir mehr als genug geholfen, und es war mitten in der Woche – was Tyler nicht davon abgehalten hatte, auf meinen Umzug und den gebrochenen Sex-Fluch anstoßen zu wollen, aber das würden wir ein andermal tun müssen.

Ich wischte mir den Schweiß von der Stirn und sah aus dem Fenster, durch das immer noch keine kühle Luft ins Innere dringen wollte. New York schien es völlig egal zu sein, dass die Sonne bereits untergegangen war. Der Innenhof lag ruhig unter mir, und dank der Hilfe von Laylas Angestelltem stand die Kommode nun doch im Eingangsbereich anstatt dort unten.

Ich streckte die Arme über den Kopf, wobei meine Wirbel protestierend knackten, und ging durch die Wohnung, die nun meine war. Bilder würde ich in den nächsten Tagen anbringen müssen, und hier und da standen noch Umzugskartons, die es auszupacken galt, aber dennoch fühlte es sich bereits nach mir an. Mit einem leichten Lächeln auf dem Gesicht durchschritt ich den Flur – und stockte, als mein Blick die Oberfläche der Kommode streifte. Die leere Oberfläche. Meine Finger glitten zu meinem Handgelenk, doch da war es nicht.

»Shit«, murmelte ich und bückte mich, um unter die Kommode zu schauen. Doch auch da: nichts.

Mein Armband war weg. Dabei hatte ich es mitten auf die Kommode gelegt, da war ich mir ganz sicher. Ich ging zur Tür, wo ich das Bettelarmband zuerst abgenommen und auf dem Boden platziert hatte, schob die zwei Kartons zur Seite, die ich noch auspacken musste. Nichts. Mein Herzschlag beschleunigte sich, obwohl ich wusste, dass es irgendwo hier sein musste. Es konnte nicht weggekommen sein.

Ich ging zurück zur Kommode, presste meine Stirn an die Wand und versuchte, etwas durch den schmalen Spalt zu erspähen. Ein Blick auf die Uhr offenbarte, dass es beinahe drei Uhr nachts war. Eigentlich zu spät, um Möbel zu rücken, doch unter mir befand sich lediglich die Bar, und diese hatte bereits geschlossen. Ich krallte die Finger hinter das Holz und zog, scannte den Boden, der zum Vorschein kam – Fehlanzeige. Gähnende Leere erwartete mich auch in den einzelnen Schubladen.

Ich riss die Kisten neben der Tür auf – nichts.

Legte mich auf den Boden und überprüfte den Flur – nichts.

Badezimmer, Wohnzimmer, Schlafzimmer, selbst im noch leeren Kühlschrank sah ich nach – nichts.

Ariana, 2.49 am:

> Hey, Leute. Habt ihr mein Armband gesehen? Hat es zufällig jemand eingepackt oder so?

Meine Finger presste ich so fest in mein Smartphone, dass das Weiß meiner Nägel hervortrat, doch natürlich antwortete mir keiner der drei. Was, wenn es aus irgendwelchen Gründen im Auto war? Das hatte ich bereits zurückgebracht. Oh Gott, wurden die Dinger gereinigt? Was dann?

Obwohl es völlig sinnlos war, rief ich die Website des Vermieters auf und klickte auf die Rufnummer.

»Sie rufen außerhalb unserer Geschäftszeiten an. Diese sind …«

»Shit, shit, shit.« Ich legte auf und pfefferte das Handy auf die Kommode. Meine Finger streiften erneut die nackte Stelle an meinem Arm, und Tränen schossen mir in die Augen. Es durfte nicht verloren gegangen sein. Es war alles, was ich noch von Quinn hatte. Das und Erinnerungen, die ich mit niemandem teilen konnte. Denn Jared war weg, meine Freunde kannten ihn nicht, und meine Eltern zerpflückten jede Einzelne von ihnen nach Hinweisen. Ich hatte nichts – nur dieses Armband.

Ruhelos lief ich im Flur auf und ab, bog zurück ins Wohnzimmer, schob den Tisch zur Seite und lüftete den Teppich, doch auch dort lag es nicht. Ich ließ mich auf die Couch fallen und kniff mir mit Daumen und Zeigefinger in die Nasenwurzel. Okay, ruhig bleiben. Wo hatte ich es zuletzt gesehen?

Ich sprang auf und lief zurück in den Flur, als könnte es wie durch Zauberhand auf der Kommode aufgetaucht sein. Die

Leere, die mich nach wie vor hämisch anlachte, ließ die Tränen in meinen Augen endgültig überquellen. Ich schluchzte laut auf.

Hatte ich es etwa gar nicht hier abgelegt? Hatte Jared es in einem unbeobachteten Moment mitgenommen, um mir eins auszuwischen für die Kaffeemaschine?

Ich hatte gerade das Handy von der Kommode gegriffen, um ihn zu fragen, als es zaghaft an der Tür klopfte. Eilig wischte ich mir die Tränen aus dem Gesicht, atmete tief durch und setzte ein Lächeln auf. Es fiel mir erschreckend leicht, und der drückende Schmerz in meiner Brust war der einzige Beweis für die Panik, die ich nach wie vor spürte.

»Hey«, begrüßte Layla mich, als ich die Tür öffnete.

»Hi. Sorry, war ich zu laut?«

»Räumst du noch? Es ist ganz schön spät.«

»Entschuldige, ich wollte dich nicht stören.«

Layla hob die Mundwinkel. »Hast du nicht. Ich bin nicht hier, um mich zu beschweren, ich wollte fragen, ob du Hilfe benötigst.«

»Nein, Quatsch, alles gut.«

Entweder missglückte meine zuversichtliche Haltung, oder aber Laylas Sensoren waren durch die viele Arbeit mit Menschen besonders fein, denn sie blickte mich skeptisch an.

»Sicher? Es sieht nicht aus, als ob alles gut wäre.«

Bei jedem anderen hätte ich einfach genickt und abgewiegelt. Doch irgendetwas an Layla, an ihren dunkelbraunen Augen, der Art, wie ihre Stimme sich um mich legte und für sich einnahm, bewegte mich dazu, die Maske fallen zu lassen. Und so schüttelte ich den Kopf.

»Ist es auch nicht, wenn ich ehrlich bin.«

Layla drängte mich nicht, hakte nicht nach, sondern wartete einfach, bis ich von mir aus weitererzählte.

»Mein Armband ist weg.«

»Das silberne?«

»Ja, woher …«

»Du spielst oft damit herum, da ist es mir aufgefallen. Darf ich?«

Sie nickte an mir vorbei in Richtung Flur, als wäre nicht sie die Eigentümerin dieser Wohnung, sondern ich. Ich trat zur Seite, und Layla schob sich an mir vorbei.

»Wo hattest du es denn zuletzt?«

»Hier«, sagte ich und deutete auf die nach wie vor leere Kommode. »Davor hatte ich es am Boden neben der Tür liegen, damit ich es beim Umzug nicht verkratze. Aber sobald Ty und dein Mitarbeiter das Ding hier hochgewuchtet haben, hab ich es draufgelegt und nicht mehr berührt.« Ich verschränkte die Arme vor der Brust und hob die Schultern. »Es ist weg.«

»Ist es nicht«, sagte Layla, und ihre Stimme war so beruhigend, dass ich ihr beinahe Glauben schenkte. »Ich helf dir suchen.«

Meine Sportuhr zeigte halb vier Uhr morgens an, als ich mich zum zweiten Mal in dieser Nacht mit Tränen in den Augen auf die Couch sinken ließ. Doch diesmal war ich nicht allein. Layla ließ sich neben mir nieder und legte sanft ihre Hand auf meinen Arm.

»Es wird wieder auftauchen.«

Ich hob die Schultern, zwang mich, die Tränen aufzuhalten. Auf keinen Fall wollte ich vor Layla weinen. »Was, wenn nicht?«

»Dann könnten wir am Wochenende in die Stadt und dir ein neues aussuchen. Was hältst du davon?«

»Das ist …« Ich schloss die Augen, zwang mich so sehr, mich zusammenzureißen, doch vergebens. Bei der bloßen Vorstellung, in die Stadt zu gehen, um ein Armband zu finden, das Quinns glich, wurde mir ganz anders. Ich schüttelte nur den Kopf, unfähig weiterzusprechen, ohne dass meine Stimme nachgab. Doch Layla schien zu verstehen, denn sie zog mich sanft zu sich. Ihr Geruch nach Jasmin, Vanille und etwas Fruchtigem umhüllte mich und sorgte dafür, dass meine verkrampften

Muskeln sich langsam entspannten. Mein Widerstand löste sich auf, die angestauten Tränen brachten die Mauer, die ich aufgebaut hatte, zu Fall, und die Worte fluteten plötzlich aus meinem Mund.

»Ich kann es nicht ersetzen. Es ist … Das Armband hat mir mein Bruder geschenkt. Es ist total alt, und jedes Jahr hat er mir einen neuen Anhänger gegeben. Ich hab ihn immer aufgezogen, dass er nur zu faul ist, sich neue Geschenke zu überlegen, aber in Wahrheit hab ich es geliebt.«

»Das tut mir leid, ich verstehe.« Layla strich mit sanften Bewegungen über meinen Oberarm. »Aber er wird es sicher auch verstehen.«

»Wird er nicht …« Ich schluchzte auf, und die Tränen rannen nun ungehindert über mein Gesicht. Zuletzt hatte ich so geweint, als ich an unserem alten Baumhaus gewesen war. Es tat gut, dieses Mal nicht allein zu sein. »Quinn ist tot.«

»Scheiße, das tut mir so leid.« Ich hatte den Blick auf meine Hände gerichtet, konnte Laylas Gesicht nicht sehen, doch in ihrer Stimme klang all das Mitleid mit, das ich nie von Leuten gewollt hätte. Weil ich es nicht verdiente.

»Mir auch«, stieß ich hervor. »Weil ich schuld bin.«

»Was ist denn passiert?«

Wütend wischte ich mir die Tränen aus dem Gesicht. Ich hatte es nicht verdient zu weinen, zu trauern. Ich hätte etwas tun müssen. Dann wäre meine Familie jetzt nicht so kaputt. Vielleicht hatte ich es ja nicht einmal verdient, das Armband zu tragen, und es geschah mir gerade recht, dass es weg war.

»Er hat sich umgebracht. Wir haben es nicht kommen sehen. Aber ich hätte es sehen müssen. Er hat mir geschrieben. Er war sich nicht sicher, ob er zum Geburtstag meines Dads kommen soll. Dabei kommt er immer heim. Zu jeder Familienfeier. Ich dachte, er will einfach bei seinen Jungs in der Navy bleiben, dass es ihm gut geht, die Strecke zu weit ist – was auch immer. Wäre ich nicht so verdammt fokussiert auf mich und diesen Job gewesen, hätte ich vielleicht nachgefragt, hätte ihn gezwungen, zu kommen.«

»Du trägst keine Schuld.« Layla sagte das, als handelte es sich dabei um eine unumstößliche Tatsache, doch Fakt war, dass mein kleiner Bruder nicht hier war und meine Eltern sich immer weiter in ihren Theorien verloren.

»Das hat meine Therapeutin auch gesagt«, erwiderte ich lachend, doch es lag keine Fröhlichkeit in dem Laut. »Aber ich war die Einzige, die es in der Hand gehabt hätte, weißt du?«

»Wieso? Weil er dir geschrieben hat? Wie hättest du das ahnen sollen?«

Ich hob die Schultern. »Ich hätte eine bessere Schwester sein müssen.«

»Gibst du deinen Eltern Schuld an seinem Tod?«

»Natürlich nicht.«

»Eben. Und sie waren seine Eltern, haben sich geschworen, ihn zu beschützen. Dennoch trifft sie keine Schuld.«

»Nicht daran, nein.«

»Sondern?«

»Daran, was sie mit der Erinnerung an ihn machen. Sie geben einfach nicht auf. Sie klammern sich krampfhaft an die Hoffnung, dass es kein Suizid war. Dass etwas vorgefallen ist, dass die Navy Schuld hat, dass ihnen etwas verheimlicht wird.«

»Und du glaubst das nicht.«

»Kein Stück«, bestätigte ich. »Und weißt du, was ich am meisten daran hasse? Dass sie nicht trauern.« Ich schüttelte den Kopf. »Sie trauern einfach nicht. Sie leben in ihrer Scheinwelt, werfen Geld und Energie zum Fenster hinaus und vergessen darüber vollkommen, dass es ganz egal ist, was sie tun und herausfinden. Quinn ist tot.« Ich sah zu Layla, ihr Gesicht war ein verschwommener Schatten im Halbdunkel des Wohnzimmers. Die Tränen nahmen mir die Sicht. »Und das vergessen sie in ihrem bescheuerten Wahn. Mein Vater hat nicht einmal geweint.« Ich lachte auf, doch es endete in einem Schniefen. »Er ist nur so … voller Wut. Dabei will ich einfach nur abschließen, es verarbeiten, gemeinsam mit ihnen trauern können, doch sie lassen es nicht zu.«

Layla antwortete nicht, sie zog mich nur an sich, bettete meinen Kopf auf ihre Schulter und strich mir weiter über den Arm. Ließ mich weinen. Und ich tat es. Ich schämte mich nicht einmal, dabei heulte ich gerade ihr Shirt voll. Doch irgendwie fühlt es sich gut an: gehalten zu werden und loslassen zu können.

Ich hätte nicht sagen können, ob wir Minuten so dasaßen oder Stunden, doch irgendwann, als keine Tränen mehr kamen und mir die Augen vor Erschöpfung zufielen, richtete ich mich langsam auf.

»Danke. Fürs Zuhören, für die Hilfe. Für alles.«

»Nicht dafür.« Layla winkte ab. »Es tut mir leid, dass wir das Armband nicht gefunden haben. Aber ich bin mir sicher, es taucht auf, wenn du gerade nicht danach suchst. Das haben die Dinge so an sich, sie finden uns in den Momenten, wenn wir sie brauchen, nicht, wenn wir sie wollen.«

Ein feines Lächeln umspielte Laylas Mund, und obwohl ich innerlich leer und erschöpft sein sollte, breitete sich ein warmes Gefühl in meiner Brust aus, verdrängte den Druck.

»Schlaf gut, Ariana.«

»Du auch«, erwiderte ich leise und folgte Layla zur Tür. Sie zwinkerte mir noch einmal zu, dann war sie verschwunden.

Meine Finger hatten gerade die Türklinke verlassen, als es plötzlich klopfte. Irritiert drückte ich die Klinke wieder nach unten.

»Hast du was ver…« Ich stoppte mitten im Satz, denn vor mir stand Layla – mit einem breiten Grinsen auf dem Gesicht und einem funkelnden Armband in der ausgestreckten Hand. *Meinem* Armband.

»Was? Wie?«

»Ich sagte doch, die Dinge finden uns, wenn wir sie brauchen. Anscheinend ist das bei dir und diesem Armband so.«

Behutsam nahm ich es ihr aus der Hand, als könnte es bei der leichtesten Berührung zu Staub zerfallen.

»Es lag hier unter der Treppenstufe versteckt. Ich hab es nur gesehen, weil ich mich am Fuß der Treppe noch mal umgedreht habe und es das Licht reflektiert hat. Vielleicht hat es jemand aus Versehen beim Tragen mit rausbefördert.«

»Danke«, sagte ich schon wieder und presste das kühle Metall an meine Brust. An meiner Hand spürte ich, wie schnell mein Herz klopfte. Und das lag nicht nur an dem Armband.

Freitag, 7. Juni

Ich würde mit mir schlafen.

Mit zufriedenem Nicken drehte ich mich im Spiegel, betrachtete meinen Hintern, der in dem knappen Höschen so richtig gut zur Geltung kam, und zog die Strümpfe zurecht, die die Strapse des Bodys an ihrer Stelle hielten.

Ich sah heiß aus. Wenn das heute nichts wurde, dann wusste ich auch nicht. Nach einem letzten kontrollierenden Blick in den Spiegel wanderte ich zu meinem Bett und legte mich seitlich auf die Decke. Ich fuhr mir durchs offene Haar, damit es über meinen Rücken nach hinten fiel, und wartete gespannt.

Evie und Tyler schliefen mit Sicherheit noch, zumindest drangen keine Geräusche zu mir ins Zimmer – abgesehen von dem leisen Plätschern der Dusche. Das Wasser wurde abgedreht, und ein aufgeregtes Kribbeln schoss von meinem Bauch in den Rest meines Körpers. Ich zählte acht zittrige Atemzüge, dann wurde die Tür zu meinem Zimmer geöffnet, und Cam kam herein. Nackt. Bis auf das Handtuch um seine Hüfte.

Überrascht hob er die Brauen und ließ den Blick über mich wandern. Noch bevor ich etwas sagen konnte, trat die Lust in seine Augen.

Ding, ding, ding. Bingo.

Ich konnte förmlich spüren, wie das Selbstbewusstsein bei seinem Blick in meinen Körper zurückkehrte. Es lag also nicht an mir, wusste ich es doch!

»Hi«, sagte ich und erhob mich.

»Hey«, erwiderte Cam mit rauer Stimme. Als ich schließlich vor ihm stand, zögerte er keine Sekunde. Mit starken Händen umschloss er mein Gesicht, zog mich an sich und küsste mich innig. Der herbe Geruch seines Aftershaves umhüllte mich und verstärkte das Flattern in meinem Magen. Ich schloss die Augen, sog seinen Duft ein, wanderte mit den Händen über seinen Rücken, während Cam seine Linke zu meinem Hintern senkte und fest zudrückte. Ich stöhnte in seinen Mund, und mehr brauchte es nicht. Er löste sich von mir, um mich zum Bett zu schieben, dann lag er auf mir, erkundete meinen Körper mit seinem Mund, küsste meinen Hals, meine Brust, den feinen Streifen Haut unterhalb meines Bodys. Gänsehaut legte sich auf meinen Körper.

»Ich will dich«, hörte ich ihn murmeln.

Eilig löste ich die Strapse von meinen Strümpfen, damit Cam mir das Höschen ausziehen konnte. Mit einem Griff hatte ich ihm das Handtuch vom Leib gerissen. Ein Grinsen breitete sich in meinem Gesicht aus, das Cam spiegelte.

»Ich sagte doch, ich will dich.«

»Ich wusste ja nicht, wie sehr.«

»Immer«, sagte er, und die Selbstverständlichkeit, die er in dieses Wort legte, zerstreute meine Sorgen. Es war alles gut zwischen uns. Besser, es war alles perfekt.

Ich legte meine Hand um seine Härte, wollte meinen Mund folgen lassen, als Cam mich bestimmt auf die Matratze drückte. Er warf mir einen warnenden Blick zu, dann senkte er den

Kopf – und seine Zunge streifte meine Klitoris. Ich stöhnte auf und drückte meinen Rücken durch, schob mich ihm entgegen. Ich hatte mich so sehr nach seinen Berührungen gesehnt. Ich spürte, wie ich feucht wurde, wie mein Körper mehr wollte. Als könnte Cam meine Gedanken lesen, schob er einen Finger in mich. Doch das war es nicht, was ich brauchte.

»Ich will dich. In mir.«

Cam hob den Kopf und erwiderte meinen Blick. Ein feines Lächeln umspielte seinen Mund, dann kam er näher. Ich schob mich ihm weiter entgegen, legte meine Hand an seine Hüfte, während die andere nach der Kondompackung in meinem Nachttischschrank tastete. Da! Endlich.

Ich riss die Packung auf, rollte das Kondom über Cams Erektion, was ihm ein weiteres Stöhnen entlockte. Dann sah ich zu ihm auf, und mehr benötigte es nicht. Seine Hände fanden meine Handgelenke, er drückte mich zurück aufs Bett, dann war er endlich in mir.

Ich schloss die Augen und genoss das Gefühl von ihm. Ein lautes Stöhnen entwich meinem Mund, als Cam begann, sich in mir zu bewegen.

»Psht«, tadelte er mich mit einem Schmunzeln. »Wir wollen doch die anderen nicht wecken.«

»Die sind mir grad so was von egal«, gab ich zurück und streckte meinen Rücken durch, weil ich ihn tiefer wollte. Cam verstand die stumme Aufforderung und gab mir, was ich brauchte. Seine schnellen, harten Stöße ließen mich aufseufzen, und als er eine Hand von mir löste und sie kurz darauf auf meine empfindlichste Stelle legte, sie massierte, schloss ich die Augen wieder. Gab mich dem einfach hin.

Cam und ich funktionierten.

»Ja!«, rief ich, als er genau den richtigen Punkt traf. Seine Finger bauten einen Druck in mir auf, der sich immer weiter ausdehnte. Cams Stöhnen in meinen Ohren machte mich zusätzlich an. Immer schneller stieß er in mich, massierte meine

Klitoris, bis ich der Welle in mir nicht länger standhielt und zum Höhepunkt kam.

Cam wurde langsamer, doch ich spannte die Muskeln an. »Nicht, wir sind noch nicht fertig.«

Cam hob die Brauen. »Du willst eine zweite Runde?«

»Ich will, dass du kommst.«

»Ich muss nicht …«

»Ich weiß, dass du nicht musst. Aber ich will, dass es für dich genauso gut ist.«

»Shae, das ist es.«

Ich schluckte meine Erwiderung hinunter, da wir diese Diskussion nicht zum ersten Mal führten. Stattdessen schob ich mich ihm entgegen, hob die Hüfte, senkte sie wieder und legte meine Finger um seine Handgelenke. Ein Ausdruck, den ich nicht deuten konnte, überschattete Cams Züge. Ich verschnellerte den Rhythmus, doch ich merkte, wie er in mir weicher wurde.

Sanft löste er meine Finger, dann rollte er sich von mir, küsste meine Stirn.

»Das war schön. Du bist wunderschön.«

Ich lächelte, doch hinter meinen Augen brannten Tränen. Gab ich ihm nicht, was er wollte? Es war immer dasselbe: Wir waren heiß aufeinander, hatten Sex, er war offensichtlich Feuer und Flamme – dann kam ich, und es war vorbei. Es war nicht so, dass Cam nicht kommen konnte, doch nie schafften wir es beim Sex oder wenn ich ihn anfasste. Wenn es angeblich nicht an mir lag, woran dann?

»Cam?«

»Ja?«, fragte er, das Handtuch schon wieder um seine Hüfte gewickelt.

»Irgendwas stimmt nicht.«

»Was meinst du?« Sein Blick verriet mir, dass er bestens wusste, worauf ich anspielte. Er seufzte. »Ich sagte doch, dass alles okay ist. Ich liebe den Sex mit dir.«

»Ich auch«, warf ich schnell ein. »Aber wenn du es so liebst, warum …« Ich hob die Schultern. »Hast du irgendwelche Fantasien, die du ausleben magst? Ist dir unser Sexleben zu Vanilla? Wir könnten im Central Park …«

»Shae.« Cam schmunzelte, doch mir war gar nicht nach Lachen zumute. »Es ist alles perfekt so, wie es ist, okay?«

Er strich mir über die Wange, dann stand er auf und nahm seine Kleidung von meinem Schreibtischstuhl.

Ich bejahte nicht, ich nickte nicht einmal, doch das schien ihm nicht aufzufallen. Ich saß einfach da in meinem Body und den Strümpfen, sah Cam dabei zu, wie er sich anzog, und fragte mich wieder einmal, ob ich etwas falsch machte. Ob ihm etwas an mir nicht gefiel.

Es sah mir nicht ähnlich, an mir zu zweifeln. Ich mochte mich, meinen Körper, und ich war keine Niete im Bett – zumindest, wenn ich dem bisherigen Feedback Glauben schenken konnte. Doch was zur Hölle stimmte dann nicht? Wieso schaffte ich es nicht, Cam zum Kommen zu bringen? Und was, wenn es ihm aus genau diesem Grund irgendwann langweilig mit mir wurde? Er an unserer Beziehung zu zweifeln begann? Denn auch wenn ich es ihm gegenüber noch nicht ausgesprochen hatte: Ich mochte Cam. Zu sehr, um ihn zu verlieren.

»Guten Morgen!« Tyler begrüßte mich mit breitem Grinsen, als ich in die Küche kam. »Dein Morgen war besonders gut, wie ich gehört habe, was?«

»Klappe«, erwiderte ich und schenkte mir von dem Kaffee ein, den er gebrüht hatte.

»Ich habe auch wieder richtig gute Starts in den Tag, jetzt, da der Fluch endlich gebrochen ist.« Ty seufzte selig, während Evie, die auf der Couch saß, aufstöhnte.

»Die Agentur hat nicht zufällig Anbieter von Ohrenstöpseln als Kunden? Ich könnte ein Abonnement gebrauchen.«

»Ja, bei Shaes lautstarker Begeisterung so früh am Morgen würde ich mich anschließen.«

Ich kniff die Augen zusammen und sah ihn über den Rand meiner Kaffeetasse hinweg an. Er grinste und nickte provozierend. »Was?«

»Ein Wort: Fluch.«

So wenige Buchstaben und doch genügten sie, ihm seinen selbstgefälligen Ausdruck vom Gesicht zu waschen. »Das würdest du nicht wagen!«

»Leg es nicht drauf an.«

Er mimte einen Reißverschluss nach, mit dem er seinen Mund verschloss, nahm seine Kaffeetasse und ging schnell und mucksmäuschenstill auf sein Zimmer.

»Wow«, meinte Evie lachend und trat zu mir an die Küchentheke. »Ich glaube, du hast Tylers Kryptonit gefunden.«

»Du kannst es gern verwenden.«

»Hey, ist alles okay?«

Ich seufzte. »Nicht wirklich, wenn ich ehrlich bin.«

»Magst du reden?«

Ich zögerte, schüttelte dann jedoch den Kopf. Unser Problem zu diskutieren, wäre nicht fair Cam gegenüber. Es musste eine Lösung geben – es war nur wenig hilfreich, dass er nicht bereit war, über das Thema zu sprechen. »Danke, aber das wird schon. Hoffe ich. Kommst du gleich mit ins Büro?«

»Nein, ich arbeite heute hier. Sitze nur an Konzepten für ein Shooting nächste Woche. Das geht gut von daheim aus.«

»Alles klar, dann mach ich mich mal auf den Weg.« Ich leerte die Kaffeetasse in wenigen Zügen und stellte sie in die Spülmaschine.

»Wartest du nicht auf Tyler?«

»Ich muss etwas früher da sein heute«, flunkerte ich. Die Wahrheit war, dass ich mich den Fragen, die Tyler sicher haben würde, nicht stellen wollte. Denn ihm fiel immer auf, wenn es mir nicht gut ging. Und ich konnte es weder gut verstecken, noch wollte ich ihm meine Sexprobleme offenlegen, ohne mir die Erlaubnis von Cam eingeholt zu haben. Und auf die würde ich wohl lang warten können, denn Cam war frohen Mutes zur Arbeit spaziert, als störte ihn die ganze Sache nicht im Geringsten. Mir jedoch lag sie schwer im Magen. Ich hatte Angst.

»Okay«, erwiderte Evie. »Dann sehen wir uns heute Abend.«

Bei der Erwähnung machte mein Herz einen Hüpfer, und ich hätte mir am liebsten gegen die Stirn geschlagen. Heute Abend!

»Da kann ich nicht, Emely kommt!« Meine Laune hob sich direkt bei dem Gedanken, meine Schwester wiederzusehen. »Ich bring nur kurz ihre Sachen heim, dann starten wir unsere Sightseeing-Tour.«

»Stimmt! Wenn ihr am Wochenende was gemeinsam unternehmen mögt, sag Bescheid.«

»Na klar, das mach ich.«

Ich drückte Evie zum Abschied, schnappte mir Tasche und Laptop aus meinem Zimmer und nahm dann die Stufen nach unten. Den Aufzug ließ ich wie immer links liegen – ich mochte es endlich schaffen, den im Büro zu nutzen, doch diesem alten Ding traute ich nicht über den Weg.

Ich würde das mit Cam regeln. Das Wochenende mit meiner Schwester würde mich auf andere Gedanken bringen, und mit ihr würde ich reden können. Cam kannte Emely nicht, und es war quasi ein ungeschriebenes Gesetz, dass man vor Schwestern nichts geheim halten durfte. Zumindest hatten Em und ich niemals Geheimnisse voreinander.

Kaum dass ich auf die Straße trat und von den üblichen New Yorker Geräuschen begrüßt wurde, kramte ich mein Handy aus der Tasche und drückte unter den Favoriten auf Emelys Namen. Es dauerte keine drei Sekunden, bis sie abgenommen hatte.

»Hiii!«, erklang es aufgeregt.

»Hey, alles gut bei dir?«

»Und wie. Ich kann es kaum erwarten. Alessia kommt gleich, dann geht es los. Wir sollten gegen sechs in Manhattan ankommen.«

»Ich hol euch am JFK ab!«

»Musst du nicht, Mom hat uns Geld für ein Taxi gegeben, damit wir nicht überfallen werden«, erwiderte meine Schwester mit einem Lachen. »Wir würden also erst zu dir fahren und das Gepäck abstellen. Dann können wir direkt los, wir haben nämlich eine ganze Liste an Dingen, die wir sehen und machen wollen.«

»Sehr gut«, erwiderte ich lächelnd und merkte, wie sich meine Laune wieder hob. »Ich hab mir das gesamte Wochenende freigenommen.«

»Du bist eben die Beste!«

Ein Hupen erklang, und ich war mir im ersten Moment nicht sicher, ob es mir galt oder aus dem Telefon zu mir drang, doch Emelys Quietschen war Antwort genug. »Das ist Alessia! Ihr Freund fährt uns zum Flughafen, damit wir das Gepäck nicht schleppen müssen. Oh mein Gott, ich kann es kaum erwarten, dich zu sehen! Und Ty! Und deine neuen Freunde! Und Cam!«

Ems Stimme überschlug sich fast vor Aufregung, und Vorfreude flutete meinen Körper. Es war wirklich viel zu lange her, dass ich Zeit mit meiner Schwester verbracht hatte.

»Dann bis später! Schick mir Statusupdates.«

»Das mach ich. Lieb dich!«

»Ich dich auch«, erwiderte ich, dann legte Em auf, und ich lief zur U-Bahn-Station. Wie an den meisten Morgen lag sanfte Gitarrenmusik in der Luft, und als ich nach links blickte, sah ich den blonden Musiker, der hier bei jeder Wetterlage spielte. Das warme Sonnenlicht traf auf den belebten Platz, erhellte den Asphalt, und die Töne der Gitarre schafften es trotz des Trubels und Straßenlärms allem eine Ruhe zu verleihen. Ich lächelte dem Mann im Vorbeigehen zu, doch er war vollkommen in die Musik versunken und schien mich gar nicht wahrzunehmen.

Das Lächeln nach wie vor in meinem Gesicht, ging ich die Stufen nach unten. Ich würde meine kleine Schwester wiedersehen – und ich schaffte es mittlerweile, die Subway zu nehmen, ohne panisches Herzrasen zu bekommen. New York tat mir gut. Und ich war mir sicher, Emely würde der Stadt genauso verfallen wie ich.

»Geht noch einen kleinen Schritt nach links«, rief ich und drückte auf den Auslöser meines Handys. »So ist's perfekt!«

Ich kam mir vor wie Evie, als ich Alessia und meine Schwester auf dem Times Square drapierte, doch ich würde auf keinen Fall zulassen, dass sie abreisten, ohne zumindest hundert Erinnerungsfotos im Gepäck zu haben.

»Oh wow, die sind super geworden!« Emelys Strahlen sandte ein warmes Gefühl durch meinen ganzen Körper. Ich hatte sie vermisst, ja. Aber noch viel mehr hatte ich diesen Ausdruck auf ihrem Gesicht vermisst. Diese ungezähmte Freude, das Leuchten, das in den letzten Jahren immer mehr geschwunden war. Mit ihren zweiundzwanzig Jahren war sie das Küken unserer Familie, und seit ihrer Geburt, bei der ich gerade einmal vier Jahre alt gewesen war, wollte ich sie vor allem und jedem beschützen. Das hatte sich bis heute nicht geändert.

Zum bestimmt siebten Mal, seit sie vor einer Stunde angekommen war, zog ich sie in eine feste Umarmung und atmete den mir so vertrauten Geruch ein. Em roch nach Heimat, nach unserer Kindheit, nach durchgemachten Nächten, in denen wir uns unter der Bettdecke von unseren ersten Schwärmen erzählten. Ich hatte drei Schwestern, doch Em und ich hatten uns immer besonders nahegestanden.

»So, jetzt habt ihr auch ein Foto.« Alessia hielt uns das Display ihres Handys entgegen, auf dem Emely und ich in einer innigen Umarmung zu sehen waren, die leuchtenden Werbetafeln des Times Square im Rücken, auch wenn es noch zu hell war, damit diese ihre volle Wirkung entfalteten.

»Das lass ich mir entwickeln«, beschloss ich und knuffte sie in die Seite. »Danke. Dich hab ich übrigens auch vermisst.«

»Und wir dich in Phoenix genauso. Wir sollen dich auch von Bob grüßen! Haben ihn bei Target getroffen. Er meinte, die Redaktion wäre ohne dich nicht mehr dasselbe.«

»Oh, danke«, erwiderte ich. »Ich muss unbedingt mal wieder nach Hause, alle besuchen.«

»Spätestens an Weihnachten dann«, meinte Em. Mit funkelnden Augen sah sie sich um, betrachtete die hohen Gebäude, die Menschenmengen, die begeisterten Touristengruppen. »Aber ganz ehrlich: Ich kann verstehen, dass du hergezogen bist. Die ganze Stimmung hier ist anders, freier.«

»Wag es ja nicht, herzuziehen! Du kannst mich nicht allein lassen«, warf Alessia ein.

Em lachte. »Du kommst einfach mit!«

»Laurence würde in der Großstadt sicher durchdrehen, oder?« Denn Ems Freund war Phoenix oft schon zu hektisch. Wenn es nach ihm ginge, würden die beiden schnellstmöglich aufs Land ziehen – fernab von anderen Menschen. Eine Kleinfamilie mit Hund in Montana, das war, so zumindest mein letzter Stand, ihr gemeinsamer Traum.

Ems Lächeln wankte. »Ja, würde er.« Ihr Blick verlor sich in der Szenerie hinter Alessia und mir. Nur wenige Sekunden, dann wandte sie sich wieder lächelnd zu uns – doch etwas von dem Leuchten in ihren dunkelbraunen Augen war abhandengekommen. »War einfach nur ein blöder Traum. Wollen wir was essen gehen, bevor wir weiterziehen?«

Sosehr ich mich auch freute, dass der Vorschlag von Emely ausging und dass der Aufenthalt in der Klinik – zumindest auf den ersten Blick – geholfen zu haben schien, klangen ihre Worte in meinen Ohren nach.

»Wir könnten uns einen Hotdog holen? Oder ist euch mehr nach Brezeln? Davon gibt es auch einige Stände.«

»Hotdogs!«, beschlossen Em und Alessia einstimmig, und

wir setzten uns lachend in Bewegung. Ich marschierte voraus, schaute mich jedoch immer wieder nach meiner kleinen Schwester um. Ihr Gang wirkte wieder unbeschwert, auf ihrem Gesicht lag ein Lächeln, als sie sich die langen braunen Haare aus dem Gesicht strich, die meinen so sehr ähnelten. Dennoch nahm ich sie zur Seite, als Alessia, am Hotdog-Stand angekommen, ihre Bestellung aufgab.

»Hey«, sagte ich sanft, und Em sah mich mit schief gelegtem Kopf an.

»Es ist alles okay!«, kam sie mir zuvor. »Ich habe Situationen wie diese geübt.«

»Das ist großartig, wirklich! Aber darauf wollte ich gar nicht hinaus.« Ich schielte zu Alessia und ging sicher, dass sie noch mit ihrer Bestellung beschäftigt war. »Was du eben gesagt hast ... Würdest du denn wirklich herziehen wollen? Nach New York?«, hakte ich nach. Es war das erste Mal, dass ich meine Schwester solche Wünsche äußern hörte. Was das anging, war sie das Gegenteil von mir: Auf ihrem Fünfjahrplan standen weniger Karriereziele als vielmehr das Gründen einer Familie. Während ich Partys und die Großstadt suchte, war ihre Vorstellung von einem perfekten Abend ein Serienmarathon auf der Couch. Wir waren so unterschiedlich und verstanden uns gerade deshalb so gut – weil wir uns ergänzten und uns auf unseren unterschiedlichen Lebenswegen bedingungslos unterstützten. Und weil wir keine Geheimnisse voreinander hatten, unsere Gedanken stets teilten.

Warum nur sah ich dann eine Lüge in Emelys Blick, als sie lächelnd den Kopf schüttelte?

8
EVIE

Mittwoch, 12. Juni

Ich stellte den Reflektor auf, richtete ihn so aus, wie ich ihn brauchte, und trat drei Schritte zurück. Es war halb zwei am Mittag. Wie ich bei meinen Besuchen vergangene Woche festgestellt hatte, fiel um diese Uhrzeit das beste Licht in den Raum. In etwa einer Stunde wäre der erste Moment gekommen, dann würde die Sonne auf die linke Spiegelwand treffen und als Reflexion zurück in die Mitte des Raumes geworfen werden. Wie ein Spotlight aus dem Himmel.

Das würde das erste Motiv des Tages werden. Im Moment wurden gerade meine Models gestylt. Darunter nicht nur Dawn, Alfie und Kim, die alle von Cam fertig gemacht wurden, sondern auch sieben junge Mädchen und fünf Jungs, die an der NYMSA studierten. Sie würden mir als Hintergrund dienen und die entsprechende Stimmung ins Bild bringen. Dawn und die anderen würde ich in der Mitte platzieren. Wir hatten bereits die Outfits besprochen. Dawn hatte sich für schlichte weiße Dessous entschieden, die ihre wundervollen Rundungen und Konturen perfekt zur Geltung brachten, Alfie wollte so viel Haut wie möglich zeigen und sich fast nackt präsentieren, damit man viel von seiner Cellulite sah, und Kim würde alles verdecken, bis auf ihr Feuermal. Es sollte der Star dieses Fotos sein.

Ich hatte mir vorhin lange Zeit genommen, mit jedem einzeln zu sprechen, damit sie sich so wohl wie nur möglich fühlten. Sie wussten, wie ich das Set gestalten wollte, was meine Aussage hinter den Fotos war und wie ich mir das alles vorstellte. Durch die Tänzer und Tänzerinnen drum herum sollte der Eindruck von Beobachtung und Einsamkeit gleichzeitig entstehen. Gerade in einer Stadt wie New York konnte man schnell das Gefühl bekommen, trotz all der Menschen nicht gesehen zu werden. Man verschwand in dieser Masse aus Leuten, die sich hauptsächlich um ihren eigenen Alltag und ihre eigenen Probleme sorgten. Es entstanden kleine Kapseln der Einsamkeit, in die sich jeder einschloss.

Ab und an brachen besondere Menschen diese Kapseln auf und nahmen einen an die Hand. So wie es Shae, Tyler und Ariana mit mir getan hatten, aber vielen ging es nicht so.

Ich hörte Schritte hinter mir und blickte in einen der unzähligen Spiegel, die im Raum aufgehängt waren. Shae trat in den Tanzsaal. Im Schlepptau hatte sie Emely und Alessia. Ich winkte den dreien zu und deutete mit einer Geste an, dass sie reinkommen sollten.

»Wie war es denn heute in der Stadt?«, fragte ich. Emely, ihre Freundin Alessia und Shae waren seit Freitag unterwegs und fuhren das volle Sightseeingprogramm.

»So toll!«, antwortete Emely. »Ich dachte nicht, dass etwas den Top of the Rock toppen kann, die Aussicht war einfach der Hammer, aber das MET hat es heute definitiv geschafft! Davor waren wir noch in einem richtig coolen Vintage Store shoppen. Oh, und ich liebe es, all die Menschen zu beobachten, das könnte ich stundenlang tun. Ich spamme gerade

TikTok mit all den Eindrücken zu. Das ist der beste Trip seit Langem.«

»Klingt perfekt.«

Shae hatte mir, mit Emelys Einverständnis, erklärt, was ihre kleine Schwester durchgemacht hatte und dass sie gerade von einem Klinikaufenthalt kam. Es freute mich sehr, dass sie so in New York aufblühte und Spaß hatte.

»Was steht heute noch an?«

»Ein Musicalbesuch«, sagte Emely. »Wir wollen uns *Frozen* anschauen. Ich freu mich jetzt schon. Es ist aber echt schade, dass wir morgen wieder nach Hause müssen. Ich wäre gern zu deinem Geburtstag geblieben.«

»Komm einfach im nächsten Jahr wieder.«

»Oder zu Tylers Geburtstag im September«, sagte Shae. »Wie ich ihn kenne, wird er eh 'ne fette Party schmeißen wollen.«

Emely sah mit glänzenden Augen zu Alessia, die sofort die Hände hob. »Ich bin auf alle Fälle dabei.«

»Wir behalten es im Auge. Je nachdem, was bis dahin ist«, sagte Emely.

Ich war mir nicht sicher, ob sie auf ihre Krankheit oder etwas anderes anspielte. Mir war schon aufgefallen, dass sie sich manchmal in sich zurückzog und das Leuchten aus ihren Augen verschwand. Meistens hielt das nur ein paar Atemzüge, aber in den kurzen Momenten schien die ganze Last der Welt auf ihren Schultern zu liegen.

»Das sieht übrigens großartig aus«, sagte Shae und stellte sich neben mich. Sie trug einen schönen Zweiteiler aus schlichter weißer Bluse und einer legeren, ausgestellten Hose, deren Stoff locker ihre Beine umspielte. Die Schuhe hatte sie am Eingang gelassen, genau wie Emely und ihre Freundin. Die beiden hatten sich im New-York-Style gekleidet. Mit Baggy Pants, bauchfreiem Oberteil bei Alessia und einem längerem bei Emely. Dazu klimperten bunte Armbänder an ihren Handgelenken. Sie sahen aus wie Hip-Hop-Tänzerinnen, die gerade von ihrem Auftritt kamen.

»Danke«, antwortete ich. »Ich bin auch sehr zufrieden. Die Bilder könnten gut werden.«

Shae boxte mich in die Seite. »Streich das *könnte*. Die *werden* gut.«

Ich nickte brummend. Seit ich so viele Shootings für die Agentur machte, war ich wesentlich selbstbewusster geworden, was meine Fähigkeiten anging, aber bei Projekten wie diesem merkte ich dennoch die Nervosität. Dawn, Kim und Alfie waren große Namen in der Social-Media-Welt. Sie hatten zusammen Millionen Follower, gerade Kims Twitch-Kanal ging im Moment ziemlich steil nach oben. Sobald bekannt wurde, dass ich diese Fotos von ihnen gemacht hatte, die die drei auf eine derart intime Art zeigten, wie es sie noch nie gegeben hatte, würden sich sehr viele Augen auf mich richten. Die Kampagne mit *April Dreams* hatte mir schon enorme Reichweite gebracht, und mein Instagramkanal explodierte gerade, aber das hier könnte auch Hater auf den Plan rufen. Ich hatte mich in den letzten Wochen mit den dreien zusammengesetzt, und sie hatten mir erzählt, wie oft sie mit sexistischen Sprüchen oder dummen Äußerungen konfrontiert wurden. Meine Hochachtung für die drei war danach noch mehr gewachsen. Dieses Shooting durchzuziehen und sich derart verletzlich zu zeigen, war unglaublich mutig. Ich freute mich, ein Teil davon zu sein, aber ich hoffte, dem auch gerecht werden zu können. Zumal ich persönlich mich nie so vor einer Kamera präsentieren würde. Ich war zwar okay mit meinem Körper, aber ich liebte ihn nicht sonderlich. Vor allen Dingen gewisse Stellen, wie meinen Bauch oder meine Hüfte, die …

»Evie?« Shaes Stimme ließ mich zusammenzucken. Genau wie die Hand, die sie gerade vor meinem Gesicht auf und ab bewegte.

»Mh? Sorry.«

»Bist du schon im Fototunnel? Soll ich dich lieber in Ruhe lassen?«

»Nein, alles gut. Hast du was gesagt?«

»Ja, ich hab gefragt, ob wir was helfen können.«

»Nein, glaube nicht.« Ich blickte zur Tür, wo Jaz den Kopf hereinsteckte.

»Wie sieht es hier aus?«, fragte er. »Wir wären so weit.«

»Perfekt. Kommt rein, dann stell ich alle schon mal so auf, wie ich sie haben möchte.«

»Was genau planst du denn?«, fragte Emely und betrachtete sich in einem der Spiegel. Ihr Blick wanderte kurz über ihren Körper, ehe sie sich wegdrehte. Ich verstand das, ich schaute mich auch nicht gern an. Vor allen Dingen, wenn ich aus der Dusche kam, wickelte ich mich erst mal in ein Handtuch und mied den Blick in den Spiegel. Manchmal fragte ich mich, ob die Abneigung gegen meinen Körper auch eine Art Störung war. Ich hatte zwar keine Probleme mit Essen oder fügte mir Wunden zu, wie es manche taten, aber ich mochte es einfach nicht, mich mit mir selbst zu beschäftigen. In den letzten Tagen dachte ich wieder mehr über mein Körperbewusstsein nach und wie ich zu mir stand. Vielleicht war das ausgelöst von dem Besuch von Emely und ihren Berichten aus der Klinik oder von diesem Shooting, in dessen Vorbereitungen ich mich sehr reingekniet hatte.

Die Geräusche der sieben jungen Mädchen und der fünf Jungs rissen mich ein weiteres Mal aus meinen Grübeleien. Besser so. Ich musste meinen Fokus auf dem Shooting halten, sonst würde das nichts werden. Die Tänzerinnen und Tänzer kamen in die Mitte des Raumes und sahen mich fragend an.

»Hi«, sagte ich. Wir hatten uns vorhin schon vorgestellt, als ich angekommen war. »Ihr seht toll aus.«

»Danke«, antwortete Undine auf Deutsch. Sie war eine zierliche junge Frau mit langen blonden Haaren und einer Energie im Körper, die sich auf alle Umstehenden ausdehnte. Da sie zudem aus meinem Heimatland kam, hatten wir bereits die ein oder andere Erfahrung ausgetauscht. »Wir sind sehr gespannt.«

Undine trug lange Leggings, Beinstulpen, Spitzenschuhe und das dazu passende Shirt, das sie vor ihrem Bauch geknotet hatte. Die blonden Haare hatte sie zu einem strengen Dutt gebunden. Jaz hatte mir erklärt, dass im klassischen Ballett strikte Kleidungsregeln herrschten, sie diese in der NYMSA aber lockerten. Heute brauchte ich allerdings genau diesen Mix aus Strenge, Disziplin und Losgelöstheit. So hatte ich vier der Mädels in Ballettoutfits gesteckt, genau wie zwei der Jungs, die anderen waren legerer gekleidet und erinnerten eher an Streetdancer.

»Okay, Undine, Willow und August, ihr stellt euch dort drüben hin«, sagte ich und deutete auf eine Stelle am Fenster.

»Wir lassen dich mal arbeiten«, sagte Shae und wandte sich mit Emely und ihrer Freundin ab. »Stören wir, wenn wir von der Tür aus zusehen?«

»Nein, gar nicht.« Ich schnappte mir zwei Tänzer und bat sie, sich an der gegenüberliegenden Wand aufzustellen. Nach und nach baute ich den Hintergrund so auf, wie ich ihn haben wollte. Als ich fertig war, trat ich zurück und betrachtete das Bild.

»Ja, das sieht schon mal gut aus.« Ich machte ein paar Probeschüsse mit der Kamera, die via WLAN an meinen Rechner angeschlossen war und die Bilder sofort live ausspuckte. So konnte ich alles direkt kontrollieren. »Ich brauch noch zwei Reflektoren. Rührt euch nicht, bin gleich wieder da.«

Rasch huschte ich zu meiner Tasche und kramte darin herum.

»Hat eine von euch kurz Zeit?«, hörte ich Cams Stimme an der Tür. Er war mit unseren Models einen Raum weiter und bereitete dort alles vor. »Bräuchte Input, ob Dawns Styling so passt.«

»Würdest du …?«, fragte ich und deutete auf Shae. Sie kannte die Details des Shootings genauso gut wie ich. Schließlich war das die erste große Sache für ihr Magazin.

»Ja, natürlich.«

»Ich komm mit!«, rief Emelys Freundin. »Ich liebäugle auch mit einer Weiterbildung als Visagistin.«

»Ja? Hast du schon Erfahrungen gesammelt?«, fragte Cam freundlich.

»Ein wenig. Ich arbeite in einem Friseurladen und mache am liebsten die Braut- oder Festfrisuren.«

»Ich zeig dir gern ein paar Tricks, wenn du magst.«

»Das wäre super!«

Und schon war sie verschwunden. Ich zog den Reflektor aus der Tasche und suchte nach dem zweiten.

»Soll ich den für dich zusammenbauen?«, fragte Emely.

»Das wäre toll. Danke.«

Ich warf ihr einen kurzen prüfenden Blick zu, ob sie Hilfe brauchte, aber Emely machte das nicht zum ersten Mal.

»Wir hatten in der Klinik einen Fotografen zu Besuch, da habe ich auch schon zugeschaut.«

Ich sah sie fragend an.

»Sie machen das einmal im Quartal und bieten es allen an, die gern mitmachen wollen. Der Fotograf ist supernett. Er macht die Shootings mit seiner Frau zusammen. Sie nehmen sich extra viel Zeit für jeden und wollen über ihre Bilder helfen, zu therapieren. Einige Frauen und Männer aus der Klinik haben dran teilgenommen, und ich hab zugesehen. Es war echt der Wahnsinn, wie sich die Leute danach verändert haben.«

»Hast du auch mitgemacht?«

»Hab mich noch nicht getraut, dabei hätte ich schon Lust. Mein Körper ist mir noch so … fremd. Ich weiß nicht, wie ich es beschreiben soll, aber manchmal fühlt es sich nicht wie meiner an, obwohl ich drinstecke.«

»Ich kann es mir ungefähr vorstellen.« Mir ging es oft genauso. Als wären wir getrennte Wesen, die zufällig koexistierten.

»Ich will ihn schon gern besser kennenlernen. In der Klinik hab ich gelernt, mehr auf seine Bedürfnisse einzugehen, und …« Sie unterbrach sich und schüttelte den Kopf. »Auf *meine*

Bedürfnisse einzugehen. Das ist eine Sache, die sie uns beigebracht haben. Über unseren Körper nicht als dritte Person zu sprechen. Also, ich will es gern richtig machen, netter zu mir sein, mehr auf mich achten und den Dämonen, die in mir hausen, nicht mehr so viel Macht geben. Ich hab sie zwar besser im Griff, aber ich habe auch Angst, dass sie irgendwann wieder laut werden und mich überrennen.«

»Selbst wenn das passieren sollte, weißt du, was du dagegen tun kannst. Du hast Hilfe um dich herum. Es gibt Wege.«

»Ja, das sag ich mir auch ständig. Ich hab halt einfach lange Zeit meinen Schmerz über das hier ausgedrückt.« Sie zeigte auf ihren Körper. »Statt über meine Stimme. Wie soll jemand wissen, was in mir vorgeht, wenn ich es niemandem sage?«

»Guter Punkt.« Ich biss mir auf die Unterlippe, musterte Emely und sah über meine Schulter zurück zu meinem Set. »Wie wäre es, wenn du und Alessia heute einfach mitmacht?«

»Was?«

»Ihr würdet super ins Bild passen.«

»Ich …« Sie sah ebenfalls zu der Gruppe hinüber und rieb sich über die Kehle. »Alessia würde das riesig freuen, aber …«

»Du musst nicht. War nur ein Vorschlag. Du stündest hinten bei den anderen, würdest erst mal in der Menge verschwinden.«

Emely atmete tief ein, hielt die Luft an und stieß sie mit einem Seufzen wieder aus. »Wirklich?«

»Ja, klar. Lasst euch gern von Cam noch ein wenig zurechtmachen, ich brauch eh ein paar Minuten, bis alles steht.«

»Ich … O-okay. Ich frag Alessia.«

»Cool. Ich bin hier.« Ich zog den zweiten Reflektor heraus und baute ihn rasch zusammen.

»Bis gleich.«

»Ich freu mich.«

Emely erhob sich und eilte zum Ausgang, wo sie auf Shae traf. Ich verstand nicht, was sie miteinander sprachen, aber an Shaes Gesichtsausdruck war abzulesen, wie sehr sie sich freute, dass

Emely beim Shooting mitmachte. Sie nahm ihre Schwester in den Arm, warf mir über deren Schulter einen Blick zu und hob den Daumen.

Ich lächelte und brachte die beiden Reflektoren an Ort und Stelle. Sah so aus, als würden wir mit diesem Shooting mehr Leuten helfen können als gedacht.

Mittwoch, 12. Juni

»Alles im Kasten!« Evie drehte sich mit einem breiten Lächeln im Gesicht zu mir um. »Du hattest recht: Das könnte nicht nur gut werden, es wird gut. Beziehungsweise: Es ist gut geworden. Ich hol mir mal einen Kaffee, bevor ich abbaue. Magst du auch einen?«

»Total gern. Soll ich schon mal anfangen? Die Reflektoren einpacken?«

Evie schüttelte den Kopf. »Nein, können wir gleich gemeinsam machen. Ich hab keine Eile. Verbring du lieber ein bisschen Zeit mit Emely, sie hat das großartig gemacht!«

Hatte sie wirklich – und allem Anschein nach hatte sie auch Freude daran, denn gerade kamen sie und Alessia lachend auf mich zu. Beide trugen die für Ballerinas typischen Bodys und Schuhe, und Alessia führte eine spielerische Pirouette aus. Eilig zückte ich mein Handy und knipste ein Foto von den beiden. Ich wollte diesen Moment für immer festhalten, denn es war lange her, dass ich meine Schwester so losgelöst gesehen hatte wie in den letzten Tagen.

»Das war unglaublich«, rief sie, als sie bei mir angekommen war und sich neben mir auf dem Boden niederließ. »Dein Job ist so cool! Dagegen stinkt meiner richtig ab.«

Sie hatte es im Scherz gesagt, trotzdem wurde ich sofort hellhörig. Erst der Kommentar am Times Square, dann ein weiterer, als wir die Street Artists beobachtet hatten und sie bedauert hatte, dass es Straßendarbietungen auf diesem Niveau in Phoenix nicht gab. Nun das.

»Macht es dir keinen Spaß mehr in der Zahnarztpraxis?«

Em war zahnmedizinische Fachangestellte bei dem Arzt, den wir schon seit Kindertagen besuchten.

»Doch, klar«, erwiderte sie sofort, und dieses Mal klang ihre Stimme aufrichtig. Also war nicht der Job Auslöser für diesen leeren Blick, den sie während unserer Ausflüge immer wieder bekommen hatte. Doch was dann?

»Ich geh mich mal umziehen, dann können wir gleich weiter. Ich will unseren letzten Tag in New York nutzen.« Alessia nickte Em zu. »Kommst du? Ich finde, wir haben uns Kuchen in einem dieser schicken, kleinen Cafés verdient. Dann können wir da auf Shae warten, und dann geht's in Froooozen.« Alessia machte eine Drehung, die man dank ihres Kostüms mit viel gutem Willen als Ballett bezeichnen konnte.

»Ich komm gleich nach«, meinte Em lachend. Alessia hob die Schultern und spazierte in Richtung der Umkleidekabine, in der bereits einige der anderen Statistinnen verschwunden waren.

Abwartend sah ich meine kleine Schwester an, in der Hoffnung, dass sie nur darauf gewartet hatte, mit mir allein zu sein, um mir mitzuteilen, was sie bedrückte. Denn *dass* sie etwas bedrückte, war glasklar. Ich kannte sie zu gut, um die Anspannung, die sie immer wieder ausstrahlte, zu ignorieren. Doch Em lächelte mir nur knapp zu, lehnte den Kopf an die Wand hinter sich und ließ dann den Blick durch den Raum wandern. Bildete ich mir das alles bloß ein? Vielleicht war ihr Verhalten auch völlig normal, immerhin wurde sie erst vor wenigen Tagen aus der Klinik entlassen. Und was wusste ich schon davon, wie es war, sich danach wieder ins gewöhnliche Leben einzugliedern?

»Wie war das heute für dich?«, fragte ich vorsichtig.

»Der Foto-Shoot? Der Hammer. Ich hab etwas mit mir gehadert, weil das hier …« Sie zog am Schritt ihres Bodys. »… doch etwas knapper ist als die Klamotten, in denen ich mich sonst zeige, geschweige denn fotografieren lasse. Aber es hat wirklich Spaß gemacht, und Evie hat so eine angenehme Art, dass ich mich sofort entspannen konnte.«

»Das freut mich echt.« Ich zögerte, die nächste Frage zu stellen, doch wir waren Schwestern, und ich musste sichergehen, dass es Emely gut ging. »Und sonst … Ist alles in Ordnung? Ich frag nur, weil das ganz schön viele Eindrücke auf einmal waren in den letzten Tagen. Und viele Fear Foods.«

»Ja«, erwiderte Em. »In solchen Momenten wie gerade, als Alessia den Kuchen zur Belohnung vorgeschlagen hat, ist es schon noch seltsam.«

Ich nickte und erinnerte mich an den Sonntag, an dem meine Mutter – verzweifelt, wie sie war – Em einen Kuchen vorgesetzt und sie beinahe gezwungen hatte, diesen zu essen. Stattdessen waren Tränen geflossen – bei Em, bei Mom und bei mir. Es war der Tag gewesen, an dem wir alle gemerkt hatten, dass etwas ganz und gar nicht stimmte, dass Em Hilfe brauchte.

»Aber ich kann damit viel besser umgehen. Das war ja das Erste, was wir damals gemacht haben: die Verbotsliste an Essen in meinem Kopf zu erstellen und die mit den Lebensmitteln, die für mich okay sind. Mittlerweile stehen da weit mehr Dinge drauf als auf der Verbotsliste.« Sie lächelte leicht. »Der kleine Italiener, bei dem wir gestern waren? Der hatte keinerlei Kalorienangaben neben den Gerichten, und auch wenn es anfangs komisch war, sich mein Kopf wieder einschalten wollte – ich konnte die Pasta genießen, dabei war es sogar ein Fear Food der Stufe drei. Das wäre noch vor einem Jahr undenkbar gewesen.«

»Ich bin wirklich stolz auf dich«, sagte ich und merkte, wie meine Stimme in meinem Hals kratzte und mir Tränen in die Augen schossen.

»Wehe, du weinst jetzt.« Em boxte mir gegen den Oberarm. »Du hast mir versprochen, dass du mich ganz normal behandelst. Und da sagst du mir nicht, dass du stolz auf mich bist, sondern dass ich dich nerve und meine Shirts nicht überall rumliegen lassen soll.«

Lachend wischte ich mir über die Augen. »Ja, aber da haben wir noch zusammengewohnt.« Ich lehnte meinen Kopf an ihre Schulter und schloss die Augen. »Jetzt bin ich einfach nur stolz auf dich.«

Als ich das Geräusch einer Kamera hörte, öffnete ich die Lider wieder und blickte geradewegs auf das Display in der Hand meiner Schwester.

»So, das schick ich Mom, dann kann sie gleich mitheulen.«

»Wird sie wirklich.«

»Ja«, meinte Em mit einem Lachen.

»Fertig!« Alessia, wieder in Baggy Pants und Crop Top, kam vor uns zum Halt und streckte Em eine Hand entgegen, damit diese sich daran hochziehen konnte.

»Dann geh ich mich besser mal umziehen«, meinte Em. »Wir treffen uns nachher im Café?«

»Ja, ich komme nach. Schickt mir einfach euren Standort. Und esst ein Stück Kuchen für mich mit.«

»Machen wir«, erwiderte Alessia grinsend. »Oder zwei.« Sie drückte mich an sich, während Em in Richtung der Kabine lief. »Vielen Dank, dass wir dabei sein durften, das war eine total coole Erfahrung.«

»Gern. Evie schickt euch die Bilder sicher, sobald sie fertig bearbeitet sind.«

»Kann es kaum erwarten! Jetzt waren wir nicht nur in New York, sondern sind sogar Teil einer Kampagne! Das glaubt mir daheim doch niemand. Und Cam war auch superlieb, und ich hab so viel lernen können.« Alessia seufzte glücklich. »Das waren wirklich die schönsten Tage seit Langem. Für Em auch, glaube ich.«

»Hast du denn das Gefühl, sie bedrückt sonst etwas?«, hakte ich nach. War es Alessia vielleicht auch aufgefallen? Doch ihre gerunzelte Stirn verriet mir schon, dass sie nicht wusste, worauf ich hinauswollte.

»Ne. Ich meinte bloß, dass sie sich riesig hierauf gefreut hat. Ist alles etwas aufregender als in Phoenix, aber wem erzähl ich das. Ich geh noch mal schnell auf Toilette, bevor wir abhauen. Wir sehen uns dann gleich, ja? Freu mich schon riesig auf das Musical!«

»Ja, bis dann, ich freu mich auch!«

Ich sah Alessia nach, die gemeinsam mit den anderen zurück auf den Flur huschte. Der Tanzsaal war mittlerweile komplett leer, aber vermutlich würde bald die nächste Stunde anstehen. Ich nahm meine Handtasche vom Boden, als mein Blick auf das Handy fiel, das noch dort lag. Emely musste es nach unserem Foto dort vergessen haben. Ich hob es auf und folgte meiner kleinen Schwester zu der Umkleidekabine.

»Hey, Em, du hast …«

Meine Augen weiteten sich, und das Handy glitt mir beinahe aus den kraftlosen Fingern. Doch trotz Ems Bemühungen, sich das Top schnell über den Körper zu streifen, hatte ich es genau gesehen.

»Emely …« Ich machte einen Schritt auf sie zu, und sie wich zurück, als wäre sie ein scheues Tier, nicht meine Schwester.

»Hast du noch nichts von Anklopfen gehört?« Sie stieß ein nervöses Lachen aus und steckte sich das Top in die Hose, als ob nichts gewesen wäre. Als ob ich die blauen Flecken rund um ihre Hüfte und Taille nicht genau bemerkt hätte.

»Was ist das?«

Ich sah ihre Kiefer mahlen, doch sie antwortete nicht, hielt den Blick konzentriert auf ihre Handtasche gerichtet, nahm mir ihr Smartphone aus der Hand und verstaute es in dieser. Dann befreite sie ihre Haare aus dem Haargummi und kämmte diese, weiterhin ohne mich anzusehen, wobei sie sich sehr viel mehr Zeit ließ, als bei ihren glatten Strähnen nötig gewesen wäre.

»Emely«, sagte ich erneut, strenger diesmal. Es wirkte. Sie schnellte zu mir herum, bei den Tränen in ihren Augen zog sich mein Herz zusammen.

»Was?«

»Wer war das? Warst du das?«

Sie lachte leise auf. »Klar, weil ich essgestört bin, verletz ich mich natürlich auch noch selbst. Wenn schon einen an der Klatsche, dann richtig, was?«

Ich zuckte zusammen. »So meinte ich das nicht, und das weißt du auch.«

»Es ist nichts.«

»Das da …« Ich deutete auf ihren mittlerweile vom Stoff bedeckten Körper. »… ist nicht nichts.«

»Ich bin erwachsen, Shae. Du musst nicht meinen Babysitter spielen.« Em schulterte ihre Tasche und machte Anstalten, an mir vorbeizugehen, doch ich stellte mich ihr in den Weg.

»Wir müssen darüber reden.« Ich legte meine Hand an ihren Oberarm, ganz sacht nur, doch sie wich zurück, als hätte sie sich verbrannt.

»Müssen wir nicht. Es ist nichts. Und ich bin nicht hier, um das zu diskutieren. Ich hatte einen tollen Tag, eine noch tollere Woche – bitte nimm mir das nicht, ja?«

Die Wut von eben schien verpufft, stattdessen lag nur eine tiefe Müdigkeit in Emelys Gesicht. Es waren die Augen einer Person, die sich ihrem Schicksal bereits ergeben hatte. Die Tränen, die sich in ihnen sammelten, spiegelten bloß die Aussichtslosigkeit, die sie fühlen musste, wenn sie glaubte, nicht einmal mit mir darüber sprechen zu können.

Noch bevor ich das Wort wieder an sie richten konnte, war

sie an mir vorbei nach draußen gestürzt. Ich zögerte keine Sekunde und eilte ihr nach.

»Em, warte!«

Doch sie wartete nicht, sondern lief im Eilschritt hinaus. Die Tür fiel hinter ihr zu, das Geräusch hallte durch den leeren Raum und dröhnte zu laut in meinen Ohren. Ich musste zu ihr, musste mit ihr reden. Das waren keine Blessuren, wie man sie davontrug, wenn man sich an der Tischkante stieß. Vielmehr wirkte es, als ob …

»Emely!«

Einige der Studierenden auf dem Gang drehten sich irritiert nach mir um, während ich gerade noch sah, wie der dunkle Haarschopf meiner Schwester um die Ecke verschwand. Ich bog ebenfalls nach rechts ab, sah jedoch nichts außer zwei Studentinnen, die sich gerade ein Getränk am Automaten zogen. Ich spähte durch das kleine Fenster in der Tür zu meiner Rechten, woraufhin sich einige Gesichter zu mir wandten. Unterricht.

Ich ging zur gegenüberliegenden Tür, öffnete sie einen Spaltbreit und spähte in den Raum. Ich wäre fast wieder zurückgetreten, da ich niemanden darin entdeckte, als ein leiser Ton mich innehalten ließ. Langsam trat ich ein und bemerkte den großen Flügel, der in der Ecke des Raumes stand. Emely saß auf dem kleinen Hocker davor, eine Hand auf den Tasten. Ein weiterer Ton hallte durch den Saal, dann noch einer.

Als Kind hatte Em Klavierstunden genommen, sie irgendwann jedoch nicht länger verfolgt. Sie nun völlig allein an dem Flügel sitzen zu sehen, ließ sie viel jünger und kleiner wirken, als sie war. Mit behutsamen Schritten näherte ich mich ihr. Die Tür fiel mit einem sachten Klicken hinter mir ins Schloss, doch Emely drehte sich nicht um. Allerdings ergriff sie auch nicht wieder die Flucht, was ich als positives Zeichen deutete. Als ich bei ihr angekommen war, rutschte sie ein Stück zur Seite, eine stumme Einladung, mich zu setzen. Ich ließ mich auf dem schwarzen Hocker nieder, stellte meine Tasche ab, beobachtete ihre flinken Finger, die nun schneller über die Tasten flogen, so als erinnerten sie sich an das in der Kindheit Gelernte. Eine ganze Weile saßen wir nur so da: Emely spielte, ich lauschte, keiner sprach. Dann beendete sie ihr Lied, und ihre Finger kamen zum Erliegen. Ich zählte meine Atemzüge, unsicher, ob ich sie wieder verjagen würde, wenn ich sprach. Doch sie unterbrach meine Überlegungen, indem sie das Wort ergriff.

»Es hat erst gar nicht so schlimm angefangen.« Sie legte die Hände in ihren Schoß, knetete die Finger. »Wir haben schon immer viel gestritten, du kennst die ganzen On-off-Geschichten ja. Bei einem Streit ist es dann eskaliert. Ich habe ... Ich war nicht nett. Ich habe ihm Dinge an den Kopf geworfen ... Du hättest mich nicht wiedererkannt. Ich hab mich selbst in dem Moment nicht wiedererkannt. Da hat er mich das erste Mal geschlagen, eine Backpfeife nur. Wir haben uns beide unter Tränen entschuldigt. Wir beide haben Grenzen überschritten. Ich hab niemandem davon erzählt, dachte sogar, es hätte uns enger zusammengeschweißt. Aber das Gegenteil war der Fall.«

Ich nickte, gleichzeitig bildete sich ein Kloß in meinem Hals. Laurence. Kein Wunder, dass sie am Times Square so angespannt gewesen war, als wir über ihn gesprochen hatten. Wut brandete in mir auf – auf ihn, ja, aber auch auf mich, weil ich nicht direkt darauf gekommen war.

»Ich ... Es tut mir so leid, dass ich eben dich im Verdacht hatte.« Ich wollte sie nicht unterbrechen, ihren Redefluss nicht stoppen, doch das musste heraus, sonst würde es mich von innen verbrennen.

Zum ersten Mal, seit ich mich neben sie gesetzt hatte, blickte sie mich an, ein trauriges Lächeln im Gesicht. »Ich weiß. Ich bin dir nicht böse ... Manchmal fühlt es sich sogar so an, als ob ich es mir selbst antue.«

»Wie meinst du das?«

»Na ja, ich bringe mich in diese Situation, oder nicht? Ich bleibe bei ihm. Als er damals sagte, dass es ein Ausrutscher war, hab ich ihm geglaubt. Es war so lange gut, er hat sich so bemüht. Der Trip nach Kanada damals, erinnerst du dich?«

Ich nickte.

»Das war seine Entschuldigung. Er hat mich auf Händen getragen, wir hatten sogar zwei Stunden Paartherapie, weil er mich nie wieder in eine solche Situation bringen wollte. Er liebt mich, das glaube ich ihm.« Eine Träne löste sich aus ihren Augen und fiel auf die weißen Tasten des Flügels.

»Aber es ist nicht bei dem einen Mal geblieben.« Es war keine Frage, denn die Spuren auf Emelys Haut waren Antwort genug, dennoch nickte sie.

»Nein, ist es nicht. Fast ein halbes Jahr lang ist nichts passiert, doch dann … kurz bevor ich in die Klinik bin, war es am schlimmsten. Ich glaube, nur deshalb habe ich so schnell zugestimmt, als Mom den Aufenthalt vorgeschlagen hat.«

»Es tut mir so leid, Em. Ich hätte es bemerken müssen, ich …«

Emely schüttelte den Kopf. »Du hättest es nicht bemerken können. Mein Gesicht, meine Arme … das alles sah ja normal aus. Und den Rest habe ich versteckt. Die Situation mit Laurence hat meinem Körperbild nicht gerade geholfen, also kam mir das Verstecken hinter Stoff sowieso gelegen. Und das alles wiederum hat mein Essverhalten beeinflusst. Wenn es mir schlecht ging, hat er sich immerhin um mich gekümmert, weißt du?«

Eine weitere Träne rollte ihr über die Wange und tropfte von ihrem Kinn. Auch meine Augen waren nass, doch ich wollte nicht weinen, ich wollte stark sein für meine kleine Schwester.

»Aber ich liebe ihn.« Sie wischte sich übers Gesicht. »Und er mich. Und daran will ich festhalten.«

»Liebe sollte nicht so wehtun. Weder körperlich noch psychisch«, sagte ich leise und legte meine Hand auf Emelys. Sie zog sie nicht weg.

»Ich kann und will aber nicht ohne ihn.«

»Natürlich kannst du«, sagte ich mit Nachdruck. »Du konntest es auch vorher, und du kannst es wieder. Du hast hier in

New York jederzeit ein zweites Zuhause. Bei Mom und Dad auch, das weißt du. Es mag sich jetzt so anfühlen, als ob alles andere perfekt wäre, als ob ihr daran arbeiten könnt, aber … Em, das ist nichts, worauf du Einfluss hast. Laurence muss an sich arbeiten. Bis dahin ist er kein Partner für dich, egal, wie groß die Gefühle sind. Die zu dir müssen stärker sein.« Ohne meine Hände von ihren zu lösen, drehte ich mich so zu ihr, dass sie mich ansehen musste. »Ich liebe dich. Mom und Dad lieben dich. Unsere Schwestern lieben dich. Alessia liebt dich. Und da draußen sind weitere Menschen, die dich in deinem Leben noch bedingungslos lieben werden, wenn du ihnen die Chance gibst.«

»So einfach ist das nicht«, widersprach Em sanft. »Wir haben unser gesamtes Leben zusammen geplant. Laurence ist Teil der Familie. Und wer sagt denn, dass wir nicht gemeinsam an seinem Verhalten arbeiten können? Ich bin mir sicher, wenn ich die Therapie noch einmal vorschlage, ist er mehr als gewillt, daran teilzunehmen.«

»Dann soll er das tun, aber so lange kannst du zurück zu Mom und Dad.«

Em schüttelte den Kopf.

»Emely, du musst es ihnen sagen.«

»Damit Dad auf Laurence losgeht und wir keine Chance haben? Du glaubst doch nicht, dass sie Laurence jemals wieder ins Haus lassen würden, ganz egal, ob er an sich arbeitet oder nicht.«

»Dann ist das so. Du bist wichtiger, deine Sicherheit ist wichtiger. Laurence ist es nicht wert, dass du dich für ihn aufgibst. Nicht, nachdem du endlich auf dem Weg der Besserung bist. Das lasse ich nicht zu.«

Em zog ihre Hände unter meinen weg und stand auf, bevor ich etwas dagegen unternehmen konnte. »Das ist aber keine Entscheidung, die du zu treffen hast, Shae. Ich bin zweiundzwanzig. Ich bin erwachsen und alt genug, meinen eigenen Weg zu gehen. Du meinst, immer auf mich aufpassen zu müssen, weil du all die Dinge ja so toll hinkriegst. Freut mich, dass dein Leben so perfekt ist, aber ich hab meines auch im Griff, okay?«

Die defensiven Worte auf meiner Zunge schluckte ich hinunter. Darum ging es jetzt nicht.

»Versprich mir, dass du es niemandem sagst! Auch Tyler nicht!«

Ich biss mir auf die Lippe. Ich wollte meine Schwester nicht wegstoßen, nicht in diesem Moment. Aber ich wollte auch keine Versprechen machen, die ihr schadeten.

»Versprich es!«

Langsam nickte ich. »Okay. Aber du musst es zumindest Mom sagen. Bitte.« Ich stand ebenfalls auf, und bei dem flehenden Klang in meiner Stimme flackerte kurz etwas in Ems Blick. Doch so schnell, wie es gekommen war, war es auch wieder verschwunden, und sie lachte leise auf.

»Guck, genau deshalb sage ich nichts. Weil ich diesen Blick nicht ertrage. Dieses Mitleid, als wäre ich schwach. Aber das bin ich nicht.«

»Das denke ich auch nicht, ganz im Gegenteil. Ich weiß, wie stark du bist.«

»Aber nicht stark genug, Dinge allein durchzustehen, was?« Sie sah zur Wand, die Arme vor der Brust verschränkt. Dann nahm sie ihre Tasche vom Fuß des Klaviers. »Ich muss jetzt gehen, Alessia wartet sicher schon. Wir sehen uns dann später.«

»Em, bitte. Du kannst mich nicht auf dem Wissen sitzen lassen.«

»Du erzählst es doch eh Mom und Dad. Dann diskutier es mit ihnen aus.« Ohne sich noch einmal umzudrehen, trat sie zurück in den Flur und ließ mich vor dem aufgeklappten Flügel inmitten der Stille mit all meinen Gedanken zurück.

Freitag, 14. Juni

Es gab Dinge, die ich richtig gut konnte. Programmieren zum Beispiel. Sobald ich eine Vision hatte, welche Codes ich für eine App brauchte, ratterten in meinem Kopf die Rädchen, und ich sah die passenden Zahlen und Buchstaben. Shae hatte diesen Zustand bei mir früher oft mit dem von Künstlern verglichen. Ein Maler, für den nur noch Farbe und die Leinwand existierten. Ein Musiker, der Ton um Ton seinem Instrument entlockte, bis ein Song entstand, oder ein Schreiber, der sich in seinem Text verlor und neue Welten erschuf.

Die zweite Sache, in der ich wirklich gut war, war Sex. Ich liebte es, mich einer Frau hinzugeben, sie auf einer Ebene kennenzulernen, die sie in ihrem Alltag nicht zeigte. Ihre Rundungen und Kurven zu erforschen, ihren Duft einzuatmen, sie zu schmecken und ihr zuzuhören, wie sie kehlige Laute über ihre Lippen brachte. Wie ich allerdings gerade feststellte, war ich eine absolute Niete, was das Backen anging, denn das, was ich hier fabrizierte, sah eher nach einem giftigen chemischen Experiment aus statt nach einer Torte.

Ich zog die eingekochten Sauerkirschen vom Herd und schnupperte daran.

»Glaube, die sind angebrannt.«

»Hast du genug gerührt?«, fragte Marian, den ich per Skype zugeschaltet hatte. Das iPad hatte ich rechts von mir aufgestellt, sodass er mich beobachten konnte.

»Ununterbrochen.« Ich ließ einen Löffel durch die eingekochte Masse gleiten und probierte davon. »Schmeckt okay, denk ich.«

»Wird schon passen. Wie sieht denn unser Tortenboden aus? Schon abgekühlt?«

»Ja, warte.« Ich stellte meine Sauerkirschen zur Seite und zog den Boden heran, den ich vorhin zubereitet hatte. »Danke noch mal für deine Hilfe, Kumpel.«

»Jederzeit. Wenn ich schon nicht zum Geburtstag meiner Schwester da sein kann, will ich wenigstens helfen, ihren Lieblingskuchen zu backen.«

Und der war eine Schwarzwälder Kirschtorte. Das Einzige, was ich bisher gebacken hatte, waren trockene Brötchen vom Vortag. Shae hatte noch gesagt, dass ich eine Torte kaufen sollte, aber ich wollte das gern für Evie machen. In letzter Zeit wirkte sie etwas gestresst. Könnte sein, dass es ihr doch zu viel wurde in unserer WG, jetzt, da mein Fluch gelöst war und auch Shae und Cam regelmäßig auf der Matratze tanzten. Evie hatte zwar schon zigmal gesagt, dass es sie nicht störte und ihre neuen Ohropax die meisten Geräusche abblockten, aber ich wusste nicht, ob sie ganz ehrlich war. Sie hatte noch immer nicht genug Geld für eine eigene Bleibe, und vermutlich würde das auch eine ganze Weile dauern, denn in Manhattan was Passendes zu finden, war wie ein Sechser im Lotto.

»Du musst den Tortenboden jetzt einmal durchschneiden, auf den unteren gibst du etwas von dem Kirschwasser, dann überziehst du ihn mit der Masse, die du gerade eingekocht hast.«

»Okay, ich probiere es.« Ich nahm ein langes Messer, setzte es an der Seite an und schnitt durch den Teig. Allerdings zerbröselte ein Teil unter meinen Fingern. »So eine Scheiße.«

»Ist nicht schlimm, setz ihn einfach so gut es geht zusammen. Da kommt ja noch Sahne drauf.«

Ich nickte und schnitt weiter, aber als ich zur Mitte kam, brach wieder ein Stück ab. Ich stöhnte frustriert.

»Keine Panik bekommen, ja? Das ist noch nicht das Ende deiner Torte.«

»Aber langsam das Ende meiner Geduld.« Ich setzte die Stücke wieder zusammen und strich die Kirschmasse darüber. »Schön ist anders, ehrlich gesagt.«

Marian lachte. »Evie würde sich bestimmt auch über einen gekauften Kuchen freuen, falls es dich zu sehr stresst.«

»Tut es, aber so schnell geb ich mich nicht geschlagen. Kann doch nicht so schwer sein, diese dämliche Torte zu backen.«

»Evie hat echt Glück mit euch.«

»Weiß nicht, ob sie das auch so sieht, wenn sie diesen hässlichen Kuchen vorgesetzt bekommt.«

»So schlimm sieht er bestimmt nicht aus.«

Ich nahm das iPad und zeigte Marian mein Werk. Es war eine ziemliche Sauerei aus Kirschmasse und Tortenboden.

»Okay, er ist noch verbesserungswürdig, aber ich bin mir sicher, dass es schöner aussieht, wenn die Sahne drauf ist.«

»Bist ganz schön optimistisch.«

»Hab ich aber auch erst kürzlich gelernt.«

»In der Therapie?« Wir hatten alle mitbekommen, was bei Marian durch seine Spielsucht abgegangen war. Er hatte Evie erlaubt, mit uns darüber zu reden, weil er gespürt hatte, dass sie Leute brauchte, bei denen sie das loswerden konnte.

»Da bin ich leider noch auf der Warteliste. Ich hatte im Krankenhaus aber die Gelegenheit, mit einem Psychiater zu sprechen. Wir hatten nur ein paar Stunden, doch die haben mir bereits sehr geholfen. Es ist so krass, wenn dich jemand von außen reflektiert und dir Verhaltensmuster aufzeigt, die dir gar nicht bewusst sind. Man macht so viel unbewusst.«

»Klingt intensiv.« Ein drückendes Gefühl breitete sich in meiner Magengegend aus, was nicht nur daran lag, dass ich diesen Kuchen verhunzte, sondern auch daran, dass ich eigentlich auch eine Therapie beginnen sollte. Ich hatte mich zwar von Rhianna und meiner alten Firma gelöst, aber sie begleitete mich nach wie vor durch mein Leben. Mittlerweile konnte ich kaum noch irgendwohin gehen, ohne eine Anzeige für *Funvironment* zu sehen. Mir kam es vor, als wolle gerade jeder auf diesen Zug aufspringen. Einen Zug, den ich erschaffen hatte und den ich eigentlich am Horizont verschwinden sehen wollte. Stattdessen fuhr er munter Kreise in meinen Eingeweiden.

Ich schüttelte mich und holte die Zutaten für die Sahne heraus. »Was wirst du eigentlich tun, wenn du zu lange auf einen Therapieplatz warten musst?«

»Gute Frage. Wenn du es privat bezahlen kannst, kommst du natürlich schneller dran, aber mit Geld ist das so eine Sache …«

»Verstehe.«

»Antonia hat mich gestern gefragt, ob ich mir vorstellen könnte, meine Eltern um Hilfe zu bitten, aber so verzweifelt bin ich noch nicht. Ich verstehe, dass Toni Angst hat und möchte, dass ich so schnell wie möglich Hilfe bekomme. Wenn ich unsere Eltern einweihe, werde ich mir allerdings mein Leben lang anhören dürfen, was für ein Versager ich bin.«

»Oder sie zeigen Verständnis.«

Marian schnaubte. »Mein Vater vielleicht, meine Mutter auf keinen Fall. Sie hasst Schwäche.«

»Aber sie wissen über den Unfall Bescheid, oder?«

»Ja. Sie haben allerdings keine Ahnung, was genau passiert ist. Ich habe Antonia darum gebeten, es für sich zu behalten. Ich brauche gerade all meine Kraft, um gesund zu werden. Ich kann mir nicht noch anhören, wie verantwortungslos ich gehandelt habe, das weiß ich selbst.«

Ich nickte und kippte die Sahne in die Rührschüssel.

»Für meine Mutter sind Depressionen keine Krankheit, sondern Faulheit. Ich hab das Gefühl, dass Deutsche sich da generell schwer mit tun. Ihr Amerikaner geht damit viel offener um.«

»Das mag sein. Dafür ist es schwieriger mit der Krankenversicherung. Zum Glück haben Shae und ich eine über die Agentur, sonst kann eine Behandlung sehr schnell teuer werden.«

»Wir sollten die Vorteile unserer Länder vereinen und ein Utopia erschaffen.«

»Aber echt.«

»Ich hoffe einfach, dass es schnell geht mit der Therapie, dann kann ich die ersten Stunden darüber sprechen, wie ich es am besten meinen Eltern sage.«

Ich schmunzelte und sah auf meine vorbereitete Sahne. »Ich wäre übrigens so weit für den nächsten Schritt.«

»Dann los. Die Sahne ist gut, wenn du die Schüssel umdrehen kannst, ohne dass was rausläuft.«

»Okay.« Ich stellte den Mixer an und verquirlte das Zeug. Erst sah es ganz gut aus, doch dann bildeten sich auf einmal kleine Klumpen. Ich machte den Mixer aus und sah auf die Masse. »Äh, ist das normal?« Ich tunkte den Löffel hinein und hob etwas davon heraus, um es Marian zu zeigen.

»Ach, verdammt. Sie ist gekippt.«

»Was? So lange hab ich doch gar nicht geschlagen.«

»Ist es bei euch sehr warm?«

»Wir haben die Klimaanlage an, aber draußen ist es superschwül.«

»Da kann das schon mal passieren. Am besten legst du den Mixer und die Rührschüssel vorher ins Eisfach. Hast du noch Sahne da?«

Ich stemmte die Hände auf der Arbeitsplatte ab und sah auf das Display. »Leider nicht. Muss erst noch mal zum Supermarkt.«

»Tut mir leid. Ich hätte dich vorwarnen sollen.«

»Schon okay. Hier gibt es einen um die Ecke. Ich geh schnell los. Hoffentlich kehren Evie und Shae nicht so schnell zurück.«

»Wo sind sie denn?«

»Shae hat Evie unter einem Vorwand mit zum Shoppen geschleppt, damit sie nichts von meiner Backaktion mitbekommt.« Ich sah auf die Uhr. Der Shoppingtrip war nicht nur zu Evies Ablenkung gedacht, sondern auch als Aufmunterung für Shae. Irgendwas war zwischen ihr und Emely vorgefallen. Seit ihre kleine Schwester abgereist war, wirkte Shae betrübt, und zwar auf die Art, die über den üblichen Abschiedsschmerz hinausging. Ich hatte sie gestern schon gefragt, was los sei, doch sie meinte, dass sie nicht darüber sprechen könne, weil Em sie darum gebeten hatte. Also bohrte ich nicht weiter nach. Shae würde zu mir kommen, wenn sie mich brauchte. »Denke, 'ne Stunde oder so hab ich noch. Was ist denn der Schritt nach der Sahne?«

»Einfach dünn auf die ausgekühlte Kirschmasse streichen, den nächsten Tortenboden auflegen und leicht andrücken. Danach beträufelst du alles mit Kirschwasser und dekorierst es. Das war es schon.«

»Okay, krieg ich hin.«

»Gut, falls nicht, meld dich noch mal. Bin zu Hause.«

»Alles klar. Danke.«

»Schick mir ein Foto vom Kuchen.«

»Mal sehen, ob er so fotogen wird.«

Marian lachte. »Evie wird ihn so oder so lieben. Sie mag Gesten wie diese sehr.«

»Ich erinnere sie daran, falls sie über meine Torte lachen sollte.«

»Tu das.«

»Bis dann, Marian.«

Wir legten auf, ich blickte noch mal auf meine Torte, die nicht mal ansatzweise wie eine aussah, sondern eher wie eine zusammengeworfene Masse aus Teig, Kirschen und Brühe.

Keine Ahnung, wie daraus etwas Appetitliches entstehen sollte, aber vielleicht konnte es die Sahne fixen. Ich packte rasch alles zusammen, verstaute die Lebensmittel im Kühlschrank und schrieb Shae eine Nachricht, dass sie mit Evie noch einen Kaffee trinken gehen sollte, weil ich mehr Zeit brauchte.

Ein paar Minuten später verließ ich unser Apartmenthaus und bog nach links ab, Richtung Supermarkt. Die schwül-warme Luft umschlang mich sofort, und ich fragte mich, ob diese Stadt je wieder abkühlen wollte. Hitze war ich zwar von Phoenix gewöhnt, aber da war sie viel trockener und nicht so anstrengend. Hier konnte man die Luft beinahe schneiden.

Als ich auf der Höhe der Subwaystation war, drang leise Gitarrenmusik an mein Ohr. Wie immer hockte unser Musiker an der Ecke und gab seine Songs zum Besten. Heute sang er über Cold Mountains und Wintersnow. Sinn für Humor hatte der Typ auf alle Fälle.

Er lehnte am Aufgang der Subwaystation. Seine Wangen waren gerötet und sein Shirt durchgeschwitzt. So wie er aussah, spielte er wieder seit Stunden. Und das in der prallen Sonne. Der brauchte echt mal 'ne Auszeit.

Ich kaute auf meiner Unterlippe herum und dachte darüber nach, ob ich möglicherweise noch einer weiteren Person an Evies Geburtstag was Gutes tun könnte. Mit einem breiten Grinsen eilte ich zu dem Gitarrenspieler rüber und wartete, bis er den Song beendet hatte. Er warf mir einen skeptischen Blick zu. Das tat er meistens, wenn man ihn zu lange ansah, als fürchtete er, dass man ihn gleich berauben wollte. Vermutlich hatte er deshalb nie einen Hut oder einen Koffer offen herumliegen, in den man Geld werfen konnte.

»Hey, ich will dich nicht lange stören. Mein Name ist Tyler, ich wohne mit meinen Freundinnen Shae und Evie da drüben.« Ich zeigte auf das Apartmentgebäude.

»Hi, ich bin Casey, und ihr seid mir schon aufgefallen.«

»Du spielst hervorragend übrigens.«

»Oh, vielen Dank.« Er lächelte und legte eine Hand aufs Herz. »Freut mich immer zu hören, wenn meine Musik ankommt.«

»Ja, und mich würde es freuen, wenn du etwas mehr frei machen würdest.«

Er runzelte skeptisch die Stirn.

»Nicht weil deine Musik stört, sondern weil du echt zu viel arbeitest.«

»Ich ...«

»Also, ich will dir nicht zu nahe treten oder so, und es geht mich überhaupt nichts an. Ich wollte damit nur sagen, dass wir uns Sorgen machen.«

»Tut ihr das?«

»Du sitzt hier bei Wind und Wetter bis spät in die Nacht.«

»Weil es mir Spaß macht.«

»Das hört man auch, aber ich ...« Es war ganz schön schwierig, das gerade in Worte zu fassen. Ich konnte ihm schlecht sagen, wie er seinen Alltag einteilen sollte. Vermutlich brauchte er das Geld dringend, sonst würde er wohl nicht so lange hier stehen. Ich wollte ihm aber auch nicht das Gefühl vermitteln, als wäre es etwas Schlechtes, wenig Kohle zu haben. »Also gut. Ich ... Evie hat morgen Geburtstag, und wir bereiten gerade eine kleine Party für sie vor. Sie weiß davon noch nichts. Wird 'ne Überraschung.«

»Schön.«

»Ich hätte gern noch Musik für den Abend. Könntest du dir vorstellen, morgen für uns zu spielen? Gegen Bezahlung natürlich.«

Er verlagerte sein Gewicht von einem Fuß auf den anderen und wirkte ein wenig unsicher.

»Evie würde sich ganz sicher freuen. Ich weiß, dass sie dir gern zuhört, und ich finde Livemusik immer ansprechender.«

»Also ...« Er strich sich über den Nacken.

»Sie ist erst aus Deutschland hergezogen, und das wird ihr erster Geburtstag in den USA.«

Caseys Gesicht hellte sich auf, als ihm wohl dämmerte, wer von den beiden Mädels Evie war. In seinen Augen funkelte es. Ich kramte mein Handy heraus und rief ein Bild von Evie auf, das ich vor ein paar Wochen in der WG geschossen hatte. Sie saß auf dem Sofa, wurde von der Abendsonne angestrahlt und sah absolut hinreißend aus. »Das ist sie übrigens.«

Casey brummte leise und musterte das Bild viel länger, als er eigentlich müsste. »Eigentlich mach ich keine Gigs.«

»Und uneigentlich?« Ich wackelte mit dem Handy vor ihm herum und grinste.

»Hattest du gesagt, dass Evie Geburtstag hat.«

»Und dass sie deine Musik mag.«

Er schmunzelte, was ein kleines Grübchen auf seiner Wange erscheinen ließ. »Schätze, das sind zwei Argumente, gegen die ich mich schwer wehren kann. Wo soll das denn stattfinden?«

»Im *Orchard*, kennst du das?«

»Nein.«

»Ist auf der Ecke 59th und 7th Avenue.«

»Finde ich bestimmt. Wann soll ich da sein?«

»Acht?«

»Bekomm ich hin.«

»Perfekt.« Ich klopfte mir innerlich auf die Schulter. Jetzt hatte ich nicht nur eine selbst gebackene Schwarzwälder Kirschtorte, sondern auch Livemusik. Der Abend versprach bunt zu werden.

Samstag, 15. Juni

»Ich bin so aufgeregt«, sagte ich und klatschte in die Hände. »Darf ich eigentlich Bescheid wissen? Oder soll ich überrascht tun, wenn ich reinkomme?«

»Ob sie damit auch mal aufhört?«, fragte Tyler, der neben mir in der Subway saß. Wir waren unterwegs Richtung Uptown.

»Ich glaube nicht«, sagte Shae. Sie hatte uns gegenüber Platz genommen und saß mit dem Rücken zur Fahrtrichtung. Die ganze Zeit über tippte sie auf ihrem Handrücken herum und führte ihre Klopftechnik aus. Es half ihr gegen die Enge hier unten. Shae war schon so viel besser geworden, was das Subwayfahren betraf. Ihre Miene war angespannt, aber ich wusste nicht, ob es daran lag, dass wir uns unter der Erde bewegten, oder ob irgendwas vorgefallen war.

»Wir planen keine Party, Evie«, sagte Tyler. »Wir fahren einfach nur ins *Orchard* und hängen mit Ariana ab.«

»Pah! Das ist eine glatte Lüge. Ich sehe es euch an. Du bemühst dich schon die ganze Zeit um einen neutralen Gesichtsausdruck, und du guckst mir nicht mehr in die Augen.« Ich zeigte auf Shae.

»Das tue ich sehr wohl.« Sie starrte mich demonstrativ an und riss die Augen auf. »Außerdem muss ich mich gerade auf mich konzentrieren. Sorry.«

Ich schüttelte den Kopf. Bisher war der Tag superschön gewesen. Tyler und Shae hatten mich gleich heute Morgen mit einem tollen Frühstück in der WG überrascht. Sie hatten sogar Happy-Birthday-Buchstaben über der Küchentheke aufgehängt und mit ein paar Luftschlangen dekoriert. Leider hatte Ariana nicht dabei sein können, weil sie auf eine Lieferung für ihre Wohnung gewartet hatte. Mir war da allerdings schon klar gewesen, dass sie meine Party organisierte und vermutlich die letzten Dinge regelte, während Shyler mich ablenkten.

Sie hätten sich gar nicht so viel Mühe geben müssen, denn ich hätte unser Frühstück ewig ausdehnen können. Es hatte so gutgetan, einfach mal wieder Zeit mit den beiden allein in der WG zu verbringen. In den letzten Wochen war Shae ständig mit Cam zugange gewesen, Tyler schleppte mal wieder eine Frau nach der anderen ab, und Ariana hatte noch einige Kisten auszupacken.

»Hier müssen wir raus«, sagte Tyler, als wir am Columbus Circle hielten.

»Das ist übrigens mein Überraschungsgesicht.« Ich fasste mir an die Brust, schnappte nach Luft und riss Augen und Mund auf. »Oh mein Gott, Leute!«, quietschte ich. »Das wäre doch nicht nötig gewesen.«

»Dein Überraschungsgesicht sieht so fake aus wie die aufblasbaren Freiheitsstatuen, die sie in den Tourishops verkaufen«, sagte Tyler.

»Überhaupt nicht.« Ich gab ihm einen Klaps. »Ich habe voll Talent zum Schauspielern. In der Weihnachtsaufführung meiner Schule war ich eine Tanne. Die beste und schönste.«

»Es wird alles gut«, sagte Shae und legte mir eine Hand auf die Schulter. »Und ich hoffe, du bist nicht enttäuscht, wenn wir gleich *nur* Ariana treffen.«

»Bin ich nicht, weil ihr ganz sicher was geplant habt. Tyler hing vorhin am Telefon und hat geflüstert.«

»Ja, weil ich Dinge gesagt habe, die nicht jeder mitbekommen muss.«

»Du hast bestimmt die letzten Sachen für meine Party geregelt.«

»Eigentlich hab ich Wanda gefragt, wie sich ihre Hand in ihrem Slip anfühlt und wie feucht sie schon ist.«

Ich stolperte über meine Füße, aber Shae fing mich dankenswerterweise auf.

»Hey, du wolltest es wissen«, sagte Tyler.

»Ich denke, ich brauche unbedingt noch *Croissants*, ehe wir zur Party gehen.« Ich betonte das Wort besonders, weil es so was wie unser geheimes Safeword war, wenn mir Sexgespräche zu viel wurden. Shae hatte es sich ausgedacht, nachdem wir einmal eine Party in der WG gefeiert hatten, während der es nur um dieses eine Thema gegangen war und ich am liebsten im Erdboden versunken wäre, weil ich noch nie Sex gehabt hatte. Meine Jungfräulichkeit nagte sehr an meiner Seele.

Shae und Tyler lachten los. »Ich bin ja schon still.«

»Danke. Sind wir eigentlich eine geschlossene Gesellschaft? Kommen Leute aus der Agentur? Wen habt ihr so eingeladen?«

»Nur Ariana und wir drei«, sagte Tyler. »Bitte mach dir nicht so viele Hoffnungen auf 'ne Party. Das bricht mir gerade das Herz.«

Ich lachte und gab ein glucksendes Geräusch von mir. »Muss es nicht, ich weiß, dass ihr lügt.«

Wir folgten der 59th und bogen schließlich in die 7th Avenue ab. Ich summte leise vor mich hin, während wir auf die Kneipe zugingen. Die Luft war nach wie vor drückend warm, obwohl sich der Abend ankündigte. Das Klima in New York war gewöhnungsbedürftig, und ich freute mich jetzt schon, wenn wir gleich im klimatisierten Raum sitzen konnten.

Nach einem kurzen Fußmarsch erreichten wir die Kneipe. »Nach dir.« Tyler hielt mir die Tür auf.

»Wollt ihr mir die Augen verbinden, oder so?«

»Das wird nicht nötig sein.«

»Okay. Wartet kurz.« Ich sammelte mich, lockerte meine Schultern und klopfte mir auf die Wangen. »Ich werde euch gleich das schönste Überraschungsgesicht aller Zeiten bieten.«

Tyler brummte leise und schob mich zur Tür hinein. Ich betrat die Kneipe und blickte mich um. In der linken Ecke am Fenster saßen zwei Männer und aßen gemütlich ihre Sandwiches, Layla hantierte hinter der Bar herum, und Ariana saß mit dem Rücken zu uns auf einem der Hocker und tippte in ihr Handy.

Ich drehte mich um, sah Tyler und Shae an, die beide die Stirn runzelten.

»Wir haben es dir gesagt. Keine Überraschungsparty.«

»Aber ... da kommt noch was, oder? Sie verstecken sich hinter der Theke.« Ich trat auf Layla zu, die mich entdeckte, und lächelte.

»Evie, so toll, dass du da bist.« Sie rieb sich die Hände an der Schürze sauber und trat um die Theke herum. Kurz darauf lag ich in ihren Armen.

»Alles Gute zum Geburtstag. Der erste, den du in Amerika feierst, oder?«

»Ja.«

Ariana hatte uns natürlich ebenfalls bemerkt. Sie glitt von ihrem Hocker und streckte die Arme aus. Sie hatte mir heute Morgen schon telefonisch gratuliert. »Jetzt auch persönlich: Alles Liebe zum Geburtstag. Ich freu mich so, dass du bei uns bist.«

»Ich mich auch.« Ich löste mich von ihr und blickte die drei an. »Ihr habt ... Sind noch mehr Leute da?«

»Nein, sollten es mehr sein?«

Ariana wirkte todernst, als sie das sagte, und langsam beschlich mich das Gefühl, dass es vielleicht doch keine Party gab. Ich räusperte mich, stellte mich auf die Zehenspitzen und warf einen Blick über die Theke, aber da versteckte sich niemand. »Aber … ich war mir so sicher.«

»Oh, Evie.« Tyler legte einen Arm um meine Schultern. »Ich fühl mich echt schlecht. Aber du wolltest nicht auf uns hören.«

»Hab ich was verpasst?«, fragte Ariana.

»Evie denkt, es gibt eine Überraschungsparty für sie«, sagte Shae.

»Oh.« Ariana verzog das Gesicht. »Das tut mir jetzt echt leid. Wir dachten, wir hängen zu viert ab, weil wir so wenig Zeit füreinander hatten in den letzten Wochen.«

»Ist ja auch 'ne schöne Idee.« Ich liebte meine Freunde, und es war toll, bei ihnen zu sein, trotzdem nagte es gerade an mir.

»Wollen wir an einen der Tische?«, fragte Ariana und deutete durchs Lokal.

»Klar.«

»Oh, wartet, ehe ihr euch setzt.« Layla trat zur Durchgangstür, die nach hinten ins Treppenhaus führte. »Ich hab noch 'ne Kleinigkeit für dich vorbereitet. Vielleicht tröstet dich das ja.«

Sie öffnete die Tür weiter, und auf einmal platzten Dawn, Alfie, Kim und sogar Lily aus dem Flur. Sie rissen die Arme hoch und riefen laut: »Überrrasschunnng!«

»Was …«, stammelte ich. »Ihr …«

»Gott sei Dank«, rief Tyler. »Ich wäre fast gestorben gerade.«

»Aber …« Und nicht nur die vier hatten sich im Flur versteckt, jetzt stürmten auch Sophie, Alice, Paul, Hannah, Cam und Zoey in die Kneipe.

»Wart ihr alle im Treppenhaus?«, fragte ich.

»Ja, eigentlich wollten wir dich in der Kneipe empfangen, aber Shae hat geschrieben und gemeint, dass wir uns hier verstecken sollen.«

Layla trat hinter die Theke und schaltete ein paar Lichter an. Sofort erstrahlte der Raum in bunten Farben, und auf eine Wand wurden die Buchstaben *Alles Liebe zum Geburtstag, Evie* geworfen.

»Ihr habt also doch eine Party geplant!« Ich boxte Tyler in den Bauch.

»Klar, haben wir das. Was denkst du denn?«

»Der kleine Schock eben tut mir leid«, sagte Shae. »Aber du hast den ganzen Tag davon geredet, und wir wollten dich wenigstens ein bisschen überraschen.«

»Ist euch gelungen. Ich hab echt kurz geglaubt, dass wir hier allein sind. Was übrigens auch voll okay gewesen wäre. Ich lieb euch und so.«

»Das sagst du jetzt. Innerlich hast du geweint, gib es zu«, sagte Tyler.

»Ein kleines bisschen vielleicht.« Ich zog ihn an mich und drückte ihn. »Danke, dass ihr das möglich gemacht habt.«

»Von Herzen gern.«

Er gab mir einen Kuss auf die Wange und schob mich meinen Gästen entgegen. Ich riss die Arme in die Luft und strahlte übers ganze Gesicht.

»Lasst euch alle drücken.« Kaum hatte ich es ausgesprochen, empfingen mich meine Freunde, viele Glückwünsche und noch mehr Liebe. Ich nahm sie mit Freuden an, ließ mich in dieses Gefühl fallen und rief mir ins Bewusstsein, wie wundervoll dieses Leben in New York war. Als ich letztes Jahr meinen Geburtstag gefeiert hatte, hätte ich nie für möglich gehalten, dass ich zwölf Monate später in einer Kneipe mitten in New York mit völlig neuen Leuten stehen würde. Dass ich einen Traumjob hatte, ein offizielles Visum, um hier zu arbeiten, und dabei war, genau das zu leben, was ich mir immer erhofft hatte. Ich kam Tag für Tag mehr in diesem Leben an, und das hatte ich diesen tollen Leuten um mich herum zu verdanken.

»Wir haben natürlich mehr vorbereitet«, sagte Tyler, nachdem ich alle Glückwünsche entgegengenommen hatte. Die Geschenke würde ich später auspacken, für den Moment lagerten sie auf einem freien Tisch im Restaurant.

Tyler stellte einen Laptop auf die Theke, klappte ihn auf und zeigte mir drei weitere strahlende Gesichter.

»Oh mein Gott!«, rief ich und klatschte mir die Hände an die Wangen. Das waren Christin, Marian und Antonia.

»Siehst du«, sagte Tyler. »Dieses Überraschungsgesicht kauf ich dir ab.«

Ich grinste, auch wenn mir mittlerweile die Wangenmuskeln wehtaten und ich gar nicht genug lächeln konnte, um die Freude auszudrücken, die ich empfand.

»Alles Gute zum Geburtstag«, riefen sie zu dritt im Chor auf Deutsch. Ich wischte mir die Tränen aus den Augen und wünschte, ich könnte sie hierherbeamen. Dann wäre alles perfekt. Christin hatte aber versprochen, dass sie so bald wie möglich zu Besuch käme, und ich war mir sicher, dass Marian es ebenfalls einrichten würde, wenn er sich fit genug fühlte und das Geld dafür hatte.

»Danke, Leute.« Ich fasste mir ans Herz und schluchzte. Mein Blick fiel auf Shae, Tyler, Ariana und all die tollen Menschen, die sich um mich versammelt hatten. »Das ist die beste Überraschung aller Zeiten.«

Die Tür zur Kneipe ging auf, und ein junger Mann trat ein. Er hielt einen Gitarrenkoffer in der Hand. Ich blinzelte, öffnete den Mund, sah zu Tyler und Shae.

»Das ist doch …« Unser Gitarrenspieler, der normalerweise immer an der Subwaystation saß. Es war komisch, ihm in einem anderen Umfeld zu begegnen. Fast ein wenig surreal.

»Ach ja, Casey wird heute für dich spielen«, sagte Tyler. »Dachte, es freut dich.«

Es machte mich eigentlich eher ein wenig nervös. Ich musste unweigerlich an unsere letzte Begegnung denken, als ich den Geldschein in seinem Kaffee versenkt und mich um Kopf und

Kragen geredet hatte. Hitze stieg mir in die Wangen, aber hoffentlich schoben es die anderen auf die Aufregung.

Casey trat mit einem breiten Grinsen in die Bar, was mal wieder sein schönes Grübchen auf der Wange aufblitzen ließ. Die blonden Haare hatte er heute wild gestylt, einige Locken fielen ihm ins Gesicht. Er trug abgewetzte Jeans, schwere Stiefel, von denen er die Schnürsenkel des rechten offen gelassen hatte, und ein eng anliegendes dunkles Shirt. Erst jetzt wurde mir bewusst, dass er eins neunzig groß sein musste. Ich sah ihn ja immer nur sitzend.

»Alles Gute zum Geburtstag«, sagte er und kam auf mich zu. Statt mich zu umarmen, blieb er vor mir stehen und reichte mir einen Strauß Pfingstrosen, den er hinter seinem Rücken versteckt hatte. Er war wunderschön bunt.

»Oh, danke. Das wäre nicht nötig gewesen.« Ich nahm ihn entgegen und schnupperte daran.

»Ich hoffe, du hast einen schönen Tag.«

»Wird besser und besser.«

Casey nickte, fuhr sich durch die Haare und blickte sich um. »Wo kann ich mich hinsetzen?«

»Hier«, rief Layla von dem Tisch am Fenster. Die beiden Männer, die dort vorhin gesessen hatten, waren schon weg. Ich hatte nicht mal mitbekommen, dass sie gegangen waren.

»Ab jetzt ist das eine geschlossene Gesellschaft.« Layla grinste breit und schob einen Tisch zur Seite. Casey eilte ihr sofort zu Hilfe.

»Das reicht mir zum Spielen, danke.«

Layla nickte, sah sich in der Bar um und rieb zufrieden die Hände. »Dann will ich mich mal um die Getränke kümmern. Die erste Runde geht auf mich.«

Jubel brach aus, und einige strebten sofort zur Bar.

»Oh, wartet«, sagte Tyler. »Ich hab was für dich gebacken, aber ich muss dich vorwarnen, es ist nicht ganz so geworden, wie ich es mir vorgestellt habe.«

Er gab Layla ein Zeichen, die in der Küche verschwand und kurz darauf mit einem Teller zurückkam. War das eine Torte? In der Mitte waren brennende Kerzen aufgestellt. Ich vermutete, es waren neunundzwanzig.

»Das ist …« Ich betrachtete den Kuchen oder die Torte – oder das Gebilde.

»Eine Schwarzwälder Kirschtorte«, sagte Tyler. »Ich wollt dir erst 'ne neue kaufen, aber Shae meinte, dass wir die nehmen sollten.«

»Sie ist perfekt«, sagte ich.

»Du darfst ruhig ehrlich sein, das ist die hässlichste Schwarzwälder Kirsch, die je gebacken wurde.«

Sie war speziell, das stimmte schon. Der Boden war bröselig und wurde anscheinend nur von jeder Menge Sahne zusammengehalten. Die Kirschen waren kreuz und quer gesetzt, die Torte war auf einer Seite höher als auf der anderen.

»Sie ist mit Liebe gebacken worden, und deshalb ist sie perfekt. Danke, Ty.«

»Hab dir doch gesagt, dass sie sich freut«, rief Marian aus dem Laptop.

»Hast du ihm dabei geholfen?«, fragte ich. Marian war ein toller Bäcker. Er hatte mir zu meinem Sechzehnten ein Tortenmonstrum gebacken, an dem meine Familie und Freunde drei Tage lang gegessen hatten.

»Moralisch unterstützt, viel konnte ich leider nicht tun.«

Ich schloss die Augen und lächelte. Einfach unglaublich, was sie für mich getan hatten.

»Puste die Kerzen aus und wünsch dir was«, sagte Shae.

Ich warf ihr einen Blick zu und fing ihr trauriges Lächeln auf.

»Ich kann mir was für uns beide wünschen.«

»Das ist lieb, aber nicht nötig. Danke. Genieß einfach deinen Tag, ja?«

Ich runzelte die Stirn und flüsterte: »Bist du sicher?«

Shae nickte und deutete auf die Torte. Ich klatschte in die

Hände, trat näher und dachte darüber nach, was ich gern noch hätte. Mein Blick schweifte über die Runde und die strahlenden Gesichter der Menschen, die extra hergekommen waren. Eine Woge aus Wärme und Liebe umspülte mein Herz, gefolgt von unglaublicher Dankbarkeit.

Ich wünsche mir, dass mein Leben weiterhin so toll verläuft wie jetzt.

Ein Bild von mir schoss mir durch den Kopf. Wie ich morgens in den Armen eines Mannes aufwachte, der mich begehrte und liebte. Jemand, der mich nahm, wie ich bin. Mit meinen Macken und meiner Verrücktheit, mit meinem komischen Körper, den ich nicht akzeptieren wollte. Ich wünschte mir jemanden, der mir zeigte, dass ich genügte. Dass ich nichts tun musste, um ihm zu gefallen.

Ich schloss die Augen und pustete alle Kerzen mit einem Atemzug aus.

Rund drei Stunden später war ich nass geschwitzt vom Tanzen, heiser vom Lachen und erfüllt mit Liebe. Die Stimmung war ausgelassen, wild und perfekt. Ich hatte ja gewusst, dass Casey gut Gitarre spielen konnte, aber keine Ahnung gehabt, dass er derart eine Meute anheizen konnte. Layla hatte noch eine Toca aufgetrieben, auf der abwechselnd sie, Ariana oder Tyler gespielt hatten. Schon nach wenigen Minuten hatte keiner mehr stillhalten können. Vor einer halben Stunde hatten Shae, Hannah und Alice sogar eine Tanznummer auf der Bar im Coyote-Ugly-Stil hingelegt. Die Shots flossen genauso wie das Gelächter. Meine Gesichtsmuskeln taten weh, und meine Augen brannten, weil ich ständig Freudentränen wegwischen musste. Ich konnte mein Glück kaum fassen, dass ich mit all diesen wundervollen Menschen feiern durfte, und hätte am liebsten alle gleichzeitig umarmt. Sogar Tylers Torte war weggegangen. Das Ding hatte völlig den Halt verloren, nachdem ich das erste Stück abgeschnitten hatte, aber es hatte erstaunlich gut geschmeckt.

Ich ließ mich mit wunden Füßen am selben Tisch nieder, an dem wir damals bei unserem ersten Besuch im *Orchard* gesessen hatten, und meinen Blick zum gefühlt hundertsten Mal durch das Lokal schweifen. Einfach unglaublich, was sich in diesen wenigen Monaten getan hatte. An unserem ersten Abend war ich so verzweifelt gewesen und der festen Überzeugung, dass ich in den Knast gehen musste. Außerdem hatte ich erfahren, dass Marian seinen Unfall gehabt hatte. Daraufhin hatte ich in die Topfpflanze neben mir gekübelt. Aber Audrey hatte sich erstaunlich gut erholt. Sie war sogar ein Stück gewachsen.

Ich atmete tief ein, schloss die Augen und sog die Atmosphäre dieses Abends voll und ganz in mich auf. Leise Gitarrenmusik drang an mein Ohr, genau wie das Gelächter der anderen.

»Hey, darf ich?«, fragte Casey auf einmal.

Ich öffnete die Augen und blickte ihn an. Er stand mir gegenüber. In seiner Hand ein Bier. Verwundert deutete ich auf ihn.

»Wer spielt denn gerade Gitarre?«

»Tyler hat mich abgelöst.«

Ich sah an Casey vorbei und entdeckte Tyler, der auf einem Barhocker saß und leicht schwankend den *Folsom Prison Blues* von Johnny Cash zum Besten gab.

»Macht er ziemlich gut«, sagte Casey. »Auch wenn er den Rhythmus nicht mehr ganz halten kann.«

»Ja, Tyler hat viele Talente. Und bitte.« Ich deutete auf einen der freien Plätze neben mir. Casey ließ sich mit einem dankenden Nicken nieder und trank ein paar große Schlucke seines Bieres.

»Danke, dass du für uns gespielt hast, das war toll.«

»Sehr gern. Ihr seid ein dankbares Publikum.«

»Spielst du oft Gigs wie diese?«

»Eigentlich war das eine Ausnahme.« Er lächelte mich an. »Aber es gefällt mir sehr hier. Ich sollte öfter vorbeikommen.«

Wieder schoss mir die Hitze in die Wangen. Das bedeutete, dass Casey und ich uns vielleicht auch hier über den Weg laufen könnten. Wir sahen uns zwar täglich, wenn er an der Subwaystation spielte, aber das *Orchard* war etwas anderes. Es fühlte sich privater an.

»Wie lange lebst du eigentlich schon in New York?«, fragte Casey.

»Erst seit Ende März. Es war ein ziemlich wilder Ritt bis hierher.«

»Wieso das?«

Ich überlegte, was ich Casey erzählen sollte. Er war schließlich ein Fremder, auch wenn ich das Gefühl hatte, ihn gut zu kennen. Vermutlich lag das daran, weil ich ihn jeden Tag sah und er Teil meines Alltags war. Also holte ich tief Luft und plapperte los. Ich erzählte ihm von Christins und meiner verrückten Idee, mich auf die Ausschreibung von Greenwood & Steele zu bewerben, wie ich auf einem Touristenvisum herkam, weil ich es nicht besser wusste, und wie dann alles den Bach runterging. Marians Probleme ließ ich außen vor, ich erwähnte nur kurz, dass es familiäre Unpässlichkeiten gegeben hatte, die mich einiges an Geld gekostet hatten. Ich redete von meinen Aufträgen, von den wundervollen Menschen, die ich treffen und fotografieren durfte, von meinen Freunden, der WG, dem Miteinander und der Magie, die ich jeden Tag spürte, wenn ich durch die Straßen New York Citys lief. Ich redete, bis ich keine Worte mehr fand und mir auffiel, dass Casey nur still zugehört hatte. Seine warmen dunkelgrünen Augen waren fest auf mich gerichtet, ein leichtes Lächeln umspielte seine Lippen. Casey musterte mich aufmerksam und wirkte dabei so gefesselt, als würde er eine spannende Serie im Fernsehen verfolgen. Ich verlagerte unruhig mein Gewicht von einer Pobacke auf die andere und rieb mir über den Nacken.

»Tja, so kam ich hierher. Mit all diesen Chaoten, die erst behaupteten, mir keine Überraschungsparty zu schmeißen, und dann doch eine veranstaltet haben.«

Casey lachte leise und trank einen weiteren Schluck von seinem Bier. »Du passt sehr gut in diese Stadt.«

»Ach, wieso findest du das?«

»Du bist schillernd, vibrierst vor Leben, und du bist wunderschön.« Er stockte bei dem letzten Wort, als wäre ihm das aus Versehen über die Lippen gekommen. Rasch trank er von seinem Bier, behielt mich dabei aber fest im Blick. Ich bekam eine Gänsehaut. Dieser Mann hatte eine unglaublich faszinierende Ausstrahlung. Warm und sanft, aber gleichzeitig verströmte er auch Sicherheit. Als würde ihm die Welt zu Füßen liegen, dabei saß er bei Wind und Wetter an einer Straßenecke und spielte sich seinen Lebensunterhalt zusammen.

Ich biss mir auf die Unterlippe und überlegte, ob es zu persönlich war, ihn danach zu fragen. Ich wusste ja nicht, wo oder wie er wohnte. Möglicherweise teilte er sich eine Bruchbude mit anderen Leuten, oder er lebte in einem verlassenen Gebäude. Bei meinen Gesprächen mit Jaz in der NYMSA hatte dieser mir erzählt, dass er vorher auf der Straße getanzt und in einer alten Fabrikhalle in Brooklyn gehaust hatte. Vielleicht war es bei Casey ähnlich. Ich wollte ihm nicht das Gefühl vermitteln, dass er sich deshalb schämen musste.

»Wie kommt es, dass du so gut Gitarre spielen kannst?« Das war doch eine unverfängliche Frage, oder?

»Mein Dad hat es mir beigebracht, als ich sechs war. Seither klimpere ich jeden Tag.«

»Ich würde deine Musik nicht unbedingt Geklimper nennen. Du bist richtig gut.«

»Danke. Freut mich, wenn es dir gefällt.«

»Und bist du …« Gott, wie sollte ich weiterfragen, ohne dass es doof klang? Ich warf einen Blick zu Casey, der mich mit diesem wundervollen Grinsen erwartungsvoll ansah. Es schien ihn zu amüsieren, wie ich mich gerade vor ihm wand.

»Frag, was auch immer du wissen möchtest«, sagte er und nahm mir wenigstens ein bisschen den Druck.

»Wie kommt es, dass du …«

»Leute«, rief Tyler auf einmal und schwankte mit einer Fla-

sche Bier und Caseys Gitarre an den Tisch. »Das Ding is ver-
zaubert.«

»Wieso das?«, fragte Casey.

»Weil's voll Spaß macht, drauf zu spielen. Bin eigentlich nich
so gut an 'ner Gitarre.«

»Dann freut es mich, dass sie dir Freude bereitet hat.« Casey
nahm sein Instrument, ehe Tyler sich mit einem lauten Seufzen
auf den Stuhl gegenüber sinken ließ. Er hatte ziemlich Schlag-
seite. So gern ich Tyler mochte, so sehr wünschte ich mir, dass er
wieder verschwand, damit ich mein Gespräch mit Casey fort-
führen konnte.

Doch Tyler machte keine Anstalten. Er trank von seinem Bier
und deutete auf Audrey. »Hat Evie dir schon erzählt, dass sie
die Pflanze zurück ins Leben gekotzt hat?«

»Oh mein Gott.« Ich klatschte die Hände vors Gesicht und
schüttelte den Kopf.

»Was?«, fragte Casey unter Lachen.

»War stockbesoffen und hat reingekübelt, seither blüht sie
wieder. Evie hat Zauberkräfte.«

Wo war bitte das Erdloch, wenn man eins brauchte?

Casey lachte, sah zu Audrey und zupfte an einem grünen
Blatt. »Sieht so aus, als hättest du auch auf die Pflanzen in New
York einen guten Einfluss.«

»Ich … War wohl eher Zufall.«

Casey ließ die Pflanze wieder los, lächelte mich noch mal an
und erhob sich. Wir verfielen in Schweigen, und mir wurde klar,
dass der Zauber von eben weg war. Unser Gespräch hatte eindeutig den Faden verloren, seit Tyler aufgetaucht war.

»Ich muss langsam los«, sagte Casey schließlich. »Danke für
den tollen Abend.«

Ich stand ebenfalls auf. Wollte nicht, dass er schon ging,
aber Casey deutete mit einem Nicken auf Tyler, der in seine
leere Bierflasche sah. »Vielleicht besorgst du ihm besser einen
Kaffee.«

Ich winkte ab. »Der kann das ab. In ein paar Stunden ist er wieder fit. Tyler baut Alkohol schneller ab als jeder andere, den ich kenne.«

»Stimmt«, sagte Tyler und hickste. »Das sind nämlich meine Zauberkräfte.«

»Schön. Ich wünsche euch noch ganz viel Spaß.«

»Du kannst auch ...« Ich schluckte die Worte wieder runter, weil ich ihn zu nichts überreden wollte. »Also ich hab ... Es war schön, dass du gespielt hast. Danke.«

Er nickte, packte seine Gitarre in den Koffer und schnallte ihn sich über die Schulter. »Wir sehen uns morgen an der Subway-station.«

»Gönn dir mal frei, Mann«, sagte Tyler. »Echt jetzt.«

»Mal schauen.« Casey schenkte mir ein letztes Lächeln, dann drehte er sich um und ging zur Kneipe raus. Ich ließ mich mit einem frustrierten Brummen zurück in den Stuhl sinken und funkelte Tyler an.

»Netter Typ«, sagte er mit einem Zwinkern, während ich nur den Kopf schüttelte und Tyler am liebsten eine Nackenschelle gegeben hätte.

Samstag, 15. Juni

»Ich kann nicht mehr«, rief ich und hielt mir den Bauch, so sehr schmerzte er mittlerweile vom Lachen. »Ich hätte zu gern sein Gesicht gesehen.«

»Es war Gold wert, wirklich«, meinte Lily ebenfalls lachend. »Wegen solcher Kerle wäre ich früher gern in ein Studio nur für Frauen gegangen, aber mittlerweile nehme ich es als Ansporn, ihnen das Gegenteil zu beweisen.«

»Gut so!«, stimmte ich zu. »Ich mache normalerweise Krav Maga, ich kenn die Sprüche.«

Lily hatte Shae und mir von ihren Erlebnissen im Fitnessstudio erzählt und davon, wie sie manchmal extra mimte, schwächer zu sein, als sie war, nur um dann beim Bankdrücken alle abzuziehen.

»Machs' du Kampfsport überhaupt noch?«, nuschelte Shae.

»Aktuell nicht. Mein Studio hat geschlossen, ich will mir schon ewig ein neues suchen«, erwiderte ich und schob meine Cola unauffällig zu Shae, damit sie etwas anderes vor der Nase hatte als Alkohol. Denn davon hatte sie heute definitiv schon genug.

»Wenn der Umzug jetzt geregelt ist, hast du ja sicher mehr Zeit. Vielleicht findest du sogar was in der Nähe«, meinte Lily, und ich nickte.

»Darauf hoffe ich auch. Ich hab das Gefühl, so langsam läuft mein Leben wieder in geregelten Bahnen.«

Mein Lächeln geriet ins Wanken, als Shae auf meine Worte hin aufseufzte und nach dem Glas griff – nicht nach dem mit Cola, sondern leider nach dem mit Gin Tonic, das sie vor wenigen Minuten bei Layla bestellt hatte.

»Bist du sicher, dass alles okay ist?«, fragte ich nicht zum ersten Mal an diesem Abend. Denn während ich Shaes Tanzeinlage auf der Bar bewundert hatte, war mir doch auch aufgefallen, dass sie immer wieder ins Leere blickte und den ein oder anderen Cocktail zu viel intus hatte. Zwar tranken Tyler und Shae ohnehin weit mehr als ich, aber Shae schien es dabei weniger um die gute Laune und Evies Geburtstag zu gehen als vielmehr darum, möglichst schnell betrunken zu werden.

»Alles bestens.« Sie nahm einen weiteren Schluck und schenkte Lily und mir dann ein Lächeln, das gar nicht weniger überzeugend hätte sein können. Irgendwas war im Busch. Doch es heute, an Evies Geburtstag, aus ihr rauszukriegen, war wohl ein hoffnungsloses Unterfangen. Shae war immer für andere da und würde Evie das Spotlight nicht stehlen wollen.

Ich wandte mich suchend nach unserem Geburtstagskind um und merkte dann amüsiert, dass sie nach wie vor auf dem Platz neben Casey saß. Denn Evie hatte sich selbst vor einer Weile aus dem Mittelpunkt gezogen und war seitdem in ein Gespräch mit ihm vertieft. Ein sehr inniges Gespräch, so dicht, wie die beiden die Köpfe zusammengesteckt hatten. Evie gestikulierte wild, und Casey hörte ihr mit beinahe verklärtem Lächeln zu. Zumindest so lange, bis Tyler das Gespräch der beiden torpedierte und Casey sich nach einer Weile verabschiedete. Ich warf Ty einen tadelnden Blick zu, den dieser erwiderte – wobei, nein. Er sah nicht zu mir. Ich wandte den Kopf und sah zu Lily, deren blaue Augen ebenfalls an mir vorbeischauten, geradewegs zu Tyler.

Interessant.

Ich räusperte mich. »Ich nehme an, Tyler nimmst du von den Erzählungen eben aus? Oder muss ich da ein Wörtchen mit ihm reden?«

Lilys Blick schoss zu mir, und sie blinzelte, als hätte ich sie gerade aus einem Gedanken gerissen. »Was? Ja, natürlich! Er war super, er hat mir sogar mal geholfen, nachdem zwei Typen etwas aufdringlich waren.«

»Geht ihr denn häufiger zusammen trainieren?«

»Ähm, nein, nicht wirklich. Ab und an sind wir zufällig zur selben Zeit im Studio.«

»Ihr könnt euch ja mal verabreden. Ich glaub, Ty wünscht sich manchmal einen Trainingspartner, aber ich bin beim Fitnessstudio raus, und Shae hier hasst Sport.«

Shae nuschelte zustimmend. »Würd ihn freu'n.«

»Ja, mich auch.«

Irrte ich mich, oder wurde Lily rot? Im schwachen Licht unserer Ecke hier in der Kneipe war es schwer zu erkennen. Ob zwischen den beiden was gelaufen war? Ich würde Shae oder Evie nachher fragen. Da sie mit Ty zusammenlebten, wussten sie sicher mehr. Interesse von Lilys Seite schien auf jeden Fall da zu sein, denn ihr Blick huschte schon wieder an mir vorbei in die Ecke und folgte Tyler, der sich zu Cam an den Rand der improvisierten Tanzfläche gesellte.

Shae neben mir trank ihren Gin aus und stellte das Glas dann etwas zu laut auf die hölzerne Tischplatte. »Ich glaub, ich hol mir noch ein'n.«

Lily warf mir einen Blick zu, der ähnliche Skepsis ausdrückte, wie ich sie fühlte.

»Wie wär's, wenn du kurz zu Cam gehst, und ich bring dir was?«

Sie lächelte mich dankbar an. »Du bist'n Schatz, Ariana. Komms' du mit?«, fragte sie dann an Lily gewandt.

»Na klar.«

Lily stand auf und strich ihr Kleid glatt, bevor sie den Arm bei Shae einhakte und zu Tyler und Cam ging. Ich sah ihr nach und beobachtete mit einem Schmunzeln, wie Tyler Lily sofort Platz machte und sich einmal zu häufig durch die dunklen Haare fuhr.

»Die beiden stehen total aufeinander.« Layla räumte grinsend die leeren Gläser vom Tisch.

»Das hätte ich gemacht!«, warf ich eilig ein, doch sie winkte ab und schnappte sich Shaes Gin-Tonic-Glas, bevor ich danach greifen konnte.

»Nicht nötig.«

»Aber um auf das andere Thema zurückzukommen: Den Eindruck hab ich auch. So kenne ich Ty gar nicht. Normalerweise ist er die Selbstsicherheit in Person.«

»Ja, schon süß.«

»Sollten wir nachhelfen?«

Layla grinste. »Unbedingt. Nach all den Jahren an der Theke bin ich Expertin darin, solche Stimmungen aufzufangen. Die beiden brauchen nur einen Stupser, wollen wir wetten?«

»Ich bin zu allem bereit, was du vorschlägst.«

Layla hob eine Braue und sah mich aus ihren beinahe schwarzen Augen amüsiert an. »Zu allem, ja?«

Nun musste ich ein ähnliches Bild abgeben wie Lily zuvor, denn der herausfordernde Blick jagte einen warmen Schauer durch meinen Körper.

»Also, ähm …«, stotterte ich. Wieso nur brachte mich diese Frau so aus der Ruhe? »Was das Verkuppeln von Tyler und Lily angeht, meinte ich.«

»Ja, na klar. Was dachtest du denn?« Laylas Grinsen verriet mir, dass sie mich aufzog, und ich fiel in ihr leises Lachen mit ein, doch etwas an der Art, wie sie mich ansah, ging mir trotzdem durch und durch. Als ich ihrem Blick nicht länger standhielt, räusperte ich mich.

»Wir sollten die beiden zum Tanzen bringen.«

»Gute Idee«, erwiderte Layla. »Gib mir fünf Minuten.«

Sie spazierte an mir vorbei zu Ty und Lily, wechselte einige Worte mit ihnen und kam dann mir einem breiten Lächeln zu mir zurück.

»Das ... ging schnell. Aber sie tanzen nicht. Was hast du gesagt?«

»Dass sie die Menge mal zum Tanzen animieren sollen, außer Dawn, Hannah und Alfie war nämlich noch niemand auf der Fläche. Und Shae war auf der Bar, falls man das dazuzählen mag. Hab gesagt, dass der, der es zuerst schafft, heute die Getränke aufs Haus kriegt.«

»Tyler wird gewinnen.«

»Davon gehe ich aus. Aber tanzen müssen sie so beide und schau ...« Sie deutete zu den anderen, und als ich sah, wie Ty und Lily sich zeitgleich die umstehenden Leute schnappten, Cam sogar ins Straucheln geriet, musste ich laut auflachen.

Aus dem Augenwinkel bemerkte ich, wie Layla mich musterte, ein undefinierbarer Ausdruck in ihren Augen. »Ich mag das«, sagte sie schließlich, nachdem wir die anderen eine Weile beobachtet haben. Ihr Plan war aufgegangen. Tyler und Lily tanzten zwar keinen romantischen Walzer miteinander, wie in meiner Vorstellung, aber sie wippten doch gemeinsam zur Musik hin und her und schienen ordentlich Spaß dabei zu haben.

»Was genau? Partys in deinem Laden?«

»Auch, ja. Aber eigentlich meinte ich den zufriedenen Ausdruck auf deinem Gesicht. Als du damals zum ersten Mal hier in der Bar warst, warst du das genaue Gegenteil davon.«

»Von zufrieden? Ja ...« Ich nickte. »Das war keine leichte Phase.«

»Aber du hast es rausgeschafft.«

»Dank dieser Verrückten da drüben – und dank dir. Danke. Dafür, aber auch, dass du das alles organisierst.«

»Gar kein Thema. Deine Freunde sind auch meine Freunde.« Ihr Lächeln war aufrichtig, und ich empfand einmal mehr Dankbarkeit. Nicht nur, dass ich ohne Layla ganz sicher nach wie vor keine Wohnung gehabt hätte, sie hatte mir auch bei allen möglichen handwerklichen Dingen geholfen, mich ihr WLAN mitnutzen lassen und Jared ein weiteres Mal abgewimmelt. Kurzum: Diese Frau war ein Engel.

»Irgendwann revanchier ich mich«, versprach ich.

»Das ist nicht nötig. Ich helfe dir, weil ich dich mag, nicht, weil ich eine Gegenleistung erwarte.«

»Ich mag dich auch«, sagte ich. Die Worte waren raus, bevor ich über sie nachdenken konnte. Und obwohl es ein ganz normaler Satz war, wie ich ihn auch zu Evie, Shae oder Tyler sagte, flatterte es in meinem Magen. Vielleicht weil ein Teil von mir bereits wusste, dass ich Layla auf eine andere Art mochte als meine Freundesgruppe. Womöglich lag es auch an der Art, wie ihre Augen funkelten, als ich den Satz sprach.

Die Stille zwischen uns war aufregend, erfüllt von einem Prickeln, das ich so erst selten erlebt hatte – und von dem Geräusch eines laut knurrenden Magens.

Ich schlug mir so fest mit der Hand auf den Bauch, dass es beinahe wehtat.

»Oh Gott, sorry.«

Ganz große Klasse, Ariana.

Layla lachte, und mir schoss die Röte spürbar ins Gesicht. Ich sollte einen Guide schreiben: Wie man die Stimmung killt – in unter fünf Sekunden. Erfolg garantiert.

»Sorry«, sagte ich erneut. »Ich hab es vor der Party nicht mehr geschafft zu kochen. An Tagen, an denen ich nicht ins Büro muss, ist meine Routine im Eimer.«

»Entschuldige dich niemals für einen gesunden Appetit – erst recht nicht bei mir.« Sie nickte in Richtung der Tür am anderen

Ende des Raums. »Komm mit. Die Küche hat zwar offiziell bereits geschlossen, aber ich bin sicher, wir finden noch was für dich.«

»Ich will dir keine Umstände machen. Ich kann ja auch einfach hochgehen.«

»Quatsch.«

Layla wartete meine Antwort gar nicht erst ab, sondern schob sich hinter der Theke hervor und ging, ohne sich zu mir umzudrehen, in Richtung der Küche. Die Selbstverständlichkeit und Ruhe, mit der Layla Dinge immer wieder anging, faszinierte mich. Sie war so unverfälscht sie selbst. Als jemand, der monatelang eine Maske getragen hatte, es teilweise immer noch tat, fühlte ich mich wie magnetisch zu ihr hingezogen.

Layla hielt mir die Tür auf, und ich schlüpfte hindurch. In der Bar war die Party nach wie vor in vollem Gange, und ein Lied von Lady Gaga schallte laut durch den ganzen Raum, begleitet von schiefem Gesang, den selbst die zufallende Tür nicht auszublenden vermochte.

»Wollen wir doch mal sehen. Isst du Fleisch?«

Ich nickte. »Nicht allzu oft, aber ja.«

»Ich könnte dir ein Club Sandwich machen, dafür habe ich alles da. Oder magst du lieber etwas Warmes?«

»Nein. Ein Sandwich reicht vollkommen!«

Layla nickte zufrieden und suchte die Zutaten zusammen, während ich verunsichert und mit etwas Abstand danebenstand und sie beobachtete. »Kann ich helfen?«, fragte ich schließlich.

»Wenn du magst, gern. Du könntest die Mayonnaise und den Senf mischen. Normalerweise hab ich die Soße schon vorbereitet, aber so spät hab ich nicht mehr mit Kundschaft gerechnet.«

Ich erwiderte ihr Lächeln und nahm die Schüssel, die sie mir reichte. Nun, da meine Hände beschäftigt waren, fühlte ich mich nicht mehr ganz so fehl am Platz. Normalerweise war ich gar nicht so unsicher, doch irgendetwas an Layla schaffte es, mich aus dem Gleichgewicht zu bringen.

Schweigend arbeiteten wir nebeneinanderher. Layla schnitt Tomaten, ich schmeckte die Soße mit Salz und Pfeffer ab. Wir redeten kein Wort dabei, und doch war es schön, gemeinsam Zeit zu verbringen. Erst als der Duft nach knusprig gebratenem Bacon die Luft erfüllte und mein Bauch erneut protestierend knurrte, durchbrach Layla die Stille.

»Das klingt nach Rettung in letzter Sekunde«, meinte sie lachend und wendete die Baconstreifen.

»Kann man wohl so sagen.«

»Wäre schade, wenn ich meine neue Mieterin direkt wieder verlöre.«

Schmunzelnd stellte sie die Pfanne beiseite und begann, die Sandwiches zu belegen.

»Du fändest sicher schnell Ersatz bei der Traumlage – und der netten Vermieterin.«

Mein Herz klopfte eine Spur zu schnell, als ich die letzten Worte hinzufügte, doch Layla hob die Mundwinkel noch ein Stückchen weiter. Ein feines Grübchen bildete sich in der mir zugewandten Wange, und ich hätte zu gern geprüft, ob es sich auf der anderen auch zeigte.

»Eine neue Mieterin? Vielleicht. Ersatz für dich?« Sie schnitt den Toast in zwei Hälften und sah mich dann mit erhobenen Brauen an. »Wage ich zu bezweifeln.«

Ich schluckte, um eine Antwort verlegen. Wieder einmal. Flirtete Layla mit mir? Oder witzelte sie einfach nur herum, wie man es unter guten Bekannten eben tat? Wie zur Hölle erkannte man den Unterschied? Ich zumindest war dazu offensichtlich nicht in der Lage, das hatte ich schon einmal vermasselt.

Layla rundete ihre Kreation mit einem kleinen Beilagensalat ab und unterbrach meine Gedankengänge, indem sie mir den fertigen Teller reichte.

»Voilà.«

»Danke. Ist es okay, wenn ich hier esse? Die Ruhe tut gerade echt gut.«

»Na klar. Stört es dich, wenn ich bleibe?«

»Natürlich nicht. Es ist deine Küche.« Ich zögerte, nahm dann aber meinen Mut zusammen. »Und ich mag deine Gesellschaft.«

»Ebenso«, erwiderte Layla lächelnd. Dann schwang sie sich auf die silbern glänzende Theke und klopfte auf den freien Platz rechts neben sich. Ich setzte mich ebenfalls und war mir unserer nah beieinanderliegenden Oberschenkel nur zu bewusst.

»Guten Appetit«, sagte Layla, als ich den ersten Bissen meines Sandwiches nahm. Anstelle einer Antwort stieß ich ein wohliges Seufzen aus, das sie zum Lachen brachte. »Das ist wohl die beste Reaktion, die ich mir wünschen kann.«

Das Sandwich war ein Traum. Bei einem New York Club Sandwich konnte man zwar wenig falsch machen, doch der saftige Bacon, die Tomate und die Soße, die Layla noch etwas verfeinert hatte, bildeten ein wahres Feuerwerk in meinem Mund – das, oder ich war wirklich ausgehungert. Die erste Sandwichhälfte war im Nu aufgegessen, und Layla unterdrückte sichtlich ein Grinsen, als ich mich an der zweiten zu schaffen machte.

»Du kochst eben zu gut«, sagte ich zur Verteidigung, als mein Mund wieder leer war.

»Deshalb lach ich nicht«, erwiderte Layla.

Ich hielt die Luft an, als sie näher rückte. So nah, dass ihr Atem sanft über meine Wange strich. Sie hob eine Hand, streckte einen Finger aus und fuhr mir sacht über den Mund.

»Du hast nur überall Soße.«

»Oh.« Mehr brachte ich nicht raus. Denn ihr Blick ruhte auf mir. Auf meinem Mund, dann glitt er bis zu meinen Augen. Ihr Gesicht war meinem so verdammt nah und doch nicht nah genug. Als sie mit der Zunge über ihre Lippen glitt, um diese zu befeuchten, fuhr mir ein Schauer über den Rücken, und die Haare auf meinen Armen richteten sich auf, so angespannt war ich plötzlich. Es war, als könnte ich die Stimmung zwischen uns statisch spüren. Ich musste mich auf sie zubewegt haben, denn unsere Knie berührten sich auf einmal – oder hatten sie es eben schon getan und ich hatte es bloß nicht gemerkt?

Die Musik, die gedämpft in die Küche drang, verschwamm zu einem sanften Hintergrundrauschen, gemischt mit dem Blut, das laut in meinen Ohren pulsierte. Wie wir so dasaßen, war ich mir meines eigenen Körpers viel zu bewusst. Meines zu schnellen Atems, der freien Hand, die ich zu gern gehoben hätte, um Layla die dunkle Strähne aus dem Gesicht zu streichen, die sich aus ihrem Zopf gelöst hatte. Meiner Lippen, die sich so sehr danach sehnten, Laylas zu berühren.

Und dann erhörte Layla meine stumme Bitte und küsste mich.

13
TYLER

Sonntag, 16. Juni

Ich lachte aus vollem Herzen, machte eine Drehung und rang um Atem, während Blondie lautstark »I'll get ya ...« aus den Lautsprechern brüllte.

»Ich kann nicht mehr.« Lily winkte ab und fächelte sich mit der Hand Luft zu. »Ich brauch 'ne Pause.«

Sie verließ die Tanzfläche, wo Cam und Shae Hüfte an Hüfte miteinander tanzten. Wobei Shae schon ziemlich viel intus hatte und sich eher von Cam führen ließ. Evie war noch voll bei der Sache, genau wie Zoey und Sophie, die sich beim Tanzen sehr nahe gekommen waren. Wenn mich mein Gefühl nicht täuschte, würden die beiden später nicht allein heimgehen.

Ich blickte Lily hinterher und verspürte den unglaublichen Drang, ihr zu folgen. Das Tanzen mit ihr hatte ziemlich gutgetan und diese Anspannung, die ich die ganze Zeit in ihrer Gegenwart fühlte, gemildert. Es war mir nach wie vor unangenehm, dass sie mich in meinen merkwürdigsten Momenten erlebt hatte, auch wenn sie sich nicht weiter daran zu stören schien. Vorhin bei einer Drehung hatte ihr Hintern wie zufällig meinen Schritt gestreift. Sie hatte gleich danach innegehalten, aber ich war mir nicht ganz sicher, ob es wirklich ein Versehen gewesen war.

Lily ließ sich mit einem Seufzen an einem der Tische neben der Tanzfläche nieder und goss sich Wasser aus der Karaffe ein, die Layla vorhin dort abgestellt hatte. Sie war unglaublich aufmerksam, was das anging, und sorgte dafür, dass wir mehr als genug Wasser zur Verfügung hatten. Was ganz gut war, denn Alkohol floss reichlich. Zum Glück hatte mich das Tanzen etwas ausgenüchtert. Bei Gelegenheit musste ich mich noch bei Evie entschuldigen. Ich war vorhin ganz schön ruppig in ihr Gespräch mit Casey geplatzt. Manchmal war meine Klappe einfach schneller als mein Verstand.

Ich schälte mich ebenfalls von der Tanzfläche und setzte mich zu Lily an den Tisch. Sie goss mir sofort von dem Wasser ein, das ich dankend annahm und gierig trank.

»Der Wahnsinn«, sagte sie und fächelte sich weiter Luft mit der Hand zu. »Hab das letzte Mal so wild getanzt, als meine beste Freundin geheiratet hat, und das ist schon zwei Jahre her.«

»Steht dir aber gut. Du solltest das öfter machen.«

»Genau wie du.«

Ich lächelte, trank einen weiteren Schluck und sah sie über den Rand meines Glases hinweg an. Mir war noch heiß vom Tanzen, der Schweiß tropfte mir den Rücken hinab, und auch Lilys Wangen färbten sich einen Ticken dunkler. Wieder einmal musste ich feststellen, dass sie eine verdammt hübsche Frau war. Nicht nur äußerlich. Sie hatte eine vibrierende Ausstrahlung. Als hätte sie ihren Weg im Leben gefunden und wusste genau, in welche Richtung sie gehen wollte. Ihr momentaner Erfolg bestätigte das. Vor ein paar Tagen hatte ich wieder ein Werbefoto von ihr auf dem Times Square in Lebensgröße entdeckt.

Lily seufzte, trank ihr Wasser leer und blickte auf die Uhr. »Himmel! Es ist ja schon halb zwei! Ich muss los.«

»Was hast du denn um diese Uhrzeit noch vor?«

»Ich bin Katzensitterin bei meiner Freundin, sie ist übers Wochenende verreist. Die beiden können zwar ganz gut allein bleiben, aber ich will es trotzdem nicht zu lange ausreizen. Manchmal verfallen sie in die blanke Zerstörungswut, wenn sie sich langweilen.«

»Schade, aber das geht natürlich vor.«

»Danke fürs Tanzen, hat echt Spaß gemacht.«

»Jederzeit.«

Ich räusperte mich und verlagerte mein Gewicht auf dem Stuhl. Ich hatte das Gefühl, dass ich was Kluges sagen sollte, aber leider war mein Gehirn gerade leer gefegt.

Sie lächelte und stand auf. »Ich verabschiede mich rasch, dann mach ich mich auf den Weg.«

»Brauchst du ein Taxi oder Uber?«

»Nein, ich muss nur auf die andere Parkseite. Ist nicht weit.«

»Du läufst aber bitte nicht allein um diese Uhrzeit durch den Central Park.«

»Doch. Das mach ich häufig. Es ist nicht so gefährlich, wie es klingt.«

Ich runzelte die Stirn.

»Tatsächlich ist nachts sogar einiges los. Vorgestern gab es ein Open-Air-Konzert, bei dem bis in die Morgenstunden gefeiert wurde. Zudem patrouilliert die Polizei ständig. Solange man sich von der nördlichen Seite des Parks fernhält, ist es okay. Außerdem brauch ich noch ein paar Schritte.« Sie klopfte sich auf den flachen Bauch.

Ich seufzte und blickte mich in der Bar um. Das Lied war vorüber, Evie hing an der Bar und lachte über irgendetwas, das Hannah gesagt hatte. Zoey und Sophie hatten sich verzogen, Ariana war mit Layla in der Küche, und Shae machte mit Cam in einer der hinteren Sitzecken rum. Die Party neigte sich wohl dem Ende.

»Weißt du was? Ich begleite dich.«

Sie öffnete den Mund.

»Nur, wenn es okay ist. Ich will mich nicht aufdrängen. Und ich verspreche, dass ich nicht wieder weglaufe und dich mitten im Park stehen lasse.«

Sie lachte und schüttelte den Kopf. »Beruhigend zu wissen.«

»Mir würde zudem frische Luft guttun. Langsam schwirrt mir der Schädel.«

»Ich verstehe.« Sie biss sich auf die Unterlippe und blickte zu Boden. »Aber wirklich nur, wenn es dir keine Umstände macht.«

»Tut es nicht. Versprochen.«

»Also gut. Dann lass uns von hier abhauen.«

Etwa zwanzig Minuten später traten Lily und ich in die noch immer warme New Yorker Nacht. Die laue Brise, die uns um die Nasen wehte, sorgte allerdings nach wie vor nicht für Abkühlung.

»Ah, es riecht nach Meer«, sagte Lily und atmete tief ein.

»Was?«

»Riechst du das nicht?«

Ich schnupperte ebenfalls, doch ich roch nur Asphalt und einen leicht säuerlichen Gestank, der aus dem Mülleimer an der Straßenecke kam. »Glaub nicht.«

»Bald kühlt es ab. Wenn das Wetter vom Atlantik kommt, wird es angenehmer.«

»Du bist also nicht nur Sportlerin, sondern auch Wetterfee.«

»Ich hab viele Talente, von denen du noch nichts weißt.«

Darauf möchte ich wetten.

Sie räusperte sich, weil sie sich wohl erst jetzt der Doppeldeutigkeit ihrer Worte bewusst wurde. »Ich kenn mich einfach gut in New York aus. Bin hier schließlich geboren und aufgewachsen. Mit der Zeit lernt man, wie die Stadt tickt.«

»Und dass man nachts ohne Probleme durch den Central Park laufen kann.«

»Vor zwanzig Jahren hätte ich davon abgeraten, aber mittlerweile ist es fast sicherer, als tagsüber durch Midtown zu gehen.

Außerdem mag ich die Atmosphäre bei Nacht. Der Park wirkt dann so geheimnisvoll und still. Es ist wie ein Aufatmen in der ganzen Hektik der Stadt.«

Ich konnte es zwar noch nicht ganz glauben, aber ich würde es ja gleich erleben. Nach einem kurzen Fußmarsch betraten wir den Park an einem der zahlreichen Eingänge. Sofort wurde es dunkler und auch stiller. Zum Glück wurde der Weg von Laternen beleuchtet. Nach ein paar Schritten musste ich Lily allerdings zustimmen. Der Park wirkte bei Nacht tatsächlich anders als bei Tag. Als hätte man einen fremden Ort betreten, der losgelöst von Zeit und Raum existierte.

»Und?«, fragte Lily nach ein paar Metern. »Hast du schon Angst?« Sie fuchtelte mit ihren Händen vor meinem Gesicht herum und gab ein gutturales *Muaaah* von sich.

Ich schnaubte und lachte gleichzeitig und wehrte ihre Hände ab.

»Ich bin da, keine Sorge«, sagte Lily.

»Ich sollte eigentlich auf dich aufpassen.«

»Weil du der Kerl bist und ich die Frau?«

Ich brummte. »Wie eigenständig du bist, hast du im Gym bereits bewiesen.«

»Ah, diese Typen damals. So furchtbar.«

»Ich hätte dir da gern mehr zur Seite gestanden, aber ich wollte nicht aufdringlich wirken.«

»Das hab ich gemerkt, und danke dafür. Mir war aber kurz darauf klar, dass du anders bist.«

»Ach ja? Wieso das denn?« Ich sah zu ihr hinüber, aber im Dunkeln erkannte ich nur ihre Umrisse. Ihr schönes Gesicht blieb in den Schatten verborgen.

Sie zuckte mit den Schultern. »Weil du mir geholfen hast, ohne einen dummen Spruch abzulassen. Ich fand es nur schade, dass du damals so schnell gegangen bist.«

Ich räusperte mich und dachte an den Moment zurück, als ich Rhianna im Fernsehen gesehen hatte. Lily hatte einfach nur mit mir reden wollen, und ich war rausgestürmt, als hätte ich Angst, mir eine ansteckende Krankheit von ihr zu holen. »Es tut mir echt leid, dass ich ständig einen dummen Abgang hinlege, wenn wir uns sehen. Oder über alberne Flüche spreche. Das liegt nicht an dir, ich hoffe, das weißt du.«

»Ich war mir nicht ganz sicher, ehrlich gesagt, aber nachdem ich Shae und Evie besser kennengelernt habe, wurde es besser.«

»Haben die beiden über mich gequatscht?«

»Nicht direkt. Ich hab dein Bild auf Shaes Telefon entdeckt, und in ihrem Gesicht ging sofort die Sonne auf, als ich nach dir gefragt habe. Sie redet über dich, ohne Worte zu gebrauchen, genau wie Evie. Wann immer sie mit mir über eure WG spricht, spüre ich, wie wohl sie sich bei euch fühlt. Das würde sie nicht, wenn du nicht okay wärst.«

»Das freut mich. Dachte echt schon, dass du nichts mehr mit mir zu tun haben willst, nachdem ich mich wie ein Vollhorst benommen habe. Aber irgendwie bist du immer in den merkwürdigsten Situationen meines Lebens aufgetaucht.«

»Das sind doch die besten.«

»Findest du?«

»Zumindest finde ich es interessant zu sehen, wie Menschen reagieren, wenn sie aus ihrer Komfortzone gepusht werden.«

»Oh, aus der Komfortzone bin ich definitiv gepusht worden.« Ich schüttelte den Kopf und blickte rüber in den dunklen Wald. Ein junger Mann joggte auf einem der Wege, und ein paar Jugendliche hockten auf einer Wiese und rauchten. Der leicht süßliche Geruch, der zu mir rüberwehte, verriet mir, dass es keine Zigaretten waren.

»An dem Tag, als wir uns im Gym gesehen haben, kam was im Fernsehen, das mich an meine Vergangenheit erinnert hat«, fuhr ich fort. Irgendwie war es leichter, drüber zu reden, wenn sie mich nicht direkt sehen konnte. Genau wie damals, als ich es Shae gebeichtet hatte. »Es war keine gute Erinnerung.«

»Das tut mir leid.«

154

»Mir auch. Ich dachte nämlich, dass ich das hinter mir gelassen hätte.«

»Leider haben Dinge aus der Vergangenheit die Tendenz, einen zu verfolgen und so lange in den Hintern zu beißen, bis man sich ihnen zuwendet.«

»Klingt, als würdest du aus Erfahrung sprechen.«

»Ja. Meine Schatten lassen mich auch nicht immer los, obwohl es besser geworden ist.«

Ich wartete, ob sie das näher ausführen wollte, aber sie schwieg, also tat ich es auch. Wir verfielen in eine angenehme Stille, die nur von den ruhigen Geräuschen des Parkes unterbrochen wurde. Die Stadt rauschte im Hintergrund, kam mir aber viel leiser vor als tagsüber. Grillen zirpten, sanfte Musik spielte irgendwo, zwei weitere Leute joggten an uns vorbei.

Wir bogen auf einen anderen Weg ab und fanden uns an der berühmten Bethesda Fountain wieder. Kurz überlegte ich, mein Handy rauszuholen und das für TikTok aufzunehmen, aber irgendwie wollte ich diesen Moment nicht teilen. Es war schön, mit Lily allein zu sein.

»Das war übrigens einer der ersten Orte, die ich besucht habe, als ich in New York angekommen bin«, sagte ich.

»Die Fountain?«

»Ja, weil hier schon so viele Filme gedreht worden sind.«

»Das stimmt. Ich war damals zum Joggen im Park, als sie die *Avengers* gefilmt haben. Ich bin eigentlich nicht sonderlich auf Stars aus, aber Tom Hiddleston und Chris Hemsworth live zu sehen, war schon cool.«

»Das glaub ich.«

»Es ist auch so typisch für New York. An einem Tag rennst du versehentlich in ein Filmset, am nächsten dient genau derselbe Ort einem Streetdancer dafür, seinen Lebensunterhalt zu verdienen. Ich liebe die Vielfalt in dieser Stadt und dass sie es schafft, mich jeden Tag von Neuem zu überraschen.«

»Ich bin noch nicht lange hier, aber ich weiß genau, was du

meinst. Phoenix ist zwar auch cool, aber die Stadt ist wesentlich verstaubter.«

»Sie liegt ja auch in der Wüste.«

Ich blickte zu Lily, die losprustete und mir einen Klaps auf die Schulter gab. »Manchmal kann ich die schlechten Witze nicht stoppen, sorry.«

»Schon gut.« Ich grinste. Lilys Lachen war ansteckend. Es verbreitete so ein Wohlgefühl im Bauch.

»Ach, aber Wüste stell ich mir trotzdem cool vor«, sagte sie. »Ihr habt dort vermutlich mehr Sterne gesehen als hier.«

»Ja, das stimmt. Ich hab es geliebt, mit dem Auto aus der Stadt zu fahren und mich irgendwo in der Natur auf eine Decke zu legen, um Sterne zu beobachten. Milchstraße inklusive.«

»Klingt traumhaft. Mein größtes Naturspektakel waren bisher die Niagarafälle.«

»Dann sollten wir irgendwann mal einen Ausflug nach Phoenix machen.«

»Unbedingt.« Ihre Uhr piepste laut, und Lily zuckte zusammen. »Moment.« Sie hielt an und stellte den Alarm ab.

»Hast du was vergessen?«

»Nein, sie will mich nur aufmerksam machen, dass ich meine Schritte gestern nicht erreicht habe. Wir haben ja schon einen neuen Tag, da zählt sie diesen Spaziergang nicht mit ein. Daran habe ich nicht gedacht.«

»Nimmst du das so genau?«

»Ich muss.« Sie deutete wieder auf ihren Bauch, genau wie vorhin. »Ich zähle leider nicht zu den Frauen, die essen können, was sie wollen. Meine Lebensmittel und meine Bewegung sind genau aufeinander abgestimmt.«

»Du hast einen tollen Körper, sei nicht so streng mit ihm.«

Sie lachte auf. »Ja, das sagt meine Therapeutin auch ständig. Mittlerweile seh ich es wenigstens, doch ich brauch nach wie vor viel Disziplin.«

Ich öffnete den Mund, wollte aber nicht zu sehr auf der Sache herumreiten. Durch Shae und Emely hatte ich mitbekommen, wie schwer das Thema Essen für manche Menschen war. Ich glaubte zwar nicht, dass Lily eine Essstörung hatte, aber mir war bewusst, dass sie früher wesentlich mehr gewogen und nun stark abgenommen hatte.

»Ich werde mich auch bald für die Bühne vorbereiten. Dann wird mein Programm noch straffer.«

»Willst du an Wettbewerben teilnehmen?«

»Genau. Bikiniklasse. Mein Personal Trainer und ich arbeiten bereits den Plan aus, damit ich mich gut vorbereiten kann. Ab da wird alles genau abgewogen und aufgeteilt. Bis hin zu jedem Gramm Carbs oder Proteinen.«

»Respekt. Ich glaube, ich könnte das nicht.«

»Dachte ich früher auch, aber der Sport hat mir so viel gegeben. Ich will gern zeigen, was alles möglich ist, und so hoffentlich andere motivieren. Mir schreiben viele junge Mädchen, dass sie es durch mich geschafft haben, gesünder zu leben und sich mehr zu bewegen. Das freut mich natürlich sehr.«

Wir ließen die Bethesda Fountain hinter uns und gingen weiter Richtung Westen. »Wo wohnt deine Freundin eigentlich?«

»Direkt an der Central Park West, Höhe 80th. Ist also nicht mehr weit.«

Schade. Wenn es nach mir ginge, würde ich diesen Spaziergang noch eine ganze Weile ausdehnen.

Der Alarm ihrer Uhr ging ein weiteres Mal los. Lily stöhnte und drückte auch den aus. »Jetzt reicht es aber. Tut mir leid, dass sie dauernd stört.«

»Hast du dein Schrittziel doch noch erreicht?«

»Nein, das war die Erinnerung, dass ich morgen einen Termin bei meiner Therapeutin habe. Wir hatten drei Monate Pause, und damit ich es nicht vergesse, hab ich mir extra viele Alarme eingerichtet.«

Ich presste die Lippen aufeinander und merkte, wie sich mal wieder alles in mir verkrampfte beim Thema Therapie. Keine

Ahnung, warum es mir so schwerfiel, mich damit auseinanderzusetzen. Ich fand es überhaupt nicht schlimm, wenn Leute das in Anspruch nahmen, aber mir selbst wollte ich es nicht eingestehen.

»Bei wem bist du denn?«, fragte ich dennoch.

»Bei einer jungen Psychiaterin, sie heißt Jill Heisenberg. Ihre Praxis ist auf der Upper East Side. Warum fragst du, suchst du jemanden?«

Ich räusperte mich und kickte einen nicht vorhandenen Stein weg. Jetzt war ich ganz dankbar dafür, dass es so dunkel war und Lily nicht viel von meinem Gesicht sehen konnte. »Vielleicht?«

»Ich kann sie fragen, ob du zu einer Sitzung kommen kannst. Es ist ein Grauen, in dieser Stadt einen guten Therapeuten zu finden. Ich hab fast ein Jahr gesucht.«

»Darüber hatte ich es vor Kurzem erst mit jemanden. Es ist auch nichts Akutes bei mir, nur dieses … diese Sache mit der Vergangenheit und so.«

»Die dich eingeholt hat, als wir uns im Gym begegnet sind.«

»Ja.«

»Verstehe.«

»Ich … Es fällt mir schwer, mich dem Ganzen zu stellen.«

»Das fühl ich sehr. Bis ich bei Jill angefangen habe, dachte ich lange, dass ich es allein schaffen könnte, aber das geht fast nicht. Ich kann dir sehr dazu raten, es anzugehen und nicht ewig davor wegzurennen. Irgendwann holt es dich endgültig ein und schlägt dir die Beine unter dem Körper weg.« Sie hielt inne, strich sich über die Arme. »Mich hätte es fast begraben. Ich war so sehr im Streit mit mir selbst und meinem Gewicht. Jeden Tag bin ich mehrfach auf die Waage und habe mich gleichermaßen davor gefürchtet wie darauf gefreut. Fünfhundert Gramm abgenommen, super. Ein Kilo zugenommen: Katastrophe. Ich hab meinen Selbstwert nur über mein Gewicht und mein Aussehen bestimmt.« Sie holte tief Luft und schnaufte durch. »Mir ist klar, dass es vielleicht nach außen hin so wirkt, als würde ich das noch immer. Ich will Schrittziele einhalten, achte auf meine Ernährung und so, aber ich mache langsam meinen Frieden damit. Ich mag diese Routine, sie gibt mir Sicherheit, und die Essenspläne helfen mir, nicht zu viel, aber auch nicht zu wenig zu mir zu nehmen. Ich will nicht bestreiten, dass ich noch einen langen Weg vor mir habe und ich an einigen Tagen wieder mit mir und meinem Körper ringe, aber ich bin froh, dass ich es nicht mehr allein tun muss.«

Ich seufzte und ließ ihre Worte und ihre Offenheit sacken. Lily hatte absolut recht mit dem, was sie sagte. Ich merkte ja selbst, dass ich vor Rhianna nicht fliehen konnte. Ganz im Gegenteil, seit ich mit Shae über sie gesprochen hatte, war dieses Thema noch präsenter, und ich spürte, wie es mich jeden Tag verfolgte.

»Es wäre ... Wenn es okay ist, würde ich bei Dr. Heisenberg anrufen.«

»Natürlich. Ich schick dir ihre Nummer.«

»Danke.«

»Sehr gern, Tyler. Es freut mich, wenn ich dir helfen kann.«

14
SHAE

Sonntag, 16. Juni

Ich torkelte mehr zur Bar, als dass ich aufrecht ging. Alles drehte sich. Vorhin beim Tanzen mit den anderen hatten der Alkohol und die Doppelbilder gemischt mit der Musik noch für ein Hoch gesorgt. Jetzt jedoch fühlte es sich an, als würde ich durch dicken Nebel waten und kaum vorankommen. Meine Beine waren schwer, und auf meiner Zunge lag ein schaler Geschmack.

Trotzdem stellte ich mein Glas mit einem lauten Wumms auf der Theke ab.

»Noch eins, bitte.«

Mit zusammengezogenen Brauen beugte ich mich über den Tresen und scannte den Boden, als könnte ich Layla dort entdecken. Sie war weg. Komisch. Jetzt erst fielen mir die etlichen leeren Humpen und Gläser auf, die Layla zuvor immer schnell weggeräumt hatte.

»Dann mach ich es halt selbst«, murmelte ich, und kurz klärten sich meine Gedanken, als mir die Rooftop-Party in Erinnerung trat, auf der ich Cam kennengelernt hatte. Ihm hatte ich auch einen Cocktail gemixt. Einen Mai Tai. Vielleicht sollte ich den zur Feier des Tages trinken.

Ich schob mich hinter die Theke, doch noch bevor ich mir die Zutaten zum Mixen zusammensuchen konnte, hielt ich inne. Mein Blick fiel durch das gucklochartige Fenster in der Tür zur Küche. Da war Layla also. Und sie war nicht allein.

»Ha!«, machte ich und presste mir im nächsten Moment die Hand auf den Mund, doch sie hatten mich zum Glück nicht gehört. »Ich wusste doch, da läuft was.«

Mit zufriedenem Lächeln nahm ich den Rum vom Regal und holte eine Limette aus der Kühlung. Während ich still vor mich hin arbeitete, verschwand ein wenig der Nebel – genauso wie das Lächeln auf meinem Gesicht, da meine Gedanken nun zu dem Thema zurückglitten, um das sie seit Tagen kreisten. Emely.

Meine Schwester und Alessia waren wie geplant abgereist. Doch sooft ich auch versucht hatte, in einer ruhigen Minute mit Em zu reden, sie hatte jegliche Gesprächsversuche abgeblockt. Und nun ignorierte sie meine Nachrichten. Das Einzige, was mich davon abhielt, komplett durchzudrehen, war die Tatsache, dass sie weiter auf Instagram und TikTok aktiv war. Ich legte das Messer, mit dem ich gerade die Limette in Scheiben geschnitten hatte, zur Seite und atmete tief durch.

Emelys Blick, als ich sie angefleht hatte, mit Mom zu reden, trat mir wieder vor Augen. Ich war zu ihr durchgedrungen, wenn auch nur kurz. Das hieß, es gab Hoffnung. Ich warf eine Limettenscheibe in den fertigen Cocktail, nahm einen großen Schluck und holte dann mein Handy aus der Hosentasche. Es brauchte zwei Anläufe, bis ich meine PIN eingegeben hatte, doch schließlich war der Chatverlauf mit meiner kleinen Schwester geöffnet. Meine letzten vier Nachrichten waren unbeantwortet geblieben. Selbst früher, als wir uns noch regelmäßig gestritten hatten, hatten wir es nie durchgehalten, uns so lange anzuschweigen. Ich wischte meine Finger nachlässig an meinem Kleid trocken und tippte dann los.

Shae, 1.22 am:
Em, hast du mit Mom und Dad gesprochen?

Shae, 1.22 am:
Bitte ignorier mich nicht mehr. Ich hab dich lieb und mach mir Collagen.

Shae, 1.22 am:
Sorgen!!!

Mein Herz schlug schnell in meiner Brust. Die Nachrichten gingen durch, wurden jedoch nicht gelesen. Ich musste sie erreichen, musste ihr helfen.

Shae, 1.23 am:
Uh weiß, du liebst Laurence, aber dir Liebe zu dir muss größer sein als zu ihm.

Shae, 1.24 am:
Bitte.ö

Ich blickte auf die Nachrichten, die unter meinen müden Augen verschwammen, als könnte ich so eine Antwort heraufbeschwören. Doch es kam keine. Natürlich nicht, Em schlief. Frustriert stöhnte ich auf und legte mein Smartphone auf der Theke ab, nur um es im nächsten Moment wieder in die Hand zu nehmen. Ich hatte Em fest versprochen, es niemandem zu sagen, doch das hieß ja nicht, dass ich nicht nachhaken konnte. Ich drückte auf die Nummer meiner Mom, bevor ich es mir anders überlegen konnte. Mein Herz pochte noch kräftiger in meiner Brust als zuvor, und dank der Aufregung hatte sich ein Schluckauf dazugesellt. Ich hielt die Luft an, um ihn schnell wieder loszuwerden, während die Freizeichen in meinem Ohr erklangen. Ich nutzte die Chance, um einen weiteren Schluck zu trinken, an dem ich mich durch das Hicksen beinahe verschluckte. Es dauerte eine ganze Weile, bis endlich ein Knacken in der Leitung ertönte.

»Mom.«

»Ist alles in Ordnung, Schatz?« Meine Mom klang alarmiert. Gut! Ich musste sie auch alarmieren!

Mit einem weiteren Hicksen dachte ich über die Antwort nach. Nein? Ja? Ja, aber nur bei mir. Wobei nein, bei mir auch nicht. Ich hatte Sex-Probleme, aber das konnte ich meiner Mom schlecht erzählen.

»Weiß nich«, nuschelte ich stattdessen. »Ist Emely da? Du musst ganz dringend mit Emely reden. Wir beide müssen das!«

»Du bist betrunken«, stellte meine Mom fest. Überrascht bemerkte ich, dass sie amüsiert klang. Sie sollte nicht lachen, sondern sich Sorgen machen! Um Em! »Süße, es ist mitten in der Nacht. Em wohnt seit einer ganzen Weile nicht mehr hier. Bitte hol dir ein Glas Wasser, nimm schon mal eine Aspirin und geh ins Bett. Wir reden morgen, wenn du magst und dich noch an diesen Anruf erinnerst, ja?«

»Nein!« Ich schrie beinahe ins Telefon. Sie durfte jetzt nicht auflegen. »Wir müssen gut auf Emely aufpassen, Mom. Kannst du bei ihr anrufen? Sie antwortet mir nicht.«

»Es ist mitten in der Nacht.«

»Nein, das …«

Das leise Kichern meiner Mom unterbrach mich und ließ mich heftig den Kopf schütteln. Sie nahm mich nicht ernst. Weil ich betrunken war. Ich griff nach dem Glas Mai Tai und schüttete es wütend in der Spüle aus.

»Ich mach mir Sorgen um Emely«, begann ich erneut, doch meine Mom ließ mich gar nicht ausreden.

»Ich pass auf sie auf, okay? Und du passt gut auf dich auf, Süße. Nimm dir ein Taxi heim, ja? Ich leg mich wieder aufs Ohr. Ich hab dich lieb.«

Noch bevor ich erneut ansetzen konnte, hatte sie aufgelegt. Plötzlich völlig kraftlos, ließ ich das Handy sinken. Mein Blick glitt durch den Raum, der Schlieren zog. Hannah und Dawn tanzten immer noch. Wo war Ty? Ich hätte mich Tyler anvertrauen sollen. Er wusste immer eine Lösung. Ich wollte zu Ty.

Ich hatte mich gerade in Bewegung gesetzt, um ihn zu suchen, als ich sah, wie er die Bar verließ – mit Lily. Ich hielt inne, darauf bedacht, keine Aufmerksamkeit auf mich zu ziehen, und trotz der Sorge in meiner Brust erfüllte der Anblick mich mit Wärme. Tyler lächelte Lily auf eine Art an, die ich nur selten bei ihm sah. Das war sein Lächeln, wenn er ein neues Paar Lieblingsschuhe gekauft hatte – oder aber, wenn er verliebt war. Und Letzteres war selten Anlass für diesen Ausdruck. Ich rührte mich erst wieder, als die Tür hinter den beiden ins Schloss gefallen war.

Tyler fiel also flach. Ariana ebenso. Ich sah zu Evie. Casey war zwar schon gegangen, also konnte ich die beiden nicht mehr beim Flirten stören – aber sie stand gerade mit Alfie und einem Glas Sekt am Rand der Tanzfläche und sang zu Ariana Grande mit. Es war ihr Geburtstag. Den wollte ich nicht mit meiner Melancholie versauen. Bei all meinen Freunden schien es großartig zu laufen, nur bei mir …

»Hey.«

Wie immer sorgte allein der Klang seiner Stimme dafür, dass ich mich entspannte.

»Cam.« Ich fiel ihm in die Arme, atmete seinen vertrauten, erdenden Duft ein.

»Alles okay bei dir?«

Ich schüttelte den Kopf, führte es jedoch nicht weiter aus, sondern hielt ihn nur fest. Er wusste, *dass* etwas mit Emely vorgefallen war. Trotz meines Versprechens hatte ich es nicht geschafft, gute Miene zu bösem Spiel zu machen. Aber er wusste nicht, *was* geschehen war. Ich hatte Emelys Wunsch Folge geleistet und ihr Geheimnis nicht verraten. Doch es wog schwer auf mir. Zu schwer. Ich krallte meine Finger fester in den Stoff des hellblauen Hemds und atmete tief durch. Dann ließ ich los und erzählte Cam von den Tagen mit Em und Alessia. Nicht nur von den schönen Momenten, sondern auch jenen, die ich bislang ausgespart hatte. Cam gab mir den Raum, den ich brauchte, und stand regungslos da. Lediglich in seinem Gesicht tat sich etwas, und selbst das sah ich nur, weil ich ihn mittlerweile so gut kannte.

»Und jetzt antwortet sie nicht, und meine Mom nimmt mich nicht ernst«, endete ich.

»Es tut mir so leid. Dass sie da drinsteckt und dass du ihr gerade nicht helfen kannst.« Er zog mich erneut in seine Arme und hielt mich einen Moment lang einfach nur fest. »Hat sie Freundinnen, die wir kontaktieren können? Oder sollen wir mal bei einer Beratungsstelle anrufen?«

Wir. Nicht ich würde dort anrufen, wir würden.

Es war nur ein kleines Wort, und doch sorgte es dafür, dass mein Kinn zu beben begann. Weil diese drei Buchstaben die Einsamkeit verdrängten, die ich mit meinen Gedanken gehabt hatte. Weil sie von einer Zukunft sprachen, die ich mit Cam so gern wollte. Weil er sie so selbstverständlich ausgesprochen hatte, ohne auch nur den Hauch einer Sekunde zu zögern.

»Psht, es ist alles gut.« Cam strich mir beruhigend übers Haar, während ich mir die Tränen wegwischte.

»Sorry, ich wollt nich heulen. Ich bin ein bisschen betrunken.«

»Dafür musst du dich doch nicht entschuldigen.«

»Es ist immer noch Evies Geburtstag, ich will die Stimmung nich drücken.«

»Erstens tust du das nicht, zweitens ist es nach Mitternacht, also hat Evie theoretisch gesehen gar keinen Geburtstag mehr. Drittens …« Ohne mich loszulassen, drehte Cam uns leicht seitlich, sodass ich die Tanzfläche sah, auf der Evie sich immer noch mit Dawn und den anderen verausgabte. »… sieht es nicht so aus, als könnte irgendwas die Stimmung drücken.«

Trotz der Enge in meiner Brust musste ich lächeln. »Sie dachte wirklich, wir hätten nichts geplant.«

»Ja, das habt ihr gut inszeniert.«

»Sie tat mir echt leid«, erwiderte ich mit einem Lachen. Ich löste mich von Cam und rieb mir die Augen trocken, darauf bedacht, mein Make-up nicht zu sehr zu verschmieren.

»Willst du heim?«, fragte Cam und strich mir sacht eine Haarsträhne aus dem Gesicht. Von meiner Frisur war sicherlich auch nicht mehr viel übrig. In Cams Blick lagen solche Sorge und Zuneigung, dass sich mein Herz zusammenzog. Dieser Mann war perfekt. Rundum. Ich stellte mich auf die Zehenspitzen und küsste ihn sanft auf die Wange.

»Will ich«, hauchte ich nah an seinem Ohr. »Und dich will ich auch.«

Obwohl ich ihn nur sacht am Oberarm berührte, spürte ich, wie seine Muskeln sich verkrampften. Ich ließ mich zurück auf die Fersen sinken, schnell genug, um die Falte zwischen seinen Brauen zu sehen, bevor er einen neutralen Ausdruck aufsetzte.

»Aber du mich nicht«, fügte ich leise hinzu, und schon wieder verschleierten Tränen mir die Sicht. »Warum?«

»Natürlich will ich dich«, log Cam. Denn wenn es die Wahrheit wäre, wären wir längst nicht mehr hier, nicht wahr? Wir hätten uns ein Zimmer gesucht, so wie Ariana und Layla, wären verschwunden, so wie Ty und Lily. »Aber du bist betrunken, und dir geht es nicht gut.«

»Was macht das für einen Unterschied?« Ich verschränkte die Arme vor der Brust, ließ nicht zu, dass er mich mit seiner Hand wieder an sich zog. »Ich will dich nüchtern genauso. Egal, wie es mir geht.«

Er trat näher an mich, ignorierte meine abwehrende Haltung. »Aber ich bin nicht in Stimmung. Das hat nichts mit dir zu tun, aber nach dem, was du mir gerade erzählt …«

»Bullshit!«, sagte ich so laut, dass es sicher auch über die Musik gut zu hören war. Doch das war mir egal. »Das gerade ist doch keine Ausnahme! Entweder blockst du ab, oder aber du genießt es gar nicht. Und ich weiß langsam nicht mehr, was ich noch machen soll.« Die Tränen schossen in meine Augen, doch sie liefen nicht über. Vermutlich verbrannte die Wut sie, die sich langsam in mir aufbaute. »Was an mir bringt dich nicht in Stimmung?«

»Das hat doch nichts mit dir zu tun.«

Ich lachte auf. »Das sagst du andauernd.«

»Weil es stimmt.«

»Es gab aber noch nie Probleme. Noch nie zuvor. Ich hatte nie Zweifel an mir, Cam. Nie. Ich war mir immer sicher, dass ich gut im Bett bin. Und das hier …« Ich deutete zwischen uns hin und her. »Das lässt mich zweifeln. Nicht an uns, an *mir*. Weißt du, wie beschissen sich das anfühlt? Bei allen anderen läuft es doch auch.« Ich machte eine Geste, die sowohl die Bar als auch ganz New York hätte umschließen können.

»Ich bin glücklich in unserer Beziehung, Shae. Du bist wunderschön, umwerfend, ich liebe nicht nur, wie du aussiehst, sondern auch deinen Humor, deine Art zu denken, wie du dich …«

»Aber du findest mich nicht heiß.«

Cam sah mich fassungslos an. »Natürlich finde ich dich heiß.«

»Warum klappt es denn dann nicht? Ich hab Dessous probiert. Toys. Beim letzten Mal auf der Feuerleiter hab ich mir was gezerrt und konnte den Nacken einen Tag lang nicht drehen und auf der Arbeit nur den rechten Bildschirm nutzen. Ich hab mir mit verdammtem Heißwachs alles waxen lassen. Alles! Selbst die Pofalte! Weißt du eigentlich, wie weh das tut?!«

»Shae.« Cam legte seine warmen Hände auf meine verkrampften Arme. Normalerweise hätte mich das entspannt, doch ich war über den Punkt hinaus, an dem er mich noch runterbringen konnte. »Das brauche ich alles gar nicht. Du bist perfekt so, wie du bist.«

Vielleicht war das amüsierte Funkeln in seinen Augen bei meinem Ausraster der Tropfen, der das Fass zum Überlaufen brachte. Womöglich war es auch die Tatsache, dass er selbst jetzt ruhig blieb, sich nicht gehen ließ, während mein Puls raste. Oder aber dass er mich genauso wenig ernst nahm, wie meine Mutter es tat. Dabei war ich eine erwachsene Frau, verdammt. Was auch immer es war, es legte einen Schalter in mir um. Ich gab auf. Ich hatte keine Lust mehr, mich zu bemühen. Ich hatte keine Kraft mehr, auf alles und jeden achtgeben zu müssen. Mich zu verbiegen, damit es anderen gut ging.

»Komm, lass uns heimgehen. Wir können morgen mit klarem Kopf reden.«

Ich ignorierte Cams Worte. Seinen Blick. Die Zuneigung, die ich zwar darin sah, aber nicht ernst nehmen konnte.

»Weißt du was? Ich glaub, ich geh heute lieber allein heim und mach's mir selbst. Gute Nacht.«

Ich schnappte mir die Flasche Rum, die vom Mixen noch auf der Theke stand, und marschierte in Richtung Tanzfläche. Ein klarer Kopf war das Letzte, was ich gerade wollte.

15

EVIE

Sonntag, 16. Juni

Ich stand unter der Dusche und ließ das warme Wasser auf mich niederprasseln. Meine Muskeln fühlten sich bretthart an. Mein Kopf war gefüllt mit Watte und Trägheit. Es war kurz vor Mittag, ich war vor fünf Minuten von der Couch gefallen und hatte mich gleich unter die Dusche gestellt, ehe einer der beiden anderen wach wurde. Sobald Tyler im Bad war, blockierte er es für eine halbe Ewigkeit, und ich wollte mich wenigstens halbwegs wieder wie ein Mensch fühlen, denn ich war später mit Dawn, Kim und Alfie zum Kaffeetrinken verabredet. Sie hatten mir versprochen, dass es ein privater Termin bleiben würde, weil heute Sonntag war, aber mich störte es nicht, mit ihnen übers Geschäft zu reden. Ich wusste ja, dass sie darauf brannten, die Bilder vom Shooting in der NYMSA zu sehen.

Ich drehte den Kopf ein Stück, sodass das Wasser mehr meinen Nacken massierte, und stöhnte leise vor Wohlgefühl.

Was für eine Party. Was für ein Geburtstag.

Es war wundervoll gewesen, mein Herz sang noch die Melodie von Liebe und Freundschaft und war gefüllt mit so viel Dankbarkeit. Schöner wäre es gewesen, wenn ich vor dem letzten Shot aufgehört hätte, aber gestern – oder eher heute Morgen – war mir alles egal gewesen. Ich hatte einfach nur mich und mein großartiges Leben feiern wollen.

Und dann war da noch Casey.

Ständig schossen mir das nette Gespräch mit ihm durch den Kopf und die Worte, die er zu mir gesagt hatte.

Du bist schillernd, vibrierst vor Leben, und du bist wunderschön.

»Wunderschön«, flüsterte ich. Sofort flammte die Stimme meiner Mutter in mir hoch, die mich stets ermahnt hatte, Komplimente bloß nicht ernst zu nehmen.

»Sonst wirst du eingebildet«, hatte sie gesagt. »Jungs sagen das nur, weil sie mit dir ins Bett wollen. Fall nicht auf den Schwachsinn rein, Evie.«

Die Stimme meiner Mutter verdrängte die von Casey und brachte die altbekannte Enge mit sich. Ich blickte an mir hinab, sah über meine nackten Kurven und Rundungen, an denen das Wasser abperlte. Heute wölbte sich mein Bauch wieder nach vorne, weil ich gestern zu viel Alkohol getrunken und auf dem Heimweg noch zwei Stück Pizza gegessen hatte. Ich legte die Hand auf die Stelle, und alles zog sich in mir zusammen. Mein Körper war mir manchmal so fremd. Dabei war er rational betrachtet gar nicht so übel. Ich war zwar nicht so durchtrainiert wie Lily, musste mich aber auch nicht verstecken.

Ich strich über meine Hüfte, wo sich heute auch eine kleine Rolle abzeichnete. Leider lagerte ich schnell Wasser ein, was sich dann auf diese Art zeigte. Wenn ich mich ein paar Tage mit dem Essen zusammenriss, wäre es wieder weg, aber jede Sünde merkte ich sofort. Meine Finger wanderten tiefer, ich hielt inne, als ich die ersten Schamhaare streifte. Christin rasierte sich komplett und hatte mir öfter vorgeschwärmt, wie viel schöner es wäre, wenn unten mehr Luft hinkam. Ich hatte es immer probieren wollen, mich aber nie richtig getraut, also hatte ich mir nur einen Bikinistreifen gemacht. Ich sah auf meine Finger, die auf mir ruhten, aber nicht weiterwanderten. Nicht mal, wenn ich mich selbst befriedigte, fasste ich mich dort an, sondern behielt eine Schicht Stoff darüber. Mit zwölf hatte ich es mal ausprobiert, mir den Slip runtergezogen, einen Spiegel genommen, alles genau betrachtet. Bis meine Mutter reingeplatzt war und fast einen Herzinfarkt bekommen hätte.

»So was macht man doch nicht! Wasch dir sofort die Hände.« Ihre Worte hatten sich tief eingeprägt, und auch wenn ich heute wusste, dass daran nichts Schmutziges war, blieb diese Barriere in mir.

Ich schloss die Augen, zog meine Finger wieder zurück und stellte das Wasser ab. Sofort griff ich nach einem Handtuch, damit ich mich nicht selbst im Spiegel betrachten musste. Es reichte schon, dass ich am Dekolleté und am Hals gerötet vom Wasser war. Auch ein Fluch, mit dem ich leben musste. Meine Haut war superempfindlich und reagierte auf starke Hitze, Kälte oder Stress mit Reizungen.

Ich rubbelte mir die Haare trocken, betrachtete mich selbst und merkte schon, dass heute kein Wohlfühltag werden würde. Am besten ich mied es einfach, mich anzuschauen oder zu viel über meine Kurven zu streichen. In ein paar Tagen hätte sich mein Körper beruhigt, und alles wäre wieder im Normalzustand.

Ich trocknete mich weiter ab und schlüpfte in meine Lieblingsleggings und ein weites T-Shirt. An Tagen wie heute trug ich am liebsten luftige Kleidung, damit ich nicht ständig daran herumzupfen musste. Mit noch nassen Haaren ging ich raus ins Wohnzimmer. Es war erstaunlich still in der WG. Shaes und Tylers Türen waren geschlossen, und es drangen keine eindeutigen Geräusche aus ihren Zimmern. Zum Glück. Sosehr ich sie liebte, so sehr nagte es manchmal an mir, dass sie zwanglosen Sex haben konnten und ich nicht. Ich ließ mich auf die Couch sinken, schnappte mir mein Handy, das ich vorhin dort abgelegt hatte, und öffnete Instagram. Mein Account war mal wieder um dreihundert Follower gewachsen. Dawn hatte mich gestern getaggt und vom Shooting bei der NYMSA berichtet, ohne zu spoilern. Ich war wirklich dankbar, dass ich diese tollen Menschen dank Greenwood & Steele kennenlernte. Wenn das so weiterging, hätte ich bis Ende nächster Woche die ersten zehntausend Follower. Ich lächelte und scrollte weiter die Benachrichtigungen durch, bis ich an einer hängen blieb.

Sie war von @casey_bf, der mich auf einem Video verlinkt hatte. Auf dem kleinen Profilbild erkannte ich ihn nicht richtig, aber wenn es mich nicht täuschte, war das *unser* Casey. Ich richtete mich auf und klickte auf den Account. Tatsächlich. Mir war nicht klar gewesen, dass er auf Instagram war. Ihm folgten achttausend Leute. Sein Profilbild zeigte ihn lächelnd. Mir wurde sofort wärmer. Casey hatte eine sehr besondere Art, andere in seine Energie zu ziehen. Er postete am häufigsten Reels, auf denen er mit seiner Gitarre zu sehen war. Ich klickte auf das, in dem ich getaggt war. Es war erst drei Stunden alt.

»Heute gibt es ein besonderes Lied. Eine wundervolle Frau hatte gestern Geburtstag. Ich hatte die Ehre, für sie spielen zu dürfen. Da so ein Abend vergänglich ist, Musik aber bleiben sollte, kommt hier ein Lied, ganz speziell für dich, Evie.«

Und dann sang er.

Ich glaubte nicht, dass es eine Coverversion war. Caseys Stimme klang rauchig, weil es viel tiefer war als das, was er üblicherweise spielte. Der Song handelte von einer Frau, die in eine fremde Stadt gezogen war, von Träumen und Hoffnungen, von den Wundern des Lebens, die man an jeder Straßenecke fand. Er hatte sogar einen hässlichen Kuchen eingebaut, den jemand für die Frau gebacken hatte, und einen Fremden, der ihr einen Strauß Blumen schenkte. Ich legte die Hand über meinen Mund, schüttelte den Kopf und merkte, wie sich meine Augen mit Tränen füllten. Es lag nicht nur am Text, sondern auch an der Melodie. Das Lied war getragen, aber nicht melancholisch. Es war langsam und kraftvoll.

»Meine Güte.«

Als das Lied endete, klickte ich es erneut an und dann noch ein drittes Mal. Mein Herz wurde mit jedem Takt und jeder Zeile schwerer. Ich lauschte Caseys angenehmer Stimme, spielte sein Intro ab, in dem er mich wundervoll nannte und sagte, dass es eine Ehre für ihn gewesen sei. Es erfüllte meine Seele, es verursachte in mir ein wohliges Kribbeln, und gleichzeitig machte es mir eine Heidenangst. Casey war nicht der erste Mann, der mit mir flirtete, aber für mich endete es immer mit den gleichen Ängsten. Ich konnte ihm nicht mehr geben, aber ein Teil von mir sehnte sich unglaublich danach, ihm näher zu kommen. Er war ein lustiger, aufmerksamer und gut aussehender Mann.

Den ich kaum kenne.

Doch er wirkte offen und liebevoll, und er hatte mir einen Song geschrieben.

Fall nicht auf den Schwachsinn rein, Evie.

Die Tür zu Shaes Zimmer ging auf. Ich zuckte zusammen.

»Morgen.«

»Hi.«

Sie gähnte herzhaft, schlurfte zum Bad und hielt auf halbem Weg inne. »Ist alles klar bei dir?«

»Was?«

»Hast du … weinst du?«

»Ich … nein!« Hastig wischte ich mir über die Augen. »Ich hab mir nur ein rührendes Video auf Instagram angeschaut.« Ich packte das Handy weg und sprang von der Couch. Ich musste hier sofort raus. Shae beobachtete mich, ich spürte förmlich, wie ihre nächste Frage auf der Zunge brannte, denn sie sah genau, dass was nicht mit mir stimmte. Aber wenn ich jetzt darüber redete, würde ich zusammenbrechen. Dieser Morgen war einfach nicht meiner. Ich war nicht in meiner Mitte, mein Körper war aufgedunsen, mein Herz viel zu melancholisch vom Abend zuvor. Rasch suchte ich nach meiner Tasche und ging zur Tür.

»Wo willst du denn hin?«

»Ich bin mit Dawn verabredet.«

»Aber deine Haare sind noch nass.«

»Ach, die trocknen schon. Ist ja warm genug draußen.«

»Evie.«

»Habt einen tollen Sonntag, bin zum Abendessen wieder da.« Ich schnappte mir meine Sneakers, zog sie über und eilte aus der Wohnung. Mit klopfendem Herzen rannte ich die Treppe runter, trat aus dem Haus und in die New Yorker Mittagsluft, die eindeutig kühler geworden war. Automatisch wollte ich zur Subwaystation abbiegen, aber dann fiel mir ein, dass da bestimmt Casey saß. Ich würde ihm gegenübertreten müssen. Ich würde mit ihm sprechen müssen. Mich für den Song bedanken, der mir so sehr ans Herz gegangen war. Wir würden vermutlich lachen, und dieses Grübchen würde auf seiner Wange aufblitzen. Dann würde mir warm und kribbelig werden, und ich würde mich fragen, ob es schön wäre, ihn näher kennenzulernen. Vielleicht würde ich ihn sogar auf einen Kaffee einladen, weil ich ihm noch einen schuldete für neulich, als ich den Geldschein in seinem versenkt hatte, und weil es eine nette Geste war. Wir würden noch mehr reden, und ich würde ihm noch mehr verfallen, bis irgendwann der Moment käme, an dem er mich küssen wollte.

Ich fuhr mir durch die Haare, die feucht an meiner Stirn klebten.

Vielleicht will er mich aber auch nicht küssen. Vielleicht interpretiere ich alles falsch.

Aber er hatte mir einen Song geschrieben, mich wunderschön genannt.

Jungs sagen das nur, weil sie mit dir ins Bett wollen. Fall nicht auf den Schwachsinn rein, Evie.

Ich blinzelte einen weiteren Schleier aus Tränen fort und ging in die andere Richtung davon. Weg von Casey, seinen Liedern und seinem viel zu schönen Lächeln.

ARIANA

Sonntag, 16. Juni

Das leise Rascheln der Decken weckte mich. Vielleicht war es auch die Sonne, die durch die halb geschlossenen Jalousien fiel und helle Muster auf meine Augenlider malte. Fest stand: Ich hatte ewig nicht mehr so gut geschlafen – und war noch sehr viel länger nicht mehr so friedlich und vollkommen in mir ruhend aufgewacht. Es war, als wärmte mich etwas von innen heraus. Womöglich war es das aufgeregte Kribbeln, das meinen Bauch seit dem Moment, an dem meine Lippen Laylas berührt hatten, gar nicht mehr verlassen wollte.

Ich drehte mich auf die rechte Seite und konnte nicht verhindern, dass das besagte Kribbeln mir schon wieder durch Mark und Bein schoss. Layla lag neben mir, die dunklen Haare wie einen Fächer um ihren Kopf ausgebreitet. Zwischen ihren Brauen hatte sich eine leichte Falte gebildet, so als träumte sie. Es kostete mich beinahe körperliche Anstrengung, nicht die Hand danach auszustrecken und die Furche glatt zu streichen. Doch ich wollte sie nicht wecken. Dass ich hier neben ihr liegen durfte,

176

ihr Bein an meinem – das war bereits mehr, als mein Kopf überhaupt begreifen konnte.

Irgendwann in der Nacht hatte ich sie zugedeckt. Wir hatten stundenlang geredet, und ich hätte nicht sagen können, wer von uns beiden der Müdigkeit zuerst nachgegeben hatte und eingeschlafen war. In den frühen Morgenstunden war ich aufgewacht, und Layla hatte neben mir auf dem großen Sofa geschlafen. Ich hatte ihr eine Bettdecke von drüben geholt, meinen Pyjama angezogen und mit dem Gedanken gespielt, ihr die Couch zu überlassen und mich ins Schlafzimmer zu verziehen. Letztendlich war ich jedoch nur in mein Schlafzimmer zurückgegangen, um auch meine Bettdecke zu holen. Und so lag ich nun da. Neben dieser Frau, die mich vom ersten Moment an fasziniert hatte.

Ich biss mir in den Daumen, um ein Lachen zu unterdrücken. Es war verrückt. Dass ich hier war. Räumlich, in dieser Wohnung, neben Layla. Aber auch emotional, dass ich so unendlich glücklich war. Hätte man mir noch vor wenigen Wochen dieses Bild gezeigt, ich hätte es nicht geglaubt. Ich hätte müde den Kopf geschüttelt, Jared hinterhergeräumt und wäre meinen Routinen nachgegangen. Der Gedanke kam mir nun vor wie aus einer anderen Welt, und ich musste noch breiter grinsen.

»Lachst du mich aus?«

Ich zuckte zusammen und hatte gar nicht gemerkt, dass Layla die dunkelbraunen Augen geöffnet hatte. »Ich zieh dich bloß auf«, fügte sie hinzu und strich mir sanft über die Wange. »Es ist schön, dich glücklich zu sehen. Da dürftest du sogar auf meine Kosten lachen.«

Ich spürte ihre Berührung federleicht, ebenso wie die Gänsehaut auf meinen Armen. Es war also kein Traum gewesen. Unser Kuss war so real wie die Vertrautheit, die sie in mir auslöste.

»Ich hab dich nicht ausgelacht«, sagte ich leise. »Heute ist einfach nur ein schöner Tag. Hast du gut geschlafen?«

»Wie ein Baby.« Sie streckte sich ausgiebig, als wollte sie ihre Worte unter Beweis stellen, und ich erwischte mich bei dem Gedanken, dass ich mich hieran gewöhnen könnte. An die Ruhe, innerlich wie äußerlich, an leise Gespräche am Morgen, an ihren blumigen Geruch, der mich an Sommerabende am See erinnerte, wie ich sie früher mit Quinn erlebt hatte.

Meine Finger flogen wie immer, wenn ich an meinen Bruder dachte, zu dem Armband an meinem Handgelenk. Layla bemerkte die Geste, streckte ihre Finger ebenfalls aus und fuhr sachte über das silberne Bändchen.

»Vermisst du Quinn?«

Es sollte mich nicht wundern, dass sie sich seinen Namen gemerkt hatte, aber es sorgte dennoch dafür, dass sich ein Kloß in meinem Hals formte. »Jeden Tag«, flüsterte ich. »Aber das ist okay, ich würde es gar nicht anders wollen.« Ich lächelte leicht, fasste meinen Mut und legte meine Hand auf ihre. »Danke, dass du es wiedergefunden hast. Ich wüsste echt nicht, was ich sonst gemacht hätte.«

»Du hättest weitergemacht und andere Dinge gefunden, die dich mit ihm verbinden. Du bist eine Kämpferin, und eure Liebe ist nicht an ein Armband gebunden.« Laylas Mundwinkel hoben sich ebenfalls, und sie drückte meine Hand. »Aber ich versteh dich. So geht es mir mit der Bar unten. Der Großteil meiner Familie ist noch im Libanon, aber der Ort hier verbindet mich mit meinen Wurzeln. Ich wollte eigentlich gar nicht in die Gastronomie, aber ich könnte mir mittlerweile nicht mehr vorstellen, das *Orchard* aufzugeben. Allein der Gedanke, dass hier irgendjemand eine Pommesbude oder den hundertsten gefakten Irish Pub reinbaut ...« Layla schüttelte sich so sehr, dass die Decke von ihrem Körper rutschte. »Grauenvoll.«

»Hey, nichts gegen Irish Pubs.«

»Natürlich nicht, aber hast du dir mal angeschaut, wie viele Amerikaner einen Irish Pub eröffnen und sich irisch nennen? Ihr seid völlig besessen von diesen Gentests und fühlt euch plötzlich als Italiener oder Iren, nur weil irgendein Labor euch gesagt hat, dass ... Nein!«, unterbrach Layla sich selbst, als sie sah, wie ich mir auf die Lippe biss. »Du nicht auch noch. Sag mir bitte nicht, dass du irisch bist, nur weil dein Ururururgroßvater auf der Insel mal ein Schaf gestreichelt hat.«

»Erstens: Der Test war ein Geschenk! Zweitens«, fuhr ich mit ernster Miene fort, »bin ich nicht irisch, sondern zu vierzig Prozent schwedisch. Meine IKEA-Möbel sind im Schlafzimmer, und mein Elch parkt unten im Hinterhof.«

Ich hielt ihrem Blick genau eine Sekunde stand, dann konnte ich nicht mehr und prustete los. Es dauerte nur eine weitere, bis Layla mit einfiel und wir beide vor Lachen wieder auf die Couch fielen. Zeit mit Layla zu verbringen, war so leicht wie Atmen, so mühelos wie das Mitsingen eines Lieblingssongs. Die Gespräche mal locker und mal tiefschürfend. Ich wollte mehr davon – von ihr und von der Unbeschwertheit. Ich wollte sie besser kennenlernen.

»Soll ich uns Frühstück machen? Oder, besser gesagt, holen?«, fügte ich bei dem Gedanken an meinen leeren Kühlschrank hinzu.

»Nicht nötig, ich hab noch ganz viel da.« Layla richtete sich auf und strich sich die Haare glatt, die noch vom Schlaf zerzaust waren. »Ich geh runter und mach uns was.«

»Du kannst nicht ständig für uns kochen, ich muss mich auch mal revanchieren.«

Ein schiefes Grinsen umspielte ihre Züge. »Du darfst mich jederzeit auf ein Date einladen, falls du darauf hinauswillst.«

Obwohl ich sonst nie um eine Antwort verlegen war, hatte Layla mich – nicht zum ersten Mal – sprachlos gemacht. Sie schien sich nicht daran zu stören, zwinkerte mir zu und stand von der Couch auf. »Nach was ist dir? Eggs Benedict? French Toast? Granola?«

»Du haust einen um, weißt du das?«

»Ja, mein Essen hat diese Wirkung, hab ich mir sagen lassen.«

Das Funkeln in ihren Augen verriet, dass sie sehr wohl wusste, dass ich mich nicht auf ihre kulinarischen Fähigkeiten bezog. »Ich mach uns Eggs Benedict, ja?«

Ich nickte bloß, da ich in dem Moment, in dem sie meine Hand nahm, jegliches Vokabular vergaß. Sie zog mich aus meiner Wohnung, die Treppe hinunter in Richtung Küche. Bei der Erinnerung daran, was gestern hier passiert war, an ihre Lippen auf meinen, schoss mir die Hitze in den Kopf. Dass ich nicht mehr als meinen Pyjama trug, der aus knappen Shorts und einem alten ausgeblichenen Shirt bestand, machte die Stimmung zwischen uns noch intimer – zumindest für mich.

Layla schien die Situation überhaupt nicht aus der Fassung zu bringen. Mit geübten Griffen suchte sie sich ihre Utensilien zurecht und erhitzte etwas Öl in einer Pfanne.

»Wer hätte gedacht, dass die Wohnung solche Vorzüge mit sich bringt?«, witzelte ich und hielt mich davon ab, wieder auf die Küchentheke zu springen, wie ich es gestern Abend getan hatte. Auf keinen Fall wollte ich zu viel in den Abend hineininterpretieren. Es waren Unmengen an Alkohol geflossen, und ich hatte die Beziehung zu Jared nicht beendet, um direkt in etwas Neues zu stolpern.

»Deine Gesellschaft ist ein mindestens genauso großer Vorzug«, gab Layla zurück. »Sag mal ... Wo wir es vorhin von Quinn hatten. Ich habe das Gespräch mit deinen Eltern mit angehört. Nicht beabsichtigt, aber es war nicht zu überhören. Ist da alles okay? Du klangst aufgebracht.«

Ich seufzte. Wäre Verdrängung eine olympische Disziplin, ich würde die Goldmedaille gewinnen. Denn dass ich meine Mom abgewürgt hatte, hatte ich schon wieder vollkommen vergessen. Obwohl ich wusste, dass es lediglich ein Schutzmechanismus war, fühlte ich mich schlecht. »Ich weiß es nicht«, antwortete ich ehrlicherweise. »Ich war gestresst vom Umzug, aber ...« Ich zuckte mit den Schultern und verschränkte die Arme vor der Brust, weil ich plötzlich nicht mehr wusste, wohin mit meinen Händen. »Das Verhältnis mit meinen Eltern ist aktuell sehr angespannt. Und mit *aktuell* meine ich seit Monaten.«

Layla hielt mitten im Eieraufschlagen inne und sah mich prüfend an. »Hat das was mit dem Tod deines Bruders zu tun?«

Eine Psychologin war diese Frau also auch noch. Ich nickte. »Sie wollen einfach nicht loslassen und stürzen sich in einen richtigen Verschwörungswahn. Ich kann kein einziges normales Gespräch mehr mit ihnen führen.«

»Du solltest sie anrufen.«

»Ja, werd ich noch«, wiegelte ich ab. Ich wollte jetzt nicht an meine Mom und meinen Dad denken, wollte weiter in dieser kleinen Blase leben, die wir uns gestern erschaffen hatten.

»Jetzt«, sagte Layla und brachte die Blase damit zum Bersten. »Ich weiß, es geht mich nichts an, aber Familie ist wichtig. Nicht immer, es gibt Ausnahmen. Aber das scheint bei dir keine zu sein. Jeder geht mit Trauer anders um. Du solltest nicht zulassen, dass euere euch auseinanderdriften lässt.«

Jap, eindeutig Psychologin. Ich lächelte gequält, woraufhin Layla mit den Schultern zuckte. »Das ist die Bezahlung, die ich für das Frühstück verlange.«

»Das ist Erpressung.«

»Absolut. Und übergriffig. Aber das hier …« Sie deutete auf die Pfanne. »Das wird ein verdammt leckeres Ei, also würde ich es mir gut überlegen.«

»Du bist unmöglich«, sagte ich augenrollend, wandte mich jedoch bereits zum Gehen. »Ich hol mein Handy, bin gleich zurück.«

»Braves Mädchen.« Das Schmunzeln war aus Laylas Stimme zu hören, und das Kribbeln, das ihr Tonfall auslöste, begleitete mich noch bis in mein Schlafzimmer, wo ich das Smartphone vom Ladekabel nahm.

Es dauerte ungewöhnlich lang, bis meine Mom den Anruf entgegennahm. Sonst schien sie förmlich über ihr Handy zu wachen – auch wenn ich mir nicht einbildete, dass es meine Anrufe waren, auf die sie wartete. Vielmehr hoffte sie wohl auf Neuigkeiten der Detektive, die sie angeheuert hatte. Heute jedoch hob sie erst nach dem sechsten Freizeichen ab, als ich längst wieder bei Layla in der Küche stand, die gerade eine Soße anrührte.

»Ariana, hallo!«, erklang die Stimme meiner Mom. Sie klang fröhlich, war jedoch leiser als sonst, da es im Hintergrund seltsam laut rauschte.

»Hey. Sorry, dass ich mich jetzt erst zurückmelde. Es war viel los …« Ein Hupen ertönte, und ich war im ersten Moment nicht sicher, ob es aus dem Fenster oder dem Lautsprecher zu mir drang. »Bist du unterwegs?«

»Ja, wir sind gerade auf dem Weg zum *Golden Leaves*.«

Etwas klingelte bei mir, bis es mir wie Schuppen von den Augen fiel. Das *Golden Leaves* war ein ziemlich schickes Restaurant hier in New York. Ich war während meiner Joggingrunden bereits daran vorbeigelaufen. Es lag am Rande des Central Parks. Womöglich handelte es sich um eine Kette.

»Witzig, hier gibt es auch ein Lokal mit dem Namen. Gönnt ihr euch Frühstück außerhalb?« Dass meine Eltern endlich wieder etwas miteinander unternahmen, das nichts mit ihrer Spurensuche zu tun hatte, nahm Druck von meiner Brust, von dem ich gar nicht gespürt hatte, dass er da gewesen war.

»Ja, tun wir.« Meine Mom klang fröhlich, und ich merkte, wie mein Herz sich vor bittersüßer Freude zusammenzog. Vielleicht hatte Layla recht, und wir würden es doch wieder alles hinkriegen. »Aber es ist sicher das Lokal, das du kennst. Am Lincoln Square?«

»Ihr seid in New York?«

Der Schock, den ich fühlte, musste mir ins Gesicht geschrieben stehen, denn Layla legte fragend den Kopf schief, ein Ausdruck von Sorge in ihren Augen.

»Ja, seit Freitagmorgen. Dein Dad und ich haben uns den Tag freigenommen.«

»Aber … Wieso habt ihr nichts gesagt? Wir hätten etwas unternehmen können.«

»Das hab ich ja versucht, aber du warst so beschäftigt. Außerdem wissen wir ja, wie du zu der Recherche um Quinns Tod stehst.«

Natürlich. Natürlich ging es darum. Die Freude, die ich eben noch gespürt hatte, war verpufft. Ersetzt wurde sie durch ein leeres, dumpfes Gefühl und Ärger – nicht einmal über meine Eltern, sondern über mich selbst. Weil ich so naiv gewesen war, zu glauben, dass es ihnen jemals wieder um etwas anderes gehen würde.

»Mom …«, sagte ich, beendete den Satz jedoch nicht. Wie auch? Ich würde mich nicht dafür entschuldigen, kein Teil dieser irrgeleiteten Jagd sein zu wollen. Dennoch konnte ich den Schmerz nicht leugnen. Er saß in meiner Brust. Genau da, wo ich eben die Erleichterung gespürt hatte.

»Nun, du kannst jederzeit kommen«, sagte meine Mom. Auch sie klang nicht länger fröhlich, sondern defensiv. Der Straßenlärm im Hintergrund führte mir nur zu deutlich vor Augen, dass wir drei Tage lang nur wenige Kilometer voneinander entfernt gewesen waren – uns emotional jedoch Lichtjahre voneinander trennten. »Ich muss jetzt leider auflegen, wir sind angekommen, und dein Dad hat für elf Uhr reserviert. Ich will die Mitarbeitenden nicht warten lassen.«

»Natürlich«, sagte ich und verabschiedete mich. Mit zitternden Fingern ließ ich das Smartphone sinken.

»Das klang nicht gut«, sprach Layla das Offensichtliche aus. Ihr Blick wanderte von mir zu dem mittlerweile fertig angerichteten Frühstück. »Das schmeckt auch ganz großartig aufgewärmt.«

»Ich kann nicht hingehen, ich weiß nicht mal mehr, wie ich mit ihnen reden soll.«

»Dann hör einfach nur zu.«

Ich schnaubte. »Wozu? Um ihre Wahnvorstellungen zu unterstützen? Mir Vorwürfe anzuhören?« Doch fernbleiben konnte ich genauso wenig. Ich vermisste sie. Meine Mom, die mir so ähnlich sah, den besten Apfelkuchen der Welt backte. Meinen Dad, der mir das Radfahren beigebracht und dafür gesorgt hatte, dass ich immer wieder aufgestanden war, wenn mich Rückschläge hinwarfen. Also seufzte ich bloß, ohne eine Antwort von Layla abzuwarten. »Aufwärmen wäre großartig.«

Sie lächelte. »Dann mach ich das später. Brauchst du Beistand?«

Die Art, wie sie mich bei der Frage musterte, zeigte, dass sie keine Sekunde gezögert hätte. Ein einziges Ja von mir würde genügen, dass sie die Kneipe Kneipe sein lassen und mich begleiten würde. Doch das konnte und wollte ich nicht verlangen.

Das kleine, fiese Stechen in meiner Brust verriet mir, dass das nicht der einzige Grund war, weshalb ich den Kopf schüttelte. Ich wollte Layla auch meiner Familie nicht vorstellen. Sie hatte eben nur wenig von ihrer erzählt, und doch hatte es genügt, um die Liebe aus ihren Worten herauszuhören. Meine Familie mochte auch liebevoll sein, doch sie war in ihrer Liebe obsessiv. Manisch. Ich wollte nicht, dass Layla diese Seite von mir sah, die ich doch selbst so oft zu vergessen suchte.

Ich hatte mir kaum Zeit genommen, mich zurechtzumachen, weshalb ich mich etwas fehl am Platz fühlte, als ich das *Golden Leaves* betrat. Passend zum Namen zierten schwere, goldene Vorhänge die bodentiefen Fenster. Dunkelgrüne und ockerfarbene Sessel mit Samtbezügen standen mit großzügigen Abständen zueinander um runde Tische verteilt im Raum. Von der Decke hingen etliche Grünpflanzen, und die Wand hinter der Theke war über und über mit Sukkulenten bestückt. Leise Klaviermusik spielte und passte überhaupt nicht zu meinem aufgeregt pochenden Herz.

»Sie haben reserviert?«, fragte ein Kellner mit schwarzem Anzug mich.

Ich nickte. »Ja, auf Hunt. Meine Eltern müssten schon da sein.«

»Ah ja, sie sitzen hinten am Durchgang zum Garten, folgen Sie mir.« Erleichtert, dass meine Lüge nicht aufflog, eilte ich dem Kellner hinterher, der mit langen Schritten durch das Restaurant ging. Ich sah den rotblonden Haarschopf meiner Mom schon von Weitem. Mein Dad und sie waren in ein Gespräch vertieft, zwei kleine Kannen Kaffee in ihrer Mitte. Bei dem Anblick der beiden schoss ein unerwarteter Schmerz durch meine Brust. Wann hatte ich sie zuletzt gesehen? Es musste Weihnachten gewesen sein. Und selbst da waren Jared und ich nur kurz in Oswego gewesen – mehr aus Pflichtgefühl denn aus Lust.

»Da sind wir auch schon. Ich schau gleich vorbei, um ihre Bestellung aufzunehmen.« Aus dem Augenwinkel sah ich, wie der Kellner mir noch einmal zulächelte, bevor er davonging. Doch ich beachtete ihn kaum noch, meine Aufmerksamkeit lag auf meinen Eltern. Die Verblüffung im Gesicht meiner Mom wandelte sich binnen Millisekunden in Freude. Kleine Lachfältchen erschienen um ihre Augen, als sie aufstand und mich fest in ihre Arme zog.

»Ariana! Wie schön, dich zu sehen.«

Langsam legte ich die Hände auf ihren Rücken. Schloss die Augen. Erlaubte mir, den vertrauten Duft einzuatmen, der mich an gemeinsame Fernsehabende erinnerte. An Schutzsuchen bei Gewittern. An Geborgenheit. Ich hatte mit abweisenden Worten gerechnet nach unseren Telefonaten. Nicht hiermit.

»Hallo, mein Mädchen«, sagte nun auch Dad und drückte mich ebenfalls an sich, als meine Mom mich losgelassen hatte. »Na, dann wird der heutige Tag ja tatsächlich noch besser. Wie schön, dass du hier bist.«

»Setz dich, setz dich.« Meine Mom klopfte auf den Ohrensessel neben sich.

»Danke«, erwiderte ich vorsichtig und ließ mich nieder. »Ihr seht gut aus.« Es stimmte. In den blauen Augen meines Dads lag ein Funkeln. Dort war nichts mehr von der matten Leere zu sehen, die mir seit Quinns Tod begegnet war. Und auch Mom ...

»Du hast die Haare gefärbt«, stellte ich fest. Zwar war sie nach wie vor rotblond, doch helle Strähnchen zierten ihre Haare.

»Ja, ich hab mir Highlights setzen lassen. Auch wenn das bei dem Grau, das sich langsam zeigt, wohl nicht nötig gewesen wäre«, erwiderte sie mit einem Lachen, das etwas in mir aufblühen ließ wie eine Blume. Was war passiert? Als ich sie zuletzt vor einigen Monaten gesehen hatte, lag ein dunkler Schleier über ihnen. Wir hatten uns mehr angeschwiegen als miteinander gesprochen. Diese Schwere schien vollkommen von ihnen abgefallen zu sein. Ich merkte, wie ich mich langsam entspannte. Mir erlaubte, meinen Schutzschild ein klein wenig runterzufahren.

»Es steht dir«, sagte ich, unsicher, worüber ich sonst sprechen konnte – oder wollte.

»Danke. Du siehst auch gut aus.« Meine Mom lächelte sanft, doch ich sah die Sorge in ihrem Blick. »Geht es dir denn gut?«

»Ja«, erwiderte ich. »Ich hab tolle Menschen kennengelernt.« Bei dem Gedanken an Shae, Tyler und Evie legte sich wie von selbst ein Lächeln auf meine Züge. »Ich hab das Gefühl, ich bin endlich richtig angekommen in New York.«

Meine Mom nickte langsam. »Das freut mich wirklich. Dein Dad und ich waren etwas beunruhigt, als wir von der Trennung erfahren haben. Jared hat uns noch einmal geschrieben und meinte, dass du gerade nicht ganz klar denkst vor lauter Arbeit ... Ist es denn wirklich vorbei mit euch beiden? Er war immer so ein fürsorglicher Kerl.«

Ich verkniff mir das Schnauben, da ich wenig Lust hatte, eine Diskussion über ihren Ex-Schwiegersohn in spé vom Zaun zu brechen. »Ja, das ist aus und vorbei. Ich hab eine tolle neue Wohnung, und mir geht es viel besser seit der Trennung.«

Dankenswerterweise nickte meine Mom bloß, und auch mein Dad kam nicht dazu, noch etwas hinzuzufügen, da in diesem Moment der Kellner wieder neben uns auftauchte.

»Was darf ich Ihnen denn bringen?«

»Einen Flat White, bitte«, antwortete ich aus Gewohnheit, da ich völlig versäumt hatte, in die Karte zu blicken.

»Und zum Frühstücken? Ihre Eltern haben eben schon bestellt, wenn Sie jetzt ordern, könnte ich alles zusammen bringen.«

»Oh. Dann Eggs Benedict, bitte.« Es war eine Kurzschlussreaktion gewesen, aber so würde ich später immerhin vergleichen können – und ich hatte ein Gefühl, dass Layla selbst diesen Laden übertreffen würde.

»Die hast du früher schon geliebt«, sagte Dad mit einem Schmunzeln, als der Kellner wieder verschwunden war.

»Ach, es ist so schön, dich zu sehen.« Mom legte ihre Hand auf meine. »Wir müssen dich häufiger mal besuchen. New York ist eine spannende Stadt. Früher war sie mir immer zu hektisch, aber die Möglichkeiten hier sind ja unendlich im Vergleich zu daheim.«

»Was habt ihr euch denn angeschaut?«, fragte ich und versuchte, mir meine Überraschung nicht anmerken zu lassen. Üblicherweise schimpften meine Eltern über den Big Apple und waren auch nicht gerade begeistert gewesen, dass es mich hierher verschlagen hatte.

»Gestern Abend haben wir uns eine One-Man-Show im Theater angeschaut. Unglaublich talentiert dieser Herr! Damit hab ich nicht gerechnet. Ein Arbeitskollege deines Vaters hat das Stück empfohlen. Oh, und wir waren natürlich auf dem Rockefeller Center, aber vermutlich hätten wir nicht so früh raufgesollt, es war noch etwas neblig.«

»Und deine Mutter war shoppen wie eine Besessene.«

»Na ja, eine solche Auswahl haben wir zu Hause eben auch nicht. Und ich hatte allen Grund, mich zu belohnen.«

»Ja?«, fragte ich mit einem Lächeln nach. Es war so unfassbar schön, meine Eltern in ihrem Schlagabtausch zu verfolgen. Beinahe fühlte es sich an wie früher. Bevor alles den Bach runtergegangen war.

»Ja«, erwiderte meine Mom in fast schon quietschendem Tonfall. Sie sah zu meinem Dad. »Soll ich es ihr zeigen?«

Er brummte zustimmend, woraufhin sie ihre Tasche auf ihren Schoß hob und einen dunkelblauen, flachen Ordner daraus hervorzog. »Schau mal.«

Übelkeit breitete sich in mir aus wie ein Lauffeuer, noch bevor sie den Ordner aufklappen konnte. Denn auf der glatten blauen Oberfläche prangte in filigranen silbernen Lettern »George Barrow Investigations«.

Nein. Nein, nicht schon wieder. Das Glänzen in den Augen meiner Eltern rührte nicht von aufrichtiger Lebensfreude, sondern war Produkt einer weiteren Wahnvorstellung. Das hatte sie nach New York geführt. Natürlich.

»George ist großartig. Wir haben ihn erst vor zwei Wochen beauftragt, und er kam weiter als alle vor ihm. Das hier ist erst der Anfang.« Sie blätterte durch die Seiten, die Fotos und Texte zeigten, die wie Chat-Nachrichten aussahen. »Er ist sehr gewissenhaft vorgegangen, hat die Aktivitäten aller Kameraden von Quinn durchsucht und ist auf Foren gestoßen, die die anderen Detectives nicht einmal erwähnt haben. Hier, siehst du?« Ihr Zeigefinger tippte auf das Papier, doch die Schrift verschwamm vor meinen Augen. Ich fand meinen Fokus nicht mehr. »In diesem Forum war Quinn auch aktiv. *Ich kann diese Fassade nicht mehr aufrechterhalten*, hat er gesagt. Schwarz auf weiß, siehst du?«

Ich sagte nichts, doch das schien meinen Eltern entweder nicht aufzufallen oder egal zu sein.

»Jetzt geht es darum, herauszufinden, welche Fassade Quinn meint.«

Meint. Nicht meinte. Meine Eltern sprachen nach wie vor von ihm, als säße er mit uns am Tisch. Ich biss die Zähne so fest zusammen, dass es in meinem Kiefer knackte.

»Genau. George geht erst einmal die Personen durch, mit denen Quinn am meisten in Kontakt stand. Aber er hat auch mit

Leuten gechattet, die gar nicht in seiner Truppe waren, sondern sich auf der anderen Seite des Landes befanden. Er ist aber zuversichtlich, dass er anhand der IP-Adresse herauskriegen kann, zu wem die Accounts gehören.«

»Ja, wir werden ihn auf jeden Fall weiter beschäftigen. Michael Lennington, der letzte Detektiv, meinte, dass man nicht tiefer graben könne, aber dieser George …« Das Strahlen in den Augen meiner Mom traf mich wie ein Fausthieb. »Er ist zuversichtlich, uns weiterhelfen zu können. Er nimmt uns endlich ernst.«

Die Worte drangen in meine Ohren, rauschten durch meinen Kopf und wirbelten alles durcheinander, was sich darin befand. Ich konnte das nicht mehr. Ich konnte nicht weiter mit ansehen, wie meine Eltern einem Phantom nachjagten. So lange, bis selbst ihr letztes Erspartes bei irgendwelchen Quacksalbern landete, die lieber Geld einkassierten, anstatt einem verzweifelten Paar die Wahrheit ins Gesicht zu sagen.

»Er ist tot.« Meine Stimme war ein Flüstern und durchschnitt die Luft doch wie eine Sense. Sie zerfetzte die zuversichtlichen Worte meiner Mom, brachte das Gespräch zum Erliegen.

»Egal, was ihr tut, ihr könnt Quinn nicht zurückbringen. Ihr könnt euer Geld zum Fenster rauswerfen, irgendwelche Lügen dieser Privatdetektive glauben, euch selbst darüber vergessen, aber es ändert rein gar nichts an dieser einen, unumstößlichen Tatsache.« Zitternd holte ich Luft und schrie den letzten Satz beinahe heraus, so lange hatte sich all das in mir angestaut. »Er hat sich umgebracht, Mom. Und nichts, rein gar nichts, was ihr tut, wird ihn wieder zum Leben erwecken. Akzeptiert es endlich.«

Die Züge meiner Mom verhärteten sich von einer auf die andere Sekunde, und die Enttäuschung stand ihr ins Gesicht geschrieben. »Wie kannst du es wagen? Er ist unser Sohn.«

»Nein, er *war* euer Sohn.« Tränen schossen mir in die Augen, und ich blinzelte sie wütend weg. »Und ich *bin* eure Tochter. Ich brauche euch auch, verdammt. Weißt du, wie weh es tut, zu sehen, dass ihr euer Leben wegschmeißt? Dass ihr gar nichts mehr wahrnehmt außer dieser Suche nach Hinweisen, die es einfach nicht gibt? Quinn ging es nicht gut, ihm ging es so lange nicht gut, dass er keinen Ausweg mehr gesehen und sich das Leben genommen hat.«

Etliche Gesichter hatten sich zu uns herumgedreht. Wahrscheinlich lieferten wir ihnen gerade die Show des Jahres, doch das war mir egal. Endlich war es heraus.

»Dass es ihm lange nicht gut ging, war dir ja bestens bewusst, nicht wahr?« Die Stimme meiner Mom war nicht belegt wie meine, sie war kalt wie Eis.

»Was?«

»Wir haben auch Zugriff auf Quinns Cloud-Speicher«, fügte mein Dad hinzu. »Wir haben eure Nachrichten gelesen.«

»Er hat sich dir anvertraut, und du hast uns nichts erzählt! Du hast nichts unternommen.«

Das Eis im Tonfall meiner Mom breitete sich aus, ergriff mich und legte sich um mein Herz.

»Was?«, krächzte ich schon wieder.

»Er hat dir geschrieben, dass es ihm nicht gut geht.« Sie blätterte in dem Ordner und knallte ihn so heftig vor mir auf den Tisch, dass mein Kaffee überschwappte. »Ari, ich weiß nicht, ob es eine gute Idee ist, zu Dads Geburtstag heimzukommen … So, wie es mir gerade geht, würde ich die Stimmung nur runterziehen«, las sie die Worte vor, als hätten sie sich nicht längst in mein Gedächtnis gebrannt. »Du wusstest, dass da etwas im Busch ist. Du hättest zu ihm fahren, uns informieren können. Doch stattdessen warst du nur mit deiner Arbeit beschäftigt und damit, befördert zu werden?« Auf den Wangen meiner Mom zeigten sich rote Flecken. »*Das* ist ein Wahn, Ariana. So besessen von der Arbeit zu sein, dass man sie vor die eigene Familie stellt.«

Ihre Worte hätten mich treffen sollen wie Peitschenhiebe, doch stattdessen fühlte ich nichts. Ich war taub. Das Einzige, was ich spürte, war der Schmerz in meinen Fingern, als ich das Bettelarmband an meinem Handgelenk fest umklammerte. Ansonsten fühlte mein Körper sich an, als hätte man ihn mit Zement gefüllt und dann in einen Fluss geworfen, und ich sank und sank und sank. Ich musste nicht auf den Ordner schauen, um zu wissen, welche Nachrichten dieser George gefunden hatte. Ich hatte sie nach Quinns Tod etliche Male gelesen. Sie hatten sich in meine Netzhaut eingebrannt. Ich hatte sie mit meiner Therapeutin auseinandergenommen, Wort für Wort. Sie hatte versucht, mir meine Schuldgefühle zu nehmen und es doch nie ganz geschafft. Die Aussagen meiner Mom waren ein gefundenes Fressen für die Schuld tief in meinem Inneren, und das Einzige, was mir dabei half, nicht an ihr zu zerbrechen, war die Kälte, die alle Gefühle überlagerte und mich taub machte.

Ohne ein Wort zu sagen, stand ich auf und ging. Ich drehte mich nicht noch einmal nach meinen Eltern um. Es war das zweite Mal an diesem Morgen, dass meine bestellten Eggs Benedict kalt werden würden.

17

SHAE

Montag, 17. Juni

Achtlos warf ich einen Berg an Unterwäsche in den kleinen Handgepäckkoffer. Zwei Shirts und ein Cardigan flogen hinterher. Gewöhnlich faltete ich die Kleidung fein säuberlich, darauf bedacht, dass der Stoff während der Reise nicht allzu sehr zerknitterte. Doch das spielte heute keine Rolle. Ich flog nicht in den Urlaub oder auf eine Dienstreise.

Ein Rock folgte auf den Stapel, der mittlerweile genauso chaotisch aussah, wie sich meine Gedanken anfühlten. Ich schmetterte die Tür meines Kleiderschranks einen Hauch zu fest zu, dann stopfte ich jegliche Ladekabel, die ich in meinem Zimmer fand, in das Netz des Koffers. Viel Zeit blieb mir nicht, bis der Flug ging, den ich heute Morgen überstürzt gebucht hatte. Sollte ich Kleidung vergessen, würde das alte Kinderzimmer bei meinen Eltern sicher noch etwas hergeben. Ich konnte nicht einmal sagen, was mich geritten hatte. Es war nichts vorgefallen, und genau das war das Schlimmste gewesen: die Stille. Die ganze Nacht über hatte ich auf mein Handydisplay gestarrt, es angefleht, endlich eine Antwort von Emely anzuzeigen, doch nichts war geschehen. Irgendwann hatte ich die App geschlossen, und nach wenigen Klicks war der Flug gebucht gewesen.

Auch jetzt schnappte ich mir mein Smartphone, allerdings nicht, um Emely zu schreiben, sondern Tyler: *Muss dringend nach Hause, hab Urlaub genommen, melde mich. Lieb dich.*

Das schlechte Gewissen gesellte sich zu den sonstigen Vorwürfen in meinem Kopf. Ich würde ihm alles in Ruhe berichten, wenn ich zurück und die Sache geregelt war. Gerade war mein Kopf zu voll von übermüdeten, immer kreisenden Gedanken. Doch einer Person musste ich es erklären …

Ich öffnete den Chat mit Cam. Wir hatten uns für heute Abend verabredet, um über Evies Geburtstagsfeier zu sprechen. Bei dem Gedanken an den Streit wurde mir flau im Magen. Zwar hatte Cam nicht die drei gefürchteten Worte *Wir müssen reden* verwendet, doch die Einladung zum Essen und dem klärenden Gespräch wirkte ähnlich bedrohlich auf mich. Was, wenn ich recht hatte und er wirklich nicht empfand wie ich für ihn? Und – schlimmer – was, wenn ich unrecht hatte, aber mit meinem Verhalten auf der Party alles kaputt gemacht hatte?

Ich schüttelte den Kopf, um die Sorgen zu vertreiben. Es gab jetzt Dringlicheres. Emely.

Shae, 9.03 am:

> Hi, Cam. Es tut mir wahnsinnig leid, aber ich muss für heute Abend absagen. Ich fliege heim, um nach Emely zu sehen. Hab mich auf der Arbeit abgemeldet und werde gleich den nächsten Flug nehmen. Hätte angerufen, aber er geht schon um kurz vor 11. Können wir reden, wenn ich zurück bin? Hab noch keinen Rückflug gebucht, sollte Sonntag aber wieder da sein, länger geht mein Urlaub nicht.
> Ich halt dich auf dem Laufenden. xx

Die Nachricht wurde nicht als gelesen angezeigt, was wenig verwunderlich war, da Cam heute bei einer Morning Show in der Maske arbeitete. Ich warf mein Smartphone in die Handtasche, packte meinen Waschbeutel im Bad und machte mich dann auf den Weg zum Flughafen.

Der JFK war voll wie immer. Die Menschen standen einander im Weg rum, eilten zu ihren Gates, schimpften über Verspätungen und packten last minute ihre Koffer um, weil sie das zulässige Gewicht überschritten hatten. Obwohl enge Räume mir Angst bereiteten, hatte ich Fliegen schon immer geliebt. Ich mochte das hektische Treiben an Flughäfen ebenso sehr wie das in New York – nur heute hatte ich leider kein Auge dafür. Da das Taxi ewig gebraucht hatte, um durch den Berufsverkehr zu kommen, war es bereits 10 Uhr. Viel Zeit bis zum Boarding blieb mir nicht mehr.

Ich eilte durch Terminal 8 und folgte der Beschilderung in Richtung von Gate 35. Hoffentlich schaffte ich es noch einmal auf Toilette. Die Nervosität drückte auf meine Blase, und die mehr als fünf Stunden, die ich bis nach Phoenix brauchte, würde ich keinesfalls durchhalten. Die Toilette an Bord war eng, bedrückend und trieb schon beim bloßen Gedanken Angstschweiß auf meine Haut. Ich war gerade um den fünften Coffee Shop gebogen, als das Smartphone in meiner Hand vibrierte. Hoffnungsvoll entsperrte ich es, doch es war nicht Cam, der sich gemeldet hatte.

Ariana, 10.11 am:
> Hey, Zoey hat mir grad von deinem Urlaub erzählt. Hoffe, alles ist gut. Meld dich, wenn was ist, ja?

Trotz der Angespanntheit musste ich lächeln. Egal, was auch kommen mochte, meine Freundschaften blieben, und das gab mir das Gefühl von Sicherheit. Ich beschloss, später zu antworten, und tippte mich zu dem Boarding Pass durch, um ihn dem

Personal am Gate zu zeigen, als ich im Augenwinkel eine Bewegung wahrnahm.

»Cam?« Völlig verdattert blieb ich stehen, was mir ein Schnalzen von einem älteren Herrn hinter mir einbrachte.

»Hey.« Es war der gleiche sanfte Tonfall, mit dem er mich in der Bar angesprochen hatte. So, als wäre seitdem nichts vorgefallen. Als er die Distanz zwischen uns überbrückte und mich in seine Arme nahm, fühlte es sich auch genau danach an.

»Was machst du denn hier?« Ich schmolz in seine Umarmung, gab nach und entspannte zum ersten Mal seit dem Fotoshooting mit Em. Ich schob mein schlechtes Gewissen beiseite und ließ mich einfach halten.

»Dich fragen, ob du vielleicht eine Reisebegleitung möchtest.«
Mein Blick glitt an seiner Schulter vorbei auf den kleinen Koffer.

»Du darfst Gepäck hier nicht unbeaufsichtigt lassen. Das sagen sie doch alle drei Minuten durch.«

Ich spürte Cams Lachen, als seine Brust an meiner Wange vibrierte.

»Ich dachte, du musst arbeiten.«

»Hab mir spontan freigenommen.« Er hob die Schultern, ließ von mir ab, und als sein Blick meinen traf, schossen Tränen in meine Augen. Ich war wirklich eine Heulsuse geworden. »Die Gäste waren schon geschminkt, ich hab gesagt, dass ich einen Notfall habe, und einen Kollegen für die Touch-ups angerufen. Der sollte mittlerweile am Set sein. Wenn du magst, würde ich dich sehr gern nach Phoenix begleiten.«

»Hast du Shorts eingepackt?« Ich nickte in Richtung seiner langen Jeans. »Wenn du die New Yorker Hitze schlimm findest, mach dich auf was gefasst.«

»Ist das ein Ja?«

Ich nickte, unfähig, das Wort auszusprechen, da mein Hals kratzte und eine Träne über meine Wange rann. Eine Last fiel von meinen Schultern, nahm etwas von dem Druck auf meiner

Brust und ließ mich wieder atmen. Er war hier. Cam war hier. Trotz unseres Streits. Und er sah mich nach wie vor mit diesem Blick voller Hingabe und Bewunderung an, so als hätte ich ihm nicht all diese Dinge an den Kopf geknallt.

Sanft strich Cam die Träne mit dem Finger weg. »Hey, alles wird gut. Ich bin da. Wir fliegen jetzt heim und checken die Lage, ja?«

Ich hob die Schultern. Weil ich nicht wusste, ob sich seine Worte bewahrheiten würden, sosehr ich mir das auch wünschte. »Vielleicht«, sagte ich mit belegter Stimme. »Aber deshalb wein ich gar nicht, nicht nur.«

»Sondern?«

»Weil du hier bist. Obwohl ich so doof zu dir war. Es tut mir leid. Ich war betrunken und …« Ich hielt inne. Zwar hatte ich zu viel getrunken, doch das war nicht der einzige Grund für meine Laune gewesen. Vielmehr war es die Verunsicherung, die ich gespürt hatte und die ich so gar nicht von mir kannte. Es war ein ekliges Gefühl. Ein nagendes, eines, das sich über alles andere legte wie eine Staubschicht. Das die schönen Momente dämpfte und mit Zweifeln übersäte.

»Das zwischen uns – oder, besser gesagt, das, was nicht zwischen uns ist – verunsichert mich. Du sagst, dass du mich heiß und perfekt findest und all das, aber … Es fällt mir immer schwerer, das zu glauben. Genauso schwer fällt es mir, das Ganze anzusprechen, denn dann setze ich dich noch weiter unter Druck. Es ist ein Teufelskreis. Und ich kann nichts tun, um auszubrechen, aus Angst, dich dadurch zu verlieren.«

»Oh, Shae. Ich …« Jetzt war er derjenige, der die Schultern hob. »Ich wollte nie, dass du an dir zweifelst. Ich glaube, das ist das, was mir am meisten wehgetan hat. Genauso wenig möchte ich, dass du an uns zweifelst. Ich liebe, was wir haben. Aber ich …«

»Wir bitten nun alle Passagiere ohne Priority Boarding nach vorn«, erklang eine Stimme durch die Lautsprecher über uns.

Cam strich mir noch einmal sacht über die Wange, dann nahm er seinen Koffer in die eine Hand und umschloss meine Finger mit der anderen. »Lass uns nachher in Ruhe reden, ja? Ich verspreche dir, wir finden eine Lösung, und ich verspreche dir hoch und heilig, dass du die heißeste Frau bist, die ich kenne. Es ist ein Privileg, mit dir zusammen sein zu dürfen, okay? Aber hier ist vielleicht nicht der richtige Ort für Sex Talk.«

»Ach, weiß nicht. Ich wette, wenn wir Tyler fragen, ob er es schon an einem Flughafen getrieben hat, ist er beleidigt, dass wir ein Nein überhaupt in Betracht gezogen haben.«

Cam lachte leise, was meinen Magen trotz allem zum Flattern brachte. Ebenso wie seine Worte. Ich umklammerte seine Hand fester, während wir uns als Letzte in die Schlange zum Boarding einreihten.

»Ich bin froh, dass du da bist.«

Ich war nicht die Beste darin, andere um Hilfe zu fragen, so gern ich meine auch selbst anbot. Dass Cam das nicht nur wusste, sondern auch erkannt hatte, wann ich sie brauchte, berührte einen Teil von mir, den nur wenige Menschen erreichten. Wenn er mich so gut lesen konnte, mir diese Art von Sicherheit gab – war es dann überhaupt wichtig, wie es im Bett bei uns lief?

»Immer, Shae.«

Er sprach dieses Wort wie eine Gewissheit aus. Ein Versprechen. *Immer.*

Angst war mir nicht fremd, ich spürte sie beinahe täglich. Vorm Betreten der Subway, in Aufzügen, vorhin, als ich es mir doch nicht hatte verkneifen können und auf die Bordtoilette musste. Das zu schnelle Schlagen meines Herzens war mir ebenso vertraut wie die flache Atmung und das Zittern beim Ausstoßen der Luft. Doch die Angst jetzt saß tiefer. Nicht in meiner Brust wie sonst, sondern in meinem Bauch. Ich sorgte mich nicht um mich, sondern um einen Menschen, den ich liebte. Und das war schlimmer.

Was, wenn meine Eltern mich wieder nicht ernst nahmen? Wenn Emely alles abstreiten würde? Was, wenn ich versagte und meiner Schwester nicht helfen konnte?

»Wir schaffen das.« Cams Hand lag auf meinem Oberschenkel, mit dem Daumen strich er beruhigend über den Stoff meiner Jogginghose, die ich noch vom Flug trug. Seit bestimmt zehn Minuten saßen wir so in dem Pick-up, den er gemietet hatte. Nicht ein einziges Mal hatte er mich dazu gedrängt, auszusteigen und endlich den schmalen Weg zu nehmen, der zu dem Haus führte, in dem ich aufgewachsen war. Er hatte gewartet, meine Nerven beruhigt und gleichzeitig das schlechte Gewissen verstärkt, das ich ihm gegenüber hatte. Doch darum würde ich mich später kümmern müssen. Ein Schritt nach dem anderen.

»Okay«, sagte ich, obwohl ich mich alles andere als bereit fühlte. Mein Hals und mein Nacken brannten heiß, sicherlich hatte ich rote Flecken. Meine Finger führten die Klopftechnik an meinem Handrücken aus, die meine Therapeutin mir beigebracht hatte, doch auch das half heute rein gar nicht. Aber ich würde es trotzdem durchziehen. Es ging um Emely.

»Ich bin direkt hinter dir.« Cam drückte meinen Oberschenkel noch einmal, dann öffnete er die Tür. Ich tat es ihm gleich, trat aus dem Wagen und war dankbar für seine Hand, die kurz darauf bereits wieder meine fand. Ich würde es auch allein schaffen, doch ich musste nicht. Das war ein schönes Gefühl.

Die Hitze draußen legte sich um uns wie eine warme Decke und machte das Atmen schwer. Ich hatte beinahe vergessen, wie es war, die Kleidung durch bloßes Nichtstun mit Schweiß zu durchtränken. Cam stieß ein Schnauben aus, für ihn musste die Temperatur noch unerträglicher sein als für mich.

Gemeinsam schritten wir den mit Kakteen und Aloe Vera gesäumten Kiesweg entlang auf die Tür meines Elternhauses zu. Als Kind hatte ich sie vor Wut laut zugeschlagen, als Jugendliche nach dem Feiern klammheimlich und leise geöffnet. Der Weg führte einmal um das gesamte Haus herum, bis zu dem Pool im Garten, den ich hier nie hatte missen wollen und in dem wir uns regelmäßig Wasserschlachten geliefert hatten. Wie viele Erinnerungen an einem Haus haften konnten.

»Es ist schön hier«, sagte Cam, und ein feines Lächeln legte sich auf seinen Mund. »Ist die noch von euch?«

Ich folgte seinem Blick zu der alten Holzschaukel und nickte. »Ja. Mein Dad hat es nicht übers Herz gebracht, sie abzubauen. Angeblich, damit seine Enkelkinder mal darauf schaukeln können, aber, na ja, sieh sie dir an.«

Cam stimmte mit einem Lachen zu. »Wenn seine Enkelkinder eine Gehirnerschütterung haben sollen, ist das ein guter Plan, ja.«

Seine Nähe und der Anblick der baufälligen Schaukel, an der so viele vergangene Momente hafteten, erdeten mich genug, um die letzten Schritte zu wagen und ohne zu zögern auf das Klingelschild neben dem Namen Wright zu drücken. Es dauerte nur Sekunden, dann wurde die Tür geöffnet.

»Shae?« Meine Mom sah mich mit weit aufgerissenen Augen an, dann zog sie mich fest in die Arme. »Was für eine schöne Überraschung! Was machst du denn hier? Ich hab vor Thanksgiving nicht mit dir gerechnet! Und wer ist denn der hübsche junge Mann? Na, da freu ich mich ja gleich noch mehr.«

»Mom!«, stieß ich aus und war für einen Moment so peinlich berührt, dass ich völlig vergaß, Angst vor dem folgenden Gespräch zu haben. Ihre Augen weiteten sich noch mehr, und sie hielt mich eine Armlänge von sich entfernt.

»Bist du schwanger?«

»Was? Nein!«

»Na dann«, meinte sie schulterzuckend und wandte sich Cam zu, als wäre nichts geschehen. »Hi, ich bin Mary. Und Sie sind?«

»Cam.« Er sah beinahe so verwirrt aus wie damals, als er das erste Mal Zeuge von Party-Tyler geworden war. Immerhin schien dieser ihn abgehärtet zu haben, denn er fing sich in Windeseile und streckte seine Hand aus. »Freut mich sehr. Ich bin Shaes ...«

»... Freund«, half ich ihm aus, als er ins Stocken geriet. Cams überraschter Blick traf mich. Wir hatten uns nie ein Label gegeben, nie darüber gesprochen, was genau wir waren, und doch fühlte es sich richtig an. Er war nicht mehr bloß der süße Typ von der Rooftop-Party. Im Laufe der Wochen hatte er sich zunehmend in mein Leben geschlichen, und ich hatte es geschafft, ihm immer mehr Platz einzuräumen. Erst im Bad und meinem Zimmer, schließlich auch in meinen Gedanken, meiner Planung und meinem Herzen. Die Angst, dass es ihm vielleicht anders erging, verflüchtigte sich in dem Moment, in dem ich seinen Blick erwiderte. Seine ohnehin blauen Augen waren noch heller als sonst, als er mir ein strahlendes Lächeln schenkte.

»Ja, das bin ich wohl.« Für einen kurzen Moment gab es nur uns beide. Cam und mich. Dann trat meine Mom nach vorn, ignorierte Cams Hand, die nach wie vor erhoben war, und zog ihn in ihre Arme.

»Das ist ja wundervoll! Dann kommt mal rein. Ich bezieh euch sofort das Bett und schick deinen Dad Kuchen kaufen.«

»Ist er daheim?«

»Ja, er war übers Wochenende auf Dienstreise und hat heute und morgen zum Ausgleich frei.«

Ich nickte. Erleichtert, dass ich dieses Gespräch nur einmal würde führen müssen.

»Weiß Em denn schon, dass du da bist? Da hättet ihr ja beinahe gemeinsam fliegen können.«

»Nein, noch nicht.«

»Na, die wird sich freuen!«

»Da bin ich mir nicht so sicher ...«, murmelte ich so leise, dass nur Cam neben mir es hören konnte.

Eine gute Stunde später, als die Koffer ausgepackt, die Begrüßungen erledigt und Kaffee und Kuchen vorbereitet waren, saßen wir alle gemeinsam am Esstisch. Meine nackten Füße strichen über den kalten Fliesenboden, und das leise Summen der Klimaanlage vermischte sich mit den sanften Klängen aus der altbackenen Stereoanlage, die neben der Vitrine stand. Um uns herum hingen etliche Fotografien meiner Kindheit, die Cam interessiert musterte.

»Das hier ist hervorragend, nicht wahr?« Meine Mutter nickte in Richtung einer groß ausgedruckten Aufnahme, die mich ohne Schneidezähne zeigte, wie ich mein Kaninchen streichelte. Meine Haare waren voller Stroh und meine Latzhose verdreckt. »Wir haben Shae Stunden gesucht, hatten bei den Nachbarn geklingelt und waren kurz davor, die Polizei zu alarmieren. Dreimal darfst du raten, wo sie war.«

»Bei dem Kaninchen?«

»Im Gehege! Sie hatte sich ein Bilderbuch und Snacks mitgenommen und beschlossen, dass sie bei Blacky übernachten wolle.«

»Blacky?« Sein Blick wanderte vom Foto des weißen Kaninchens bis zu mir, ein amüsiertes Funkeln trat in seine Augen.

»Ich fand den Namen einfach toll«, verteidigte ich mich.

»Sie war schon immer etwas außergewöhnlich«, warf mein Dad lachend ein und rieb sich über die Bartstoppeln, die im Laufe der Jahre ergraut waren. Die Stimmung war so ausgelassen, dass ich den Anlass für meine Reise beinahe hätte vergessen können. Doch das durfte ich nicht. Und so versuchte ich, das Lachen nicht zu nah an mich heranzulassen, und wappnete mich für die Worte, von denen ich wusste, dass sie meine Eltern brechen würden. Und obwohl der Gedanke schmerzte, war es nicht das, was mich am meisten ängstigte. Es war die Tatsache, dass dieses Gespräch das Aus mit meiner Schwester bedeuten könnte. Denn ich hatte ihr versprochen, nichts zu sagen. Doch lieber zerstörte ich unser Verhältnis, als tatenlos dabei zuzusehen, wie sie sich selbst zerstörte.

»Wir müssen reden«, unterbrach ich das Gespräch und binnen eines Augenblicks lagen alle Blicke auf mir und Cams Hand in meinem Rücken. Er gab mir den Halt, den ich benötigte, um weiterzusprechen. »Es geht um Emely. Sie braucht unsere Hilfe.«

Da. Es war gesagt.

Meine Mom war sofort in Alarmbereitschaft. Ich erkannte es an ihren Augen, die meinen so ähnlich waren und sich direkt mit Sorge füllten. Ich hatte sie so schon einmal erlebt: als Emely gestanden hatte, dass sie nicht mehr weiterwusste, und wir sie in die Klinik gebracht hatten. Es schmerzte mich, jetzt schon wieder diesen Ausdruck auszulösen.

»Was ist los?«, fragte mein Dad, der den Arm nun, wie Cam bei mir, um meine Mom gelegt hatte. »Wurde sie in New York rückfällig?«

Ich schüttelte den Kopf, und die Erleichterung auf seinem Gesicht bohrte sich in mich wie ein Messer. Denn wirklich besser war das, was ich ihnen nun sagen musste, nicht.

»Laurence misshandelt Em.«

»Laurence? Niemals.« Meine Mutter schüttelte den Kopf. Kein Wunder, er war mittlerweile Teil der Familie. »Die beiden sind glücklich. Das würde er nie tun. Und Em es niemals zulassen!«

»Ich hab es gesehen. Die blauen Flecke. Und sie hat es mir gesagt.« Ich schluckte, zwang meine Stimme, jetzt nicht nachzugeben. »Sie sagte, es kam ganz schleichend …« Ich fasste zusammen, was Emely mir am Tag des Fotoshootings erzählt hatte, und mit jedem Wort, das meinen Mund verließ, sackten die Schultern meiner Eltern tiefer. So weh es tat: Sie glaubten mir. Und das machte mir Hoffnung.

»Oh Gott«, flüsterte meine Mom, die Hand vor den Mund gepresst. Tränen standen in ihren Augen. »Mein armes Mädchen. Das war es also, was du am Telefon sagen wolltest?«

Ich nickte.

»Und ich hab es abgetan, nur weil du betrunken warst.« Ihre Stirn legte sich in Falten. »Wie konnten wir das nicht bemerken?«

»Das hättet ihr niemals gekonnt«, sagte ich. »Wie auch, wenn sie versucht, es zu verstecken?«

»Deshalb der Badeanzug«, sagte mein Dad mit tonloser Stimme. Er wirkte gefasster als meine Mom, doch ich kannte ihn gut genug, um zu spüren, wie es unter der Oberfläche brodelte. Sein Blick fand meinen. »Ems Stil hat sich verändert. Mir ist es zwar aufgefallen, doch was weiß ich schon von Mode. Aber Badeanzüge, die hatte sie nie an. Bis zu diesem Jahr. Wenn du sagst, dass die Flecken an ihrer Hüfte waren …«

Ich nickte. »Würde passen. Ich hab ihr versprochen, nichts zu sagen, aber jetzt antwortet sie seit Tagen nicht, dabei hab ich auf sie eingeredet, dass sie mit euch spricht.«

»Hat sie nicht«, flüsterte meine Mom. »Warum hat sie sich uns nicht anvertraut?«

»Ich glaube, sie denkt, dass sich das wieder einrenkt. Sie liebt Laurence wirklich.«

Meine Mom nickte. »Das haben wir auch.« Dann wurde ihre Miene ernst, ihr Ton fester. »Wir fahren hin und holen sie da raus. Dieser Kerl wird seinen Fuß nie wieder in unser Haus setzen. In einer Stunde ist sie von der Arbeit zurück, das passt perfekt.«

Sie war schon aufgesprungen, bevor ich etwas erwidern konnte. Also stand ich ebenfalls auf und hob beschwichtigend die Hände. »Ich glaub nicht, dass das eine gute Idee ist.«

»Er kann froh sein, wenn wir nicht direkt mit dem Officer auf der Matte stehen«, brummte mein Vater.

»Ja, aber sie blockt so schon total ab. Ich glaube nicht, dass wir viel damit bezwecken, wenn wir sie aus dem Haus zerren. Das sie wohlgemerkt gerade mit Laurence teilt. Sie liebt ihn. Das ändern wir dadurch nicht. Kannst du sie nicht hierher einladen?«

»Und du glaubst, da lässt sie sich eher helfen?«

Nein, wenn ich ehrlich war, glaubte ich das nicht. Ich wusste nicht, ob sie sich überhaupt helfen lassen würde. Ich wusste nur, dass es anders katastrophal schiefgehen würde. »Es ist zumindest besser als in ihren eigenen vier Wänden, wenn Laurence dabei ist«, sagte ich also. »So kriegt er es nicht mit, und sie weiß, dass sie sich jederzeit an uns wenden kann, wenn sie bereit ist.«

Ich verstand den Tatendrang meiner Eltern zu gut, aber ich wusste auch, dass er bei Emely zu nichts führen würde.

»Bitte«, fügte ich hinzu, als weder meine Mom noch mein Dad sich rührten. Wie immer war es mein Dad, der zuerst einknickte.

»Na gut. Ich ruf sie an und sag, dass sie vorbeikommen soll, um endlich mit mir den Speicher auszumisten. Das wollte sie eigentlich schon letzte Woche tun.«

Er nickte, wie um sich selbst Mut zu machen. Dann tat er etwas Ungewöhnliches. Er stand auf, machte zwei Schritte auf mich zu und zog mich mit seinen großen Händen in eine feste Umarmung. Keine, wie wir sie zur Begrüßung immer tauschten. Eine, wie ich sie seit der Kindheit nicht mehr hatte. Er hielt mich einfach nur fest, während ich wartete, dass die Tränen kamen. Doch da waren keine. Entweder hatte ich sie bereits alle am Wochenende geweint, oder aber es war wirklich wie in meiner Kindheit, und etwas in mir vertraute voll und ganz darauf, dass mein Dad die Sache schon hinbiegen würde. Denn das hatte er bisher immer.

»Ich bin sehr stolz auf dich, Shae, und auf die Frau, die du geworden bist.«

»Danke«, murmelte ich an seiner Schulter, bevor er mich losließ und noch einmal meinen Oberarm drückte. Er mochte mich losgelassen haben, doch seine Worte wärmten mich weiter.

»Ich sehe zu, dass sie direkt nach der Arbeit vorbeikommt. Vielleicht nutzt du die Zeit, Cam den Rest des Hauses zu zeigen und das Zimmer herzurichten.«

»Ich komme mit«, sagte meine Mom. »Ich muss meine Hände beschäftigen, sonst drehe ich durch.« Kaum dass sie die Worte ausgesprochen hatte, rauschte sie auch schon aus dem Zimmer in Richtung Treppe. Dad hingegen nahm sein Handy vom Esszimmertisch, schenkte uns ein schwaches Lächeln und ging daraufhin in die Küche, wo er die Tür hinter sich schloss. Ich setzte mich ebenfalls in Bewegung, dankbar, zumindest bei diesem kurzen Gespräch nicht anwesend sein zu müssen.

»Du hast wundervolle Eltern«, meinte Cam leise, als er mir folgte. »Und das Temperament deiner Mom geerbt.«

»Ja«, meinte ich mit einem Schmunzeln. »Warte ab, wenn du sie zum ersten Mal beim Super Bowl erlebst. Das hier ist gar nichts.«

»Ich kann's kaum erwarten.« Er schloss die Finger um meine. »Freund also, hm? Ich mag, wie das klingt.«

Er zwinkerte mir zu und schaffte es zum wiederholten Mal an diesem Tag, den angespannten Knoten in meinem Bauch zu lösen.

TYLER

18

Montag, 17. Juni

Heilige Scheiße, mir platzte gleich die Lunge. Ariana legte ein derartiges Tempo vor, als wäre der Leibhaftige persönlich hinter ihr her. Ich versuchte, Schritt zu halten, aber mein Innerstes hatte Feuer gefangen, mein Herz würde jede Sekunde explodieren, und meine Beine bestanden nur noch aus Wackelpudding.

Wir bogen um eine Ecke, sie nutzte die Kurve, um zu beschleunigen. Das war unsere Zielgerade, am Pond machten wir meistens Schluss. Ariana schoss allerdings davon und würde vermutlich gleich die Schallmauer durchbrechen.

Die ist doch irre.

Ich sah ihr nach, wurde langsamer und langsamer statt wie sie schneller.

Endlich blieb sie stehen, tänzelte auf der Stelle und blickte sich nach mir um. Sie schien erstaunt, dass ich so weit hinten lag. »Alles klar, Ty?«

Verflucht. Wieso war sie nicht mal außer Atem? Nach Luft japsend kam ich neben ihr zum Stehen und kollabierte einfach an Ort und Stelle. Mit weit ausgestreckten Armen lag ich auf dem warmen Asphalt, pumpte Sauerstoff durch meinen Körper und badete in meinem Schweiß.

»Nicht liegen bleiben, du musst dich bewegen.«

»Kann nicht. Sterbe lieber.«

»Ty.« Ariana ging neben mir in die Hocke und blickte mich an. Ihre rotblonden Haare hoben sich leuchtend vom blauen Himmel ab. Wie ein wunderschöner surrealer Engel, der auf mich niedersah und mir gleich den letzten Chor sang.

»Setz dich. Atme.« Sie packte mich an der Schulter und half mir auf. »Tut mir total leid. Ich wollte dich nicht so fordern.«

Ich nickte, fasste an meine Brust.

»Warum hast du nicht langsamer gemacht?«

Ich schnaubte und rollte mit den Augen.

»Du und dein Ehrgeiz.«

»Jaja.« Ich zog die Beine an und legte die Stirn auf die Knie. Ariana ließ sich mit einem Seufzen neben mir auf den Hintern plumpsen. Zwei Jogger kamen an uns vorbei, aber Ariana winkte ihnen freundlich zu und gab zu verstehen, dass alles in Ordnung war.

»Was ist denn heute los mit dir?«, fragte ich. »Ich weiß ja, dass du tough bist, aber du wirst definitiv nicht fliegen können. Egal, wie schnell du rennst.«

Sie schmunzelte, aber es kam nicht von Herzen. »Es ist eigentlich nichts.«

»Hat Jared dich wieder geärgert?«

Sie winkte ab.

»Hat es mit Layla zu tun?«

»Was? Wie kommst du denn darauf?«

Ich zuckte mit den Schultern. »Ihr wart auf Evies Party recht lange in der Küche verschwunden, nachdem ihr euch vorher sehnsüchtige Blicke zugeworfen habt. Ich weiß zwar nicht, was zwischen euch läuft, aber *dass* was läuft, ist offensichtlich. Die Frage ist, ob ihr beide dasselbe wollt.«

»Mit Layla ist es … ziemlich perfekt.« Ihre Wangen färbten sich leicht rot, sie drehte aber gleich den Kopf weg, sodass ich ihre Reaktion nicht sehen konnte. »Es sind meine Eltern.«

»Oh. Geht es wieder um Quinn?«

Sie nickte. »Die beiden haben gestern den Vogel abgeschossen. Sie waren für ein paar Tage in New York. Nicht nur, dass sie mir das zuerst verschwiegen haben und ich es durch Zufall herausgefunden habe, sie hatten auch schon wieder einen neuen Privatdetektiv auf die Sache angesetzt. Einer, der ganz tief gräbt. Sie lassen einfach nicht locker. Seit Jahren. Ich … ich ertrage das nicht mehr.«

»Völlig verständlich. Wie sollt ihr das je verarbeiten können, wenn deine Eltern die Wunde immer wieder aufreißen?«

»Sie denken, ich hab damit abgeschlossen, aber er fehlt mir genauso sehr wie ihnen.« Sie schnappte hörbar nach Luft und griff an das Armband, das sie selbst zum Sport nicht auszog. Dann schüttelte sie sich und legte kurz darauf ihre übliche Fassade aus Ruhe und Beherrschtheit auf. Eine oberflächliche Schutzwand, die früher oder später wieder bröckeln würde. »Ich muss das beenden.«

»Wie meinst du das?«

»Ich kann so nicht weitermachen. Mit meinen Eltern, den Vorwürfen, ihren falschen Hoffnungen. Ich hab meinen Bruder geliebt, tue es noch immer, und er wird für alle Ewigkeit ein Teil meiner Seele bleiben, aber ich muss weitergehen und nach vorne blicken. Wenn meine Eltern nicht mitkommen wollen, dann tue ich es ohne sie.«

»Und das bedeutet was konkret?«

»Vielleicht ist es am besten, wenn ich den Kontakt abbreche. Wenn sie nicht an meinem Leben teilnehmen wollen, dann brauche ich sie auch nicht.«

»Ariana. Ich verstehe, dass dich das gerade aufwühlt und mitnimmt. Zu Recht. Eure Familie hat ein heftiges Trauma erlitten, aber triff jetzt keine Entscheidungen aus der Wut heraus. Ich bin mir sicher, dass deine Eltern dich genauso lieben wie Quinn. Es ist nicht richtig, was sie tun, doch bitte wende dich nicht von ihnen ab und sperre diese Tür hinter dir zu. Atme erst mal durch, sammle dich, und denk in Ruhe drüber nach.«

Sie biss sich auf die Unterlippe, so sehr um ihre schützende Fassade bemüht.

»Du bist eine unglaublich tapfere Frau. Du bist selbstbewusst, aufrichtig, loyal und liebevoll. Ich bewundere deine Kraft und deine Ruhe. Nutze diese Fähigkeiten, um die richtige Entscheidung für dich und deine Eltern zu treffen. Gib dir Zeit, aber sperr die beiden nicht ganz aus. Es ist immer noch deine Familie, und so, wie es von deinen Erzählungen her klang, hast du dich auch gefreut, sie zu sehen.«

»Das hab ich wirklich. Für einen Moment hatte ich sogar das Gefühl, dass alles wieder gut war. Meine Mutter hat so gestrahlt, sich die Haare gefärbt, neue Klamotten gekauft. Sie haben gesprüht vor Leben. Nur leider aus den falschen Gründen.«

»Vielleicht redest du noch mal in Ruhe mit ihnen und zeigst ihnen die richtigen Gründe. Wie wäre das?«

Sie atmete tief durch, sah auf meine Hand. »Das hab ich doch schon so oft. Es bringt einfach nichts. Außerdem denken sie, dass ich …« Sie biss sich auf die Unterlippe und schüttelte den Kopf.

»Was?«, fragte ich.

»Nichts. Ich kann mir nicht den ganzen Tag Gedanken darüber machen. Es bringt eh nichts.« Aber sie wirkte auch nicht so, als wäre die Sache für sie abgeschlossen. »Danke für den Pep Talk. Du bist ganz schön gut darin.«

»Solltest mich mal erleben, wenn ich besoffen bin, dann lauf ich zu Hochtouren auf.«

Sie schenkte mir ein Lächeln. Es schien das erste aufrichtige zu sein an diesem Morgen. »Lass uns zurück.«

»Jederzeit, und wenn wir bitte zurück*gehen* könnten, statt zu rennen, wäre ich sehr dankbar.«

Sie lachte, stand auf und zog mich mit sich in die Höhe. Keine Ahnung, woher sie auch noch die Energie nahm. »Ich zahl sogar das Taxi nach Hause, wie wäre das?«

»Noch besser.«

Ich atmete durch und folgte ihr aus dem Park.

Eine Stunde später fühlten sich meine Beine noch immer an wie Wackelpudding. Ich stieg aus dem Aufzug und bog in Richtung Agentur ab. Zum Glück war Shae bereits weg, so war es mir erspart geblieben, die zwanzig Stockwerke zu laufen. Shae schaffte es zwar immer öfter, in den Lift zu steigen, aber an vielen Tagen bevorzugte sie die Treppe. Und die wäre ich heute eindeutig hochgekrochen.

Ich drückte die Eingangstür der Agentur auf und überlegte, ob ich meinen Bürostuhl als Gefährt nutzen konnte. Wozu hatte das Ding denn Rollen? Oder ich schaffte es, Ari zu bequatschen, dass sie mich mit Kaffee und Snacks versorgte. Immerhin hatte sie mich heute morgen ordentlich abgezogen. Es wäre so was wie Schmerzensgeld.

»Hi, Zoey«, grüßte ich und wollte schon weiter, um den Tyler-Charme auf Ari loszulassen.

»Oh, Ty!« Zoey stand von ihrem Tresen auf und schnappte sich einen Umschlag, mit dem sie auf mich zukam. »Du kommst zum perfekten Zeitpunkt.«

»Ein Satz, den ich echt gern aus dem Mund einer Frau höre.«

Sie rollte mit den Augen. »Diese Unterlagen müssen unbedingt von Owen unterzeichnet werden. Da sind die Verträge mit Olivier Fletcher drin. Die müssen heute um drei am Flughafen sein, damit Olivier sie gegenzeichnen kann. Er fliegt nach Dubai und ist die nächsten vier Wochen weg.«

»Okay.« Von den Verträgen wusste ich natürlich. Olivier war der CEO einer Kosmetikfirma, mit der Owen unbedingt zusammenarbeiten wollte. Alle Produkte wurden unter fairen Bedingungen hergestellt, waren vegan, sehr hautverträglich und dazu noch bühnentauglich. Olivier hatte die Sachen gerade an einigen Broadway-Theatern vorgestellt. »Owen wollte sie doch gestern schon unterschreiben.«

»Ja, aber er hat einen Fehler gefunden.«

»Davon hat er nichts gesagt.«

»Er hat heute Morgen ganz früh hier angerufen. Ich hab den Fehler korrigiert, das ist die aktualisierte Fassung. Eigentlich wollte ich einen Kurier schicken, aber da ist dauernd besetzt, und ich kann nicht weg, weil …« Das Telefon läutete. »Deshalb. Könntest du schnell ins *Chef's Choice* huschen und Owen unterschreiben lassen? Das wäre das Allereinfachste.«

»Ja, klar.« Mir graute zwar davor, wieder laufen zu müssen, aber die Suppe hatte ich mir selbst eingebrockt.

»Du bist ein Schatz.«

Ich öffnete den Mund.

»Ich weiß, ich weiß. Auch das ist ein Satz, den du gern aus dem Mund einer Frau hörst.«

»Stimmt, aber ich wollte eigentlich *keine Ursache* sagen. Ist schließlich mein Job.«

Sie drückte mir den Umschlag in die Hand und eilte zurück zu ihrem Tresen, um das Gespräch anzunehmen. »Greenwood & Steele, Zoey am Apparat, was kann ich für Sie tun?«

Ich sah auf den Umschlag, zuckte mit den Schultern und ging denselben Weg zurück, den ich gerade gekommen war. Das *Chef's Choice* war nur wenige Blocks entfernt, aber ich würde definitiv ein Taxi nehmen. Mal sehen, ob ich das auch auf Arianas Rechnung setzen konnte.

Etwa zehn Minuten später betrat ich das Restaurant und blickte mich nach Owen um. In der Regel saß er an dem Tisch hinten links am Fenster. Der Laden war mal wieder gerappelt voll. Ich winkte Ada, die den Gästen ihre Plätze zuwies.

»Muss nur schnell was abgeben.« Ich hielt die Unterlagen hoch und zeigte auf Owen.

211

»Klar, du kennst dich ja aus«, gab sie zurück und lächelte mich an. Ich erwiderte es und musste sofort daran denken, wie wir beide vor ein paar Wochen an einem Abend im Flur hinten im Restaurant übereinander hergefallen waren. Ich hatte eigentlich nur Owens Jacke abholen wollen, die er am Mittag dort vergessen hatte, und war mit Ada ins Gespräch gekommen. Ein Wort hatte zum anderen geführt, eine Geste zur nächsten, und da das Restaurant wegen Umbauten früher hatte schließen müssen und sie sowieso Feierabend machen wollte, hatten wir die Gelegenheit genutzt und ein paar schöne Stunden hier verbracht. Im *Chef's Choice* gab es eben nicht nur leckeres Essen.

Ich bog nach links ab und ging auf Owens Tisch zu. Er saß wie immer mit dem Rücken zur Wand, sodass er einen Blick ins Restaurant hatte. Seine beiden Gäste hockten ihm gegenüber. Den Typen sah ich nur im Profil. Seine Schultern waren kerzengerade aufgerichtet, er nippte gerade an seinem Wasser, einen Finger elegant vom Glas weggestreckt. Die Frau saß mit dem Rücken zu mir. Sie trug ein schlichtes dunkelblaues Kostüm und hatte die Füße in hohen Pumps unter dem Stuhl übereinandergeschlagen. Ein Arm hing lässig über der Lehne, am Handgelenk baumelte eine Goldkette und eine teuer aussehende Uhr. Ich hielt inne, weil mir irgendwas an ihr unglaublich bekannt vorkam. Ihre Körperhaltung, das Selbstbewusstsein, das sich im ganzen Restaurant auszubreiten schien.

»Tyler«, rief Owen und lenkte die Aufmerksamkeit auf sich.

Zögerlich trat ich näher, behielt die Frau im Blick und wurde mit jedem Schritt unsicherer.

In mir schrillten alle Alarmglocken, und mein Herz krampfte auf eine Art, die ich nur allzu gut kannte. So hatte ich mich früher im Büro immer gefühlt, wenn ich Rhianna allein auf dem Flur begegnet war. Nachdem sie die ersten Annäherungsversuche unternommen hatte und ich nicht darauf eingegangen war. Nachdem uns beiden klar geworden war, dass wir nicht zur selben Melodie tanzten und sie eindeutig etwas anderes wollte als ich. Statt meinen Wunsch zu respektieren, hatte sie jede Grenze überschritten.

Meine Kehle schnürte sich zu, mein Mund wurde trocken. Mein Körper flehte mich an, umzudrehen und wegzulaufen, denn er erinnerte sich an alles. An die Demütigung, die Angst, die Scham. Er erinnerte sich an jede ungewollte Berührung, an jedes gesprochene Nein und an jedes gedachte Ja, für das ich mich noch heute schämte.

Ich hielt inne, meine Sicht verschwamm. Ich blinzelte, atmete, bebte.

Owen winkte mir freudestrahlend zu. »Ich hab gar nicht mit dir gerechnet.«

Ich starrte auf den Umschlag in meinen Händen, der mir wie ein Fremdkörper vorkam.

»Komm her, dann kann ich dir gleich unsere neuen Geschäftspartner vorstellen.«

Neue Geschäftspartner.

Der Mann blickte als Erstes zu mir.

Mit staubtrockenem Mund und wackeligen Beinen trat ich näher an den Tisch. Mein Puls raste heftiger als bei der Joggingrunde mit Ariana heute Morgen. Meine Muskeln brannten und gingen sicherlich gleich in Flammen auf. Genau wie meine Seele.

Ich starrte auf den Nacken der Frau, die sich weiter zu mir umdrehte. Zentimeter um Zentimeter. Stück um Stück kehrte sie zurück in mein Leben. Mein Magen krampfte, und ich war froh, dass ich nach dem Sport noch nichts gegessen hatte, denn sonst hätte ich sicherlich auf den Boden gekotzt.

Sie wandte sich nun ganz um. Ein sanftes Lächeln auf den blutroten Lippen, ein Augenaufschlag von den perfekt getuschten Wimpern, ein Blick, der sich tief in meine Zellen brannte.

Da saß sie.

Die Frau, die mich seelisch gebrochen hatte. Die mich wie ein Stück Fleisch behandelt hatte, das sie sich nehmen konnte, wann immer sie wollte. Und als ich Nein gesagt hatte, hatte sie nur gelacht und mich wissen lassen, wer die Macht in unserer Konstellation besaß.

Owen redete freudig weiter, schien gar nicht mitzubekommen, was sich vor seinen Augen abspielte. Er stellte den Typen neben Rhianna vor, aber Owens Stimme drang nur wie durch Watte zu mir.

»Rhianna Priceton kennst du ja«, hallte es in meinem Kopf nach.

»Hallo, Tyler.« Ihre Stimme klang genauso weich und seidig, wie ich sie in Erinnerung hatte. Vor Kurzem hatte ich sie bei einem Interview im Fernsehen gesehen, aber in der Realität drang sie viel intensiver in meine Eingeweide vor. Ich wagte einen weiteren Schritt, nickte Rhianna zu und hob den Umschlag.

»H-hier sind die Verträge für Olivier. Kannst du unterschreiben?«

»Ja, richtig. Zoey hat Bescheid gesagt, dass du sie bringst.«

Ich ging an Rhianna vorbei, merkte ihren Blick auf mir. Mein Atem kam abgehackt, ich schwankte leicht und hasste mich dafür. Ich wollte nicht so auf sie reagieren, ich wollte ihr selbstbewusst und offen gegenübertreten, denn sie hatte meine Angst nicht verdient. Aber sie war zu groß für mich. In meinem Verstand war Rhianna dieses unbezwingbare Monster aus meiner Vergangenheit geworden.

Lilys Worte von neulich fielen mir wieder ein: »Leider haben Dinge aus der Vergangenheit die Tendenz, einen zu verfolgen und so lange in den Hintern zu beißen, bis man sich ihnen zuwendet.«

Ich reichte Owen den Umschlag, schaute ihm zu, wie er die Verträge rauszog, routiniert unterschrieb. Blatt für Blatt. Es dauerte viel zu lange.

»Ich würde dir ja anbieten, dass du mit uns zu Mittag essen kannst. So hättet du und Rhianna die Chance zu plaudern, aber leider müssen die Verträge zurück.«

Er gab sie mir, ich griff mit steifen Fingern danach, stopfte sie wieder in den Umschlag und drehte auf dem Absatz um.

»Sicherlich ergibt sich bald eine Gelegenheit, über vergangene Zeiten zu plaudern«, sagte Rhianna. »Ich werde jetzt ja öfter hier sein.«

Öfter. Hier. Reden.

Die Worte pochten gegen meine Schädeldecke und fraßen sich durch meinen Verstand. Ich lief quer durch das Restaurant, raus auf die Straße, weg von dem Monster meiner Vergangenheit. Mein Geist ging neben meinem Körper her, ich wäre am liebsten gerannt. Meilenweit, aber dann bemerkte ich den Umschlag in meinen Fingern und erinnerte mich an meine Aufgabe.

Also rannte ich nicht, sondern fand irgendwie das nächste Taxi, das mich irgendwie zurück in die Agentur brachte, wo ich irgendwie Zoey die Unterlagen zurückgab.

»Perfekt, danke!«

Ich stand da. Starrte ins Leere. Versuchte, den Schock zu überwinden, und dachte darüber nach, was ich nun tun sollte.

»Ty, alles klar?«

»Was?«

»Ob alles in Ordnung ist. Du bist so blass auf einmal.«

»Ja. Ich … ich fühl mich nicht gut.«

»Oh, vielleicht solltest du nach Hause, im Moment geht diese hässliche Sommergrippe um. Steck mich bloß nicht an.«

»Werde ich nicht.« Meine Finger wanderten automatisch in meine Hosentasche und zückten mein Handy. Wie von selbst rief ich Shaes Kontakt auf, bis mir einfiel, dass sie heute früh nach Phoenix geflogen war. Wir hatten noch mal kurz geschrieben, und sie hatte mir versichert, dass es ihr gut ging, sie aber einige familiäre Dinge klären müsse. Sie würde mir mehr erzählen, wenn sie zurück war. Auf keinen Fall wollte ich sie jetzt mit meinen Sorgen nerven.

Blieben noch Evie oder Ariana. Evie war auf einem Shooting, und Ariana hatte schon genug Stress mit ihren Eltern. Ich scrollte weiter durch mein Handy und blieb an dem Kontakt hängen, der mich ebenfalls verstehen könnte.

Ich schluckte, trat aus der Agentur und wählte Lilys Nummer. Sie hob nach dem vierten Klingeln ab.

»Hi, Tyler.«

»Stör ich?«

»Nein, gar nicht. Bin eben mit Training fertig.«

»Gut. Hast du … K-können wir reden? Jetzt?«

»Ja, klar. Ist was passiert?«

»Erinnerst du dich daran, dass ich dir gesagt habe, ich würde vor meiner Vergangenheit davonlaufen?«

»Natürlich.«

»Sie hat gerade an meine Tür geklopft.«

Montag, 17. Juni

»Nein.«

Das war alles, was Em sagte, als sie kurz darauf gemeinsam mit Dad das Wohnzimmer betrat und ihr Blick auf mich und Mom fiel. Cam hatte sich mit der Ausrede, Phoenix zu erkunden, verabschiedet, damit wir dieses Gespräch im Kreis der Familie führen konnten.

»Em …«, begann ich, doch sie ließ mich nicht zu Wort kommen.

»Ich fasse es nicht. Du hast versprochen, dass du niemandem was sagst.«

»Genau genommen habe ich versprochen, Tyler nichts zu erzählen, daran habe ich mich gehalten. Em, bitte. Das kann so nicht weitergehen.«

»Du hast doch keine Ahnung, was Sache ist. Du sitzt am anderen Ende des Landes. Was weißt du schon?«

»Hat er dir wehgetan?«

Die Worte meines Dads, so sanft sie auch gesprochen waren,

217

glitten durch die dicke Luft zwischen meiner Schwester und mir wie ein heißes Messer durch Butter. Er stand nach wie vor in ihrem Rücken, als wollte er ihr den Weg abschneiden, sollte es nötig werden. Emely drehte sich nicht zu ihm um, doch sie schwieg lange. Zu lange. So lange, dass unsere Mom aufschluchzte, zu ihr lief und sie so fest umarmte, als könnte sie die kaputten Teile mit all ihrer Kraft wieder zusammendrücken.

»Süße, es tut mir so unendlich leid. Wir hätten auf dich aufpassen müssen.«

Em sagte immer noch nichts. Sie erwiderte die Umarmung nicht. Sie stand bloß stocksteif da, ihren scharfen Blick weiterhin auf mich gerichtet. Das war es. Ich hatte unser Verhältnis zerstört. Sie würde mir nie wieder vertrauen.

Hey, Onkel Jeff … heute habe ich die Beziehung zu einem der wichtigsten Menschen in meinem Leben ruiniert. Was sagst du dazu?

»Wir hätten auf dich aufpassen müssen, und wir haben schon wieder versagt.« Das Schluchzen meiner Mom schien etwas mit Emely zu machen, denn nun schüttelte sie den Kopf, nahm ihre Hände hoch und löste die Arme meiner Mom von ihrem Körper.

»Ihr habt nicht versagt, und ihr hättet auch nichts tun müssen. Es ist alles gut.«

»Alles gut?«, wiederholte ich ungläubig. »Dann zeig uns deine Hüfte, deinen Bauch. Das nennst du alles *gut*?«

»Schon mal was von Privatsphäre gehört? Oh, warte. Offensichtlich nicht, sonst hättest du deine Nase in deinen Angelegenheiten behalten.«

»Du bist meine Angelegenheit, du bist meine Schwester.«

»Ich bin vor allem erwachsen, wie ich dir schon einmal erklärt habe.«

»Erwachsene können genauso gut Fehler machen.«

»Du hast nicht zu entscheiden, wie ich mein Leben lebe.«

»Aber wir sind deine Familie, und Familie kümmert sich umeinander«, sagte meine Mutter. Ihre Stimme zitterte noch, doch sie weinte nicht mehr. Stattdessen fuhr sie sich über das lange dunkle Haar und atmete tief durch. »Und deshalb setzt du dich, trinkst einen Tee mit uns und erzählst, was Sache ist.«

Einen Augenblick tat sich gar nichts, dann, ohne die geringste Regung ihrer Miene, ging meine kleine Schwester zur Couch und nahm Platz – mit möglichst viel Abstand zu mir. Dennoch war ich dankbar. Dieser erste Schritt war geschafft. Meine Mom mochte uns keinen Hausarrest mehr geben können, wenn wir etwas verbockt hatten, doch sie war immer noch unsere Mom und ihre Meinung zu wichtig, als dass Emely ihre Bitte hätte ignorieren können.

Lange sagte niemand etwas. Unser Dad saß auf dem Sessel zu unserer Rechten, unsere Mom zwischen Emely und mir, so-dass ich Ems Gesicht nur im Profil sehen konnte. Wir drängten Emely nicht. Wir ließen ihr Zeit, auch wenn die Anspannung sichtbar war. Dad hatte die Hände zu Fäusten geballt, und Mom pflückte Fussel vom Sofa, die nicht da waren. Nach et-lichen Minuten, die nur vom Bellen des Nachbarhundes und dem sanften Rauschen der Klimaanlage unterbrochen wurden, sprach Emely endlich.

»Ich liebe Laurence. Ich will nicht, dass das, was ich euch sage, euer Bild von ihm verändert. Er ist ein toller Mann.« Wir nickten nicht, immerhin war das kein Versprechen, das wir ge-ben konnten, aber es widersprach auch niemand. »Er tut das alles nicht aus böser Absicht.«

»Aber er tut es?« Mom griff nach Emelys Hand. »Er tut dir weh?«

Emelys Nicken war genug, um Moms Tränen zurückzubrin-gen. Sie zog ihre Tochter sanft an sich und hielt sie einfach nur. So lange, bis auch über Emelys Wangen Tränen flossen. Alles in mir strebte danach, zu meiner Schwester zu gehen. Sie ebenfalls in die Arme zu nehmen. Sie zu beschützen. Doch sie sprach endlich, und das wollte ich nicht kaputt machen.

»Es ist einmal im Streit passiert. Ich bin wegen einer Kleinigkeit ausgerastet und echt nicht stolz auf das, was ich gesagt hab. Ich hab ihn einen Feigling genannt und ...« Sie schüttelte den Kopf. »Wir sind beide zu weit gegangen. Ich hab ihn mit Worten genau da getroffen, wo es wehtut. Und er mich mit seiner Hand. Ich hab in der Nacht bei Alessia geschlafen, weil ich nicht wollte, dass ihr es mitbekommt. Am nächsten Tag haben wir geredet, und es hat ihm so leidgetan. Er hat sich tausendmal entschuldigt, geweint, wir haben Paartherapie genommen – auch wenn wir da nicht gesagt haben, was genau passiert ist. Alles war gut.« Entgegen ihren Worten schluchzte sie laut auf, und auch mir rannen die Tränen über das Gesicht. Selbst in den Augen meines Vaters schimmerten sie. Wut und Schmerz kämpften darin um die Oberhand, bis auch er aufstand und sich neben Em auf die Sofakante setzte, um ihre Hand zu nehmen.

»Wir sind da«, sagte er. »Und wir verurteilen dich nicht. Ganz egal, was du gesagt und getan hast. Okay?«

Sie nickte, schien Kraft aus seinen Worten zu schöpfen und erzählte dann von den letzten Monaten und Wochen. Vom Klinikaufenthalt. Von dem Gefühl, immer leerer und weniger zu werden, sich vollständig aufzulösen. Von der Maske, die sie für uns getragen hatte, den leeren Versprechen ihres Freundes, der Zeit in New York, in der sie endlich wieder atmen konnte. Kurz zuckte ihr Blick während dieses Kapitels zu mir, doch sofort sah Em wieder auf ihre Hände, die unsere Eltern weiter umklammert hielten. Dennoch gab mir dieser kurze Kontakt Hoffnung, dass alles wieder in Ordnung kommen würde. Bei uns, aber auch bei ihr.

Etwa zwei Stunden später klopfte ich zaghaft an Ems Tür. Es drang kein Laut nach außen. Sie hatte einige Sachen aus der Wohnung geholt und meinen Eltern versprochen, die nächsten Tage hier zu verbringen. Was sie Laurence gesagt hatte, wusste ich nicht. Dad hatte im Auto gewartet, und als die beiden heim-

gekehrt waren, hatte Emely sich sofort auf ihr Zimmer verzogen. Ich hatte das Gleiche versucht, war jedoch nur Pfade
in meinen Teppich gelaufen und hatte Cams Versuche, mich
abzulenken, ignoriert. Emely hatte deutlich gemacht, dass sie
nicht mit mir reden wollte. Und doch stand ich nun hier und
wartete auf das *Herein*, das nicht kam. Ich schluckte, überlegte,
wieder auf mein Zimmer zu gehen, doch mit welchem Zweck?
Ich würde keine Sekunde ruhen können. Ich nahm einen tiefen
Atemzug, dann drückte ich die Klinke nach unten. Was hatte
ich schon zu verlieren?

»Hab ich *Herein* gesagt?«, erklang Ems Stimme, noch bevor
ich eingetreten war.

»Nein, aber vorhin meintest du, dass ich keine Ahnung von
Privatsphäre habe. Tja, schätze, du hattest recht.« Mein Auf-
munterungsversuch gelang nicht, Emely rollte lediglich mit den
Augen. Aber sie warf mich auch nicht hochkant hinaus, was
wohl als Fortschritt zu werten war.

»Können wir reden?«

»Klar, nur zu. Ich hab nicht den Eindruck, dass du meine
Wünsche sonderlich ernst nimmst.«

»Okay, dann anders: Möchtest du reden?«

»Habe ich das nicht gerade schon? Was gibt es noch zu sagen?
Mom und Dad hassen Laurence, du hast meine Beziehung ruiniert, ich bin wieder in meinem alten Zimmer. Ich weiß wirklich nicht, was du hören willst. Ein Danke?«

»Em …«, sagte ich und schlang die Arme um meinen Oberkörper. »Du weißt, dass ich nur helfen wollte.«

»Ja. Aber ich hab dich nicht um Hilfe gebeten. Und jetzt sitze
ich auf diesem Scherbenhaufen, und alles ist scheiße.« Sie ließ
sich wieder auf ihr Bett fallen, Tränen brannten in ihren Augen,
doch sie wischte sie mit einer wütenden Handbewegung weg.

Vorsichtig machte ich einen Schritt auf sie zu.

»Versetz dich doch mal in meine Lage. Stell dir vor, du hättest
mich so gesehen, wüsstest, dass Cam mir wehtut.«

Emely sagte nichts, doch ihr Schweigen sprach Bände, und ich meinte, dass ihre Stirn sich glättete. Langsam ließ ich mich neben ihr auf die Bettdecke sinken.

»Hasst du mich?«

Em drehte sich zu mir um und schüttelte den Kopf. »Nein, Shae, ich hasse dich nicht. Ich könnte dich gar nicht hassen, du bist meine Schwester.« Sie sah auf ihre Handflächen, fuhr die Linien in der rechten mit den Fingern ihrer linken Hand nach. »Ich bin stinksauer.«

Ich nickte.

»Aber irgendwie bin ich auch dankbar. Und das wiederum macht mich wütend auf mich selbst.«

»Wieso?«

»Weil ich dankbar bin, dass du etwas unternommen hast. Dass ich es nicht tun musste.« Sie lachte leise, doch es lag keine Freude darin. »Ich hasse nicht dich, sondern dass ich so schwach bin.«

»Du bist nicht schwach.« Ich rutschte vom Bett auf den Boden, kniete mich vor sie und zwang sie so, mich anzusehen. Ich legte so viel Nachdruck in meine Worte, wie ich nach dem Tag noch aufbringen konnte. »Du bist der stärkste Mensch, den ich kenne. Vielleicht zusammen mit Tyler, aber ihr teilt euch den ersten Platz.«

Sie schüttelte den Kopf, und nun rannen die Tränen ungehindert über ihr Gesicht, tropften vom Kinn in ihre Handflächen. Und anders als vorhin im Wohnzimmer hielt ich mich nun nicht zurück, sondern legte meine Arme um sie und zog sie an mich.

»Es wird alles gut, Em.«

»Wie denn?«, fragte sie schluchzend. »Ich hab meine Zukunft mit diesem Mann geplant. Ich bin gerade erst aus der Klinik raus und hab damit schon genug zu kämpfen. Ich kann nicht noch eine Baustelle in meinem Leben angehen. Ich mag nicht noch einmal von vorn anfangen.«

»Ich weiß«, sagte ich und strich beruhigend über ihren Arm. »Aber du bist nicht allein. Nimm dir erst einmal die Zeit, die du brauchst. Dann sehen wir weiter. Mom ist da. Dad ist da. Ich bin da. Wir kriegen das alles hin. Du musst in diesem Moment überhaupt keine Entscheidungen treffen.«

»Gut. Sonst würde ich meine Drohung wohl wahr machen und doch nach New York kommen. Gerade ist mir alles egal.«

»Na ja, New York ist auch immer für dich da.« Das widerwillige Schmunzeln in Ems Gesicht brachte mich zum Lächeln. »Wir schaffen das, Em. Wirklich.«

Sie nickte und lehnte dann den Kopf an meine Schulter. »Danke.«

Und dann saßen wir einfach da und schwiegen, weil alles gesagt und unsere Nähe das Einzige war, was wir gerade brauchten.

Ich blieb bei Emely, bis sie einschlief. Ein wenig fühlte es sich an wie früher. Wir hatten nicht mehr über Laurence geredet oder über die letzten Monate. Stattdessen hatten wir auf ihrem Bett gelegen und über früher getratscht, über unsere alten Klassenkameraden und Crushes – so lange, bis Emely sie schließlich auf Facebook und Instagram gesucht hatte. Dass deren Leben sie stellenweise ganz woanders hingeführt hatte, eine meiner Freundinnen von früher mittlerweile sogar schon geschieden war, schien ihr Kraft zu geben. So war das Leben eben. Manchmal nahm es Umwege, und manchmal führte es einen in Gebiete, die man nicht einmal in Betracht gezogen hatte.

Irgendwann waren ihr, das Handy in der Hand, die Augen zugefallen. Ich hatte sie zugedeckt, das Licht gelöscht und war ebenfalls ins Bett gegangen. Unendlich dankbar, dort nun nicht allein liegen zu müssen. Cam hatte den Arm um meine Taille geschlungen, und trotz der warmen Sommernacht genoss ich es, seinen Körper an meinem zu spüren. Zu wissen, dass ich nicht allein war.

Im Haus war es still, Cams Atem ging gleichmäßig, seine Nähe erdete mich, und doch schaffte ich es einfach nicht, zur Ruhe zu kommen. In meinem Kopf rasten die Gedanken, und auch wenn sie nicht länger quälend waren, ich wusste, dass ich getan hatte, was ich konnte, so hielten sie mich doch wach. Ich lauschte auf jedes Geräusch, wartete förmlich darauf, dass Emelys Tür geöffnet wurde. Laurence vor dem Haus stand, obwohl ich wusste, dass er nicht der Typ dafür war – dann wiederum: Was wusste ich schon?

»Cam?«, flüsterte ich in die Dunkelheit meines Kinderzimmers hinein, als ich es nicht länger aushielt.

»Ja?«, erklang es viel zu schnell.

»Du bist noch wach?«

»Ja, ich kann deine Gedanken bis hierher hören«, gab er zurück, was mich zum Lächeln brachte. »Was ist?«

»Ich kann nicht schlafen.«

Ich hörte die Decke hinter mir rascheln. Sanft stupste er gegen meine Taille, sodass ich mich umdrehte und kurz darauf Cams Atem auf meiner Wange spürte. »Magst du reden?«

»Ich weiß nicht. Ich hab das Gefühl, da sind keine Worte mehr in mir. Es ist alles geklärt.«

»Magst du Ablenkung?«

Ich nickte. Entweder sah Cam besser als ich, oder aber er hatte die Bewegung auf dem Kissen wahrgenommen. Jedenfalls richtete er sich auf und zog sanft die Decke von meinem Körper. »Dann komm mit.«

»Wohin?«, fragte ich, als wäre ich diesem Mann nicht ohnehin überallhin gefolgt.

Er knipste die Lichterkette über meinem Bett an und reichte mir den Cardigan, der über meinem Schreibtischstuhl gehangen hatte. In seinen Augen lag ein Funkeln. »Überraschung.«

Ich folgte Cam durch die Stille des Hauses und fühlte eine leichte Wehmut, als ich selbst im Dunkeln noch genau wusste, welche der Treppenstufen ein Knarzen von sich geben würde. Er führte mich nach draußen und blickte, noch bevor er die Tür hinter sich schloss, auf meinen Cardigan. »Den brauchst du wohl doch nicht«, meinte er mit einem Flüstern.

»Nope«, erwiderte ich grinsend und legte ihn auf die Kommode im Flur. »Du gewöhnst dich noch an die Temperaturen hier.«

»Mal abwarten. Mir reicht die New Yorker Hitze. Aber es ist schön hier.«

»Noch hast du ja gar nichts gesehen. Ich kann uns für den Rest der Woche ein Programm zusammenstellen. Wir könnten in den Desert Botanical Garden, da war ich früher mit meinem Dad ganz oft. Oder wir wandern auf den Camelback Mountain!«

»Du willst bei der Hitze wandern?«

»Wozu gibt es Wasser und Sonnenmilch?«

Im Schein des Mondes sah ich Cams Zähne aufblitzen, als er grinsend den Kopf schüttelte. Er kam am Pick-up zum Halten und öffnete mir die Beifahrertür.

»Ein Roadtrip? Wohin?«

»Überraschung, sag ich doch. Rein mit dir.«

Ich schlüpfte auf den Autositz und ließ, kaum dass Cam den Schlüssel gedreht hatte, die Fenster hinunter. Zwar war das Auto nicht so aufgeheizt wie bei unserer Ankunft, die Luft trieb einem dennoch den Schweiß auf die Stirn.

»Du hättest mir gesagt, wenn wir irgendwohin fahren, wo ich keinen Schlafanzug tragen kann, oder?«

»Ist das hier etwa nicht kneipentauglich?«

Ich boxte Cam sanft gegen den Oberarm, schnallte mich an und betrachtete unser Haus, als er rückwärts aus der Einfahrt fuhr. Keines der Lichter ging an, also schliefen hoffentlich alle weiter still und fest. Selbst bei Emely war es stockdunkel. Hoffentlich fand sie etwas Schlaf. Hoffentlich blieb sie hier. Doch sie hatte es Mom versprochen, also würde sie sich wohl daran halten. Blieb nur zu hoffen, dass sie auch erkannte, dass sie sich in Laurence genauso sehr getäuscht hatte wie wir alle.

»Was denkst du?«, fragte Cam leise, als ich selbst dann noch meinen Gedanken nachhing, als wir Scottsdale, die Gegend, in der ich aufgewachsen war, schon hinter uns gelassen hatten.

»Ich denke nur über Emely nach. Und darüber, wie schlecht man Menschen manchmal einschätzen kann, auch wenn man sie schon so lange kennt. Ich hätte das Laurence nie zugetraut.«

Cam nickte. »Manchmal geschieht so was schleichend, und selbst wenn man es dann bemerkt, sind da auch noch all die schönen Erinnerungen, die man mit der Person hatte. Und manchmal wiegen die schwerer.«

»Du klingst, als wüsstest du, wovon du sprichst?«

Cam zuckte mit den Schultern, schaute jedoch weiter auf die Straße, die uns, entgegen meinen Vermutungen, nicht in Richtung der Innenstadt, sondern weg von ihr führte.

»Mit meiner Ex-Freundin war es nicht so leicht.« Nun sah er doch kurz zu mir. »Es war nicht so schlimm wie bei deiner Schwester, es gab keine Handgreiflichkeiten oder so. Es war auf andere Art und Weise ungesund.«

»Das tut mir leid.«

»Danke, aber das muss es nicht. Ich hab daraus gelernt.« Wieder ein kurzer Blick – und diesmal löste er ein Kribbeln in meiner Magengegend aus, so intensiv war er. »Und ich weiß dich dadurch noch mehr zu schätzen.«

»Ich geb mein Bestes«, scherzte ich und salutierte, was Cam zum Lachen brachte.

»Ich fühl mich auch echt wohl bei dir.«

»Dito. Und bei deiner Familie, deine Eltern sind wirklich nett.«

»Dabei erlebst du sie gerade in einer Krise. Wart ab, morgen folgt die Einladung zu Thanksgiving, und dann bist du quasi Hausinventar.«

»Das klingt nach deiner Mom. Sie hat dein Temperament. Oder besser gesagt: Du hast ihres.«

»Wie sind deine Eltern so?«

»Entspannt. Ich glaub, ihr würdet euch gut verstehen. Mein Dad schreibt auch ab und an.«

Ich lächelte. »Da brauchen wir nur einen fünfeinhalbstündigen Flug, um endlich über unsere Familien zu reden.«

»Verrückt, was?«

Während wir uns weiter von Phoenix entfernten, merkte ich, wie die Anspannung von mir abfiel. Die Straße war beinahe leer, vereinzelt begegneten uns andere Autos, und aus dem Radio drang leise Jazzmusik. Ich streckte die rechte Hand aus dem Fenster, spürte die warme Luft an meiner Haut. Wir passierten den Arizona Canal, dann setzte Cam den Blinker und bog ab – mitten ins Nirgendwo. Nach wenigen Metern hielt er an, da der Weg abgesperrt war.

»Hast du dich verfahren?«

»Nein«, sagte Cam, brachte den Motor zum Verstummen und öffnete die Tür. »Ohne Ziel kann man sich nicht verfahren.«

»Ohne Ziel? Hast du nicht was von Überraschung gesagt?«

»Ist es ja auch. Nur eben für uns beide.«

Die Antwort erstarb auf meinen Lippen, als ich ausstieg und den Blick nach oben wandte. »Wow.«

Cam hob ebenfalls den Kopf. »Wahnsinn, oder?«

»Ich hab vollkommen vergessen, wie wenig Sterne man in New York sieht.«

Cam schlug die Tür zu und verriegelte den Wagen. Dann nahm er mich an der Hand und stieg über das niedrige Tor, das definitiv schon bessere Tage gesehen hatte. Ich deutete auf das rote Schild. »No Trespassing – du brichst hier gerade das Gesetz, das ist dir klar?«

»Wo ist dein Abenteuersinn?«

»Ging mit den Schusswaffengesetzen abhanden. Mir liegt was an meinem Leben.«

»Na, komm schon. Hier ist weit und breit niemand, es ist mitten in der Nacht, und wir fahren ja nicht mit dem Auto über das Gelände.«

»Aber wenn wir erwischt werden, fährst du den Fluchtwagen.«

»Selbstredend.«

Ich schwang mich ebenfalls über das Tor auf die andere Seite und konnte nicht leugnen, dass ein aufgeregter Schauer durch meinen Körper fuhr. Ich war viel zu lang nicht mehr draußen in der Natur gewesen. In New York vergaß man zu schnell, dass es noch ein Leben außerhalb gab. Die Stadt war wie ein eigener Mikrokosmos, und man konnte mit Sicherheit problemlos Jahrzehnte darin verbringen, ohne jemals die Stadtgrenzen verlassen zu müssen.

Steine und Staub knirschten unter unseren Sohlen, als wir den Weg entlanggingen. Es war völlig windstill, und nur gelegentliche Geräusche der vorbeifahrenden Autos in unserem Rücken oder das Zirpen der Grillen brachen durch die Nacht.

»Ich weiß nicht, wann ich zum letzten Mal so wenig gehört habe«, meinte Cam flüsternd, als könnte er meine Gedanken lesen.

»Gruselig, oder?«

»Ja, aber auch wirklich schön.«

Ich ergriff wieder seine Hand, und gemeinsam gingen wir schweigend den Weg entlang. Nach dem Tag, an dem so viel gesagt worden war, tat es gut, eine Weile einfach nur existieren zu dürfen. Cams Haut ruhte angenehm warm an meiner, und durch den dünnen Stoff meines Pyjamas fühlte ich mich seltsam befreit und leicht. Auch die Bewegung tat gut, nachdem wir so lang im Flugzeug gesessen hatten. Es war, als lockerte ich nicht nur meine Muskeln und meinen Körper, sondern auch meine Seele.

»Sollen wir uns hier kurz hinsetzen?«, fragte Cam und deutete auf den sandigen Boden. Ich nickte, andere Sitzmöglichkeiten gab es hier ohnehin nicht. Keine Stämme, da hier außer Sträuchern nichts wuchs.

Ich ließ mich neben ihm nieder, legte den Kopf auf den Boden und schaute in den sternenübersäten Himmel. Cam tat es mir gleich, und so beobachteten wir in einvernehmlichem Schweigen das Firmament über uns. Ich kannte mich nicht wirklich mit Sternbildern und dergleichen aus, aber sie zu beobachten, erdete mich stets. Diese unendliche Weite und die Vielzahl der

Lichter, die so weit entfernt von uns waren, schafften es immer wieder, dass meine eigenen Probleme mir ein wenig kleiner und lösbarer vorkamen. Nach einer Weile bemerkte ich, dass Cam nicht länger nach oben blickte, sondern den Kopf zu mir gedreht hatte. Fragend sah ich ihn an.

»Danke, dass ich mitkommen durfte.«

»Danke, dass du es angeboten hast.«

»Ich hatte Sorge, mich aufzudrängen.«

Ich drehte mich ebenfalls zur Seite und schüttelte den Kopf. »Nein«, erwiderte ich mit einem Seufzen. »Was das angeht, sollte eher ich mich entschuldigen. Das in der Bar tut mir leid. Eigentlich nicht nur der Abend, auch alles davor. Es war nie meine Absicht, dich zu etwas zu drängen, was du nicht willst.«

Cams Hand fand meine. »Ich will dich, Shae.« Sein Blick wanderte an meinem Körper hinab zu meinen nackten Beinen. »Selbst jetzt will ich dich.«

»Aber ich bringe dich nicht zum Kommen.«

»Wie oft hattest du schon Sex mit Männern, ohne dass du gekommen bist?«

»Oft.«

Sein Gesicht war meinem so nah, dass ich erkannte, wie er die Brauen hob.

»Aber das ist was anderes.«

»Sollte es nicht sein.«

»Mag sein«, stimmte ich ihm zu. »Aber das ändert ja nichts an der Tatsache, dass ich möchte, dass es dir gefällt.«

»Es gefällt mir. Es fällt mir nur manchmal schwer, mich fallen zu lassen. Das hat rein gar nichts mit dir zu tun.« Er zögerte. »Wobei mich die Situation aktuell noch mehr unter Druck setzt.«

»Ich schätze, meine ganzen Versuche haben nicht gerade geholfen, oder?«

Ich hörte sein Schmunzeln mehr, als dass ich es sah. »Also über die Dessous werde ich mich nicht beschweren.«

»Wie sieht es aus, wenn ich dir sage, dass ich gerade gar keine trage?«

Ich führte Cams Hand zum Saum meiner knappen Schlafshorts und dann darunter hindurch bis zu meinem Hintern. Zischend sog er die Luft ein.

»Auch dann keinerlei Beschwerden«, sagte er, und ich bemerkte amüsiert, wie rau seine Stimme geworden war. Ich hatte also doch eine Wirkung auf ihn.

Cam grub die Finger in meinen Po und zog mich dann auf sich. Nun war ich es, der der Atem stockte, als ich spürte, wie hart er bereits war.

»Sag ich doch«, murmelte er und presste dann seine Lippen auf meinen Hals.

»Es tut mir leid, dass ich daran gezweifelt habe. Dass ich an uns gezweifelt habe.«

»Ist schon okay.« Cam strich mir die Haare hinter die Ohren, die mir ins Gesicht gefallen waren. »Aber wie wäre es, wenn wir es heute entspannt angehen?«

»Okay«, stimmte ich zu. »Du gibst das Tempo vor.«

»Na dann …« In einer fließenden Bewegung hatte er mir die Schlafshorts bis zu den Knien gestrichen. Dann drehte er sich mit mir herum, sodass der sandige Boden sich in meine Pobacken presste. Doch es störte nicht, ganz im Gegenteil. Ein heißes Ziehen breitete sich zwischen meinen Beinen aus. Als Cam die Shorts komplett von meinen Beinen zog und irgendwo hinter uns ins Gestrüpp warf, verstärkte sich die Hitze nur noch. Er legte die Hände um meine Fußgelenke und zog meine Beine auseinander. Den Hauch einer Sekunde später strich er über meine Mitte, und ich stöhnte auf.

»Wie feucht du schon bist.«

»Ja, irgendwie hast du diese Wirkung auf mich.«

»Gut. Ich hoffe, du hast Zeit mitgebracht.«

Bevor ich etwas erwidern konnte, senkte er den Kopf, und seine Zunge fand die Stelle, die er eben noch mit seinen Fingern berührt hatte. Ich drückte meinen Rücken durch, schob mich ihm entgegen und schloss die Augen, nur um sie im nächsten Moment wieder aufzureißen, als seine Zunge meine Klitoris streifte.

»Oh Gott«, stöhnte ich auf. »Aber ich … ich seh nicht, wie das dabei hilft, dass du dich fallen lässt.«

»Tut es.« Er hob seinen Kopf nur kurz, beugte sich über mich und ließ mich spüren, dass er mich genauso sehr wollte wie ich ihn. Doch kaum dass ich meine Finger um die Beule in seiner Hose geschlossen hatte, zog er sich wieder zurück. »Alles zu seiner Zeit. Und jetzt genieß.« Mit diesen Worten presste er mich zurück auf den Boden und sorgte dafür, dass die Sterne über der Wüste Arizonas nicht die einzigen waren, die ich in dieser Nacht sah.

Mittwoch, 19. Juni

Ich verließ unser Apartmentgebäude, checkte noch mal die Uhrzeit und war rundum zufrieden. Heute war einer jener Tage, an denen alles wie am Schnürchen lief.

Ich war fit und erholt aufgewacht, hatte ein tolles Frühstück in der Stille der WG genossen und fühlte mich wohl in meinem Körper. Gestern Abend war ich mit Lily und Dawn im Fitnessstudio gewesen. Sie hatten mir zum Glück nicht das harte Programm zugemutet, sondern mich langsam an die Sache rangeführt, und ich hatte mich ziemlich gut danach gefühlt. Heute Morgen war mein Bauch schön flach, ich hatte nicht das Gefühl, mit Wasser aufgeschwemmt zu sein, und hatte viel mehr Energie. Könnte aber auch daran liegen, dass Shae am Montag abgereist war und man es deutlich merkte, wenn eine Person weniger im Apartment wohnte. Es gab jetzt nicht mehr jede Nacht Sexgeräusche aus ihrem Zimmer, und sogar Tyler hatte niemanden mitgebracht.

Er war generell ziemlich still seit Montag. Als ich ihn nach meinem Training gefragt hatte, ob alles okay sei, hatte er nur knapp mit Ja geantwortet und war in seinem Zimmer verschwunden, um mit Lily zu telefonieren. Sie hatte mir erzählt, dass er sie Montag schon angerufen und über eine Stunde mit ihr geredet hatte. Die beiden schienen sich anzunähern, was ich echt schön fand. Ich mochte Lily und konnte sie mir gut mit Tyler vorstellen.

Ich kam an die Ecke, an der ich üblicherweise nach links abbog, um zur nächstgelegenen Subwaystation zu gelangen. Seit Sonntag jedoch hatte ich mir angewöhnt, eine andere zu nehmen. Die war zwar fünf Blocks entfernt, dafür war sie Caseyfrei. Dem ging ich noch immer aus dem Weg. Ich hatte mich zwar per PN für den Song bedankt, den er mir über Instagram gewidmet hatte, aber mehr Worte hatte ich nicht mit ihm ausgetauscht. Nach wie vor wusste ich nicht, wie ich auf ihn reagieren sollte, dabei war überhaupt nichts Intimes passiert. Ich hatte lediglich das Gefühl, dass er Interesse hatte, konnte mich aber natürlich auch täuschen. Vielleicht war Casey einfach nur höflich und dichtete öfter Geburtstagssongs für Leute. So wie andere gern Blumen schenkten.

»Da so ein Abend vergänglich ist, Musik aber bleiben sollte, kommt hier ein Lied ganz speziell für dich, Evie.«

Seine Worte hatten sich genauso in mich eingebrannt wie der Song, den ich bestimmt schon hundertmal angehört hatte. Vermutlich nicht die beste Methode, um mich von Casey abzulenken, aber seine Stimme beruhigte mich, und sie half mir beim Einschlafen.

Nach einem fast zehnminütigen Fußmarsch erreichte ich die Subwaystation. Heute hatte ich einen Termin Uptown mit einer jungen trans Frau, deren Agentin sich an Greenwood & Steele gewendet hatte. Kathlyn war gerade als eine von drei Hauptrollen in dem neuen Broadwaystück »All My Sorrows« gecastet worden, wo sie mit Neil Patrick Harris und Elliot Page auf der Bühne stehen würde. Sie wollte gern ihre Geschichte in Bildern umsetzen. Ich hatte noch keine Ahnung, wie genau sie es sich vorstellte, aber das würde ich wohl rausfinden. Die besten Ideen kamen mir meistens spontan im Gespräch, und das heute war unser erstes zwangloses Kennenlernen. Ich kramte nach meiner Metrocard und wollte gerade in den Untergrund runter, als ich die Gitarrenmusik und eine sehr bekannte Stimme hörte.

»There once was a girl from Germany, her name was Evie and she did flee.«

Was?

Ich hielt inne, drehte mich um und sah Casey, der lässig an einer Laterne lehnte, ein Bein aufgestützt, die Gitarre in den Händen, ein Lächeln auf den Lippen. Er sang zur Melodie des Wellerman-Songs, der auf TikTok mal viral gegangen war. Allerdings hatte Casey seine eigene Version draus gemacht.

»The winds blew up, so she took her chance, O Evie come back to me.«

Ich blieb stehen, sah ihn verdattert an und lauschte weiter seinem improvisierten Text.

»Soon now my Evie will come, to bring me coffee and a smile and fun, soon now my Evie will come, to take my sorrow away.«

Ich ging auf ihn zu, weil ich das unmöglich ignorieren konnte. Casey grinste noch breiter, schlug die letzten Akkorde an und ließ das Lied verstummen.

»Du hast einen Knall«, sagte ich.

»Und du gehst mir aus dem Weg.«

Ich schluckte trocken, merkte, wie sich meine Wangen knallrot färbten. »N-nicht direkt. Ich muss nur eine andere Subwaylinie nehmen, weil ich einen Termin Uptown habe.«

»Da wirst du aber Pech haben, denn hier hält auch nur A und C, genau wie an der Subwaystation bei dir um die Ecke.« Er deutete mit einem Nicken auf den Eingang. Auf dem Schild darüber prangten die Buchstaben für die Züge. Exakt die gleichen wie bei uns.

»Diese Station ist sauberer?«, probierte ich eine weitere Ausrede. »Ich mag es, morgens ein paar Schritte zu machen.«

»Evie.«

»Okay, okay. Ich geh dir aus dem Weg. Tut mir leid.«

»Bin ich dir zu nahe getreten? Das wollte ich nämlich nicht. Falls dir der Geburtstagssong nicht gefällt, nehm ich ihn wieder offline und …«

»Nein! Ich liebe ihn!« Die Worte platzten so schnell raus, dass ich mich selbst erschrak. »Bitte lösch ihn nicht.«

Casey grinste, und wieder blitzte dieses schöne Grübchen auf seiner Wange auf. Mir wurde warm und kribbelig. Genau das, was ich hatte verhindern wollen.

»Ich bin nur ein wenig … überfordert. Das liegt nicht an dir. Du bist toll.«

Er hob die Augenbrauen.

»Also ich kenn dich zwar nicht sehr gut, aber du wirkst nett. Könnte natürlich auch Tarnung sein, weil du in Wahrheit ein Serienmörder bist, der unschuldige Frauen mit seinen Liedern in die Falle lockt. Wie der Rattenfänger von Hameln. Der sagt dir vermutlich nichts. Ist eine alte deutsche Sage, über so einen Typen, der mit seiner Flöte Ratten angelockt hat, und dann …« Ich hielt inne, holte Luft, lächelte verlegen. »Oh Gott, ich red einfach drauflos. Entschuldige.«

»Ich würde jetzt schon gern wissen, was er mit der Flöte und den Ratten gemacht hat.«

»Es ist keine heitere Geschichte. Er hat nicht nur Ratten gefangen, sondern auch Kinder, die dann nie mehr gesehen wurden. Märchen eben. Die sind ganz schön brutal.« Brutal wie mein Geplapper.

»Also, ich kann dir versichern, dass ich weder ein Serienmörder bin noch mit meinen Liedern Unschuldige verführen mag. Ich wollte dir einfach eine Freude machen.«

»Ist dir gelungen. Wirklich.« Ich fasste an mein Herz, das wild unter meiner Hand pochte. »Ich hab nur nicht genau gewusst, wie ich drauf reagieren soll. Das hat noch nie jemand für mich gemacht.«

»Verstehe.« Er klimperte ein paar Akkorde und ließ die Musik zwischen uns schwingen. Sofort wurde ich ruhiger.

Ich hatte gar nicht bemerkt, wie sehr mir seine Stimme in diesen letzten zwei Tagen gefehlt hatte. Casey war irgendwie zu einer Konstante in dieser Stadt für mich geworden. Er war wie dieses angenehme Hintergrundrauschen, das man ständig vom Verkehr hörte. Man merkte erst, dass was fehlte, wenn es weg war.

»Du … also wegen dem Kaffee, den du im Song erwähnt hast.« Streng genommen schuldete ich ihm noch einen, weil ich in seinem letzten einen Geldschein ertränkt hatte. »Wir könnten …«

Er richtete sich auf und nahm das Bein runter, das er gegen den Laternenpfosten gelehnt hatte. »Ja?«

»Wie wäre es, wenn wir irgendwo gemeinsam einen trinken?« Hatte ich das eben laut ausgesprochen? Warum nur agierte mein Mund so oft, ehe mein Verstand eingreifen konnte?

»Das würde mich freuen.«

»Ich hab nur wirklich gleich einen Termin. Das war keine Ausrede.«

»Okay. Sag mir einfach wann und wo.«

Scheiße, was machte ich denn hier? Mit Casey Kaffee trinken zu gehen, war eine ganz, ganz schlechte Idee. »*Elliot's Bar & Coffee?*«, hörte ich mich sagen. *Stopp, Mund! Stopp!* »Das ist nicht weit von hier, und du bräuchtest kein Geld für die Subway auszugeben.«

»Die könnte ich mir gerade noch leisten, aber *Elliot's* ist fein für mich. Da bin ich öfter.«

»Gut.« Ich zückte mein Handy und sah auf die Uhr. »Also ich könnte gegen zwei dort sein. Da hätte ich eh Mittag gemacht. Um halb vier hab ich den letzten Termin für heute.«

»Sehr vorausschauend, dass du das erwähnst, so bin ich gewarnt, dass du noch erwartet wirst, und muss meine Serienmörderabsichten verschieben.«

»Ja, oder? Hab ich aus Criminal Minds gelernt.«

Er lächelte, ich schmolz. Dieser Typ machte mich fertig, dabei tat er überhaupt nichts Außergewöhnliches. Casey war nicht der Erste, mit dem ich mich zum Kaffee verabredete und ein wenig flirtete. Aber er war der Erste, bei dem es sich so intim anfühlte. So warm und kribbelnd.

»Dann bis später.«

»Ich freu mich.«

Ich nickte, steckte das Handy wieder ein und machte mich auf den Weg zur Subwaystation.

»So now my Evie has come to me, she brought me a smile and spoke to me, in less than two hours we'll meet again, my Evie and I will date.«

»Das ist kein Date«, rief ich ihm zu und lachte.

»Soon now my Evie will see, that I'm not some guy on a killing spree, soon now my Evie will see, that she won't have to run away.«

Um kurz nach zwei betrat ich *Elliot's Bar & Coffee*. Mein Herz flatterte natürlich wie wild, und ich hatte mir bestimmt tausendmal vorgenommen, nicht zu kommen. Ich hatte sogar schon den Instagramchat mit ihm offen gehabt, um ihm zu schreiben. Aber dann hatte ich mir vorgestellt, dass er die Nachricht vielleicht nicht pünktlich bekam und umsonst hier sitzen würde. Also hatte ich mir einen Ruck gegeben und alle Ängste niedergerungen.

Ich mochte diesen Ort. Das Café lag in einer ehemaligen Fabrikhalle. Die Wände waren aus hohen Backsteinmauern, und diese wunderschönen industriellen Loftfenster spendeten viel Licht. Rechts führte eine Wendeltreppe nach oben, wo man ebenfalls auf einem Zwischengeschoss sitzen konnte. Die Bar war gegenüber dem Eingang. Hier konnte man nicht nur Kaffee trinken, sondern auch Lunch essen. *Elliot's Bar & Coffee* lag zwischen der Agentur und unserem Apartment, weshalb wir uns hier oft unseren Kaffee to go holten.

Ich suchte den Raum ab. Es war recht voll, wie immer um diese Uhrzeit.

Casey saß an einem der Zweiertische hinten am Fenster. Die Gitarre lehnte im Koffer neben ihm an einem freien Stuhl. Er blickte auf, als hätte er gespürt, dass ich eingetreten war, und winkte mir zu. Sofort klopfte mein Herz schneller, und meine Hände wurden schwitzig. Die gesamte Subwayfahrt über hatte ich mir überlegt, wie das wohl ausgehen würde. Über was wir quatschen sollten, wie ich mich in seiner Nähe fühlen würde. Ich freute mich zwar immer, neue Leute kennenzulernen und mehr über sie zu erfahren, aber es fiel mir wesentlich leichter, wenn es im Rahmen meiner Arbeit geschah. So wie mit Kathlyn eben. Wir hatten uns gesehen und sofort losgelegt. Über das Leben und die Stadt philosophiert, ehe wir zum eigentlichen Thema gekommen waren. Mir war zwar vorher bewusst gewesen, dass trans Menschen extreme Feindseligkeiten aushalten mussten, aber Kathlyns Berichte übertrafen sämtliche Vorstellungen. Ich hatte nicht gewusst, dass Leute anderen so viel Hass entgegenbringen können.

Ich ging auf Casey zu, die Anspannung steigerte sich mit jedem Schritt, genau wie diese ollen Schmetterlinge, die in meinem Bauch herumflatterten.

Er lächelte – mal wieder. Ich schmolz – wer hätte es gedacht?

Irgendwann würde ich dieses Grübchen mit meinem Finger nachfahren und es … Ich stoppte mich sofort, als ich das Bild vor mir sah, wie ich mich vorbeugte und ihn sanft an der Stelle küsste. So weit würde es ganz sicher nicht kommen.

»Hi«, sagte ich, als ich ihn erreichte.

»Hi. Schön, dass du da bist.«

»Du hattest Zweifel, oder?«

»Kurz. Ja.«

Ich rieb mir über den Nacken, weil Casey mal wieder gespürt hatte, was in mir vorgegangen war. »Und was hättest du gemacht, wenn ich abgesagt hätte? Mir ein anderes Lied gesungen?«

»Nein, dich in Ruhe gelassen. Ich will mich nicht aufdrängen.«

»Oh. Das … das tust du aber nicht.«

»Gut.«

Ich stellte meine Tasche auf dem Stuhl neben mir ab und setzte mich ihm gegenüber.

»Wie war dein Termin?«

»Richtig cool. Kate ist so eine spannende Frau. Sie wird in *All My Sorrows* mitspielen.«

»Von dem hab ich gehört, hat wohl große Chancen auf die Tonys.«

»Ja. Dazu steht sie mit diesen unglaublichen Stars auf der Bühne. Sie hat mir schon gesagt, dass ich sie backstage besuchen kann. Es fasziniert mich immer wieder, was für interessante Menschen ich durch meine Arbeit kennenlerne. Manchmal muss ich mich kneifen, weil ich kaum glauben kann, dass es real ist. Ich meine, das ist doch ein Wunder und …«

Ich hielt inne. Casey hatte seine schönen moosgrünen Augen auf mich gerichtet und schenkte mir seine komplette und ungeteilte Aufmerksamkeit. Warme Schauer glitten über meine Haut, und ich konnte das leichte Zittern nicht unterdrücken.

»Ich plapper schon wieder, oder?«

»Ich mag es. Außerdem ist es toll zu hören, wie du von deiner Arbeit schwärmst.«

»Die sich gar nicht wie Arbeit anfühlt.«

»Umso besser.«

Ich tippte mit den Fingern auf den Tisch und deutete auf die Bar. »Wollen wir?«

»Gern.«

Wir standen auf und gingen rüber zur Theke. Casey wählte einen Cappuccino mit Hafermilch, ich entschied mich für einen Flat White. Dazu zwei Sandwiches mit frischem gegrilltem Gemüse, veganen Falafeln und dem hausgemachten Avocadodip. Ich bestand darauf, zu zahlen, Casey trug dafür die Sachen zurück zu unseren Plätzen.

»Danke für die Einladung«, sagte er.

»Keine Ursache. Wenn du noch etwas magst, sag Bescheid.«

Er nahm sein Sandwich in die Finger und grinste mich über den Rand des Toasts hinweg an. Mein Körper reagierte prompt mit Gänsehaut. Ich räusperte mich und lenkte mich mit meinem Essen ab.

Nach dem ersten Bissen schloss Casey die Augen und gab ein genüssliches Seufzen von sich. »Das ist verdammt lecker.«

Ich freute mich, dass es ihm schmeckte, auch wenn ich ja nicht gekocht, sondern nur vorgeschlagen hatte, dass wir herkamen. Ich biss ebenfalls ab und musste ihm zustimmen. Elliot verstand sein Handwerk.

Wir aßen weiter. Ich überlegte fieberhaft, über was ich mit Casey reden konnte, aber er genoss gerade sein Essen so sehr. Also schwieg ich ebenfalls und konzentrierte mich auf mein Sandwich. Erstaunlicherweise fühlte es sich gar nicht komisch an, sondern eher vertraut. Wieder eine Erfahrung, die mir völlig neu war. Entweder plapperte ich beim Essen oder lenkte mich mit Handy oder Fernsehen ab. Einfach hier so zu sitzen, Casey in die grünen Augen zu sehen und ihn dabei zu beobachten, wie er sein Sandwich genoss, war aber viel besser. Er aß langsam und besonnen, schien jeden Bissen genau zu schmecken. Ich fragte mich, ob er sich mit allen Dingen so viel Zeit ließ … Rasch spülte ich mit Kaffee nach und versuchte, dieses ständige Pochen in mir zu unterdrücken. Brachte nur leider nichts, denn je länger ich mit Casey hier saß, desto mehr wurde mir bewusst, dass ich ihn ziemlich klasse fand. Und das, obwohl wir nicht mal sprachen, sondern nur die Nähe des jeweils anderen in uns aufnahmen.

Irgendwann waren wir jedoch fertig, und ich bedauerte es fast, dass wir diese Stille verlassen mussten. Casey schob seinen leeren Teller weg und stapelte meinen darauf.

»Satt?«

»Und wie. Wobei ich überlege, ob noch ein Muffin reinpasst. Nachtisch geht immer, oder?«

»Absolut.«

»Du solltest dir auch einen für später mitnehmen.«

»Ja, mal sehen, wann ich heute nach Hause komme.«

»Wo wohnst du eigentlich?«

Er blickte mich an. Ich zuckte zusammen. Vielleicht war diese Frage zu intim. Ich erinnerte mich daran, wie ich an meinem Geburtstag schon drum herum geschifft war, weil ich ihm nicht zu nahe treten wollte, falls er kein richtiges Zuhause hatte.

»Ein Stück südlich von hier«, sagte er schließlich. »Bin aber erst seit sechs Monaten in der Stadt.«

»Ach ja, wo warst du vorher?«

»An der Westküste. Bin von San Diego über L. A. die Route hoch nach San Francisco und Seattle gefahren. Eigentlich wollte ich noch nach Vancouver, aber dann hat sich die Möglichkeit ergeben, hierherzuziehen. Ich hab also meine Gitarre geschnappt und bin mit dem Bus quer durchs Land.«

»Wow, wie lange hast du dafür gebraucht?«

»Hab mir sechs Tage genommen. War ein cooler Trip.«

»Aber auch anstrengend, oder?«

Er zuckte mit den Schultern. »Eigentlich finde ich Fliegen anstrengender. Die Leute haben es immer so eilig und wollen möglichst schnell von A nach B kommen, dabei verpassen sie die wahre Magie zwischendrin. Dieses Land hat seine Fehler, ohne Frage, aber es ist wunderschön anzusehen. Wenn du Zeit hast, solltest du auch mal von einer Küste zur anderen fahren.«

»Werde ich. Irgendwann. Erst mal will ich mich hier etablieren.«

»Klingt nach einem guten Plan.«

»Was ist mit dir? Wirst du länger in der Stadt bleiben?«

»Das entscheide ich meistens spontan, aber im Moment gefällt es mir hier außerordentlich gut.« Er nahm seinen Kaffee und trank einen langsamen Schluck. Ich atmete durch, starrte in mein Getränk, damit ich nicht ständig über diese grünen Augen nachdenken musste.

Casey stellte den Becher ab und beugte sich näher zu mir. »Evie.«

»Mh?«

»Fühlst du dich wohl?«

»Was? Ja! Wieso stellst du diese Frage?«

»Weil ich das Gefühl habe, dass du lieber aufspringen und wegrennen würdest, statt hier zu sitzen.«

»Ich ... Nein, das stimmt nicht. Ich bin nur ... Gott, ich bin tierisch aufgeregt.«

»Warum?«

»Wegen dir.«

»Ich will mich nur mit dir unterhalten.«

»Ja, aber du ... deine Lieder und deine Nähe. Das wirft mich aus dem Konzept.«

Er runzelte die Stirn.

»Ich weiß auch nicht, warum. Aber es ist so. Du bist ein netter Typ. Du siehst verdammt gut aus, deine Augen und dieses Grübchen und ...« Ich biss mir auf die Unterlippe. »Das hab ich gerade laut gesagt, oder?«

Er lächelte. Ich rollte mit den Augen. Meine Wangen begannen zu glühen. »Ich finde es schön, mit dir hier zu sein, aber manchmal überfordert mich mein Leben, und dann will ich mich lieber verkriechen. Im Moment passiert so viel bei mir. Mit der Agentur und meinem Job, dann wohne ich in der WG mit Ty und Shae. Brauche bald mal eine eigene Wohnung, finde aber keine, weil es so teuer ist. Ich seh diesen Berg vor mir, der viel zu hoch ist, um ihn zu erklimmen, und verfalle in Schockstarre.« Dazu schrie mich ständig mein Kopf an, dass das mit Casey keine gute Idee war, weil es so enden würde wie immer. Ich würde ihm nicht nahekommen können, dann wäre er enttäuscht, und ab da würde es einfach nur komisch zwischen uns werden. Darauf hatte ich keine Lust.

»Also gut.« Auf einmal stand er auf und lief rüber zur Theke. Ich blickte ihm perplex hinterher, sah aber nicht, was er machte, weil er mir den Rücken zugewandt hatte. Als er sich wieder zu mir umdrehte, hatte er einen Kaffee to go und eine Tüte in der Hand. Mit den Sachen kehrte er zurück an den Tisch und stellte sie vor mir ab. »Kaffee und ein Muffin für dich.«

»Äh, danke?«

Casey nahm seinen Gitarrenkoffer und hängte ihn sich über die Schulter. »Der Nächste geht wieder auf dich. Morgen. Hier. Selbe Uhrzeit?«

»Ich … was?«

»Ich würde dich wirklich gern näher kennenlernen, aber ich will dich nicht überfordern. Also machen wir jetzt einen Schritt nach dem anderen. Du erzählst mir morgen eine Sache über dich und ich dir über mich.«

»Das ist … verrückt.«

»Ich mag verrückt. Passt dir die Uhrzeit?«

Ich zog mein Handy heraus und ging meinen Terminkalender durch. »Lieber um eins.«

»Gut. Ich freu mich.« Er wandte sich zum Gehen, aber ich griff nach seiner Hand. Seine Haut fühlte sich warm und weich an. Er gab einen leisen Laut von sich, als wir uns berührten, und ich hätte schwören können, dass auch er bebte.

»Danke.«

Er verwob seine Finger mit meinen, drückte kurz zu, ehe er mich losließ. »Vielleicht kommst du ja wieder an der alten Subwaystation vorbei. Dann müssen wir beide nicht so weit laufen.«

»Glaube, das lässt sich einrichten.«

Er lächelte. Dieses Mal ohne Grübchen. »Bis morgen, Evie.«

»Bis morgen, Casey.«

Freitag, 21. Juni

»Okay, warte. Damit ich das richtig zusammenbekomme«, sagte ich, während ich mit Evie durch den New Yorker Untergrund ratterte. »Casey und du habt euch zum Lunch getroffen.«

»Ja.«

»Aber du warst zu aufgeregt, um es zu genießen.«

»Total. Ich hab die ganze Zeit nur Müll geredet. Du weißt ja, wie viel ich quassle, wenn ich nervös werde.«

»Eigentlich ist es süß.«

»Süß.«

»Ja, knuffig, charmant. Es ist ein sympathischer Tick von dir. Aber darum geht es jetzt nicht. Zurück zum Lunch. Casey ist aufgestanden und hat gesagt, er will am nächsten Tag wieder mit dir zu Mittag essen.«

»Genau, das war gestern. Wir haben uns erneut bei *Elliot's* getroffen, ich hab den Kaffee bezahlt und er das Essen. Dann haben wir uns hingesetzt und haben schweigend gegessen. Was übrigens echt cool ist, irgendwie schmeckt es viel intensiver.

Danach hat er mich gefragt, welche Musik ich mag. Hab ich ihm beantwortet, und er hat mir erzählt, dass er mal Betriebswirtschaft studiert hat, es aber nicht mehr weitermachen wollte, weil er es zu langweilig fand. Dann ist er aufgestanden, hat mir wieder einen Kaffee ausgegeben und gemeint, dass er sich auf morgen freut. Also heute. Nachher.«

»Was?«

»Das ist merkwürdig, oder?«

»Wie hast du dich denn damit gefühlt?«

Sie hielt inne, starrte einen Moment auf den Boden. »Gut? Glaub ich. Ich war nicht so aufgeregt wie am Tag zuvor. Es … es hat sogar irgendwie Spaß gemacht.«

»Also ist doch alles in Ordnung.«

»Aber wer trifft sich denn bitte zum Mittagessen, redet mit seinem Gegenüber über eine Sache und geht dann wieder?«

»Ihr offensichtlich.«

»Ich meine natürlich, wer außer uns? Hast du so was schon mal gemacht?«

»Nein, aber das hat ja nichts zu bedeuten. Wenn es euch beiden guttut und ihr Spaß dran habt, tobt euch aus. Vielleicht schafft ihr ja beim nächsten Treffen sogar zwei Themen.«

»Du machst dich über mich lustig.«

»Käme mir nie in den Sinn, Evie.« Ich legte mir die Hand aufs Herz. »Schon gar nicht bei etwas, das dir wichtig ist.«

Sie plusterte die Wangen auf und atmete aus. »Ich … ich hab keine Ahnung, wo das hinführt.«

»Musst du doch auch nicht. Lass es einfach auf dich zukommen, mh?«

»So wie du und Lily?«

Jetzt war ich es, der die Luft anhielt und mit den Schultern zuckte. Nachdem ich Lily am Montag angerufen hatte, hatten wir über eine Stunde telefoniert. Sie hatte angeboten, sich mit mir zu treffen, aber mir war es leichter gefallen, übers Handy mit ihr zu reden. Ich hatte ihr zwar nicht gesagt, dass Rhianna in der Stadt war und was sie mir angetan hatte, aber Lily schien es dennoch verstanden zu haben. Sie hatte mich gefragt, wie es mir ging, wie ich mich fühlte, was mir gerade guttat. Es war genau das, was ich in dem Moment gebraucht hatte, um meine Nerven zu beruhigen und zurück zur Arbeit zu kehren, die sich auf meinem Tisch gestapelt hatte.

»Was auch immer zwischen Lily und mir läuft, werde ich wohl noch rausfinden müssen. Im Moment taste ich mich genauso voran wie du mit Casey.«

»Wo trefft ihr euch denn heute?«

»Fünfzigste, Ecke Broadway. In einem kleinen Restaurant. Lily darf ja nicht alles essen, weil sie sich auf diesen Wettbewerb vorbereiten will und auf jede Mahlzeit achten muss.«

»Klingt herausfordernd.«

»Ja, aber sie scheint Spaß dran zu haben.« Ich sah auf meine Uhr. Meine Mittagspause hatte ich für eineinhalb Stunden eingeplant, dann musste ich zurück ins Büro. Owen war noch in einer Telko und brauchte mich erst gegen zwei. Die letzten Tage war ich ihm aus dem Weg gegangen, weil ich verhindern wollte, dass er mich nach Rhianna fragte. Ich war mir nicht sicher, ob Owen mein Unbehagen am Montag gespürt hatte, und falls ja, wollte ich das auf keinen Fall vor ihm ausbreiten. Dass Greenwood & Steele jetzt Geschäfte mit Green Touch Solutions machte, musste ich akzeptieren. Ich wollte diesen persönlichen Kampf nicht in die Agentur tragen, aber gleichzeitig war da dieses nagende Gefühl, dass Rhianna auch andere in den Abgrund zerren könnte, so wie sie es mit mir gemacht hatte. Wenn sie sich dort an jemanden vergehen würde und ich nichts getan hatte, um das zu verhindern, würde ich mir das nie verzeihen.

»Bei dir ist aber sonst alles okay, oder?«, fragte Evie vorsichtig. Sie war gestern und am Tag zuvor schon um mich herumgeschlichen und hatte mich ständig gefragt, ob es mir gut ging. Weder sie noch Ariana wussten bisher, was zwischen Rhianna und mir passiert war. Shae war die Einzige, der ich diese Geschichte erzählt hatte, und selbst das hatte mich alle Überwindung gekostet.

Evie sah mich an, wartete auf meine Antwort, die ich geschickt ausdehnte, denn ich wusste, dass gleich die Station kam, an der ich aussteigen musste.

Ich stand auf und lächelte Evie an. »Mit mir ist alles gut, und ich muss hier raus.«

»Tyler.« Sie griff nach meiner Hand. »Ich bin da, wenn du reden magst, das weißt du?«

»Ja, und danke.« Ich hob ihre Finger an meine Lippen und hauchte einen Kuss darauf. »Irgendwann erzähl ich es dir, aber nicht jetzt. Ich muss das für mich selbst noch sortieren.«

»Okay. Meine Tür, äh … Couch steht dir offen.«

Ich lächelte. »Viel Spaß mit Casey später. Ich bin gespannt, was er dir heute erzählen wird.«

»Ja, danke. Wir treffen uns erst in drei Stunden, aber ich werde berichten.«

Ich ließ Evies Hand los und trat raus in die muffige Luft der Subwaystation. Die Leute wuselten an mir vorbei, huschten in den Zug oder zu ihren nächsten Terminen. Ich fand es immer wieder faszinierend, diesem Flow aus Leben zuzusehen, der in New York seinen ganz eigenen Rhythmus hatte. Hinter mir fuhr die Subway weiter, blies mir die Untergrundluft in den Nacken. Ich seufzte und machte mich auf den Weg nach oben.

Nach wenigen Minuten hatte ich das Restaurant erreicht, in dem ich mit Lily verabredet war. Es war ein kleiner Laden, der zwischen zwei Häusern in einer Nische lag. So war das Restaurant ein Stück nach hinten versetzt und nicht direkt dem Straßenlärm ausgesetzt. Ein großer Baum schirmte zusätzlich eine Seite ab. Vor dem Laden standen vier Tische, und an einem hockte schon Lily und studierte die Karte.

»Hey«, sagte ich und trat näher. Sie blickte auf und lächelte von einem Ohr zum anderen.

»Hi, Tyler. Schön, dass du es geschafft hast.«

»Ich wusste gar nicht, dass du eine Brille trägst.« Ich zeigte auf das Gestell auf ihrer Nase. Ihre blonden Haare hatte sie in einem Pferdeschwanz zurückgebunden, und sie war, wie fast immer, in schicke Trainingsklamotten gekleidet.

»Brauch ich nur zum Lesen. Geht bei mir leider schon früh los.«

»Steht dir gut.«

»Danke.« Sie blickte mich offen an, während ich meine Tasche abstellte und so etwas Zeit schindete. Denn ich hatte keine Ahnung, wie ich Lily begrüßen sollte. Mit einer Umarmung, einem Kuss auf die Wange, oder sollte ich mich einfach hinsetzen?

Sie griff nach meiner Hand, strich sanft mit den Fingern über meine Haut und löste damit einen angenehmen Schauer in mir aus. Ich erwiderte den Druck und nahm ihr gegenüber Platz.

»Wie geht es dir?«, fragte sie.

»Gut, und dir?«

Sie legte die Karte flach auf den Tisch und faltete die Hände darüber. Ihre Augen funkelten hinter ihrer Brille, und das Lächeln von eben war noch nicht von ihren Lippen gewichen. Ich fühlte mich auf einmal von ihr beobachtet. Als würde sie gerade meine Seele abscannen.

»Ist alles klar bei dir?«

»Ja, bei mir schon, aber ich wüsste noch immer gern, wie es dir geht.«

»Hab ich gerade gesagt.«

»Mh, das war die höfliche Antwort.«

»Was?«

»Wie lautet denn die ehrliche?«

»Ich …« Mir wurde warm, weil mich ihre Worte aus dem Konzept brachten. Das war doch immer der Standard, wenn man sich begrüßte: *Wie geht es dir? Gut, und selbst? Kann nicht klagen, danke.* Zurück zum Business.

Lily hob die Augenbrauen, ihr Blick brannte weiter auf meiner Seele. Ich atmete aus, nestelte mit meinen Fingern herum, weil ich nicht wusste, was ich mit ihnen anfangen sollte.

»Es ist okay, wenn du sagst, dass es dir schlecht geht«, half sie mir. »Ich erwarte nicht, dass du freudestrahlend hier auftauchst, wenn es nicht so ist.«

Vermutlich hätte ich damit rechnen sollen, dass sie so etwas auspackte. Lily und ich hatten viel telefoniert in diesen letzten Tagen. Sie hatte meine Stimmung ungefiltert mitbekommen, kurz nachdem ich Rhianna getroffen hatte, und sie hatte sehr feine Antennen.

»Ich bin … das … Das ist gar nicht so einfach.«

»Ich will dich nicht drängen, oder so. Es ist natürlich okay, wenn du nicht drüber reden willst. Ich wollte einfach nur wissen, wie es dir geht.«

»Die Frage ist ganz schön schwer zu beantworten.«

»Eigentlich krass, oder? Wir sind es so gewohnt zu funktionieren. Bloß nie zeigen, was wirklich in unserem Inneren los ist, die Person gegenüber könnte sich ja unwohl fühlen, oder die Stimmung könnte kippen.«

»Ja.« Mir wurde bewusst, dass ich meine Gefühle sehr oft hinter dieser heiteren Maske versteckte. Im Büro, im Alltag, im Gym, sogar zu Hause, wenn Evie mich fragte, was mit mir los war. Ich war Tyler Mitchell, der lustige Kerl, mit dem man jede Menge Spaß haben konnte. Ich hatte immer einen lockeren Spruch auf Lager, war meistens gut gelaunt, genoss das Leben. Oft entsprach dieses Bild auch der Wahrheit. Ich hatte nicht das Gefühl, dass ich anderen etwas vorspielte, aber im Moment schon. Seit ich Rhianna am Montag getroffen hatte, war diese Wunde in mir wieder aufgerissen und blutete unaufhörlich in mein Herz hinein.

»Es … es geht mir nicht gut«, sagte ich schließlich. »Es geht mir sogar richtig beschissen.«

Lily nickte, lehnte sich nach vorne und griff wieder nach meiner Hand. Das Kribbeln kehrte zurück, wanderte meinen Unterarm nach oben bis zu meiner Schulter, meinem Nacken. »Was brauchst du gerade? Reden? Schweigen?«

Mein Magen knurrte lautstark und beantwortete die Frage für mich. Lily lachte und reichte mir die Speisekarte. »Außer Essen.«

»Ich weiß es nicht.«

Sie nickte. »Wichtig ist, dass du den ersten Schritt in diese Richtung machst und anerkennst, dass etwas nicht stimmt.«

Ich atmete durch und musterte Lily. Sie wirkte so ruhig und gesetzt. So in sich ruhend.

»Hast du das alles in deiner Therapie gelernt?«

»Unter anderem. Die Therapie hilft dir, diese Probleme zu sehen und von allen Seiten zu betrachten. Die Lösung findest du dann irgendwann selbst. Das Problem an der heutigen Gesellschaft ist, dass viele Menschen nicht mehr wissen, wie man richtig fühlt. Sie spüren nicht, ob sie traurig oder deprimiert sind, ob ihnen etwas fehlt oder alles gut ist. Sie funktionieren nur, stopfen alles in sich hinein und vergraben ihre Gefühle unter diesem Berg aus Alltagssorgen. Wieder richtig fühlen lernen, war meine allergrößte Erkenntnis. Ich hatte mich vorher vor allem abgeschottet und mir eingeredet, dass es mir gut ginge. Blöde Kommentare über mein Gewicht? Was wissen die schon? Ich fühl mich wohl so. Ich hatte mir weisgemacht, dass die anderen mit ihren Worten keine Macht über mich hatten, damit es nicht so wehtat. Damit ich diesen Schmerz nicht fühlen musste. Dabei hab ich es nur schlimmer gemacht und das Monster ständig gefüttert.«

»Ich … ich glaub, das kenn ich. Nicht wegen meines Gewichts, aber wegen … wegen anderer Dinge.«

»Ja.« In ihren Augen lagen so viel Verständnis und Mitgefühl, dass es mir die Kehle zuschnürte. Ich blinzelte, rang um Fassung, weil mich dieses Gespräch mehr aus der Balance warf, als mir lieb war. Ich war jetzt fünf Minuten mit dieser Frau zusammen und hatte bereits das Gefühl, dass sie mich so gut kannte, als wären wir seit Jahren beste Freunde. Irgendwie hatten Lily und ich diese Phase des lockeren Small Talks und der belanglosen Flirts übersprungen und waren gleich ans Eingemachte gegangen.

»Natürlich musst du mir nicht sagen, was genau dich belastet, aber bitte vertrau dich jemandem an. Es brodelt in dir. Ich sehe es.«

»Das tut es wirklich.«

»Du bist nicht allein, Tyler.«

»Ich weiß, ich …« Mein Handy klingelte in meiner Tasche. Eigentlich würde ich es ignorieren, aber es war Zoeys Klingelton, und die störte mich nur in meiner Mittagspause, wenn es wichtig war. »T-tut mir leid. Da muss ich rangehen.«

»Kein Problem.«

Ein Kellner kam an unserem Tisch vorbei, aber Lily gab ihm zu verstehen, dass wir noch einen Moment brauchten. Ich kramte das Handy heraus und nahm ab.

»Zoey, was gibt's?«

»Du musst sofort zurück ins Büro kommen.«

»Was ist passiert? Wurden wir wieder gehackt?«

»Nein. Der Manager von *Beyond Sanity* ist aufgetaucht. Er meinte, er hätte einen Termin mit Owen.«

»Das kann nicht sein, der ist in einer Telko mit einem Geschäftspartner in Seattle.«

»Hab ich gesehen, aber Daniel Carnegie hat mir versichert, dass er heute mit Owen verabredet ist.«

»Nein, das ist erst am Montag.« *Oder?* In Gedanken ging ich rasch Owens Terminkalender durch und versuchte, mich zu erinnern, für wann ich Daniel eingeplant hatte. Er wollte mit Owen über ein weiteres mögliches Konzert mit *Beyond Sanity* sprechen, weil der Abend im MET damals ausgefallen war. »Weiß Owen schon Bescheid?«

»Noch nicht, ich dachte, ich ruf erst dich an.«

»Ich mach mich gleich auf den Rückweg. Bring Daniel einen Kaffee oder so.«

»Schon längst erledigt.«

»Danke. Bin so schnell wie möglich da.« Ich legte auf und griff nach meiner Tasche.

»Probleme?«, fragte Lily.

»Ja. Es tut mir total leid. Mal wieder lass ich dich einfach so sitzen, aber im Büro ist irgendwas schiefgelaufen. Mit einem sehr wichtigen Kunden. Glaub, ich hab einen Termin verpatzt.«

»Dann los. Wir holen das Essen nach.«

»Lily, das ist …«

»Alles außerhalb deiner Komfortzone. Ich sagte dir ja, dass es okay ist. Außerdem sind wir dieses Mal schon dazu gekommen, uns zu unterhalten. Ich würde sagen, wir machen Fortschritte.« Sie lächelte, und mich freute es, dass sie es mit Humor nahm. Das schlechte Gewissen kochte dennoch in mir hoch.

»Wir schaffen das noch.« Ich deutete auf den Tisch, sie und mich. »Versprochen.«

»Ich glaube fest daran.«

»Danke.« Ich schulterte meine Tasche, wandte mich um, hielt jedoch inne. Kurz überlegte ich, dann drehte ich mich zu ihr und hauchte ihr einen Kuss auf die Wange. »Das Gespräch mit dir hat mir sehr gutgetan, und das ist eine ehrliche Aussage.«

»Das freut mich, Tyler.« Sie drehte den Kopf, und für einen Moment waren wir uns so nahe, dass ich mich nur ein Stück nach vorne lehnen müsste, um ihre Lippen zu berühren. Ihr warmer Atem streifte meine Haut, löste eine wohlige Gänsehaut und die Vorfreude auf unser nächstes Treffen in mir aus.

»Bis dann«, murmelte ich, drehte mich um und rief mir ein Taxi.

Zwanzig Minuten später und achtzig Dollar ärmer, weil ich den Fahrer bestochen hatte, Gas zu geben und dabei alle Verkehrsregeln zu missachten, kam ich im Büro an. Es herrschte zwar kein Chaos wie bei dem Hack vor ein paar Wochen und niemand rannte kopflos herum, aber ich spürte die Unruhe bereits beim Eintreten.

»Wo ist Daniel?«, fragte ich Zoey sofort.

»In Owens Büro. Er kam kurz raus, weil er auf Toilette musste, und hat ihn gesehen. Owen hat die Telko unterbrochen.«

»Aber die war wichtig. Die Sache steht knapp vor Vertragsabschluss.«

»Tja, was soll ich sagen? Er hat alles um eine Stunde nach hinten vertagt.«

»Da hat er einen weiteren Termin mit Green Touch Solutions.« Mit Rhianna und diesem Pete. Gestern Abend hatte ich gemeinsam mit Owen die Verträge aufgesetzt, die Rhianna noch unterschreiben musste. Ab nächster Woche wären wir offiziell wieder Geschäftspartner.

»Regelt das einfach«, sagte Zoey. »Ich hab getan, was ich konnte.«

»Ja. Danke.« Ich ging rüber zu meinem Platz und starrte auf Owens geschlossene Bürotür. Mir war übel, obwohl ich nichts zu Mittag gegessen hatte. Außerdem rann mir der Schweiß den Rücken hinunter, weil ich die letzten zehn Stockwerke zu Fuß hochgesprintet war, nachdem der Aufzug auf gefühlt jeder Etage angehalten hatte.

Ich warf meine Tasche unter den Tisch, entsperrte meinen Computer und rief den Terminkalender auf. Tatsächlich stand der Termin mit Daniel Carnegie für Montag drin. Genau wie ich vermutet hatte. Warum also war er heute aufgetaucht? Ich checkte meine Mails und suchte im Gesendet-Ordner nach der, die ich seiner Assistentin geschickt hatte.

»So eine verdammte Scheiße.«

Ich hatte ihr das falsche Datum genannt. 21. Juni statt den 24. *Fuck. Fuck. Fuck.*

Wäre es irgendein kleinerer Termin gewesen, den ich verpatzt hatte, wäre es zwar ärgerlich gewesen, aber noch zu verkraften. Aber das mit Daniel war eine Katastrophe. Der Mann war fast nur unterwegs, und wir hatten im Vorfeld schon zwei Wochen gebraucht, ehe wir den passenden Termin gefunden hatten.

Beyond Sanity auf einem unserer Events überhaupt dabei zu haben, war wie ein Sechser im Lotto. Die Band war gefragter denn je, tourte um die Welt und füllte Konzerthallen mit Tausenden von Menschen. Sie warteten also nicht gerade darauf, dass wir für sie Zeit hatten. Das war reine Kulanz von ihrer Seite aus, weil es ihnen leidtat um den verpassten Termin im MET.

Ich rieb mir über die Stirn, hinter der es zu pochen begonnen hatte. Seit ich zu Beginn dieser Woche Rhianna begegnet war, kam es mir vor, als hätte ich jeglichen Halt unter den Füßen verloren. Es konnte doch nicht sein, dass diese Frau mir schon wieder das Leben schwer machte. Sie schon wieder ihre Macht über mich ausübte, obwohl wir nicht mal mehr zusammenarbeiteten.

Die Tür hinter mir ging auf. Ich zuckte zusammen und drehte mich auf meinem Stuhl um.

»Danke, dass das so kurzfristig geklappt hat«, sagte Daniel und schüttelte Owens Hand.

»Der Dank liegt voll und ganz auf unserer Seite. Tut mir leid, dass es etwas hektisch war.«

»Kein Problem. Bin ich gewohnt. Ich prüfe die letzten Formalitäten, bespreche alles mit der Band, dann können wir die Sache festzurren. Denke, dieses Mal bekommen wir den Gig hin.«

»Ich freu mich drauf.«

»Wir uns auch.« Daniel wandte sich von Owen ab, nickte mir zu und verließ das Büro. Ich blickte ihm nach, spürte aber Owens brennenden Blick in meinem Rücken.

»Tyler.«

Mehr musste er nicht sagen. Ich erhob mich, ging mit steifen Schritten in sein Büro und lauschte dem leisen Klick, als er die Tür schloss.

»Es tut mir leid«, schoss ich sofort los. »Das war mein Fehler. Ich hab dem Management den falschen Termin genannt. Keine Ahnung, wie das passieren konnte. Ich … Du hast alles Recht, sauer auf mich zu sein.«

»Setz dich bitte.« Er deutete auf die Couch, die an der linken Wand seines Büros stand. Ich schluckte trocken und nahm Platz.

Owen wählte den Sessel gegenüber. Ungewöhnlich für ihn, normalerweise saß er hinter seinem Schreibtisch.

»Was ist mit deiner Telko?«

»Die geht erst in zwanzig Minuten weiter.«

»War … war das ein Problem?«

»Keins, das wir nicht geregelt bekämen.«

Ich nickte, stemmte die Ellbogen auf die Knie und wippte unruhig mit den Füßen auf und ab.

»Was ist mit dir los, Tyler?«

»Ich hab einfach nicht aufgepasst.«

»Ich meine nicht nur diesen Termin. So was kann passieren. Ich meine, was mit dir diese Woche los ist?«

»Was?«

»Seit du mir am Montag die Verträge in die Hand gedrückt hast, stehst du neben dir.«

»Ich …«

»Ich will mich nicht in dein Leben einmischen, und falls du gerade private Probleme hast, sag nur ein Wort und wir beenden dieses Gespräch. Ich hab aber das Gefühl, dass es etwas mit Rhianna Priceton und Green Touch Solutions zu tun hat.«

»W-wie kommst du darauf?«

»Weil du jedes Mal genauso wie jetzt reagierst, wenn wir über die Firma reden. Nicht erst seit Montag, auch schon vorher. Du hast in deiner Bewerbung verschwiegen, dass du für sie gearbeitet hast, verziehst jedes Mal das Gesicht, wenn jemand *Funvironment* sagt. Du tust es schon wieder.«

Ich fasste an meine Wangen und bemühte mich um einen neutralen Ausdruck. »Ich … es … Es war einfach eine schwere Zeit für mich. Dort zu arbeiten, mein ich. Das war nicht leicht. Es sind einige Dinge vorgefallen.«

»Dinge, die eine mögliche Geschäftsbeziehung zwischen der Agentur und Green Touch belasten könnten?«

»Nein, das hat nichts damit zu tun. Eher private Sachen. Zwischen … zwischen Rhianna und mir. Wir haben nicht das beste Verhältnis.«

»Verstehe.« Er lehnte sich zurück und faltete die Hände vor seinem Bauch. Wie vorhin bei Lily hatte ich das Gefühl, in einen Sog zu geraten. Meine Augen brannten, genau wie mein Herz. »Mein oberstes Anliegen ist, dass sich die Leute, die für mich arbeiten, wohlfühlen. In allen Belangen. Jeffrey und ich haben es uns damals zur Aufgabe gemacht, nicht nur Arbeitsplätze zu schaffen, sondern einen Ort, an dem man sicher ist. An dem man sich verwirklichen kann und an dem man anderen vertraut.«

»Das ist euch gelungen. Du weißt, wie gern ich hier arbeite.«

»Und ich habe das Gefühl, dass seit Montag diese Leidenschaft ein wenig in dir erstickt wurde.«

Ich schüttelte den Kopf, rieb mir über die Stirn und wünschte, ich hätte mir eine Kopfschmerztablette eingeworfen. »Der Deal mit Green Touch Solutions ist großartig. Allein schon, wenn unser Logo in die App mit eingebunden wird, werden unsere Klickzahlen nach oben schießen. Ich … ich komme schon klar, und ich verspreche, dass ich mich mehr zusammenreißen werde.«

»Du sollst aber nicht nur klarkommen, du sollst dich wohlfühlen.«

»Tu ich.«

»Tyler …«

»Wirklich. Es war nur ein Schock, Rhianna zu sehen, das muss ich zugeben, aber was auch immer zwischen uns vorgefallen ist, wird meine Arbeit nicht belasten. Nicht mehr. Ich checke künftig alles dreimal, ehe ich es verschicke.«

»Darum geht es nicht.«

Ich wippte weiter mit den Füßen auf und ab und war kurz davor, aufzuspringen, weil mir alles die Luft abschnürte. Ich ertrug weder Owens Blicke noch sein Verständnis oder seine

Fragen. »Darf ich … ist es okay, wenn ich …« Ich deutete auf die Tür.

»Natürlich. Nimm dir für heute Mittag frei.«

»Das meinte ich nicht, ich hab noch einiges auf dem Tisch liegen.«

»Tu es, Tyler. Ruh dich aus. Genieß dein Wochenende.«

»Aber …«

Er hob eine Augenbraue, und mir war klar, dass jede weitere Diskussion zwecklos war. Also stand ich auf, nickte ihm zu und verließ sein Büro.

Sonntag, 23. Juni

»Mach's gut, Schatz! Und pass auf dich auf!«

»Das werd ich, Dad«, erwiderte ich, als er mich aus der Umarmung entließ.

»Und du auch, Cam.« Meine Mom drückte ihn fest an ihre Brust, und das Lächeln auf Cams Gesicht brachte mein Herz zum Flattern. »Auf dich und auf unsere Kleine. Zweitkleinste«, korrigierte sie sich und sah zu Em, die mit den Augen rollte.

Ich trat zu meiner Schwester und zog sie zum zweiten Mal an mich. »Komm mich ganz bald besuchen, ja?«

Ich spürte ihr Nicken an meiner Wange. »Das mach ich.«

»Ich werd dich jeden Tag anrufen.«

»Wirst du nicht«, widersprach sie. »Und das ist auch gut so, sonst mach ich mir Sorgen.« Sie ließ mich los und sah mich ernst an. »Und du machst dir bitte ein bisschen weniger davon, ja?«

»Kommt drauf an«, sagte ich ehrlicherweise. Denn so positiv Emely nun auch klingen mochte: Mir war klar, dass noch ein weiter Weg vor ihr lag. Was Laurence anging, aber auch ihr Verhältnis zu sich selbst und ihrem Körper.

»Ich bleibe wie besprochen erst einmal bei Mom und Dad … Aber ich werde ab morgen wieder arbeiten, ich glaub, das tut mir gut.«

»Ja, Ablenkung hilft sicher … aber mach langsam, ja?«

Ich kassierte ein erneutes Augenrollen. »Meine Güte, Shae, ich bin nicht krank. Dad lässt mich doch eh nicht lang genug aus den Augen, um etwas Dummes anzustellen.«

Sie lachte, doch wir wussten beide, dass es der Wahrheit entsprach. Dad hatte auch angekündigt, bei Ems Treffen mit Laurence anwesend zu sein. Am liebsten wäre es ihm wohl gewesen, seine Tochter würde den Kontakt komplett abbrechen, doch nach einigen anstrengenden Gesprächen in den letzten Tagen waren wir alle zu dem Schluss gekommen, dass es Dinge zu klären gab – unter Überwachung unseres Dads. Emely behagte der Gedanke offensichtlich nicht, doch mir war sehr viel wohler mit dem Wissen, dass sie nicht allein mit Laurence sprechen würde. Mir war klar, dass Laurence kein durchweg böser Mensch war und dass er Hilfe brauchte, dennoch würde ich ihn nie wieder mit den gleichen Augen sehen können. Das galt wohl für uns alle.

»Ich liebe dich, Em«, sagte ich und unterdrückte den Drang, sie schon wieder zu umarmen.

»Ich dich auch. Aber bei aller Liebe möchte ich die nächsten Wochen trotzdem nicht das Badezimmer mit dir teilen. Also auf, bevor ihr euren Flug verpasst.«

»Na gut.« Da Cam unser Gepäck bereits im Wagen verstaut hatte, blieb mir nichts anderes übrig, als den dreien zu winken, meiner Mom zu versprechen, mich zu melden, sobald ich sicher in New York gelandet war, und dann in den Pick-up zu steigen.

»Erschöpft?«, fragte Cam, als ich mich mit einem Seufzen auf den Beifahrersitz sinken ließ und anschnallte.

»Wehmütig. Glücklich. Ein bisschen erschöpft vielleicht von letzter Nacht«, fügte ich mit einem Grinsen hinzu. Dass Cam den Wagen für die ganze Woche gemietet hatte, hatte sich als praktisch erwiesen – ebenso wie die Ladefläche des Pick-ups.

Cam erwiderte das Grinsen. »Alles andere hätte mich auch wirklich enttäuscht.«

Unser Sex-Problem hatten wir definitiv behoben. Oder besser gesagt: Ich hatte eingesehen, dass es nie eines gegeben hatte, sondern meine Vorstellung von Sex erstaunlich verstaubt gewesen war. Das wiederum war wohl kein Wunder bei allem, was Medien und Pornos uns so beibrachten. Ob das ein mögliches Thema für die nächste Ausgabe von *Concrete Jungle* werden könnte?

»Du darfst dein Diensthandy wieder einschalten.«

»Was?« Irritiert blickte ich zu Cam, um dessen Augen sich Lachfältchen gebildet hatten.

»Du hast doch gerade an die Arbeit gedacht.«

»Bin ich so leicht zu durchschauen?«

Anstelle einer Antwort warf er mir nur einen amüsierten Blick zu, bevor er sich wieder auf den Verkehr konzentrierte.

»Na gut, ich check nur mal kurz, was die Woche alles passiert ist.«

Zwar hatten Ariana, Tyler und Evie mir immer wieder Updates geschickt, jedoch hatten sie das Thema Arbeit weitgehend gemieden. Tyler war generell etwas kurz angebunden gewesen, und ich konnte es kaum erwarten, ihn endlich wiederzusehen.

Ich schaltete das Diensthandy an und spürte bei den etlichen E-Mails, die in meinem Postfach lagen, erstaunlicherweise Nervenkitzel. Ein Lächeln legte sich auf mein Gesicht. Das war etwas, was ich von meinem alten Job bei *All of Phoenix* gar nicht gewohnt war. Da war es viel eher so, dass ich die Sonntage so weit ausgedehnt hatte wie möglich und den Gedanken an Montag vor mir hergeschoben hatte. Niemals wäre es mir eingefallen, an meinem letzten Urlaubstag die Mails zu checken. Jetzt jedoch spürte ich Vorfreude und Stolz – weil ich angekommen war. Weil ich tat, was ich liebte. Und weil es genau dieses Gefühl war, das Onkel Jeffrey immer versprüht hatte, wenn er von seiner Arbeit sprach. Und nun war ich es, die es spürte.

»Du hast es vermisst, oder?«

»Hör auf, meine Gedanken zu lesen«, protestierte ich. »Das wird langsam lästig.«

Cam lachte nur und bog auf die Spur in Richtung Flughafen ab, während ich eine E-Mail von Evie mit dem Betreff *DIE BESTEN FOTOS, DIE DU JE GESEHEN HAST* 😍 🎆 öffnete. Gott, ich hatte diese Truppe vermisst!

Ich klickte auf den beigefügten Link und stieß wenige Sekunden später, als die Bilder geladen waren, ein *Wow* aus. Evie hatte nicht zu viel versprochen.

»Gute Neuigkeiten?«

»Sozusagen. Evie ist die beste Fotografin auf diesem Planeten, eventuell unseres ganzen Sonnensystems.«

»Das sind wirklich gute Neuigkeiten. Sind das die Ergebnisse vom Shooting an der NYMSA?«

»Ja! Oh mein Gott, das ist Em!« Sie stand zwar hinter Dawn und war daher leicht verschwommen, dennoch hatte ihre Pose so viel Ausdruck, dass ich die Augen weitete. »Ich kann es kaum erwarten, ihr die bearbeiteten Ergebnisse zu zeigen! Oh, Evie hat sogar Einzelaufnahmen der Statistinnen gemacht. Sie denkt echt an alles.« Ich schielte zu Cam hinüber. »Du hast dir für den Flug Podcasts geladen, richtig?«

»Ja, wieso?«

»Weil ich dir dann ausnahmsweise nicht alle fünf Minuten die Kopfhörer aus den Ohren ziehen, sondern dich in Ruhe hören lassen würde.«

»Du willst arbeiten«, stellte Cam trocken fest, doch ich sah seine Mundwinkel zucken.

»Ich will schreiben. Das ist keine Arbeit.«

»Du schreibst für das Magazin, das du auf der Arbeit rausbringst.«

»Na ja, schon. Aber es fühlt sich nicht wie Arbeit an, und dann könnte ich den Erstentwurf sicher morgen schon in die Freigabe schicken. Dawn und die anderen müssen ja auch noch einmal drüberlesen und …«

»Shae«, meinte Cam lachend. »Du musst dich nicht rechtfertigen. Ich liebe es, dass du so dafür brennst.«

»Okay … Wie klingt *Größenlos und Grenzenlos* als Headline? Und als Untertitel so was wie *Wie Selbstakzeptanz uns hilft, den Raum einzufordern, der uns zusteht.*«

»So, als wärst du nur zwei Magazine davon entfernt, den Pulitzer-Preis zu gewinnen.«

Ich stupste ihn gegen den Ellbogen, und Cam ordnete sich lachend in die Spur Richtung Terminal ein. Ich hingegen ließ meinen Blick aus dem Fenster schweifen und begann in Gedanken, einen Brief an meinen toten Onkel zu formulieren. Normalerweise schrieb ich wöchentlich einen, in der letzten Zeit jedoch war das Leben immer wieder dazwischengekommen. Dabei halfen die Briefe mir jedes Mal, mich zu sortieren. Außerdem mochte ich es, in meinen Worten an ihn meine Entwicklung zu sehen. Von der nervösen, ängstlichen Shae hin zu der Frau, die nach New York zog.

Hey, Onkel Jeff, begann ich, und ein Lächeln legte sich auf meine Lippen.

Du glaubst nicht, was in letzter Zeit alles passiert ist. Familiendramen, die ich klären konnte, Sex-Probleme, von denen ich dir als meinem Verwandten lieber nicht berichte, und dann etwas, was dich mit Sicherheit stolz machen würde: das Magazin, das ich gegründet habe? Es läuft richtig gut. Cam hat gerade von einem nahenden Pulitzer-Preis gesprochen. Im Scherz zwar, aber wer weiß schon, was die Zukunft bringt? Mittlerweile traue ich ihr einiges zu. Denn weißt du was? Alles, wirklich alles befindet sich genau am richtigen Platz.

»Ich bin wieder daaa!«

Mit einem breiten Grinsen ließ ich die Tür ein wenig zu schwungvoll ins Schloss fallen und atmete glücklich den vertrauten Geruch unserer Wohnung ein. An Tagen wie diesen war es immer noch unglaublich, dass ich nun in New York lebte, eine eigene Wohnung hatte – nicht länger in meinem alten Zimmer in Phoenix feststeckte.

Ich schob meinen Koffer neben Tylers immenses Schuhregal und lugte um die Ecke in Richtung Wohnküche, doch da war niemand. Vielleicht scoutete Evie neue Orte für einen Fototermin. Ich streifte mir die Sandalen von den Füßen und huschte zu Tylers Tür, doch auf mein Klopfen antwortete auch niemand. Anscheinend waren alle ausgeflogen. Ich hatte mich nicht angekündigt, da meine Zeit in Phoenix erstaunlich smartphonefrei gewesen war. Jetzt fischte ich das Handy jedoch aus der weiten Jogginghose, die ich während des Flugs getragen hatte, und öffnete unseren Gruppenchat.

Shae, 3.14 pm:
Bin wieder daheim und erwarte mindestens einen Sektempfang!

Shae, 3.14 pm:
Oder Kaffee.

Shae, 3.15 pm:
Oder ein Hallo.

Keiner der anderen drei tippte eine Antwort, also ließ ich das Smartphone sinken und rollte meinen Koffer in mein Zimmer, um ihn auszupacken. Für gewöhnlich ließ ich mir damit immer Zeit – zu viel, wenn es nach Tyler ging. Durch das Schreiben des Artikels, dessen Rohfassung ich im Flugzeug beendet hatte, war ich jedoch noch vollkommen im Arbeitsmodus und nahm es lieber direkt in Angriff.

Ich stieß die Tür zu meinem Zimmer auf, und ein glückliches Seufzen drang aus meiner Brust und füllte die Stille des Raums. Die großen Fenster fluteten mein Zimmer mit warmem Licht, und ich konnte es kaum erwarten, mich nachher mit einem Kaffee auf die Feuerleiter zu setzen und einen richtigen Brief an Onkel Jeff zu schreiben. Ich band mir die Haare zu einem hohen Zopf, schaltete etwas Musik an und merkte, wie ich runterfuhr. Zufrieden stellte ich fest, dass Tyler meine Pflanzen nicht ertränkt hatte, und begann, die dreckige Wäsche aus dem Koffer zu suchen, um sie ins Badezimmer zu tragen. Ich hatte gerade Waschmittel in die Maschine gegeben, als ich das Klicken der Tür über die Musik hinweg hörte. Ich knallte die Waschmaschine zu, ohne diese anzuschalten, und raste in den Flur.

»Tyler!«

Ich warf mich in seine Arme, noch bevor er seine Trainingstasche fallen gelassen hatte. So schwungvoll, dass er einen Schritt zurücktaumelte. Es dauerte keine Sekunde, bis er die Umarmung erwiderte und mich fest an sich drückte.

»Ich hab dich vermisst«, nuschelte ich an seiner Brust.

»Du bist wieder da! Du hast gar nicht Bescheid gesagt, ich hätte euch vom Flughafen abholen können. Mit Schild und allem.«

»Ich war kaum am Handy in Phoenix und dachte, ich überrasch euch einfach – hat allerdings nicht geklappt. Warst du im Gym?«, fragte ich und löste mich aus der Umarmung.

Tyler nickte und warf die Tasche in die Ecke, in der zuvor noch mein Koffer gestanden hatte. »Ja. Und Evie ist sicher mit Casey unterwegs.«

»Oha, ich hab echt einiges verpasst. Läuft jetzt so richtig was zwischen den beiden? Dann hat sich die Überraschungsparty für sie ja gleich doppelt gelohnt.«

Tyler erwiderte mein Grinsen, doch etwas war anders. Die Lachfältchen um seine dunkelgrünen Augen fehlten. Der Glanz in ihnen ebenfalls.

»Was ist los?«

»Evie und Casey haben ihr eigenes Ding laufen. Sie treffen sich jeden Tag zum Lunch, reden über ein einziges Thema und trennen sich dann wieder. Du solltest sie mal sehen, wenn sie von diesen Dates – die sie übrigens partout nicht *Dates* nennen will – heimkommt. Sie strahlt von einem Ohr zum anderen und …«

Ich griff nach seiner Hand und stoppte seinen Redeschwall damit. »Das freut mich, aber ich meinte, was ist los mit dir?«

»Was meinst du? Es ist alles gut.«

Ich kannte Tyler genauso gut wie mich selbst. Vielleicht sogar besser. Ich wusste, welche Musicallieder ihn zum Weinen brachten, wie sein erster Kuss gelaufen war und dass er alle E-Mails anklicken und wieder auf Ungelesen setzen musste, weil er die Zahl in der kleinen roten Blase der Mail-App nicht ausstehen konnte. Und genau deshalb wusste ich, dass er log. Etwas war los, und es war ganz und gar nicht gut.

»Erzähl mir lieber von deinem Trip. Wie geht es Emely? Was machen deine Eltern?«

Er streifte die Sneaker von seinen Füßen und schob sich an mir vorbei in Richtung Küche.

»Alles wieder okay«, antwortete ich knapp und folgte ihm. Tyler nahm sich eine Flasche Wasser aus dem Kühlschrank. Als er sich umdrehte und ich nur wenige Zentimeter vor ihm stand, zuckte er zusammen.

»Himmel, Shae. Du kleiner Creep!«

»Es ist sehr wohl etwas los bei dir. Raus damit!«

Schon wieder umrundete er mich und ging davon. Schon wieder folgte ich ihm. Diesmal in sein Zimmer, wo er eines der Fenster zum Lüften aufriss und dann einige große Schlucke aus der Flasche trank. Vermutlich hatte er sich beim Training völlig verausgabt, und die New Yorker Hitze tat ihr Übriges.

»Was muss ich tun, damit du Ruhe gibst?«

»Keine Chance«, gab ich zurück. »Ich folg dir auch aufs Klo und hake dort weiter nach, wenn es sein muss.«

»Wieso glaube ich dir das?«

»Weil du weißt, dass es stimmt.«

Tyler lachte leise. Er tat cool, doch mit jeder Sekunde, die ich regungslos in seinem Zimmer stand und wartete, ihn stillschweigend beobachtete, sackten seine Schultern weiter nach unten.

»Ich habe Rhianna getroffen.«

Ich riss die Augen auf. Ich hatte mit vielem gerechnet: Stress auf der Arbeit, Streit mit Lily – doch nicht damit.

»Was? Wo? Wie geht es dir?«

Eine Weile sah er aus dem Fenster, dann erst drehte er sich zu mir um, und ich konnte die Antwort in seinen Augen lesen, bevor er sie aussprach.

»Nicht so gut.«

Ich ließ mich auf sein fein säuberlich gemachtes Bett fallen und klopfte neben mich auf die freie Fläche. Tyler folgte der stummen Aufforderung und legte sich direkt in voller Länge auf die Matratze. Ich positionierte mich daneben, sah ihn an, schaute dabei zu, wie die Gedanken hinter seiner Stirn rasten, und schwieg.

»Ich wusste ja, dass Greenwood & Steele *Funvironment* nutzt. Jetzt reden sie jedoch über eine Kooperation und wollen eng zusammenarbeiten. Toll für die Agentur, ziemlich beschissen für mich … Ich sollte Owen ein paar Papiere bringen. Dann war sie da. Und jetzt geht sie einfach nicht mehr weg. Sie hat mir sogar schon eine Mail geschrieben, ob wir uns auf einen Kaffee treffen können. Kannst du dir das vorstellen? Taucht hier auf und tut so, als wäre nichts gewesen, und ich bin wieder so … Scheiße, ich sehe sie überall. Ich verwechsle Frauen in der Subway mit ihr, erwarte, dass sie in der Kaffeeküche im Büro steht, ich träume sogar von ihr.« Er schüttelte den Kopf und sah plötzlich nur noch erschöpft aus. »Ich bin ans andere Ende des Landes gezogen, und trotzdem verfolgt sie mich. Es ist wie in diesen Träumen, in denen du so schnell rennst, wie du nur kannst, aber trotzdem kommst du kein Stück voran. Deine Füße kleben am Boden fest, und du kannst dich nicht losreißen, bis du schließlich aufgibst.«

Ich legte meinen Arm um Ty und zog ihn an mich. »Aber du gibst nicht auf. Es tut mir so leid, Tyler. Es tut mir leid, dass ich nicht da war und du da allein durchmusstest. Warum hast du nichts gesagt? Ich wäre sofort zurückgeflogen, das weißt du hoffentlich.«

Tyler vergrub sein Gesicht in meinen Haaren und nickte. »Ja. Aber du bist immer da. Für mich, für deine Schwester, für andere. Ich hatte erst die Hoffnung, dass ich es schon irgendwie verdrängen und weitermachen kann. Aber …«

»Aber das geht nicht.«

»Ja. Ich mache Fehler im Job, schlafe kaum noch …«

»Es tut mir wirklich leid. Kann ich etwas tun? Wir finden eine Lösung, Ty. Notfalls einen neuen Job.«

»Ich bin es so leid, vor dieser Frau wegzulaufen.« Er lachte, doch es lag keine Freude darin. »Mit welchem Zweck auch? Ich gewinne die Sprints, aber sie den Marathon. Sie ist überall; wer sagt, dass sie nicht auch rein zufällig mit der nächsten Firma kooperiert, in der ich arbeite? *Funvironment* geht total durch die Decke, und gerade wollen alle ein Stück vom Kuchen.« Er zögerte, als wäre er unsicher, ob er weitersprechen sollte. Auffordernd nickte ich ihm zu.

»Ich … musste nicht ganz allein da durch. Ich hab mit Lily geredet.« Trotz der Umstände musste ich lächeln, und auch Tylers Blick hellte sich kurz auf. »Sie kennt noch keine Details, aber sie weiß, dass mich etwas belastet. Sie hat mir eine Therapeutin empfohlen. Ich wollte erst nicht hin, weil ich dachte, dass es mir sonst ja gut geht. Ich komm klar. Aber mittlerweile bin ich mir nicht mehr so sicher.«

»Ich halte das für eine sehr gute Idee. Willst du es mal bei ihr probieren?«

»Schon irgendwie. Aber ich hab auch Angst davor.«

»Vor dem Termin? Oder wovor genau?«

»Davor, verurteilt zu werden. Was, wenn die Person mir gegenüber auf ihrem Sessel sitzt und mir nicht glaubt? Es ist so unglaublich schwer zu beweisen, was Rhianna getan hat. Es gibt niemanden, der ihre Übergriffe bezeugen kann. Mein Wort steht gegen das einer erfolgreichen Frau, die an der Spitze ihrer Karriere angekommen ist.«

»Ich verstehe dich. Aber ich bin Expertin im Angsthaben und kann dir aus langjähriger Erfahrung sagen, dass die meisten Ängste sich als unbegründet herausstellen.«

»Ich erinnere dich daran, wenn du wieder die Treppen ins Büro nehmen willst.«

»Das ist was anderes. Der Aufzug wird im September gewartet, bis dahin setze ich keinen Fuß da rein.«

Tyler lachte leise, aufrichtig diesmal, und mir zog sich das Herz zusammen. Es war unfair, dass gerade er da durchmusste. Er, der so viel Gutes in das Leben anderer Menschen brachte. Aber in diesen Dingen gab es wohl keine Fairness.

»Weiß Owen denn Bescheid? Also, über das Geschehene zwischen dir und Rhianna?«

Tyler seufzte lang und tief. All der Frust und die Angst schwangen in diesem Geräusch mit. »So halb. Am Freitag hab ich einen ziemlich beschissenen Fehler in seiner Terminplanung gemacht, und er hat mich daraufhin in sein Büro zitiert, um zu fragen, was los sei. Ihm ist aufgefallen, dass ich die Woche über ziemlich neben mir stand. Der Mann hat echt feine Antennen, was die Stimmung seiner Leute angeht. Wir haben geredet. Ich habe gesagt, dass ich mit Rhianna nicht im Guten auseinandergegangen bin und dieses Kapitel eigentlich in New York abschließen wollte, aber mehr weiß er nicht.«

»Könntest du dir denn vorstellen, dich ihm anzuvertrauen?

Wenn er wüsste, was für ein Mensch Rhianna ist, würde er sicher keine Geschäfte mehr mit ihr machen wollen.«

»Und einen Deal dieser Größenordnung sausen lassen?« Tyler schnaubte. »Das könnte ich nie verantworten. Für die Agentur ist die Zusammenarbeit mit Rhianna eine Goldgrube.«

»Aber für dich nicht.«

»Nein. Das ist allerdings mein Problem, nicht Owens.«

»Ich wünschte, ich könnte mehr tun.«

»Du tust immer so viel, Shae.« Er strich mir durchs Haar, und ich wünschte mit jeder Faser meines Körpers, dass ich ihn beschützen könnte, so wie er es stets für mich getan hatte. Dass ich ihm nur den Hauch dessen zurückgeben könnte, was er tagtäglich in mein Leben brachte. »Hey, wehe, du weinst jetzt. Es geht hier gerade um mich.«

Ich lachte und wischte mir die Träne weg, die sich ohne mein Wissen gelöst hatte. »Entschuldige. Ich bin so stolz auf dich, und ich liebe dich.«

»Ich liebe dich auch. Und ich bin auch sehr stolz auf dich. In erster Linie, weil im Flur kein Koffer mehr herumlag. Wer bist du, und was hast du mit Shaelynn Wright gemacht?«

Ich rollte mit den Augen, wurde dann jedoch noch einmal ernst. Es war typisch Tyler, die Stimmung direkt wieder lockern zu wollen. Doch ich wollte, dass er wusste, dass auch für diesen Tyler Platz war: den unsicheren, der Hilfe brauchte, anstatt sie zu geben.

»Ich begleite dich sehr, sehr gern zur Therapie. Danach lad ich dich auf ein Eis ein, und wir können drüber reden oder auch nicht. Auf jeden Fall musst du da nicht allein durch, ja?«

Er nickte. »Danke, Shae.«

»Willst du …« Ich hielt inne, unsicher, ob es zu viel war, dieses Thema nun auch noch anzusprechen, doch so wie ich vorhin nickte nun Tyler mir auffordernd zu. »Willst du auch rechtliche Schritte einleiten? Gegen Rhianna, meine ich.«

Tyler stieß einen Schwall Luft aus. »Ja. Nein. Ich weiß es

nicht. Ich wünschte, ich hätte die Kraft, auf den Tisch zu hauen, ihr die Leviten zu lesen und sie zur Polizei oder vors Gericht zu zerren oder wo auch immer man mit solchen Menschen hingeht. Aber ...« Er schnaufte. »Ich hab nicht einmal einen einzigen anständigen Satz in ihrer Gegenwart herausbekommen. Es war lachhaft. Sie wird mich auseinandernehmen, und ich kann ihr so gerade nicht gegenübertreten. Ich glaube, ich gehe einen Schritt nach dem anderen. Kümmere mich erst mal darum, dass ich wieder klarkomme, schau mir die Therapie an ... Wenn das geschafft ist, dann seh ich weiter.«

»Das klingt nach einem Plan. Und wie gesagt: Ich bin da. Ariana ist da. Evie ist da.« Ich hob die Brauen. »Und anscheinend ist Lily auch da?«

Nun war das Glänzen zurück in seine Augen getreten, und er rollte sich mit einem Schmunzeln auf den Rücken. »Ja, sieht ganz danach aus, als wäre Lily auch da.«

Donnerstag, 27. Juni

Mir war hundeelend, als ich vor der Tür von Jill Heisenberg stand. Ihre Praxis lag in einem ruhigen Wohnviertel an der Upper East Side. Das Gebäude war im typischen New Yorker Stil gebaut, mit roten Backsteinziegeln, einem Minivorgarten und einem gusseisernen Tor zur Straße hin. Es hatte nur fünf Stockwerke; wenn ich das von den Klingelschildern richtig ablas, war die Praxis die einzige gewerbliche Einheit. Alles andere schienen Privatwohnungen zu sein.

Ich atmete durch, der Geruch nach Rosen und Gras hing in der Luft. Im Hintergrund rauschte der New Yorker Verkehr mit seinem Hupen und den Sirenen. Es war nach wie vor recht warm, aber durch die Bäume, die an der Straße gepflanzt waren, lag das Haus im Schatten, und eine angenehme Brise wehte über mich hinweg. Sie half leider nicht wirklich, den Angstschweiß auf meiner Haut zu trocknen. Ich ballte die Hände zu Fäusten, atmete durch, hob die Hand, um auf die Klingel zu drücken, ließ sie wieder sinken. Alles in mir bebte und zitterte und stand kurz davor zu explodieren. Unsicher blickte ich über meine Schulter, ob mich jemand beobachtete, wie ich mir hier fast in die Hosen machte, aber es war nichts los in der Straße.

Es vibrierte in meiner Tasche. Ich zuckte zusammen und griff nach dem Handy.

Shae, 9.50 am:
> Du schaffst das, Tyler. Wir sind gedanklich bei dir.

Evie, 9.50 am:
> Wir feuern dich an.

Ariana, 9.51 am:
> Layla kreiert gerade einen extragroßen Eisbecher für dich, den sie dir später servieren will. Ich schick dir ganz viel Kraft und Liebe.

Ich schmunzelte. Da wir nicht weit vom *Orchard* entfernt waren, hatte Ariana vorgeschlagen, dass wir uns nach meiner Stunde direkt dort trafen. Die drei hatten ihre Termine extra so gelegt, dass sie Zeit für mich hatten, auch wenn ich ihnen tausendmal gesagt hatte, dass das nicht nötig wäre, aber insgeheim freute ich mich sehr darüber.

Shae, 9.52 am:
> Du bist noch nicht drin, oder?

Tyler, 9.52 am:
> Nein, ich stehe vor der Tür und zittere wie ein Erstklässler vor seinem Gang in die Schule.

Shae, 9.52 am:
> Ich komm zu dir.

Tyler, 9.52 am:

Nein, schon gut. Da muss ich durch. Es ist schön zu wissen, dass ihr da seid.

Es war mein Wunsch gewesen, allein herzukommen, weil ich Zeit für mich gebraucht hatte, um mich zu sammeln. Shae würde mich auch in die Sitzung begleiten, wenn ich das wollte, aber dieser erste Schritt musste aus meiner eigenen Kraft erfolgen. Die erste Hürde, die ich gegen Rhianna nehmen musste.

Shae, 9.53 am:

Wir lieben dich, Ty. Du schaffst es.

Evie, 9.53 am:

♡♡♡♡

Ariana, 9.53 am:

Du bist stärker als deine Angst.

Meine Kehle schnürte sich zu, weil ich die Liebe der drei so deutlich spürte. Es war wirklich so, als stünden sie neben mir. Shae mit ihrer Vertrautheit, Evie mit ihrer Energie und Ariana mit ihrer Ruhe. Kaum zu glauben, dass diese beiden Mädels mir in so kurzer Zeit so ans Herz gewachsen waren. Dass sie ein Teil meiner Seele geworden waren und mich von innen raus wärmten.

Noch immer wussten Evie und Ariana nicht, was genau mich umtrieb. Ich hatte mir schon zigmal vorgenommen, es ihnen zu sagen, aber die Worte waren nicht über meine Lippen gekommen. Vielleicht ja nach dem Termin heute.

Ich steckte das Handy weg, atmete durch und drückte auf die Klingel. Es dauerte nicht lange, bis mir eine junge Frau mit einem roten Lockenkopf, vielen Sommersprossen und einem warmen Lächeln öffnete. Sie war noch kleiner als Shae und musste den Kopf in den Nacken legen, um mich anzuschauen.

»Hi, ich bin Tyler Mitchell, ich wollte zu Dr. Heisenberg.«

»Ah, hi. Kommen Sie rein.«

Das war meine Therapeutin? Sie sah eher aus wie eine Studentin, die sich auf ihre Abschlussparty vorbereitete. Sie trug locker sitzende Jeans, ein Shirt mit einem Herzen aus Glitter vorne drauf und verströmte einen angenehmen Duft nach Zitrone.

Sie ließ mich in den Flur, ich trat an den Briefkästen vorbei und wartete, bis sie mir den Weg wies. Dr. Heisenberg deutete auf eine offen stehende Tür hinter der Treppe. Ich ging in ihre Praxis und blickte mich um. Leise Klaviermusik kam aus Lautsprechern in den Ecken. Die Räumlichkeiten sprachen eine wundervolle, warme und helle Einladung aus. An der Wand gegenüber war ein großes Fenster, durch das man in den Innenhof blicken konnte. Ein Baum versperrte einen Teil der Sicht, aber es sah gemütlich aus.

Dr. Heisenberg schloss die Tür und trat mit einem offenen Lächeln vor mich. Ihre roten Locken hüpften bei jeder Bewegung.

»Setzen Sie sich bitte.« Sie zeigte auf zwei bequem aussehende Ohrensessel am Fenster. »Möchten Sie was trinken? Wasser? Tee? Kaffee?«

»Ich … ich brauche nichts. Danke.« Ich nahm auf dem angewiesenen Sessel Platz, atmete durch und fühlte mich ähnlich überfordert wie bei meinem Bewerbungsgespräch damals für Green Touch Solutions. Die Nächte zuvor hatte ich kaum schlafen können und Shae ein Ohr über den Job abgekaut. Es war ein absoluter Traum für mich gewesen, dort zu arbeiten, weil ich wusste, dass mir viele Türen offen stehen würden, sollte ich es in dieser Firma schaffen. Tja, das Leben hatte andere Pläne gehabt.

Dr. Heisenberg ließ sich mir gegenüber nieder, nahm ein schwarzes Notizheft und klappte es auf. »Wir hatten ja schon per Mail kurz Kontakt. Der Termin heute ist ein Kennenlernen. Sie können mir alle Fragen stellen, die Ihnen auf dem Herzen liegen, und ich schaue, ob ich helfen kann.«

»Ja.« Ich lehnte mich nach vorne, legte die Ellbogen auf den Knien ab und rieb die Hände aneinander.

»Ich ... es ist ...« Ich ließ den Kopf sinken und schüttelte mich. »Tut mir leid, ich weiß gar nicht genau, wo ich anfangen soll.«

»Ich erzähle auch gern erst über mich, wenn es hilft.«

Ich wusste bereits von Lily sehr viel über Dr. Heisenberg und hatte mich natürlich im Netz über sie informiert. Ihre Lehrgänge und Auszeichnungen interessierten mich auch nur bedingt, denn irgendwelche Papiere sagten nichts darüber aus, wie gut sie sich auf mich einstellen konnte.

Ich wollte sie menschlich kennenlernen, herausfinden, ob ich ihr vertrauen konnte, um mich ihr zu öffnen.

Die Sekunden strichen vorbei, wurden zu einer Minute, zu zweien. In meinem Kopf hämmerte es, mir war übel, und ich war dankbar, dass ich noch nichts gegessen hatte.

Tyler, hörte ich auf einmal Rhiannas Stimme in meinem Ohr.

Ich zuckte zusammen, blickte mich um, aber ich war weiterhin mit Dr. Heisenberg allein.

Du willst es doch auch. Hör auf, dich dagegen zu wehren. Du bist schon so hart. Es wird ganz schnell gehen. Du kannst mich auch von hinten ...

»Ich wurde von meiner ehemaligen Chefin sexuell belästigt.« Die Worte sprangen aus meinem Herzen und zertrümmerten die erste Mauer, die ich gegen Rhianna in mir hochgezogen hatte. Ihre Stimme verstummte. Die Erinnerung an damals verblasste. Ich schluckte, murmelte ein leises Fuck, strich mir über die Haare.

»Alles gut.«

Meine Hände zitterten, genau wie mein Herz. Ich hatte keine Ahnung, was gerade mit mir passierte, aber ich merkte, wie die Mauer Stück für Stück brach.

»Das ist ein geschützter Raum«, sagte sie. »Es darf alles raus, was rausmuss.«

Ich schluckte, blinzelte. In mir baute sich ein Druck auf, der unnachgiebig gegen die Mauer presste und sie weiter zerstörte.

»Ich … Es ist schon eine Weile her. Es ist in Phoenix passiert. In meiner alten Firma. Ihr Name ist Rhianna Priceton, die Frau hinter *Funvironment*.« Ich hob kurz den Kopf, um zu sehen, wie Dr. Heisenberg auf diese Info reagierte, denn gefühlt jeder in dieser Stadt kannte meine App.

Sie nickte nur und machte sich eine Notiz. Keine Regung in ihrer Miene, kein Zeichen darüber, wie sie diese Info bewertete. Sie blieb neutral und zurückhaltend, und irgendwie half mir das, weiterzureden. Also erzählte ich von Rhiannas Annäherungsversuchen, von ihren Machtspielchen mit mir, von meinem Weggang aus der Firma und warum ich in New York war. Ich redete und redete, riss dabei nicht nur die Mauer ein, sondern auch den Schorf von dieser alten, vernarbten und hässlichen Wunde.

Irgendwann war ich fertig. Dr. Heisenberg wartete, ließ mir Zeit. Bot mir noch mal ein Glas Wasser an, das ich dieses Mal annahm und auf ex leerte.

»Danke für die Offenheit«, sagte sie. »Ich würde mich freuen, wenn wir weiter zusammenarbeiten und ich helfen kann, diese Sache zu überwinden. Wenn es für Sie auch passt.«

Ich nickte nur, weil ich keine Kraft mehr für Worte hatte.

»Ich checke gleich meinen Terminkalender, und dann schauen wir, wie wir zusammenkommen. Wie klingt das?«

»Gut, ich … Hört es irgendwann auf, wehzutun?«

»Das können wir gemeinsam herausfinden. Wir werden alles geben, dass es so kommen wird.«

Ich sah in mein leeres Glas, nickte, atmete, fühlte. »D-danke.«

Rund zwanzig Minuten später hatte ich die letzten Formalitäten mit Dr. Heisenberg geklärt und trat zurück in die New Yorker Luft. Der übliche Straßenlärm und eine angenehme warme Brise empfingen mich. Ich fühlte mich ein wenig wund innen, aber auch gut. Als hätte ich eine schwere Last dort oben gelassen.

Für einen Moment blieb ich stehen, sog die Eindrücke in mich auf und schloss die Augen. Dass ich je an diesen Punkt kommen würde, hätte ich nicht erwartet. Mein Plan für New York war gewesen, alles so tief in mir zu vergraben, wie ich nur konnte, und nun hatte ich es rausgeholt, auf den Tisch geknallt und hielt die Seziermesser bereit.

Es war ein komisches Gefühl, ich hatte nach wie vor Angst, aber ich spürte, dass ich das nicht allein überwinden musste. Ich wandte mich um, schrieb in den Gruppenchat, dass ich fertig war, und machte mich auf den Weg in die Bar.

Nach einem kurzen Fußmarsch erreichte ich das *Orchard* auch schon und trat ein. Ariana, Shae und Evie hockten am Tisch neben Audrey, die wieder ein Stück gewachsen war, und sogar ein kleiner Ableger kam langsam aus der Erde. Ich winkte Layla zu, die gerade hinter der Bar stand und Gläser polierte, und setzte mich zu den dreien.

»Und?«, fragte Shae als Erstes. Auf dem Tisch stand nicht nur ein gigantischer Eisbecher mit drei verschiedenen Sorten, einem gewaltigen Berg Schlagsahne und Schokostreuseln, sondern auch der Rest des Frühstücks.

Ich ließ mich neben Shae nieder und seufzte. »Es war gut. Genau wie dieser Eisbecher.«

»Lass ihn dir schmecken.« Ariana reichte mir einen Löffel. Ich nahm ihn entgegen, konnte aber noch nicht loslegen.

»Dr. Heisenberg nimmt mich als Patient auf. Wir haben einen Termin ausgemacht, leider erst in drei Monaten, aber ich bin froh, dass es klappt.«

»Gratuliere«, sagte Ariana und hob ihr Glas Wasser an.

»Das klingt toll.« Evie legte mir eine Hand auf den Unterarm und drückte sanft zu. »Ich freu mich, dass du das angehst.«

»Ja, ich mich auch. Fühl mich zwar wie durch den Wolf gedreht, aber es ist eine gute Erschöpfung.«

»Ich bin mir sicher, dass es besser wird«, sagte Shae.

»Lily meinte, die ersten Sitzungen sind immer die intensivsten.«

»Ich bin so stolz auf dich.« Sie griff nach meiner anderen Hand und drückte sie. »Danke, dass du auf dich aufpasst.«

»Danke euch. Weiß nicht, ob ich das so schnell durchgezogen hätte.«

»Dafür sind wir da«, sagte Ariana.

Ich nickte, rieb die Hände aneinander und stürzte mich auf den Eisbecher. Da ich keine Kraft mehr zum Reden hatte, lauschte ich den anderen. Sie plauderten über Alltagssachen und die Arbeit. Evie erzählte von ihrem kommenden Shooting mit Kathlyn, Shae wägte ab, ob sie darüber einen Artikel in ihrem Magazin schreiben sollte, Ariana warf entsprechende Ideen ein, wie man das aufziehen könnte. Mich erfasste ein wohliges Wärmegefühl, als ich den dreien so zuhörte.

»Gehst du heute noch mal ins Büro?«, fragte Shae, als ich fertig mit dem Eis war.

»Nein. Hab Owen Bescheid gesagt, dass ich von zu Hause aus arbeite.« Mir kam das Gespräch in den Sinn, das wir vor Kurzem geführt hatten. Als er mich fragte, ob meine Vergangenheit mit Green Touch Solutions die Geschäftsbeziehung belasten würde. Ich hatte verneint, auch wenn ich am liebsten laut Ja gerufen hätte.

Mein Handy vibrierte. Ich zuckte zusammen, weil ich Angst hatte, es könnte Rhianna sein. Owen hatte ihr meine Kontaktdaten gegeben, um Termine oder Ähnliches mit ihr abstimmen zu können. Ich schluckte und fischte es aus der Hosentasche.

> Ich hoffe, dein Kennenlernen mit Jill lief gut. Ich denk an
> dich. Schreib mir gern, wenn du dich danach fühlst, oder
> ruf an. Ich bin zu Hause und erledige Papierkram.

Mein Daumen schwebte über dem Antwortbutton. Die Wärme,
die Shae, Evie und Ariana in mir hinterlassen hatten, schwoll
weiter an.

Ich blickte auf und musterte die drei. »Ist es okay für euch,
wenn ich mich abseile?«

»Das ist dein Tag, Ty. Was immer dir guttut«, antwortete Shae.

»Ich würde mich freuen, wenn wir heute Abend gemeinsam
in der WG essen, aber ich muss erst noch was erledigen.«

»Bin dabei«, sagte Ariana. »Soll ich Sushi mitbringen?«

»Ja, perfekt.« Ich stand auf, lächelte meine Freundinnen an
und bedankte mich auch bei Layla für den Eisbecher. Sie winkte
mir von der Bar aus zu und polierte weiter ihre Gläser.

»Bis später«, sagte ich und machte mich ein weiteres Mal auf
den Weg durch die Stadt.

Knapp zwanzig Minuten später stand ich vor dem Backstein-
gebäude in einer Seitengasse in Midtown und kämpfte ein zweites Mal an diesem Tag die Nervosität nach unten. Zum Glück
brach mir dieses Mal nicht der Angstschweiß aus, und ich hatte
auch nicht das Gefühl, dass mir mein Essen gleich hochkam. Da
waren viel eher Wärme, Vorfreude, ein angenehmes Kribbeln.
Ich atmete durch und drückte auf die Klingel.

»Hallo?«, erklang eine vertraute Stimme.

»Ich bin es. Kann ich kurz hochkommen?«

Die Antwort gab mir der Buzzer. Ich drückte die Tür auf und
steuerte die Treppe an. Vier Stockwerke weiter oben erwartete
mich bereits die Frau, der ich diesen Tag zu verdanken hatte.
Wäre sie nicht gewesen und hätte mir Dr. Heisenberg empfohlen, hätte ich es sicher noch länger vor mir hergeschoben.

Lily trug weite Jogginghosen, dicke Wollsocken, obwohl es mal wieder ziemlich warm war, ein ausgeleiertes Shirt und ihre Brille. Ich stellte fest, dass Lily tragen konnte, was immer sie wollte, ich fand sie in allen Klamotten wunderschön und anziehend. Meine Finger zuckten, weil ich sie so gern berühren wollte, aber ich hielt mich zurück.

Der Geruch nach gebratenem Reis kam aus ihrer Wohnung.

»Ich stör dich beim Kochen«, sagte ich.

»Nein, hab nur meine Mahlzeiten vorbereitet. Das mach ich immer, damit ich nicht ständig alles kochen muss und ...«

Ich überwand die letzten Schritte zu ihr, legte meine Hände um ihre Wangen und die Lippen auf ihren Mund. Lily zuckte zusammen, ich ebenfalls, weil ich bis eben nicht vorgehabt hatte, derart ranzugehen. Aber ihr Anblick, ihre warme Stimme, ihr Duft hatten mich angezogen. Seit ich sie das erste Mal im Gym gesehen hatte, war ich von dieser Frau fasziniert, und wenn ich ehrlich war, wollte ich seither auch genau das hier tun.

Ihre Lippen wurden weich, sie öffnete den Mund, ließ mich ein. Ihre Hand fand meinen Nacken, sie packte zu. Ich stöhnte leise, vertiefte den Kuss und berührte ihre Zungenspitze. Sie schmeckte nach Zitrone und nach Lily. Nach Geborgenheit, Wärme, Verständnis. Ich kannte diese Frau noch nicht lange, aber ich spürte die Verbindung zwischen uns. Und die war verdammt prickelnd und einladend.

Irgendwann löste sie sich von mir, hielt aber den Kontakt. Ihre Nase streifte meine, ihr Atem tanzte auf meiner Haut.

»Wofür war der?«, fragte sie.

»Für alles. Für dich. Für heute und vielleicht auch für morgen.«

Sie lachte leise, küsste mich noch mal. Härter, fordernder. Ihr Körper kam mir entgegen, ihre Brust streifte meine, ihre Arme schlang sie um mich, bis ich dachte, an ihr zu verglühen. Wir lösten uns ein weiteres Mal schwer atmend voneinander.

»Willst du reinkommen?« Ihre Stimme klang rau und belegt, und mir war klar, wohin das führen würde, wenn ich jetzt Ja sagte.

Ich blickte über ihre Schulter in ihre Wohnung. Sie war nicht sonderlich groß. Eine offene Küche, ein Sofa an der Wand, ein Bücherregal und eine weitere Tür, die vermutlich ins Schlafzimmer führte. Ich schluckte, schloss die Augen und lauschte dem Pochen in meiner Brust und meiner Hose.

»Ist es … ist es okay, wenn wir das verschieben? Ich wollte mich einfach bei dir bedanken. Der heutige Tag war intensiv und fordernd.«

Ihr warmes Lachen traf mich genau im Herzen. »Natürlich. Ich bin hier, wenn du mich brauchst.«

»Danke. Das bedeutet mir viel.«

Sie küsste mich erneut. Kurz. Keusch. Verständnisvoll. Ich atmete ihre Nähe ein und ließ mir diesen verrückten, anstrengenden und heilenden Tag durch den Kopf gehen.

Heute begann was Neues. Ich spürte es.

24
ARIANA

Dienstag, 2. Juli

»Verfluchte Scheiße!«, stieß ich aus und erntete einen pikierten Blick der älteren Dame, die gerade vollbepackt aus dem Target auf die 10th Avenue trat. Im Normalfall hätte ich ihr zumindest einen entschuldigenden Blick geschenkt, doch heute war kein Normalfall. Heute war ein Sonderfall, ein Totalausfall, ein rundum beschissener Tag.

Genau genommen waren die gesamten letzten zwei Wochen alles andere als rosig gewesen, und das Einzige, was mich nach dem Streit mit meinen Eltern bei Laune gehalten hatte, waren Layla und die anderen gewesen. Doch der heutige Tag setzte allem das Krönchen der Scheißigkeit auf. Ein Kunde hatte den Pitch, an dem ich das gesamte Wochenende gesessen hatte, mit einem einzigen niederschmetternden *Da müssen wir noch einmal in eine ganz andere Richtung denken* zerlegt. Jared hatte sich gemeldet, weil meine Eltern ihn angerufen hatten. Ihn. Meinen Ex-Freund, nachdem sie zwei Wochen lang keinen Gedanken an mich verschwendet hatten. Und zu allem Überfluss

282

steckte der Absatz meiner neuen nudefarbenen Pumps, die ein Frustkauf gewesen waren, nun in einem riesigen Haufen Hundekot. Welch Sinnbild für mein Leben.

Ich schüttelte mein Bein, als ob so irgendwas zu retten gewesen wäre, und erntete nun ein Schnalzen der Frau, die mich beobachtete, anstatt einfach ihres Weges zu gehen. Ich konnte es ihr nicht einmal verübeln. Am liebsten hätte ich ihr gesagt, dass ich sonst nicht so war. So fahrig. So laut. So aggressiv. Doch ich fühlte mich, als hätte ich meine Balance verloren und stampfte nun durch mein Leben wie ein Elefant durch den Porzellanladen. Zumindest wurde der Scherbenhaufen um mich herum immer größer.

Mit einem frustrierten Schnauben betrachtete ich die Pumps, die nun alles andere als neu aussahen. Hoffentlich konnte ich sie gleich in der WG waschen. Tyler hatte doch sicher irgendwelche speziellen Reinigungsmittel für Schuhe. Ich beschloss, das Debakel fürs Erste hinzunehmen, und ging mit so viel Anmut, wie in der Situation nun mal möglich war, an der Dame vorbei in den Supermarkt. Ich hatte seit Evies Geburtstag nichts getrunken, doch nach dem heutigen Tag war mir definitiv nach Wein. Nicht gerade die gesündeste Bewältigungsstrategie, aber darüber konnte ich mir Gedanken machen, wenn ich nicht mehr wortwörtlich in der Scheiße steckte.

»Pünktlich wie immer!«, begrüßte Shae mich und nahm mir die Papiertüte mit den drei Flaschen Wein ab. »Eine pro Person? Was hast du vor mit uns?«

»Ist Tyler nicht da?«

Shae schüttelte den Kopf. »Im Gym mit Lily.« Sie wackelte mit den Brauen und spazierte voraus in die Küche. Ich hatte noch nicht einmal die Tür hinter mir geschlossen und merkte dennoch bereits, wie ich mich entspannte. Bei den dreien zu sein, fühlte sich immer mehr wie Heimkommen an. Hier konnte ich mich fallen lassen – ein Gefühl, das mir so, von Quinn und Layla einmal abgesehen, noch niemand gegeben hatte.

Ich zog mir die Pumps von den Füßen, darauf bedacht, nicht in die braunen Überreste zu greifen, stellte einen in den Flur und trug den anderen mit gerümpfter Nase ins Badezimmer.

»Alles okay?« Evie steckte den Kopf zu mir herein.

»Frag nicht.«

»Deshalb so viel Wein?«

Ich gab ein zustimmendes Brummen von mir und hielt den Absatz des Schuhs unter das warme, fließende Wasser. Es brachte exakt nichts.

»Oh shit«, kommentierte Shae.

»Ja, tatsächlich. Wann gewöhnen sich Hundehalter endlich an, die Hinterlassenschaften anständig wegzuräumen?«

»Niemals, schätze ich.«

»Ich hätte doch die aus veganem Leder nehmen sollen«, seufzte ich. »Denkst du, Tyler hat irgendeinen Reinigungsschaum oder so?«

»Unter Garantie, aber ich trau mich nicht an seinen Schuhschrank. Das ist wie ein Altar in der Kirche, manche Dinge sind heilig und sollten unbefleckt bleiben.«

Zu meiner Überraschung stellte ich fest, dass meine Mundwinkel sich hoben. Bei Evies losem Mundwerk schaffte man es eben nie lange, schlechte Laune zu haben.

»Lass ihn einfach da liegen, Tyler wird ja nicht ewig weg sein und kann dann mal schauen. Wein?«

»Wein.«

»Setz dich, ich bring dir einen.«

»Kannst du den weißen zuerst aufmachen?«

»Klar«, rief Shae aus der Küche und zog kurz darauf einen Korkenzieher aus der Schublade.

Seufzend ließ ich mich auf der bequemen Couch nieder, die Evie nach wie vor einen Schlafplatz bot und auch für mich mittlerweile ein Zufluchtsort geworden war. Die abendliche Sonne schien warm durch die großen Fenster in meinem Rücken und malte Muster auf den betongrauen Fußboden. Auf dem Tisch standen bereits Schalen mit Chips und Salzbrezeln, und ein deutscher Krimi lag auf der Couch, die Fernbedienung als Lesezeichen darin.

»Wir dürfen diese Wohnung niemals aufgeben«, beschloss ich.

»Wir?« Lachend stellte Shae die Gläser auf dem Tisch vor mir ab. »Nur Evie wohnt noch hier, und die hat auch kein Mitspracherecht, solange sie sich durchschnorrt.«

»Hey, ich arbeite dran!«, warf diese ein und schenkte uns zu gleichen Teilen Wein ein, bis nur noch ein kleiner Rest in der Flasche war.

»Die Wohnung ist Allgemeingut«, erwiderte ich, während ich nach einem der Gläser griff. »Wir haben zu viel hier drin erlebt.«

»Na gut, dann auf unsere Wohnung und dass sie niemals in fremde Hände gerät!« Shae hob ihr Glas.

»Auf dass deine Schuhe wieder sauber werden und die Bewohner New Yorks die kostenlosen Hundekotbeutel für sich entdecken.«

Ich schmunzelte, zum zweiten Mal an diesem furchtbaren Tag, und stieß mit den beiden an.

»Magst du reden?«, fragte Shae ernster, als ich einen ersten Schluck genommen hatte.

Ich zuckte mit den Schultern. »Ich würde euch nichts Neues erzählen. Die Situation mit meinen Eltern belastet mich, jetzt haben sie wohl sogar Jared erzählt, wie großartig alles läuft, was er brühwarm am Telefon berichtet hat ... aber ich kann mich damit wirklich nicht mehr beschäftigen.« Ich zog eine Grimasse. »Erzählt ihr lieber mal. Evie, wie läuft es mit deinen Dates mit Casey?«

»Das sind ...«

»... keine Dates«, vollendeten Shae und ich zeitgleich den Satz und prosteten uns daraufhin erneut zu.

285

»Aber es läuft gut. Sehr gut, um ehrlich zu sein. Wusstet ihr, dass er mal ein Polo-Turnier gewonnen hat?«

»Polo?« Irritiert zog ich die Brauen zusammen. »Wo das denn?«

»In Florida. Sein Cousin züchtet dort Pferde und veranstaltet wohl auch Turniere.«

»Warte, der Casey, der rund um die Uhr Gitarre spielen muss? Wie kam er denn dazu, Polo zu lernen?«

Evie zuckte mit den Schultern. »Keine Ahnung. Oh, er hat uns auch eingeladen, den 4. Juli bei ihm zu verbringen. Er wollte Barbecue machen. Ich hab schon zugesagt, aber ich würd mich sehr freuen, wenn ihr drei auch kommt. Cam und Layla können natürlich auch mit!«

»Er hat uns …« Shae legte die Stirn in Falten. »Wo wohnt er denn?«

»Weiß ich nicht. Er meinte, es sei schwer zu erklären, und ich solle es mir selbst anschauen.«

»Sein Glück, dass er uns auch eingeladen hat«, erwiderte Shae, »sonst hätte das was von einem Serienkiller.«

»Das hab ich ihm auch schon mal vorgeworfen«, erwiderte Evie grinsend.

»Er spielt Polo und hat offensichtlich eine Bleibe, die groß genug für uns alle ist.« Ich trank einen weiteren Schluck und sah grübelnd aus dem Fenster, hinter dem die Sonne alles in ein warmes Licht tauchte. »Ich dachte ehrlicherweise, dass er finanzielle Schwierigkeiten hat, wenn er rund um die Uhr spielt, um etwas zu verdienen.«

»Ja, stimmt.« Shae nickte. »Ich hab ihm auch schon was gegeben. Arbeitet er denn noch was nebenher?«

»Weiß ich gar nicht«, gab Evie zu. »Wir erzählen uns jeden Tag nur eine Sache. Es ist wie bei einem Adventskalender.«

»Einem was?«, fragte ich und erntete einen empörten Blick von Evie.

»Manchmal vergesse ich, wie amerikanisch ihr seid. Ich bastle euch diesen Winter einen!«

»Darauf stoß ich an«, meinte ich, hob mein Glas und nahm einen weiteren großen Schluck.

»Sicher, dass du nicht reden magst?« Evie beobachtete mich skeptisch.

»Jap. Wieso?«

»Weil du eigentlich nur zu besonderen Anlässen trinkst und jetzt ...« Evie deutete von der Weinflasche zu mir.

»Heute ist ein besonderer Anlass. Ich hatte einen besonders miesen Tag und hab besonders tolle Freundinnen. Und eine von denen erzählt mir jetzt von Arizona! Ich hab bisher nur die Kurzfassung bekommen.«

Dankenswerterweise ging Shae auf meinen Versuch, von mir abzulenken, ein.

»Okay!« Mit einem breiten Grinsen rutschte sie auf der Couch nach vorne. »Aber dafür schenk ich euch auch noch mal nach.« Sie teilte den Rest der Flasche zu gleichen Teilen zwischen Evie und sich auf und schenkte auch mir noch einmal nach, als ich fordernd mein Glas ausstreckte. Ich lehnte mich nach hinten, zog ein Kissen auf meinen Schoß und erlaubte mir, einfach nur auf der Couch zu sitzen und Shaes Geschichte zu lauschen, von der ich schon wusste, dass sie gut ausging.

Womit ich jedoch nicht gerechnet hatte, war das Ende von Shaes Zusammenfassung.

»Und dann hatten wir unglaublichen Sex!«, erzählte sie mit großen Augen. »Leute, Slow Sex ist das neue BDSM!«

Ich lachte auf. »Was?«

Shae sah zu Evie. »Croissant, oder kann ich erzählen?«

Croissant war das Safeword, das Evie und Shae festgelegt hatten, wann immer ihr die Gespräche über den Sex unangenehm wurden. Doch allem Anschein nach hatte die zweite Flasche Wein die Hemmschwelle gesenkt, denn Evie winkte bloß ab und goss sich von der dritten und letzten Flasche ein weiteres Glas ein, bevor sie sie an mich weiterreichte.

»Die Wüste hat uns geheilt! Auch wenn ich euch wirklich nur empfehlen kann, ein Handtuch oder so was in der Art mitzunehmen. Den Sand kriegt ihr wochenlang nicht mehr raus.«

Ich nickte. »Hatte mal Sex am Strand, war unschön.«

»War es aber gar nicht. Es war wundervoll.« Shae seufzte verträumt. »Ich hab ihn viel zu sehr unter Druck gesetzt. Wir haben lange geredet, und irgendwie konnten wir uns danach viel besser aufeinander einlassen.«

»Also ist jetzt alles gut zwischen euch?«

Shae wiegte den Kopf hin und her. »Schon, ja. Aber ich würde ihm trotzdem gern das geben, was er mir gibt.« Sie goss sich ebenfalls ein Glas Wein nach und nippte daran, bevor sie weitersprach. »Ich wollte mir endlich mal eine Gynäkologin hier in New York suchen, damit wir bald nicht mehr mit Kondom verhüten müssen. Vielleicht löst das den Knoten in seinem Kopf auch.«

»Pf, Jared hat mir auch immer versucht zu erzählen, dass ihn das einengt.« Ich ahmte Anführungszeichen mit den Fingern nach und hätte beinahe etwas von dem Rosé auf meinen Rock geschüttet.

»So ein Quatsch! Ne, das hat Cam nie gesagt, aber findet ihr nicht, dass so etwas die Stimmung immer einen Moment lang killt? Panisch in irgendwelchen Schubladen wühlen, nichts finden, halb nackt durch die Wohnung laufen …« Ihr Blick streifte Evie, die sich mit der Hand an die Stirn griff.

»Ich erinnere mich, danke für die Auffrischung«, murmelte sie.

»Siehst du, ich tu das auch für Evie«, meinte Shae grinsend. »Ich hab an die Spirale gedacht.«

»Tut das nicht höllisch weh?« Schon bei der bloßen Vorstellung zog sich alles in mir zusammen.

»Kann sein, aber ich denk auch über ein Tattoo nach, dann wird das die Bestandsprobe! Wie verhütest du denn?«

»Aktuell gar nicht«, gestand ich. »Jared und ich waren schon vor der Trennung länger nicht aktiv gewesen … Ich hab die Pille irgendwann einfach abgesetzt.«

»Und mit Layla …« Shae wackelte mit den Brauen.

»So weit sind wir noch nicht, dass ich mich mit Lecktüchern und dergleichen beschäftigen muss.« Zum ersten Mal an diesem Tag fühlte ich etwas Positives durch mich schießen: Aufregung. Ich hatte gar nicht weiter über den Satz nachgedacht – danke, Wein – und wurde mir jetzt erst bewusst, was er beinhaltete. Nämlich, dass die Chance bestand, dass Layla und ich irgendwann …

»Leck… was?« Evies Blick war eine Mischung aus Neugierde und Reue, nachgefragt zu haben.

»Das schützt beim Oralverkehr«, erklärte ich, führte das Ganze jedoch nicht weiter aus, als ich sah, wie sich ihre Wangen röteten und sie schnell noch einen Schluck aus ihrem Glas trank. Dabei musste sich in ihrem Kopf mittlerweile ein ähnlicher Alkoholnebel befinden wie in meinem. Shae schien es ebenfalls zu bemerken, denn sie bohrte nicht weiter nach, sondern wechselte das Thema.

»Bei welcher Gynäkologin bist du? Kannst du sie empfehlen? Dann spar ich mir die lange Suche.«

»Ja, total. Ich schick dir die Website nachher.«

»Hast du schon jemanden?«, fragte Shae an Evie gewandt.

»Nein, aber brauch ich auch nicht, ich hab nicht vor, in nächster Zeit mein erstes Mal zu erleben.«

»Aber jetzt, da du nicht mehr im Gefängnis landest, sondern dein Visum hast …« Shae stupste Evie gegen die Nase. »… brauchst du ja eh jemanden für die Vorsorge.« Begeistert klatschte sie in die Hände. »Wir könnten zusammen hingehen.«

»Dazu müsstet ihr erst einmal einen Termin gemeinsam bekommen.«

»Die Macht der Freundschaft wird das regeln«, sagte Shae bestimmt.

»Vielleicht hast du genug Wein«, erwiderte ich grinsend und setzte an, ihr das Glas wegzunehmen, das sie jedoch so schnell zurückzog, dass es ein Wunder war, dass die helle Couch unbefleckt blieb.

»Ihr hattet auch nicht gerade wenig!«

»Ja, aber du bist winzig. Wir vertragen mehr. Evie sowieso, sie hat deutsche Gene.« Ich schaute zu Evie und hielt inne, als ich ihr Gesicht sah. »Sorry. Themenwechsel?«

»Nein, das ist es nicht, ich … Ich war noch nie beim Gynäkologen.« Sie hob die Schultern. »Da nie was gelaufen ist.«

»Auch nicht zu Untersuchungen? Abstrich oder so was?«

Sie schüttelte den Kopf, und bei ihrem betretenen, beinahe schuldigen Blick zog sich etwas in meiner Brust zusammen, und ich rutschte näher zu ihr. »Hey, das ist okay.«

»Okay, aber trotzdem wichtig«, meinte Shae auf ihre übliche unverblümte Art. Ich warf ihr einen Blick zu, der so viel wie *Nicht Jetzt* bedeuten sollte, doch Shaes Wein-Filter blendete ihn komplett aus. Sie rutschte ebenfalls näher zu Evie.

»Dann ist das doch die Gelegenheit. Wir machen zusammen einen Termin aus, und ich begleite dich.« Sie seufzte. »Mich hat bei meinem ersten Besuch meine Mom begleitet. Du wohnst mietfrei bei mir. Ich bring dir manchmal sogar Frühstück.« Sie legte eine Hand auf Evies Bein. »Evie, ich *bin* deine Mom.«

Kopfschüttelnd nahm ich Shae das Weinglas ab und stellte es auf den Wohnzimmertisch, konnte mir das Lachen jedoch nicht verkneifen, als ich sah, wie liebevoll sie Evie musterte. Dieser hingegen stand der blanke Horror ins Gesicht geschrieben.

»Es wäre wirklich nicht schlecht, wenn du das mit dem Termin mal angehst. Einfach, um abzuchecken, ob alles okay ist. Da geht's ja gar nicht nur um Verhütung und so«, versuchte ich es etwas sachlicher.

»Ich hätte viel zu viel Angst.«

»Vor der Untersuchung?«, hakte ich nach.

Evie nickte. »Ich … bin nicht so gern nackt. Vor anderen noch weniger.«

»Das versteh ich. Aber du bist auch gar nicht ganz nackt. Du kannst auch einen deiner langen Röcke anziehen und ihn dann erst auf der Liege hochschieben.«

Evies Wangen waren nicht länger errötet, sondern aschfahl. »Mir wird schon schlecht bei dem Gedanken, wirklich.«

»Ach, das ist halb so wild.« Shae klopfte ihr aufmunternd aufs Bein, und ich biss mir auf die Zunge, um bei dem Kontrast, den die beiden bildeten, nicht zu lachen und Evie somit komplett zu verschrecken.

»Was, wenn ich rauskriege, dass ich wirklich komisch bin?«, fragte sie leise, und Shae legte die Stirn in Falten.

»Du bist nicht komisch, Evie. Ich wette, wenn wir im Magazin eine Umfrage starten würden, wie viele Frauen in ihren Endzwanzigern noch Jungfrau sind, würden sich etliche melden. Und genauso viele, wenn es um das Arztthema geht. Das macht dich nicht seltsam. Es hat beides Gründe.« Ihre ernste Miene wich einem Grinsen. »Mir kam gerade *die* Idee, wie wir dir die Angst nehmen.«

»Und wie?«, fragte Evie wenig hoffnungsvoll.

»Ariana, du als Streberin warst früher doch bestimmt in einem dieser Highschool-Theater, oder?«

»Ich hasse es, dass die Antwort darauf Ja lautet«, gab ich mit einem Grummeln zurück.

»Und du trägst praktischerweise einen Rock.«

»Oh nein«, stöhnte ich, als mir klar wurde, worauf Shae hinauswollte.

»Was *oh nein*?« Evie klang alles andere als begeistert.

»Wir spielen dir das Ganze vor.« Shae hob einen Finger, noch bevor Evie protestieren konnte. »Lass mich ausreden! Du musst gar nichts machen, außer sitzen und zusehen. Aber wenn wir dir die Abläufe zeigen, dann bist du vorbereitet für deinen ersten Besuch.«

Ohne eine Antwort abzuwarten und mit deutlicher Begeisterung lief Shae in die Küche und wühlte in der Besteckschublade. Mein Gesichtsausdruck musste nun ähnlich skeptisch wie Evies sein, denn er brachte sogar sie zum Lachen.

»Ha!«, rief Shae und streckte stolz die Rechte empor, als sie zu uns zurückkam. Darin hielt sie eine …

»Was zur Hölle hast du mit der Grillzange vor?«

»Na, die nutzen doch immer dieses silberne Ding, um dich untenrum aufzuhalten.«

»Bitte was?«, rief Evie und sprang auf. »Auf keinen Fall.«

»Untenrum aufhalten war vielleicht nicht die beste Wortwahl«, sagte ich beruhigend. »Shae meint ein Spekulum.«

»Das klingt genauso furchtbar!« Evie hob abwehrend die Hände. »Ich liebe euch, aber das will ich nicht sehen. Wirklich nicht.«

»Dann lässt Ariana ihr Höschen an!«

»Es stand nie zur Debatte, dass ich es ausziehe«, gab ich trocken zurück.

»Okay. Na, dann ist alles bereit! Kommt!« Shae schlug die Greifer der Grillzange klirrend gegeneinander und ging so voraus in Tylers Zimmer. Ich füllte mir noch ein Glas Wein nach, das ich sicherlich brauchen würde, und folgte ihr kopfschüttelnd, aber mit einer Wärme im Bauch, die nicht vom Alkohol rührte. Bei Shaes ansteckender Art war es schwer, meiner schlechten Laune nachzuhängen. Bei Evies Stöhnen, als Shae Tylers braunen Ledersessel in die Mitte des Raums zog, ebenso.

»Rauf da!« Shae klopfte viel zu vergnügt auf das braune Leder, und ich gab mich meinem Schicksal hin.

»Ich mach uns noch etwas stimmungsvolle Musik an.«

Als kurz darauf *Sexual* von NEIKED aus Tylers Boxen erklang und Shae meinen Stuhl in Liegeposition brachte, kam ich aus dem Kichern nicht mehr heraus. Dass sie Evie auf Tylers Bett platzierte und sich im Anschluss so positionierte, dass diese auch einen guten Blick auf uns hatte, half auch nicht gerade, mich zu beruhigen.

»Ich will ja nichts sagen, aber genau so beginnen diese schlechten Pornos.«

»Also den Porno will ich sehen«, erwiderte Shae und klapperte erneut mit ihrer Grillzange. Wir hielten es genau eine Sekunde lang aus, dann brachen wir in prustendes Gelächter aus, in das sogar Evie mit einfiel.

»Ihr habt einen Schaden«, stieß sie aus, und vor Lachen hatte ich Mühe, mein Glas Wein zu balancieren. Tyler würde mich vermutlich töten, sollte etwas davon auf das Leder tropfen.

Shae räusperte sich hörbar, wie um uns zur Disziplin zu ermahnen. »Meine Damen. Evie, vielen Dank, dass du zur Vorstellung gekommen bist. Ariana, bereit?«

»Wehe, einer macht Fotos«, murmelte ich und nahm einen letzten Schluck Wein, bevor ich Shae das Glas reichte. Dann hob ich die Beine an, hielt den Kopf jedoch oben, um nicht zu verpassen, was vor sich ging. Evies Miene hätte im Normalfall für ein schlechtes Gewissen gesorgt, doch dafür war Shae zu sehr bei der Sache. Sie deutete auf den Sessel.

»Normalerweise sind hier noch solche Stützen für die Beine, dann ist es viel entspannter.«

»Das sieht aber gar nicht entspannt aus«, meinte Evie skeptisch.

»Ariana, guck entspannter!«

»Hallo? Das ist anstrengend!«

»Wofür gehst du denn so viel joggen?«

»Das letzte Mal waren meine Beine dabei am Boden, nicht hoch in der Luft!«

Shae winkte ab. »Na ja, jedenfalls …« Sie klapperte laut mit der Zange. »Kommt dann die Grillzange zum Einsatz.«

»Das Spekulum«, warf ich ein, doch Shae brachte mich mit einem »Psht!« zum Schweigen.

»Die Grillzange führe ich jetzt ein und drücke sie auseinander, damit ich besseren Zugang zu Arianas Vagina habe und …«

»Ich glaub, mir wird schlecht.« Evie sah tatsächlich etwas blass aus.

»... und einen freien Blick auf den Muttermund. Das ist wichtig für den Abstrich, weil ...«

»Okay, jetzt wird es sogar mir unangenehm«, murmelte ich. »Kann ich meinen Wein zurückhaben?«

»Während der Untersuchung gibt es keinen Wein!«, sagte Shae bestimmt. »Außerdem sind wir noch gar nicht beim Ultraschall angelangt.«

»Meine Beine werden aber schwer!«

Shaes Antwort war ein aggressives Klappern mit der Zange. Das Geräusch rückte jedoch in den Hintergrund, als die Tür plötzlich leicht knarzte.

»Was zur ...«

Mein Blick schnellte von Shae zur Tür. In der Tyler stand. Unsere Blicke trafen sich, dann sah er von mir zu Shae, die mit erhobener Grillzange über mich gebeugt war, und zu Evie, die aussah, als würde sie am liebsten im Erdboden versinken. Keiner von uns rührte sich. Im Hintergrund sangen NEIKED gerade davon, dass sie nicht genug von dieser sexuellen Anziehung kriegen konnten. Dann trat Tyler langsam einen Schritt zurück und schloss kommentarlos die Tür hinter sich. Einen Augenblick lang war es still, abgesehen von dem Song, der erneut auf Repeat lief. Dann brachen wir alle in schallendes Gelächter aus.

Mittwoch, 3. Juli

Ich stellte das letzte Glas auf das Tablett in der Mitte des Konferenzraumes und ließ meinen Blick über alles schweifen. Wir hatten mehr als genug Getränke, Stifte, Blöcke, Owens Laptop war am Beamer angeschlossen, sodass er seine Präsentation über die Agentur halten konnte. Ich hatte sie am Morgen noch verfeinert, die letzten Details eingearbeitet. Es war alles bereit für den Termin mit Green Touch Solutions.

Mit diesem Pete, den ich nur bei dem kurzen Treffen neulich beim Lunch gesehen hatte, und mit ihr.

Rhianna.

Seit Tagen hing mir der heutige Termin im Magen, und ich hatte gestern kaum ein Auge zugemacht. Dass Shae, Ariana und Evie betrunken komische Dinge in meinem Zimmer veranstaltet hatten, war zwar lustig gewesen, hatte aber nicht unbedingt geholfen. Immerhin waren die drei so dicht gewesen, dass sie nicht mitbekommen hatten, wie es mir ging. Was gut war, ich wollte nicht die Stimmung drücken.

Einfach nur die kommenden Meetings überstehen, dann geht es wieder.

Gestern hatten Rhianna, Owen und unsere Rechtsabteilungen eine lange Telefonkonferenz gehabt, um die vertraglichen Sachen zu regeln. Die Zusammenarbeit von Greenwood & Steele und Green Touch Solutions war für beide Seiten ein absoluter Gewinn. Owen bot ein Netzwerk aus internationalen Influencern, die *Funvironment* über die Landesgrenzen hinaus bekannter machen sollten, und wir würden dafür in der App gefeaturt werden. Selten passte ein Deal derart gut zusammen wie dieser und bot ein Win-win für beide Seiten.

Ich wünschte, ich könnte mich mehr darüber freuen, aber alles, was ich verspürte, waren Übelkeit und Unbehagen.

Die Tür ging auf, und Owens warmes Lachen trat als Erstes in den Raum. Ich schloss die Augen, atmete durch und wappnete mich für das, was gleich kommen sollte. Pete folgte im grauen Anzug, und dahinter war sie. Die Frau, die mich nach wie vor in meinen Albträumen heimsuchte. Rhianna trug einen kurzen eng geschnittenen Rock und eine weiße Bluse. Sie heftete ihren Blick sofort auf mich und löste einen eisigen Schauer in mir aus.

»Tyler, danke für die Vorbereitungen«, sagte Owen gut gelaunt.

»Gern.« Meine Stimme klang belegt und rau, und ich hasste mich dafür.

»Ah, eure Räumlichkeiten sind wundervoll«, sagte Rhianna und sah sich um. »Alles ist so hell und offen gestaltet.«

»Danke«, sagte Owen. »Jeffrey und mir war es wichtig, eine angenehme Arbeitsatmosphäre zu schaffen.«

»Genau wie uns bei Green Touch Solutions«, sagte Rhianna, und ich hätte fast dabei aufgelacht. Die Büros in Phoenix waren schön gewesen, ohne Frage, aber all die Schönheit brachte nichts, wenn sie von der Hässlichkeit regiert wurden.

»Tyler hatte dort ein Eckbüro mit Blick auf den Camelback-Mountain«, fuhr Rhianna fort. »Er hat es geliebt. Vor allen

Dingen abends war es wunderschön. Man sagt über Phoenix, dass es die herrlichsten Sonnenuntergänge zaubert. Vermutlich sieht man davon in New York nicht so viele.«

»New York hat seine schönen Seiten, aber es ist nicht mit der Natur zu vergleichen«, sagte Owen.

»Wo ist denn dein Büro jetzt?«, wandte sich Rhianna an mich, während Pete und Owen zu ihren Plätzen gingen.

»Ich … ich hab keins. Mein Tisch steht vor Owens Tür.«

»Aha.« Sie reckte das Kinn. Die Verachtung triefte aus diesem einen Wort. In meiner alten Firma hatte ich eine gute Stellung gehabt und sogar ein Team von vier Leuten geleitet. Ich hatte mein eigenes Büro gehabt, einen Firmenwagen, viel mehr Geld als jetzt verdient. »Hauptsache, es macht dir Spaß.«

»Tut es.« Ich verlagerte mein Gewicht von einem Fuß auf den anderen und warf Owen einen flehenden Blick zu.

»Mögt ihr was trinken?«, fragte er und deutete auf die Flaschen auf dem Tisch.

»Für mich bitte Wasser«, sagte Rhianna. »Mit Kitzel.«

»Ich nehme einen Kaffee«, sagte Pete.

Owen wollte schon die Tasse und das Glas holen, aber ich winkte ab und kam ihm zuvor.

»Danke, Tyler.«

»Keine Ursache.«

»Deine Aufgaben sind also sehr vielfältig«, sagte Rhianna.

Ich nickte und goss ihr das Wasser ein. Sie trat neben mich. Ihr süßes Parfüm stieg mir in die Nase und den Kopf. Es war dasselbe wie damals. Meine Kehle schnürte sich zu. Der Geruch zog mich direkt in meine Vergangenheit und in ihre Arme.

Tyler. Küss mich.

Ich zuckte zusammen und fuhr herum, aber Rhianna lächelte mich lediglich an. Mir brach der Schweiß aus, und ich konnte nur mit Mühe dem Drang widerstehen, mir über die Stirn zu wischen. Stattdessen reichte ich ihr das Glas. Ihre Finger streiften meine und verwandelten das Blut in meinen Adern zu Eis.

»Sehr nett von dir.«

Ich erstarrte bei der Berührung. Meine Muskeln gehorchten mir nicht mehr, mein Verstand war wie leer gefegt. Alles, was ich noch wahrnahm, war diese Frau mit ihren stechend blauen Augen, die sich tief in meine Seele brannten.

»Mit Milch und Zucker, bitte«, hörte ich auf einmal Pete wie durch einen Schleier sagen. Ich löste mich von Rhianna und griff nach der Thermoskanne, die ich vorhin gefüllt hatte.

Owen bediente sich in der Zwischenzeit ebenfalls am Wasser. Mit zittrigen Händen goss ich den Kaffee in eine Tasse und wollte sie gerade absetzen, als Rhianna mich im Vorbeigehen am Rücken streifte. Ich strauchelte, meine Hand zuckte, und der Kaffee ergoss sich über meinen Arm und den Tisch.

»So eine verdammte …« Ich zischte, weil es ziemlich heiß war.

»Alles in Ordnung?«, fragte Owen sofort.

»Hast du dich verbrüht?«, fragte Rhianna und griff nach meiner Hand. Ich fuhr herum, weil ich ihr entgehen wollte, und schüttete dabei den Restkaffee, der noch in der Tasse gewesen war, über ihre weiße Bluse.

Sie schrie auf, machte einen Satz nach hinten und funkelte mich gleichzeitig an.

»T-tut mir leid!«

»Kannst du nicht aufpassen?«, fragte sie und zog die Bluse von ihrem Körper.

»Wir lassen das sofort reinigen«, sagte Owen. »Tyler, besorg Ersatzkleidung für Rhianna und kümmer dich um alles.«

»Natürlich.« Ich wollte schon gehen, aber sie fasste mich am Ellbogen. Dieses Mal entkam ich ihr nicht.

»Wo sind die Toiletten? Ich muss das abwaschen.«

Ich sah zu Owen, konnte aber nicht genau deuten, was in ihm vorging. Sein Blick war intensiv und fragend.

»I-ich zeig sie dir.«

»Sind gleich wieder da«, sagte Rhianna. »Pete, du kannst Owen ja schon die Vertragsänderungen vorstellen, die wir gestern besprochen haben.«

»Mach ich.«

Rhianna nickte mir zu und verließ gemeinsam mit mir den Konferenzraum. Ich schwankte, spürte ihre Präsenz nagend und viel zu deutlich in meinem Rücken. Wie ein lauernder Wolf schritt sie hinter mir her. Die Härchen in meinem Nacken richteten sich auf, und alles in mir schrie danach wegzurennen.

Wir traten zurück in das Großraumbüro, ich suchte sofort nach Shae, die an ihrem Schreibtisch saß und telefonierte. Sie fing meinen Blick auf. Ich brauchte keine Worte, keinen Hilferuf – in ihrem Gesicht erkannte ich, dass sie verstand. Ihr Mund bewegte sich schneller, sicherlich versuchte sie gerade, die Person am anderen Ende abzuwimmeln. Ich wünschte, ich könnte das Gespräch für sie beenden. Ich wünschte, ich könnte rübergehen und sie um Hilfe bitten. Laut schreien, damit mich irgendwer erlöste, aber das hatte ich damals schon nicht getan. Wer hätte mir auch glauben sollen? Es war nie jemand bei uns gewesen, als sie mir zu nahe getreten war. Mein Wort hätte gegen ihres gestanden, und sie hatte mir klar zu verstehen gegeben, dass sie die Fäden in der Hand hielt.

Solltest du es wagen, jemandem hiervon zu erzählen, mach ich dich fertig, Tyler.

Ich schüttelte mich, schob ihre Worte von damals wieder in diesen dunklen Bereich meiner Seele, wo sie seit Jahren wohnten.

»Da vorne sind die Toiletten.« Ich blieb an der Ecke stehen und deutete auf die Türen am Ende des Flurs. »Ich ruf in der Reinigung an und lass dir eine Ersatzbluse kommen.«

»Hilfst du mir auch beim Saubermachen?« Sie kam näher, ihre Wärme hüllte mich ein, ihr Atem streifte meine Haut. Genau wie dieses verdammte süße Parfüm.

Mir wurde wieder schwindelig und übel. Ihr Finger wanderte an meinem Handgelenk nach oben, sie strich sanft meinen Arm auf und ab. Ich trat nach hinten, spürte aber nur die Wand in meinem Rücken.

»Wir könnten ein wenig in alten Erinnerungen schwelgen? Du und ich.«

»Ich …«

»Damals hat es dir gefallen, heute wirst du es lieben.«

»Tyler«, hörte ich auf einmal Owens Stimme. Ich hatte gar nicht mitbekommen, dass er den Konferenzraum verlassen hatte.

Rhianna machte sofort einen Schritt zurück und ließ mir wieder Platz zum Atmen. Es reichte kein bisschen.

»J-ja?« Fahrig wandte ich mich zu ihm um. Meine Finger zitterten, und ich hatte Mühe, den Augenkontakt zu ihm zu halten. Aber ich tat es dennoch. Die Gedanken ratterten in meinem Kopf. Ich würde so gern schreien, Owen sagen, was diese Frau getan hatte, was für ein Monster hier vor ihm stand.

Zeig sie an! Hilf mir! Tu etwas! Bitte … denn ich hab nicht die Kraft dazu.

Owen zog die Augenbrauen zusammen. Sah kurz zu Rhianna, dann wieder zu mir. »Alles in Ordnung?«

»Natürlich«, sagte Rhianna, ehe ich antworten konnte. »Tyler hat mir nur das Büro gezeigt.«

Ich schluckte. Mein Herz raste, meine Hände ballten sich zu Fäusten. Wieder setzte ich zum Sprechen an, aber es kam nicht ein Wort über meine Lippen. Meine Stimme blieb einfach stumm im Beisein dieser Frau.

»Bringst du bitte den Mustervertrag 2b?«, sagte Owen. Er klang zögerlich. »Wir wollen eine Klausel darin abgleichen.«

»Mach ich.« Ich drehte um, stieß gegen die Wand, schüttelte mich und eilte schließlich davon, wie ein Tier, das man gerade in die Freiheit entlassen hatte.

Beinahe wäre ich mit Shae zusammengestoßen, die nun auch ihr Gespräch beendet hatte und mir entgegenkam. In ihrem

Blick lag die pure Mordlust. Sie funkelte Rhianna über meine Schulter hinweg an.

»Ist alles in Ordnung?«, fragte sie mich sanft.

»Jetzt schon.«

»Ich mach diese Bitch fertig.« Sie setzte sich in Bewegung, doch ich hielt sie am Arm zurück.

»Nicht. Bitte.«

»Aber sie hat dich …«

»Sie ist unsere Geschäftspartnerin. Hier ist nicht der richtige Ort und nicht die richtige Zeit. Ich brauch gerade einfach nur Abstand.«

»Okay. Ich geh mit dir raus, wenn du magst.«

»Muss Owen noch Unterlagen bringen.«

»Das mach ich. Zeig mir, wo sie sind. Ich sag ihm, dass du ein technisches Problem oder so lösen musstest.«

Ich schloss die Augen, spürte sowohl Rhiannas Blick in meinem Rücken, wie auch den von Owen. Aber während ihrer mich beinahe versengte, gab mir seiner Kraft und Vertrauen.

Wie gern wäre ich rübergegangen und hätte Rhianna ins Gesicht geschrien. Wie gern hätte ich der Welt verkündet, was sie getan hatte. Aber ich konnte nicht. Meine Kehle war zugeschnürt, mir rann der Schweiß den Rücken hinab, und meine Hände zitterten.

»Geh schon«, sagte Shae und lächelte mir aufmunternd zu.

Und ich tat genau das.

Donnerstag, 4. Juli

»Das kann nicht stimmen«, sagte ich und sah auf das Apartmentgebäude vor uns.

»515 W 52nd Street, das ist die Adresse, die du uns genannt hast«, erwiderte Tyler.

»Aber das ist so … so …« Ich machte eine ausladende Geste und versuchte, dieses gigantische Gebäude, das geradezu nach Luxus schrie, mit dem passenden Wort zu betiteln. Es war wunderschön, ohne Frage. Beste Lage, gepflegte Grünanlage vor dem Haus und ganz sicher eine atemberaubende Sicht von jedem Stockwerk aus.

»Das ist das Avalon-Gebäude«, sagte Lily. »Richtig nobel und richtig schön. Hab mir da mal eine Wohnung angeschaut, aber die Preise …« Sie ahmte einen Fächer mit ihrer Hand nach und wedelte vor ihrem Gesicht.

Beim Treffen gestern mit Casey hatte ich ihm gesagt, wie nervös ich war wegen heute. Er hatte gelächelt – wie er das immer machte, mit dem schönen Grübchen – und mir versichert, dass es genauso entspannt werden würde wie unsere Lunchtreffen. Als er mir fest in die Augen gesehen hatte, hatte ich aber bemerkt, dass er auch aufgeregt war. Er hatte nicht so lange den Blickkontakt gehalten und öfter auf den Boden geschaut. Ich hatte nach wie vor keine Ahnung, wie er hauste oder was uns gleich erwartete. Casey konnte genauso im Keller dieses Gebäudes sein Zelt aufgeschlagen haben wie in einem der Apartments leben.

»Ich glaube, mir wird schlecht«, sagte ich und atmete durch. »Ich kann da nicht rein.«

»Natürlich kannst du das«, sagte Shae und hakte sich bei mir unter. Ariana trat auf meine andere Seite und nahm den zweiten Arm.

»Wir sind doch bei dir, es wird nichts passieren.«

Ich gab einen verzweifelten Laut von mir und blickte meine Freunde an. Tyler und Lily hatten ihre Hände ineinander verschränkt, Shae und Ariana lächelten mich an. Leider hatten Cam und Layla nicht kommen können. Im *Orchard* war heute eine große Feier zum 4. Juli, und Cam musste bei einer Abendgala im Madison Square Garden schminken. Er meinte, dass er nachkommen wolle, sobald er sich abseilen konnte.

»K-könnte jemand von euch noch mal die Adresse checken? Nur um sicherzugehen, dass wir richtig sind.«

»Klar, gib mir dein Smartphone«, sagte Shae und hielt mir ihre offene Hand hin.

Ich kramte es aus meiner Handtasche, entsperrte es und reichte es ihr. Sie öffnete den Chatverlauf mit Casey. Wir hatten mittlerweile Nummern ausgetauscht, um uns leichter absprechen zu können.

»Oh, schönes Bild von ihm.« Sie deutete auf Caseys Profilbild. Es zeigte ihn irgendwo auf einem Berg sitzend, mit dem Rücken zur Kamera, den Blick auf den Sonnenuntergang gerichtet, die Gitarre in den Händen.

»Ja, das war vor zwei Jahren. Da ist er mit seinem Rucksack und der Gitarre durch Asien gereist.«

Shae lächelte und suchte nach der Nachricht, in der er mir die Adresse genannt hatte. »Stimmt alles. Wir sind definitiv richtig.«

Ich blickte die Straße hoch und runter und versuchte, Casey hier zu verorten.

»Finden wir es doch einfach raus«, sagte Tyler und trat mit Lily auf die Eingangstür zu. Er war seit gestern wieder sehr angespannt, und als ich gefragt hatte, ob alles in Ordnung sei, meinte er nur, dass er Stress im Büro hatte. Als ich Shae danach fragte, ob wir was für ihn tun könnten, verneinte sie und erklärte, dass ein Kunde ihm Ärger machte. Ich hätte gern mehr darüber gewusst, war aber selbst so nervös wegen heute, und außerdem wollte ich Tyler nicht drängen. Wenn er reden wollte, würde er es tun.

Wir folgten ihnen in den Empfangsbereich, der absolut umwerfend aussah. Weißer und brauner Marmor an Wänden und Fußboden, es duftete nach Sandelholz, leise Klaviermusik spielte. Die Möbel waren aus hochwertigem dunklem Leder und passten perfekt ins Ambiente. Rechts und links waren kleine Sitznischen, die mit Pflanzen so abgetrennt waren, dass man Privatsphäre hatte, aber trotzdem mittendrin war.

Ein schick gekleideter Concierge blickte von dem schwarzen Tresen auf und musterte uns interessiert.

»Hi«, sagte Tyler freundlich. »Wir wollen zu Casey …« Er warf mir einen fragenden Blick zu.

»Äh, Barnes«, sagte ich, weil niemand außer mir seinen Nachnamen kannte.

»Casey Barnes.«

Der Concierge musterte uns von Kopf bis Fuß. Wir hatten uns heute alle schicker angezogen, weil wir gemeinsam mit Casey in den 4. Juli feiern wollten. Ariana trug ein langes silbergraues Kleid, das sanft ihre Kurven umschmeichelte. Shae einen luftigen Rock in Bordeaux und dazu eine schöne Bluse, die vorne etwas tiefer geschnitten war. Tyler war wie immer stylish mit seinen neuen Sneakern, einer perfekt sitzenden Chino und einem Hemd, das an jedem anderen formell gewirkt hätte, an ihm aber vor Lässigkeit nur so strotzte. Lily hatte sich für kurze Hosen, die ihre Wahnsinnsbeine betonten, und ein enges Top entschieden und ich mich für eine weit ausgestellte Bluse, die meine Problemzone geschickt verdeckte. Dazu schwarze Leggings und offene Schuhe.

»Ich rufe gern für Sie an«, sagte der Concierge und nahm das Haustelefon.

Tyler sah mich triumphierend an, weil das wohl bedeutete, dass wir richtig waren.

Mir wurde mal wieder bewusst, dass ich zwar mittlerweile einiges über Casey wusste, wie dass er Auberginen auf seiner Pizza mochte. Am liebsten bis zum Morgengrauen mit Freunden zusammensaß und redete. Seine Gitarre ein Erbstück von seinem Großvater war. Er Französisch genauso fließend sprach wie Englisch und sogar ein paar Worte auf Deutsch gelernt hatte und dass er gern frühmorgens in der Stadt unterwegs war, um das Flair einzuatmen. Trotzdem war da noch so viel an ihm zu entdecken. Wie mir dieser Abend schon jetzt eindrucksvoll bewies.

»Mister Barnes erwartet Sie«, sagte der Concierge schließlich. »Ich habe Ihnen Aufzug vier freigeschaltet. Sie müssen nichts drücken.«

Mister Barnes erwartet Sie. Allein bei diesen Worten kroch wieder Nervosität in meinen Bauch.

Ich krallte meine Fingernägel in Arianas und Shaes Unterarme. Beide strichen beruhigend über meine Haut.

»Das wird schön«, sagte Ariana, und ihre Stimme beruhigte mich. Sie hatte oft diese Wirkung. Manchmal dachte ich an den Moment zurück, in dem ich ihr offenbart hatte, dass ich ohne Visum in den USA war und eigentlich nicht für die Agentur arbeiten durfte. Statt auszuflippen, hatte sie sich Zeit für mich genommen und mir in einem ruhigen, aber bestimmten Ton gesagt, was wir tun würden. Genau, wie ich es gebraucht hatte.

»Danke«, flüsterte ich und lief mit meinen Freunden zum Aufzug Nummer vier.

Die Türen schlossen, sobald wir drin waren, und das Ding setzte sich einfach so in Bewegung.

»Wie geht das alles?«, fragte ich. »Verdient Casey so viel mit Gitarrenspielen, dass er sich so eine Bleibe leisten kann?«

»Oder er hat geerbt«, sagte Ariana. »Layla hat ihre Bar ja auch von ihren Großeltern übernommen.«

»Würde wohl passen. Er ist erst vor Kurzem hergezogen und hat vorher an der Westküste gelebt. Aber warum sitzt er dann auf der Straße und spielt fast rund um die Uhr auf seiner Gitarre?«

»Vielleicht weil er das Geld für den Unterhalt der Bude braucht?« Tyler strich mit den Fingern über die Maserung der Wand, die natürlich auch aus edlem Holz war und leicht sandig duftete.

»Es ist auf alle Fälle spannend«, sagte Lily. Sie hatte Tylers Hand nicht ein Mal losgelassen. Ich hatte keine Ahnung, was genau der Stand bei ihnen war. Bisher trafen sie sich meistens zum Training oder mal zum Mittagessen. Tyler hatte sie noch nie über Nacht mitgebracht oder war länger bei ihr geblieben. Er hatte allerdings auch keine anderen Frauen mehr abgeschleppt, sodass wenigstens ein Zimmer über Nacht ruhig blieb.

»Ich bin so froh, dass ihr bei mir seid«, sagte ich. »Sonst wäre ich längst geflüchtet.«

»Ach, das wird cool«, sagte Shae. »Ich freu mich drauf.«

»Partys sind immer cool«, sagte Tyler. »Vor allen Dingen in so einem Ambiente.«

Wir fuhren bis ins oberste Stockwerk. Die siebenundzwanzigste Etage. Die Aufzugtüren öffneten sich, und statt eines Flurs erstreckte sich vor uns ein weitläufiges Apartment.

Wir waren im Penthouse.

»Ich flipp aus«, sagte Tyler.

»Und ich übergeb mich gleich«, sagte ich. Vor uns stand der Mann, mit dem ich mich fast täglich zum Lunch traf. Casey lächelte uns offen an und breitete die Arme aus.

»So schön, dass ihr da seid.« Seine Stimme klang leicht gepresst, vielleicht einen Hauch nervöser als sonst. Er rieb sich über den Nacken und bat uns, einzutreten.

Das Erste, das mir auffiel, waren der angenehme Duft und die Wärme, die diese Wände abstrahlten. Erdig, ruhig, still. Genau wie er. Dieses Apartment schrie seine Aura aus, und sie legte sich wie ein beruhigender Schleier um mein wild pochendes Herz.

Er war barfuß, trug eine legere dunkelblaue Jeans, ein schwarzes Hemd. Das Outfit betonte seine gebräunte Haut, und das Grinsen auf seinem Gesicht wirkte wie eine Einladung, sich wohlzufühlen und loszulassen.

»Das ist verdammt beeindruckend«, sagte Tyler.

»Danke. Und willkommen in meinem Heim. Würde es euch was ausmachen, die Schuhe auszuziehen? In dem Schrank links findet ihr Hausschuhe, die ihr anziehen könnt, falls euch zu kalt wird. Oder ihr geht unten ohne.« Er wackelte mit den Zehen.

»Kein Problem«, sagte Shae und streifte ihre Heels ab, genau wie Ariana. Ich zuckte mit den Schultern und tat es ihnen gleich. Auch Tyler und Lily entledigten sich ihrer Schuhe.

Als wir fertig waren, standen wir uns gegenüber. Niemand sagte ein Wort. Alle waren zu perplex oder nervös, um den ersten Schritt zu machen.

Casey schloss die Augen und fing an zu lachen. »T-tut mir leid. Ich bin ganz schön aufgeregt. Ich empfange nicht oft Gäste hier. Starten wir doch mit was Einfachem. Wollt ihr was trinken?«

»Alkohol!«, sagte ich. »Viel Alkohol.«

Er lachte und bedeutete uns, mitzukommen. Das Penthouse war ein Traum. Es war weitläufig, hatte auf der rechten Seite bodentiefe Fenster, die einen spektakulären Blick auf Manhattan ermöglichten. Die Terrassentüren waren geöffnet, eine sanfte Brise wehte herein, und draußen waren drei Feuerstellen entfacht worden. Leise Klaviermusik dudelte aus unsichtbaren Lautsprechern. Die offene Küche passte perfekt ins Interieur. Helle Möbel mit dunklen Akzenten. Casey hatte überall kleine Skulpturen aus Holz aufgestellt. Alles war aufeinander abgestimmt.

»Was möchtet ihr?«, fragte er und trat hinter die Mücheninsel. Auf der Arbeitsplatte links waren drei Tabletts mit Essen gerichtet. Canapés, frisches Gemüse, Breadsticks. »Den Grill werf ich nachher an, ich wollte euch erst mal ankommen lassen.«

»Ich hätte gern Wasser«, sagte Ariana, weil noch niemand Caseys Frage beantwortet hatte.

»Da schließ ich mich an«, sagte Lily.

»Ich nehm einen Aperol Spritz«, sagte Shae.

»Ich auch«, warf ich ein.

»Gern, Ty?«

»Gin Tonic.«

Casey nickte, bereitete die Getränke zu, während ich weiter mit meinen Nerven Polka tanzte. Shae stieß mich mit der Hüfte an und hob den Daumen als Zeichen, wie cool sie es hier fand.

Casey hatte die Drinks in Windeseile fertig und servierte sie uns der Reihe nach. Er selbst hatte sich ebenfalls einen Aperol gemacht. »Schön, dass ihr da seid, auf diesen Abend.«

»Cheers«, sagte ich und hätte mein Getränk auf ex gekippt, hätte Shae mich nicht davon abgehalten.

»Roomtour?«, fragte Casey.

»Unbedingt!«, sagte Tyler.

»Wohn- und Esszimmer, Küche kennt ihr ja jetzt schon. Die Terrasse reicht auf zwei Seiten ums Haus.« Er deutete nach links und setzte sich in Bewegung.

»Hier ist das Gästebad, den Flur runter zwei Schlafzimmer – ebenfalls für Gäste – und ein weiteres Hauptbad.« Er öffnete die erste Tür und ließ uns einen Blick auf eins der Zimmer werfen. Auch die waren wunderschön einladend eingerichtet. Hell und warm und sehr viel Casey. Das Bett war so groß, dass wir locker zu viert reingepasst hätten. Ich blickte sehnsüchtig darauf und erinnerte mich daran, dass ich zu Hause nur eine Couch hatte.

»Hier um die Ecke ist mein Schlafzimmer, da links die Sauna und das Ankleidezimmer.«

»Okay, stopp«, sagte Tyler. »Ich muss jetzt den Elefanten aus dem Raum jagen. Es geht uns weder was an, noch will ich dir zu nahe treten …«

»Ihr fragt euch, wie ein Kerl, der auf der Straße sitzt und Gitarre spielt, sich so was leisten kann.«

»Ja.«

»Ich …« Er kratzte sich am Nacken und ließ die Luft aus der Lunge. »Mit einundzwanzig hab ich angefangen, an der Börse zu spekulieren. Es war erst nur als Scherz unter ein paar Freunden gedacht. Wir waren auf der Uni, hatten wenig Geld und uns überlegt, wie wir möglichst schnell an welches kommen könnten. Meine Freunde haben alles verloren, aber ich hatte ein ganz gutes Händchen. Also las ich mich über die nächsten Jahre ein, hab viel probiert, gelernt, verloren, gewonnen. Das Traden hat mir trotzdem mehr Spaß gemacht als alles andere. Ich brach das BWL-Studium daraufhin im letzten Semester ab und hab mich voll und ganz in die Aktienwelt gestürzt. Tja, und das ist eins der Ergebnisse. Ich … ich besitze noch ein Haus an der Westküste und in Europa.«

»Wow«, sagte Tyler und nickte anerkennend, während mir alles Blut in den Bauch sackte. Das musste ich erst mal verarbeiten.

»Ich will übrigens das Geld zurück, das ich dir immer zugesteckt habe. Da war ein Fünfziger dabei.«

Casey lachte, genau wie Ty.

»Das hab ich gespendet, sorry. Mach ich immer, wenn ich die Leute nicht davon abhalten kann, mir was zu geben.«

»Deshalb hast du selten was vor dir liegen, wo man Geld reinwerfen könnte«, sagte Shae.

»Genau. Wobei Kaffeebecher auch großartig funktionieren.« Er sah mich an, das Grübchen blitzte mal wieder auf, und ich blickte zu Boden. »Ich wusste nicht, wie ich es euch sagen soll, daher dachte ich, dass eine Einladung das Einfachste ist. Ich hoffe, ihr fühlt euch wohl.«

»Machst du Witze?«, fragte Ty. »Eine Party am 4. Juli in einem schicken Penthouse mit Dachterrasse, mitten in Manhattan! Das wird die beste Nacht seit Langem.«

Er schlug mit Casey ein, und die Stimmung lockerte sich merklich. Casey ließ die Luft aus der Lunge und schenkte mir ein weiteres Lächeln, das nun auch wieder so losgelöst und offen wirkte, wie ich es von ihm kannte. Anscheinend hatte er sich im Vorfeld Sorgen darum gemacht, wie wir reagieren könnten.

»Wollen wir rausgehen?«, fragte Casey. »Dann würde ich den Grill anwerfen.«

»Jep«, sagte Ty und setzte sich mit Lily in Bewegung.

»Ich muss erst auf die Toilette«, sagte ich.

»Klar, du kennst dich jetzt ja aus«, sagte Casey und wandte sich ab. Genau wie Shae und Ariana. Ich griff rasch nach Shaes Hand.

»Shae muss auch!«, sagte ich.

»Muss ich?«

»Ja, und Ariana. Dringend. *Sehr* dringend.«

Arianas Mund klappte auf, sie hob die Augenbrauen und nickte schließlich. »Stimmt, jetzt, da du es sagst, merke ich es.«

Tyler rollte mit den Augen. »Ihr braucht ein Mädelsgespräch, oder?«

»Vielleicht?«, sagte ich und blickte Lily entschuldigend an, weil ich sie nicht dazu eingeladen hatte. Aber das hier musste ich erst mit Ariana und Shae bequatschen.

»Kein Problem«, gab sie offen und ehrlich zurück. »Ich helf gern beim Essen zubereiten.«

»Bringt unbedingt alle Grillzangen in Sicherheit«, sagte Tyler und musterte uns skeptisch. Unsere Aktion vor zwei Tagen in seinem Zimmer hatte ihn wohl mehr verstört, als er zugeben wollte. Mich auch. Aber es war trotzdem irgendwie cool gewesen. Und schräg und lustig und so sehr unsere Freundschaft.

»Wozu braucht ihr Grillzangen?«, fragte Casey.

»Willst du nicht wissen, Kumpel«, sagte Tyler sofort. »Zeig mir lieber die Dachterrasse, und erzähl mir mehr über deine Arbeit an der Börse. Ein bisschen Taschengeld könnte uns auch nicht schaden.«

Kaum waren die Jungs und Lily außer Sicht schnappte ich mir Shae und Ariana und zog beide ins Gästebad. Der Raum war zum Glück groß genug für uns drei. In die Wand integrierte Lichter gingen an, und Musik erklang aus den Lautsprechern.

»Heilige Scheiße, kneif mich bald bitte irgendwer!« Ich lief im Raum hin und her. Ariana ließ sich auf der geschlossenen Klobrille nieder, und Shae lehnte sich an den großen Waschtisch.

»Ich würde sagen, du hast in der Lotterie gewonnen. Wie cool ist diese Bude bitte?«

»Ich kann das einfach nicht glauben! Er ist reich, Leute! Ich meine, ich will jetzt nicht so klingen, als wäre das wichtig oder als würde ich Wert drauf legen, wie viel jemand auf dem Bankkonto hat. Hallo?« Ich deutete auf mich und grunzte. »Ich bin voll die Chaotin, wenn es um Geld geht, und finde, man sollte es ausgeben, wenn man es hat, aber dieses Penthouse muss doch vorneweg ein paar Millionen gekostet haben! In dieser Lage, mitten in Manhattan und …« Ich fasste mir an die glühenden Wangen. »Ich glaub, ich dreh gleich durch. Echt jetzt. Er hockt auf der Straße und spielt den ganzen Tag lang Gitarre. Bei Wind und Wetter! Warum macht er das? Warum hat er nicht gleich gesagt, dass er reich ist?« Ich schnappte nach Luft, Shae griff nach meiner Hand und stoppte so dankenswerterweise meinen Redefluss.

»Du hyperventilierst gleich, oder?«

»Kann sein.«

»Okay, ruhig bleiben«, sagte Ariana. »Setz dich.« Sie stand auf und bugsierte mich auf die Toilette. »Atme. Ein und aus. Es ist alles gut.« Sie machte es mir vor, und ich ahmte sie nach.

Es dauerte ein paar Momente, ehe ich ruhiger wurde.

»Ich weiß, dass du gern Dinge zerdenkst, und es ist voll verständlich, wenn du überfordert bist, aber ich glaube, du kannst dich hier einfach fallen lassen und es genießen.«

»Würde ich gern. Aber ... oh, Mann. Warum werd ich so schnell nervös? Mein Herz rast richtig.«

»Da warst du heute nicht die Einzige«, sagte Shae. »Ich glaube, Casey hatte auch ziemlich Schiss.«

»Hab's bemerkt. Ist aber irgendwie süß, oder?« Meine Wangen färbten sich dunkler, und ich blickte auf den Boden.

»Ist es. Genau wie er«, sagte Shae.

Ich nickte und kaute auf meiner Unterlippe herum. »Und ich ... er ... Er scheint schon irgendwie Interesse an mir zu haben, oder? Er guckt mich immer so eindringlich an.«

»Hat er«, sagte Ariana.

»Eindeutig«, bestätigte Shae.

Ich wimmerte und strich mir über den Bauch, wo sich bereits meine alten Ängste rührten. »Dann werde ich es vermasseln. Ganz sicher.«

»Wirst du nicht«, sagte Shae.

»Doch. Wir sollten diesen Abend noch genießen, solange wir können. In ein paar Tagen wird er kein Interesse mehr an mir haben und ...«

»Evie, stopp!«, sagte Ariana. »Ich lieb dich, und ich unterstütze dich immer, aber du musst auf die Bremse treten. Jetzt.«

»Ich ...«

Sie hob einen Finger und schüttelte den Kopf. Erstaunlicherweise half es, das Gedankenkarussell anzuhalten.

»Rede einfach ganz offen mit Casey über deine Ängste«, sagte Shae.

»Und wenn ihn das erst recht verschreckt?«

»Dann hat er dich sowieso nicht verdient, aber ich kann mir nicht vorstellen, dass er dich in irgendeiner Art verurteilt oder danach nicht mehr leiden mag. Er ist einer der coolen Typen. Ich spür das. Hab genug Erfahrung in dem Bereich gesammelt.«

Ich blickte zu Ariana, die auf Shae deutete. »Alles, was sie sagt. Abgesehen davon wirkst du echt glücklich, wenn du ihn anschaust.«

»Er macht mich auch glücklich.«

»Na, siehst du. Das, was in dir vorgeht, sind nur deine alten Gedankenmuster, die dein Kopf noch nicht abgelegt hat. Zeig ihm, dass diese Ängste nicht nötig sind.«

Ich atmete durch, lächelte meine beiden Freundinnen an und merkte, wie sich meine Augen mit Tränen füllten. »Danke, Leute.«

»Klar, doch«, sagte Shae. »Wenn du noch mal durchdrehen solltest heute, zieh uns einfach wieder ins Bad.«

»Mach ich.«

»Bist du so weit, wieder rauszugehen?«, fragte Ariana.

»Ja, gleich. Ich müsste nämlich tatsächlich aufs Klo.«

Die beiden lachten, gaben mir High fives und verließen das Gästebad.

»Das war der Wahnsinn«, sagte Lily und blickte in den Himmel, wo gerade die letzten Raketen des Feuerwerks erloschen. »Hab es noch nie von einem Penthouse aus gesehen.«

»Leider ist die Sicht nicht ganz optimal«, sagte Casey. Er hielt ein Glas Weißwein in der Hand und deutete in Richtung des East River. »Stehen ein paar Häuser im Weg.«

»Man sieht trotzdem genug«, sagte Tyler. Er stand hinter Lily, hatte die Arme um ihren Bauch geschlungen und küsste sie sanft auf den Hals. Die beiden hatten den ganzen Abend über heftig miteinander geflirtet und ein paar verstohlene Küsse ausgetauscht. Es freute mich, ihn so glücklich zu sehen.

Ich für meinen Teil hatte mir weiter Mut angetrunken, wollte es aber nicht so übertreiben wie vor ein paar Tagen mit Ariana und Shae in der WG. Ich brauchte einen klaren Kopf.

»Hat noch jemand Hunger?«, fragte Casey und deutete auf den Grill. Er hatte uns das leckerste Barbecue gezaubert. Mit eingelegten Steaks, jeder Menge Gemüse, Feta, veganen selbst gemachten Spießen und frischem Knoblauchbrot. Zum Nachtisch hatte es Tiramisu gegeben. Ich strich mir über den Bauch und schauderte, als ich merkte, wie er sich nach vorne wölbte. Ich hatte eindeutig zu viel gegessen. Die letzten Böller des Feuerwerks schossen in die Luft, der Himmel war erfüllt vom Smog und dem Rauch des 4. Juli. Es war der Wahnsinn, wie die Amis diesen Tag zelebrierten. Die Stadt vibrierte vor Leben, und ich war mir sicher, dass auf dem Times Square gerade die größte Party aller Zeiten abging.

»Ich bin pappsatt«, sagte Shae und trank ihren Gin Tonic leer. Ariana nickte und goss sich Wasser nach, auch Lily schüttelte den Kopf. Sie hatte ihr Essen genau abgemessen und sich bei Casey über die Zutaten und Gewürze erkundigt, die er verwendet hatte. Ich fand es beeindruckend, wie akribisch sie ihren Ernährungsplan verfolgte. Vielleicht sollte ich mir auch ein paar Tipps von ihr holen, damit ich besser mit meinem Körper klarkam.

Casey stellte den Grill ab und fing an, Lebensmittel zusammenzupacken.

»Lass uns das machen«, sagte Ty. »Du hast schon den ganzen Abend gegrillt.«

»War mir eine Freude.«

»Und mir ist es eine Freude, aufzuräumen.«

Lily stimmte mit einem Kopfnicken zu und machte sich daran, die ersten Teller zu stapeln, genau wie Ariana. Shae wollte sich anschließen, doch da vibrierte ihr Handy. Sie nahm es aus der Tasche und sah nach.

»Oh, das ist Cam, da muss ich eben ran.« Sie wandte sich ab

und ging ein paar Schritte von uns weg, um ungestört mit ihm zu telefonieren.

Und so schnell waren Casey und ich allein. Halbwegs. Ich räusperte mich, trank meinen Wein leer. »Der ist echt lecker.«

»Danke. Ich lass ihn mir aus Frankreich schicken. Kenn einen Winzer dort, der mittlerweile ein guter Freund von mir ist. Ich hab mal einen Sommer auf seinem Anwesen geholfen, Weintrauben zu ernten, seither bleiben wir in Kontakt.«

»Was hast du eigentlich noch nicht gemacht?«

Er öffnete den Mund und schien ernsthaft über die Frage nachdenken zu müssen. »Ich war noch nie auf dem Mond.«

Ich grinste, genau wie Casey.

»Du hast so ein spannendes Leben.«

»Du doch auch.«

Ich winkte ab. »Ich hab lediglich das Land gewechselt, davor war mein größtes Abenteuer, mit fünfzehn von Köln nach München auf ein Konzert zu trampen. Meine Eltern hatten mir verboten zu gehen, aber Teenager-Evie hatte ihre rebellische Phase.«

»Und wie war das Konzert?«

»Keine Ahnung. Ich hab so Muffensausen bekommen, dass ich meinen Bruder auf halber Strecke von einem Rastplatz aus angerufen habe, damit er mich abholt. Wir kamen erst gegen sechs Uhr in der Früh nach Hause, wo mich dann schon meine Mutter erwartet hat und das schlimmste Donnerwetter aller Zeiten über mich regnen ließ.«

»Ach, Ausflüge wie diese müssen sein.«

»Kann sein, aber meine Mutter hat mir derart den Kopf gewaschen, dass ich es nie mehr probiert habe.«

»Sie hätte dir vielleicht mehr zutrauen sollen oder dir erklären, wie du das nächste Mal sicherer durchs Land kommst.«

Ich winkte ab. »Vergiss es. Meiner Mutter ist es am liebsten, wenn alles seine Ordnung hat. Morgens zur Arbeit gehen und danach vor dem Fernseher auf dem Sofa einschlafen. Wenn sie Abenteuer braucht, dann geht sie sonntagmittags statt zum Kartenspielen mit ihren Freunden auf die Bowlingbahn. Sie braucht diese Art von Leben.«

»Aber du nicht.«

»Nein.« Ich atmete tief ein und hielt die warme Nachtluft in meiner Lunge. »Ich brauche eher das hier.« Ich warf ihm einen kurzen Blick zu. Hitze schoss mir in die Wangen, weil ich merkte, dass Casey für mich auch mittlerweile zu New York und meinem Leben gehörte. Ich mochte ihn sehr. Vielleicht zu sehr.

Die Schritte der anderen erklangen.

»Es ist echt so«, sagte Tyler. »In Las Vegas darfst du keine künstlichen Gebisse verpfänden.«

»Aber warum?«, fragte Ariana.

»Und wie hast du das herausgefunden?«, fragte Lily.

»Tja, also einer meiner Kumpels aus dem Studium wollte zu seiner Bachelorparty über Nacht nach Vegas und wir haben ihm diesen Wunsch natürlich erfüllt.«

»Oh, erzählst du von Jon?«, fragte Shae, die ihr Gespräch beendet hatte und zurück zu uns kam.

»Bin gerade dabei, auch wenn mir noch immer Teile dieser Nacht fehlen und ich mich nicht mehr an alles erinnern kann.« Er wandte sich wieder Lily und Ariana zu. »Aber es hat mit einer Gurke und einem aufblasbaren Rettungsreifen angefangen …«

Shae schmunzelte und kam zu Casey und mir, während Tyler erzählte. Ich hätte gern zugehört, aber Shae sah aus, als brannte ihr etwas Wichtiges auf der Zunge.

»Ist es okay, wenn ich mich abseile?«, fragte sie. »Cam hat angerufen, er kommt jetzt erst aus der Arbeit raus und würde gern noch etwas Zeit mit mir verbringen.«

»Die Einladung für ihn steht nach wie vor«, sagte Casey.

»Ja, hab ich ihm gesagt und danke dafür, aber die Gala war laut und überfüllt, und er ist ziemlich k. o.«

»Kein Thema«, sagte Casey. »Dann ein anderes Mal. Es hat mich gefreut, dass du da warst.«

»Und mich erst. Deine Bude ist toll, Casey, genau wie du.« Sie zog mich für eine Umarmung an sich. »Meld dich, wenn du reden magst.«

»Mach ich.«

»Ich bring dich zur Tür«, sagte Casey.

Shae schloss zu den anderen auf, um sich ebenfalls zu verabschieden. Auf einmal lachte Lily lauthals und wischte sich die Tränen aus den Augen. »Ihr habt ernsthaft ein Kamel entführt?«

»Wir haben es nicht entführt, sondern geborgt, okay?«, sagte Tyler. »Jon ist auch nicht weit damit gekommen, denn es ist in Nevada ebenfalls verboten, Kamele auf dem Highway zu reiten. Glaube, in der Nacht haben wir gegen zwanzig Gesetze verstoßen. Es ist ein Wunder, dass wir nicht eingebuchtet wurden.«

Ariana schüttelte den Kopf und gesellte sich zu mir. Ihre Augen waren von Lachtränen gerötet.

»Will ich wissen, was Tyler eben erzählt hat?«

»Glaube nicht, es kamen sehr viele *Croissants* darin vor.«

»Verstehe.« Ich sah auf mein leeres Weinglas und schwenkte die letzten Tropfen herum.

»Wie geht es dir?«, fragte Ariana.

»Richtig gut. Das Essen hat mich entspannt, genau wie eure Nähe, die Gespräche, das Lachen.« Ich sah Casey hinterher, der mit Shae im Penthouse verschwand. Mir kamen unsere Treffen zum Lunch in den Sinn, bei denen wir uns nur eine Sache erzählten. Der Adventskalender war heute definitiv an Tag vierundzwanzig angekommen, und wie es üblich war, hatte er die größte Überraschung parat gehabt.

»Herrlich«, sagte Lily und klatschte in die Hände. Tyler lächelte sie an und schenkte ihr einen langen und intensiven Kuss. Als er sich von ihr löste, flüsterte er ihr etwas zu. Ihrem Gesicht nach zu urteilen, wollte auch er sich vom Acker machen und Zeit mit ihr verbringen.

»Glaube, wir verlieren gleich wieder zwei«, sagte ich.

»Kann gut sein.«

Wie so oft, wenn sich die erste Person davonmachte, folgte schon bald der Rest.

»Ich bin eigentlich noch nicht bereit, heimzugehen. Shae und Cam lassen es bestimmt heute Nacht in der WG krachen, und sollte Tyler Lily auch mitnehmen …«

»Es sagt ja keiner, dass du schon gehen musst.« Sie lächelte mich an.

Wärme erfüllte mein Herz bei dem Gedanken daran, noch etwas Zeit mit Casey zu verbringen.

»Ich würde allerdings auch los. Bin echt erledigt, und ich muss diesen Pitch neu aufsetzen, den mein Kunde abgeschmettert hat. Mir fehlt nach wie vor die passende Idee, also werde ich mein Wochenende wohl darauf aufwenden, darüber nachzudenken.«

»Gönn dir bitte Pausen, Ari.«

Sie verzog das Gesicht und machte eine wegwerfende Handbewegung. Ariana war keine Frau, die viel über ihre Gefühle oder ihren Zustand sprach, aber es war ihr anzusehen, wie viel Energie sie diese letzten Wochen gekostet hatte. Wie sehr das Thema mit ihren Eltern an ihr nagte. Dann der Umzug, die Trennung von Jared … Ich wünschte, ich könnte ihr helfen.

»Ist es denn okay?«, fragte sie.

»Ja, klar. Ich glaube, Casey ist doch kein Serienmörder.«

»Glaub ich auch.«

Sie umarmte mich, und ich drückte sie noch mal fest an mich. »Danke für alles. Die Gespräche, die Ruhe, das Verständnis. Ich weiß, dass es nicht immer leicht mit mir ist.«

»Ach, was. Red dir das bitte nicht auch noch ein, Evie. Du bist zauberhaft.« Sie löste sich von mir und lächelte mich an. »Viel Spaß, und wenn du was brauchst, texte mir, ja?«

»Mach ich. Danke.«

Sie nickte mir zu, ergriff ihre Tasche und trat ebenfalls ins Innere, wo sie Casey noch erwischte. Tyler und Lily kamen nun auch zu mir.

»Schon gut«, sagte ich. »Ihr braucht nichts zu sagen. Ich wünsche euch einen tollen Abend.«

»Sicher?«, fragte Tyler.

»Ja, klar. Ich bin erwachsen und kann allein mit einem Mann sein.«

»Danke für den schönen Abend«, sagte Lily. Sie umarmte mich zuerst, dann folgte Tyler.

»Wenn du was brauchst …«

»Meld ich mich. Danke.« Ich schmunzelte, weil sie alle so auf mich aufpassten und bemüht waren.

Tyler küsste mich auf die Wange, nahm Lily an der Hand und ging ebenfalls.

Tja, so schnell war man allein. Mitten in New York, auf einer Dachterrasse und mit einem sehr tollen Mann. Ich schüttelte mich, weil ich merkte, wie schon wieder meine alten Ängste hochkrochen. Ehe ich zu viel drüber nachdenken konnte, goss ich mir noch mal von dem leckeren Weißwein ein und trat nach vorne an die Brüstung, um über Manhattan zu blicken. Von hier oben hörte ich die Autos, das Gehupe, die Partys, die irgendwo gefeiert wurden. Die Stadt würde heute ganz sicher nicht schlafen.

»Darf ich dir was bringen?«, fragte Casey hinter mir.

Ich hielt den Atem an, meine Handflächen wurden schwitzig, und mein Herz begann schneller zu schlagen. Wir waren ganz allein. »Ich … ich glaube nicht.«

Er kam neben mich, stützte die Ellbogen auf der Brüstung ab und folgte meinem Blick über die Stadt. »Geht es dir gut?«

»Ja.« Ich trank einen Schluck Wein. Einen großen.

»Zu viel gerade?«

Ich schüttelte den Kopf, trank noch mal. Nickte dann. »Weiß noch nicht.« Ich schloss die Augen und dachte darüber nach.

Eigentlich fühlte ich mich wohl. Wie immer, wenn ich in Caseys Nähe war. Unsere Mittagessen waren toll und sehr entspannend für mich, aber das hier war eine andere Nummer. Es fühlte sich intimer an.

»Mir schwirrt so viel im Kopf rum.«

»Dann raus damit.«

Ich öffnete die Augen wieder und betrachtete diesen schönen und ruhigen Mann. Er hatte so viel Geduld mit mir. Gab sich mit dem zufrieden, was ich zu bieten hatte, ließ mir Zeit, alles in meinem Tempo zu erforschen, und hatte diesen tollen Abend für uns organisiert. Er ging mit so einer Selbstverständlichkeit durchs Leben, wie ich sie nie zuvor gesehen hatte.

Ich atmete ein. Er wartete noch immer darauf, dass ich ihm sagte, was in mir vorging, aber zum ersten Mal hatte ich keine Worte. Zum ersten Mal wollte ich nicht plappern.

Also trat ich einen Schritt nach vorne, legte meine Hand in seinen Nacken und zog ihn für einen Kuss an meine Lippen.

Er schnappte nach Luft und gab ein sanftes Brummen von sich. Ich hatte keine Ahnung, was gerade passierte oder warum ich es tat, aber ich machte einfach weiter. Ich glaubte nicht, dass ich die beste Küsserin war, weil ich es viel zu selten machte. Doch ich wollte es gern herausfinden, wie er schmeckte und wie er sich anfühlte. Ich übte mehr Druck aus, nahm seine Unterlippe zwischen meine Zähne und saugte daran. Ein Schaudern glitt durch mich, und meine Knie fingen an zu zittern. Casey berührte mich sachte hinter dem Ohr, strich meinen Hals entlang langsam nach unten. Er drängte mich nicht, ließ mich das Tempo und die Intensität bestimmen.

Ich trat näher an ihn heran, legte die freie Hand auf seine Brust und öffnete seine Lippen mit meinen. Das tiefe Brummen erklang erneut aus seiner Kehle und löste eine wohlige Gänsehaut in mir aus. Ermutigt von seinen Geräuschen und seiner Zurückhaltung wagte ich den nächsten Schritt. Ich glitt mit der Zungenspitze vorsichtig in seinen Mund. Er kam mir entgegen, sanft und zärtlich. Wir berührten uns, das Kribbeln tanzte auf meiner Haut, wanderte in meinen Brustkorb und zog sich dort zusammen. Erst fühlte es sich gut an, doch je länger ich den Kuss ausdehnte, desto mehr wandelte sich das Kribbeln in die altbekannte Enge.

Ich versuchte, sie zu ignorieren und stattdessen Caseys Nähe zu genießen, aber es fiel mir mit jedem Atemzug schwerer. Casey seufzte leise und ließ von mir ab. Sein Atem tanzte warm auf meiner Haut.

»Alles klar bei dir?«

Ich nickte, presste die Lippen zusammen.

Er legte einen Finger unter mein Kinn und hob es an, sodass ich ihm in die Augen blicken musste. Leidenschaft und Zuneigung blitzten darin auf.

»Sicher?«

»Ja?«

»Evie.«

Ich biss mir auf die Unterlippe, die Enge zog sich mehr in mir zusammen, und ein hässliches Drücken lastete auf meinen Eingeweiden. Das war er. Der Schalter, der sich jedes Mal umlegte und mich blockierte. Ich hatte so sehr gehofft, dass es mit Casey anders sein könnte, dass er meine Mauer durch seine Ruhe und sein Verständnis zerstören könnte.

»Ich …« Die Worte erstarben irgendwo in meiner Kehle. Ich schluckte, schüttelte den Kopf und kämpfte den Frust nieder. Ich hatte es so satt. Ich wollte nicht so sein. Ich wollte Casey nicht wegstoßen, sondern an mich ziehen. Alle anderen konnten es doch auch! Tyler. Shae. Ariana.

Was stimmte nicht mit mir?

»Ich hatte noch nie Sex.« Die Worte entluden sich mit dem Druck eines Dampfkessels. »Ich bin fast dreißig Jahre alt und Jungfrau. Ich … ich kann das nicht. Keine Ahnung, warum, aber es ist so. Jedes Mal, wenn ich einem Mann näherkomme, baut sich eine Sperre in mir auf. Dann fühl ich mich komisch und hässlich und eklig. Ich weiß, dass ich nichts davon bin, aber ich kann es nicht abstellen. Es übermannt mich. Ich hasse mich dafür, und wenn dich das jetzt total abturnt, kann ich das voll verstehen, weil es mich nämlich extrem niedermacht. Wer will so jemanden schon küssen? Ich bin einfach ... kaputt!«

Ich wollte vor ihm zurückweichen, aber er hielt mich auf. Sanft nur. So, dass ich mich jederzeit losmachen könnte, wenn ich wollte. Casey betrachtete mich eine gefühlte Ewigkeit, ohne etwas zu sagen, und es machte mich gleichermaßen wahnsinnig, wie es mich beruhigte.

»Komm.« Er verwob seine Finger mit meinen und zog mich auf eine der Liegen. Sie waren mit bequemen Kissen ausgestattet und reichten locker für drei Leute. Casey ließ sich nieder und zog mich dabei mit sich. »Ist das okay für dich?«

»Ich ... ja.«

Er strich sanft mit seinen Fingern über meine Schulter und beschrieb sanfte Kreise. »Falls sich daran etwas ändert, sag Bescheid.«

»Mach ich.«

Er nickte, machte mit den Kreisen und seiner Stille weiter, bis ich mich entspannte. Ich hatte keine Ahnung, wie lange wir so dalagen. Ohne ein Wort, ohne einen Blick. Nur er und ich und der New Yorker Nachthimmel.

»Magst du was trinken?«

»Im Moment nicht, danke.« Ich fuhr mit den Fingern über seine feste Brust und ließ sie über seinem Herzen liegen. Es pochte langsam und kräftig. »Das tut gerade gut.«

»Schön.«

»Ich ... ich mag Berührungen dieser Art.«

»Okay.«

»Aber alles andere ... Ich weiß nicht, wie ich das beschreiben soll.«

»Musst du nicht.«

»Ich würde dir gern näherkommen. Aber ich weiß wirklich

nicht, ob ich es kann. Es läuft jedes Mal so ab. Manchmal denke ich, dass Sex nichts für mich ist. Dass ich … dass es nie passieren wird.«

»Was in Ordnung wäre. Du musst keinen Sex haben.«

»Aber welcher Partner wäre denn bitte zufrieden damit? Es gehört doch zu einer Beziehung dazu.«

»Wer sagt das?«

»Alle.«

»Dann haben *alle* eben unrecht. Es ist dein Körper, du bestimmst, was du willst, und sonst niemand. Diese Gesellschaft hat so viele Dogmen und falsche Glaubenssätze, du brauchst sie nicht anzunehmen.«

»Aber was würdest du tun, wenn deine Partnerin nicht mit dir schlafen will?«

»Ich würde nicht mit ihr schlafen, das ist doch ganz einfach.«

»Und unbefriedigend.«

»Woher weißt du das? Schon probiert?«

»Nein, aber …« Ich richtete mich auf dem Ellbogen auf, damit ich ihn ansehen konnte, aber in dem Moment, in dem ich in seine tiefen dunkelgrünen Augen blickte, wusste ich nicht mehr, ob diese Idee so gut war. »Ich kann es mir nicht vorstellen, dass das funktioniert. Jeder will Sex. Du hattest bestimmt schon unzählige Frauen in deinem Bett.«

Er lachte dunkel und tief. »Wie kommst du denn darauf?«

»So wie du aussiehst, hallo?«

»Aber das liegt doch nicht nur am Äußeren.« Er strich über meine Wange, fuhr über meine Augenbrauen, meine Stirn, nach hinten zu meinem Ohr. »Ich hatte schon Partner. Frauen und Männer. Aber es waren nicht so viele, wie du denkst, und niemals nur für eine Nacht. Das kann ich nicht, und das will ich nicht. Ich bin an echten Beziehungen interessiert, nicht am schnellen Spaß. Und ja, ich würde dir ebenfalls gern näherkommen. Schauen, was dir gefällt, was du brauchst, was dich glücklich macht. Wie auch immer das aussehen wird.«

»Ich …«

»Du zerdenkst die Sache, was ich verstehen kann. Dieses Thema wird ständig aufgebauscht, und jeder tut so, als wäre es das Wichtigste überhaupt. Aber das muss doch nicht so sein. Jeder entscheidet selbst. Höre auf deinen Körper und gib ihm das, was er von dir verlangt.«

»Im Moment verlangt er nach weiteren Umarmungen von dir. Die finde ich nämlich ziemlich klasse.«

»Siehst du, ist gar nicht so schwer, oder?«

Ich schüttelte den Kopf, kuschelte mich erneut an ihn und atmete seinen erdigen Geruch ein. Casey gab wieder diesen angenehmen tiefen Laut von sich, als würde er nichts anderes brauchen, als mich festzuhalten und mit mir diesen Moment zu verbringen.

Und genau das taten wir. Ich lauschte seinen ruhigen Atemzügen, genoss seine Wärme und seine Kraft und blickte in den Nachthimmel, der von seinem üblichen orangenen Schleier bedeckt war.

»Danke«, hauchte ich gegen seine Brust. »Für den Abend, deine Ruhe und für deine Geduld.«

»Dafür musst du mir nicht danken, fällt mir gar nicht schwer in deiner Nähe.«

Ich schmunzelte, strich über seine feste Brust und merkte, wie er Gänsehaut an den Armen bekam. Casey begehrte mich, das spürte ich sehr deutlich. Aber zum ersten Mal fühlte es sich nicht beängstigend oder erdrückend an, sondern gut.

Und vielleicht sogar ein klein wenig natürlich.

Freitag, 5. Juli

»Hi.«

Vielleicht spielte der Alkohol ein klitzekleines bisschen mit rein, aber Cams Stimme ging mir durch und durch, und ich spürte, wie sich die feinen Härchen in meinem Nacken bei dem warmen Ton aufstellten.

»Hey«, sagte ich mit plötzlich trockener Kehle, als würden wir uns nicht seit mehreren Wochen beinahe täglich sehen. Dennoch hatte die Zeit seine Wirkung auf mich nicht im Geringsten geändert. Seit Phoenix war sie, wenn überhaupt, sogar noch stärker geworden.

Er trug einen Anzug, sein blondes Haar war vom langen Arbeitstag zerzaust und seine Augen von der Show noch dunkel umrahmt. Es erinnerte mich an das erste Mal, dass wir uns begegnet waren – auf der Rooftop-Party. Schon damals hatte ich ihn attraktiv gefunden, doch nie hätte ich erwartet, kurze Zeit später hier mit ihm zu stehen. Nicht bloß in unserem Flur, auch emotional gesehen. Er hatte meine Familie kennengelernt,

325

meine Freunde, meine Unsicherheiten. Und er hatte alles mit offenen Armen empfangen.

»Happy fourth of July«, murmelte Cam, machte einen Schritt auf mich zu und ließ die Tür hinter sich ins Schloss fallen. Eine Sekunde später lagen seine Lippen auf meinen, und er hielt mein Gesicht mit den Händen umklammert. »Es tut mir leid, dass wir das Feuerwerk nicht gemeinsam sehen konnten«, brachte er zwischen zwei Küssen hervor.

»Kein Thema, dafür sehen wir uns jetzt.«

Er nickte. »Und wenn du magst, könnten wir auf die Feuerleiter.« Sein Lächeln wurde schief, hungrig beinahe, als er seinen Kopf wieder zu mir senkte. »Für die ein oder andere Explosion können wir sicher sorgen ...«

Sein Mund fand wieder meinen. Er küsste mich so innig, dass ich ein Stück zurückstolperte und gegen Tys Schuhschrank stieß. Ein Stöhnen drang aus meinem Mund, perlte an seinen Lippen ab, und ich konnte sein Schmunzeln hören. Mit fahrigen Fingern streifte ich ihm das Jackett von den Schultern und machte mich an den Knöpfen seines Hemds zu schaffen. Cam hatte es einfacher und ließ seine Hand meinen Rücken hinab bis unter meinen Rock wandern, schob ihn nach oben und umfasste meinen Po.

Endlich hatte ich den letzten Knopf geöffnet und strich ihm das Hemd vom Körper. »Warum so ungeduldig?«, fragte er mit rauer Stimme, und Gänsehaut überzog meinen Hals, als sein warmer Atem darauftraf. »Wir haben noch die ganze Nacht Zeit, oder etwa nicht?«

»Ich bin nicht gerade die geduldigste Person.«

»Ja, ist mir aufgefallen. Aber dann üben wir das jetzt.«

Er legte auch die zweite Hand an meinen Po und zog mich nach oben. Ich schlang die Beine um ihn und stöhnte schon wieder auf, als ich durch den Stoff seiner Anzughose spürte, wie hart er bereits war. Mit sicherem Griff trug er mich zu meinem Zimmer, während ich seinen Hals und seine Schultern mit

Küssen bedeckte. Am Fenster zur Feuerleiter ließ er mich hinab, öffnete dieses jedoch nicht, sondern presste mich an die Scheibe und küsste mich. Das Glas der Schreibe lag kühl in meinem Rücken, sein Körper warm auf mir, und das Kribbeln in meinem Bauch sandte Hitze durch meinen gesamten Körper. Ich ließ die Finger über seinen Rücken wandern, seinen Bauch, ertastete fasziniert das Muskelspiel darunter und machte mich dann an seinem Gürtel zu schaffen, ohne den Kuss zu unterbrechen. Seine Zunge strich über meine, und er vertiefte den Kuss, bis ich die Schnalle des Gürtels endlich gelöst hatte. Cams Hose glitt zu Boden, und er streifte seine Schuhe und Strümpfe ab, stand in nichts als seinen Boxershorts und seinen Tattoos vor mir.

»Und ich dachte, der Anzug sähe gut an dir aus. Das hier ist besser«, flüsterte ich und schob meine Finger in den Saum seiner Shorts, doch Cam hielt mich zurück. Sank stattdessen vor mir auf die Knie, ließ seine Finger unter meinen Rock gleiten, hielt ihn nach oben und zog mir den Slip von den Beinen.

»Geduld«, flüsterte er, und ich unterdrückte ein Wimmern, als seine Atemluft meine Klitoris streifte.

»Ich will dich«, stieß ich aus.

»Und ich dich«, antwortete er, berührte beinahe meine Haut, aber doch nicht ganz, stoppte Millimeter davor. Alles in mir spannte sich an, erwartete, ihn zu fühlen. »Aber du wirst wohl ein paar Minuten warten müssen.«

Und dann, endlich, ließ er seinen Mund auf mich sinken. Ich drückte den Rücken durch, schob mich ihm entgegen und presste den Hinterkopf fester an die Fensterscheibe. Seine Zunge begann sanfte Kreise um meine empfindlichste Stelle zu malen, die Finger hatte er wieder fest in meinen Po gepresst, hielt mich an Ort und Stelle, damit ich mich nicht winden konnte. Ich stöhnte auf, lauter jetzt, und krallte die Fingerspitzen in seine Haare. Wie hatte ich nur jemals glauben können, dass es zwischen uns nicht funktionierte? Jede einzelne meiner Zellen schrie nach mehr. Schrie nach ihm.

Cam sah nach oben, und sein Blick war alles. Er war Verlangen, Vertrauen und Liebe.

Dann löste er eine Hand von mir, jedoch nur, um erst einen und dann zwei Finger in mich zu schieben. Langsam, mit quälender Ruhe, während sich alles in mir zusammenzog und sich wünschte, er würde schneller machen. Doch er nahm sich Zeit, ließ sich auf mich ein, erkundete mich. Immer wieder strich er mit seiner Zunge über meine Klitoris, nur so lang jedoch, bis sich der Druck in mir aufbaute – dann zog er sich wieder zurück, bevor dieser überzulaufen drohte. Ließ mich mit jedem Mal verlangender und ausgehungerter zurück. Es war Folter auf die bestmögliche Art und Weise. Mit jedem Mal wurden meine Knie weicher, und als ich es nicht länger aushielt, krallte ich die Finger fester um Cams Kopf, was ihn zum Lachen brachte. Das tiefe Geräusch sorgte für ein Flattern in meinem Magen.

»Du hast wirklich ein Problem mit Geduld«, meinte er mit spielerisch tadelndem Tonfall.

»Ich will dich. Jetzt«, sagte ich atemlos. »Scheiß auf Geduld.«

Zu meiner Überraschung kam Cam meinem Wunsch nach. Er stand auf, griff an mir vorbei zum Fenstergriff und zog diesen herum.

»Dann los.«

Ich trat so schnell zur Seite, um Platz zu machen, dass Cam wieder leise lachte. Er öffnete das Fenster, nahm mich an der Hand und half mir nach draußen. Im nächsten Moment war Cam bei mir und küsste mich innig. Ich konnte mich selbst an ihm schmecken, merkte, wie ich noch feuchter wurde, und wagte einen zweiten Versuch, ihn von seinen Boxershorts zu befreien. Dieses Mal ließ er mich gewähren, und ich warf das Stück Stoff nach innen.

»Viel besser«, meinte ich zufrieden und ließ meinen Blick an ihm auf und ab wandern. Ich machte einen Schritt auf ihn zu, und als ich seine Härte mit meinen Fingern umschloss, war endlich er es, der stöhnte. Mit festem Griff bewegte ich meine

Hand an ihm, so lang, bis sein Atem stoßweise kam. Cam umklammerte mein Handgelenk, die Augen vor Lust verhangen.

»Alles okay?«, fragte ich, und er lachte auf.

»Mehr als das – wenn du wüsstest.«

Im nächsten Moment hatte er mich herumgedreht und war hinter mir. Die Luft umspielte warm meine Haut, als Cam den Rock wieder nach oben schob, und mein gesamter Körper zog sich in vorfreudiger Erwartung zusammen. Ich wollte ihn. Wollte ihn so sehr, wie ich noch niemals jemanden gewollt hatte.

Und dann nahm er mich. Endlich. Ich hielt meine Finger um das Geländer geklammert, um ihm Widerstand zu bieten, als er immer tiefer in mich stieß und unser Stöhnen mit dem New Yorker Straßenlärm verschmolz.

»Jetzt … warst du aber ganz schön ungeduldig«, stieß ich hervor. Als Antwort grub Cam die Finger in meine Taille, hielt mich und sorgte mit seinen nächsten Stößen dafür, dass mir das Sprechen schnell verging. Die Lichter der Stadt funkelten überall um uns herum, erinnerten mich an unsere Zeit in der Wüste in Arizona. Und dann schloss ich die Augen, blendete alles aus und gab mich den Explosionen von Gefühlen hin, die Cam mir versprochen hatte.

Das Klingeln meines Handys riss mich aus meinem Dämmerzustand. Ich tastete mit schläfrigen Fingern danach, doch als ich es endlich ergriffen hatte und auf das Display sah, war jegliche Müdigkeit verflogen. Es war Emely.

»Ja?«

Mein Herz schlug direkt einige Takte schneller, dabei wusste ich, dass nichts passiert sein konnte. Wir hatten täglich geschrieben, und meine Eltern passten auf sie auf. Ich griff mir an die Stirn, da der Raum sich leicht drehte. Allzu viel getrunken hatte ich eigentlich nicht, aber gemeinsam mit der Müdigkeit schien der Wein von gestern sein Übriges zu tun.

»Ist alles okay?«, fragte ich.

»Hey, Shae.«

Die Stimme meiner kleinen Schwester drang gebrochen zu mir, dicht gefolgt von einem Schluchzen. Sie weinte.

»Shit. Was ist passiert? Soll ich kommen?«

Verwirrt bemerkte ich, wie ihr Schluchzen von einem Lachen durchbrochen wurde. »Nein, brauchst du nicht. Ich bin wieder dran mit Besuchen.«

»Was ist denn los?« Cam richtete sich ebenfalls auf, sein Blick lag besorgt auf mir, und ich hob die Schultern.

»Ich hab Schluss gemacht. So richtig.« Ems Atem drang zitternd an mein Ohr. »Und es fühlt sich furchtbar und großartig zugleich an.«

Ich registrierte Cams Hand auf meinem Knie, meine an meinem Mund, bemerkte am Rande meiner Wahrnehmung, wie erschrocken ich wirken musste, wobei in mir drin doch nichts als Stolz wütete. Ich biss mir auf die Zunge, um Emely nicht zu unterbrechen.

»Das Treffen mit Dad und ihm ist ja gut gelaufen, und er hat versprochen, sich in Therapie zu begeben, aber ...«

»Ist noch einmal was passiert?«, rutschte es mir nun doch raus. Ich hatte die Finger so fest um mein Telefon gekrallt, dass es schmerzte.

»Nein«, sagte Em sofort, und ich entspannte mich ein wenig.

»Aber ich war aus, feiern. Mit Alessia. Einfach nur wir beide. Und es war so schön. Wir haben mit zwei anderen Frauen getanzt, Alessia kannte eine von ihnen aus dem Fechten von früher. Mit der anderen hab ich mich gestern auf einen Kaffee getroffen, einfach nur zum Quatschen.« Emely lachte, obwohl deutlich zu hören war, dass ihr die Tränen noch über das Gesicht fließen mussten. »Und dann hab ich bemerkt, dass ich das ewig nicht gemacht hab.« Sie schniefte. »Ich war mit Alessia mal im Kino, wir waren bei dir in New York – aber so richtig was mit Freundinnen unternommen? Das ist so lang her, dass ich dir nicht einmal sagen könnte, wann das war.«

Mein Herz schmerzte und blühte gleichzeitig für Emely.

»Schon komisch, dass ausgerechnet das den Schalter umgelegt hat, oder? Nicht die körperlichen Schmerzen, sondern gestern, als ich gemerkt hab, wie allein ich mittlerweile bin, ohne es mitbekommen zu haben. Ich hab durch Chats mit Freundinnen aus der Highschool gescrollt und hab geguckt, wann der Kontakt abgebrochen ist.« Sie lachte leise. »Wie konnte ich das nicht erkennen, Shae?«

»Du hast es jetzt erkannt. Das ist so viel wert.«

»Ja. Es ist, als wäre ein dunkler Schleier gehoben worden, der die Farben nach und nach aus meinem Leben gezogen hat.«

»Wie hat Laurence reagiert?«

»Zu gut, als dass ich ihm Glauben schenke. Er wollte nur reden, aber das habe ich erst einmal abgelehnt.«

»Ich bin so stolz auf dich.«

»Ich auch.« In Emelys Stimme lag ein Lächeln. »Aber ich dreh durch bei Mom und Dad. Mom hat sich Urlaub genommen, als wäre ich krank. Ich zieh nächste Woche vermutlich zu Alessia. Ich hab ihr alles erzählt.«

»Mom wird mit dem Auto vor ihrer Tür stehen und dich beschatten.«

»Davon gehe ich fest aus«, meinte Em und lachte schon wieder. Es klang so viel freier als in den letzten Monaten. Wie hatte mir nicht auffallen können, dass einem meiner liebsten Geräusche seine Essenz gefehlt hatte?

»Na ja, das wollte ich dir nur sagen. Das und danke. Diesmal aus ganzem Herzen.«

»Immer.«

»Ich werde auch mehr Stunden mit der Therapeutin vereinbaren. Wir konzentrieren uns gerade sehr auf die Essstörung, aber ich glaube, ich will die anderen Baustellen gleich mit angehen.«

»Es ist okay, wenn du Zeit brauchst, das weißt du, ja?«

»Ja. Aber gerade fühle ich mich, als könnte ich Bäume ausreißen.«

»Du ahnst gar nicht, wie glücklich mich das macht. Wenn du und deine Freundinnen nach New York kommen wollt, sag Bescheid.«

»Sollen wir uns zu Evie auf die Couch kuscheln?«, fragte Emely lachend.

»Ihr bekämt sogar mein Bett. Ich kann notfalls in Cams WG schlafen.«

»Es freut mich, dass es bei euch läuft. Er ist einer der Guten.«

»Ist er«, meinte ich mit einem Schmunzeln und blickte nach rechts, wo Cam nach wie vor neben mir saß. Die Sorge war aus seinem Gesicht gewichen und durch ein Lächeln ersetzt worden.

»Ich lass dich mal weiterschlafen. Im Gegensatz zu mir hattest du gestern bestimmt eine wilde Party.«

»Kann man so sagen. Wie spät ist es überhaupt?«

»Sieben Uhr hier, das heißt zehn bei dir. Zeit aufzustehen, Schlafnase.«

»Du rufst mich um zehn Uhr an? Nach dem 4. Juli?«

»Denk dran, dass du mich liebst, bye, grüß Cam!«

Mit einem weiteren Lachen hatte sie aufgelegt. Und ich war zu glücklich, um mich nur im Geringsten über den wenigen Schlaf zu ärgern.

»Ist alles in Ordnung?« Cam berührte mich sacht an der Wange.

»Mehr als das. Es ist alles perfekt!«

Ich legte die Arme um ihn und presste ihn so fest an mich, wie ich nur konnte, atmete seinen herben, vertrauten Geruch ein, der bereits so viele Erinnerungen in sich trug. Cam erwiderte die Umarmung, und ich seufzte wohlig.

»Es ist fast alles perfekt«, murmelte Cam, und seine Stimme vibrierte in der Brust unter meinem Ohr.

»Wieso nur fast? Weil ich noch Kleidung trage?«

Cam stieß ein Lachen aus, das auch an meinen Mundwinkeln zog.

»Auch, ja. Aber ich meinte ganz unschuldig, weil ich einen Kaffee gebrauchen könnte.«

»Spielverderber«, antwortete ich neckend, löste mich aber aus der Umarmung und sprang auf. Ich bereute die schnelle Bewegung sofort und zog eine Grimasse, als mein Kopf protestierend pochte. Emelys Anruf hatte zwar mehr Lebensgeister geweckt, als Koffein jemals könnte, aber etwas Warmes klang dennoch verlockend. »Ich mach uns welchen.«

Cam gab mir einen Klaps auf den Po und erhob sich ebenfalls. »Ich komm mit. Wenn ich weiter liegen bleibe, schaff ich es den ganzen Tag nicht mehr aus den Federn.«

»Wie es den anderen wohl geht? Sie sind ja noch länger geblieben als wir.« So leise wie möglich drückte ich die Klinke nach unten und meine Tür auf. Meine Bemühungen hätte ich mir jedoch sparen können, denn die Couch war leer. Irritiert sah ich zur Küche, doch auch dort war niemand.

»Evie ist gar nicht da«, sprach ich das Offensichtliche aus, als ich zur Kaffeemaschine schlurfte.

»Vielleicht ist sie noch bei Casey?«

Ich fuhr herum, ignorierte meinen schmerzenden Kopf und packte Cam am Arm. »Oh mein Gott, dann hätte sie bei ihm übernachtet.«

Cam nickte, schien die Tragweite dessen aber gar nicht zu verstehen.

Ich schüttelte so doll seinen Arm, dass er spätestens jetzt richtig wach sein musste. »Sie hat bei ihm übernachtet! Evie! Bei Casey! Evie!«

»Ja«, meinte Cam mit einem Grinsen. »Hat sie gut gemacht.«

»Ich muss ihr sofort schreiben!«

»Dann mache ich wohl den Kaffee«, gab Cam mit einem Schmunzeln zurück und schob sich an mir vorbei zur Maschine.

»Danke!«, sagte ich eine Spur zu laut, rannte mein Smartphone holen und tippte auf dem Weg zurück meine Nachricht an Evie.

Shae, 10.12 am:

EVIE VOSS! Wo treibst du dich rum? 👀

Shae, 10.12 am:

Zufällig bei einem hotten, blonden Gitarristen, der Polo spielt, eine atemberaubende Dachterrasse besitzt und eine Schwäche für dich hat?

Shae, 10.13 am:

Ich brauche Details!

Shae, 10.14 am:

Oder ein Lebenszeichen!

Ariana, 10.14 am:

Ist Evie echt bei Casey?

Shae, 10.14 am:

Hier ist sie jedenfalls nicht.

Tyler, 10.14 am:

Hier auch nicht.

Shae, 10.14 am:

Wo bist du denn eigentlich?

Tyler, 10.15 am:

In meinem Zimmer, etwa sieben Meter Luftlinie von dir.

Tyler, 10.15 am:

Wie nett, dass du auch nach mir fragst. Immerhin war ich es, der eure verstreute Kleidung auf die Garderobe gelegt hat. Gern geschehen, ihr Ferkel.

Shae, 10.15 am:

»Ihr Kaffee, Madame.« Eine dampfende Tasse schob sich in mein Sichtfeld, und der himmlische Geruch von frisch gemahlenen Bohnen drang mir in die Nase.

»Du bist der Beste, danke.« Ich pustete, war dann aber doch zu ungeduldig und trank einen Schluck der viel zu heißen Flüssigkeit.

»Hat Evie geantwortet?«

»Nein, immer noch nicht. Ist das ein gutes oder ein schlechtes Zeichen? Oh mein Gott, was, wenn ich alles romantisiere, und in Wahrheit liegt sie in einem Straßengraben.«

»Tut sie nicht.« Tyler spazierte aus seinem Zimmer und schnupperte, bevor er schnurstracks auf die Kaffeemaschine zulief. »Sie ist ganz sicher bei Casey.«

Ich stieß ein Quietschen aus, das im nächsten Moment noch schriller wurde, denn Evie hatte endlich geantwortet.

»Oh. Mein. Gott.« Ich tippelte begeistert von einem Fuß zum anderen und stieß einen Fluch aus, als der brühend heiße Kaffee auf meine Finger schwappte. Der Schmerz war jedoch vergessen, als ich das Foto vergrößerte, das Evie geschickt hatte. Mit einem breiten Grinsen hielt ich es Cam und Tyler entgegen.

»Sag ich doch. Gegen eine Dachterrasse kackt die Couch eben ab«, meinte Tyler und bereitete weiter seinen Kaffee zu. Doch auf seinem Gesicht lag ein Lächeln, das seine Coolness Lügen strafte. Er freute sich genauso sehr für Evie wie ich mich.

Evie hatte ein Foto der Dachterrasse geschickt – besser gesagt: der traumhaften Aussicht von ebendieser. New York war am Tag ebenso schön wie in der Nacht. Die Sonne reflektierte in den Fenstern der umliegenden Gebäude, und ich konnte die typische New Yorker Luft förmlich durch das Foto riechen. Mein Handy vibrierte erneut in meiner Hand und zeigte nun Evie mit beinahe beseeltem Lächeln, leicht zerzausten Haaren und einer Tasse Kaffee in der Hand. Ich seufzte erneut. »Sie sieht so glücklich aus!«

Ich hielt Cam das Handy genau eine Sekunde lang vor die Nase, damit er sich selbst davon überzeugen konnte, dann drückte ich auf das Kamerasymbol im Chatfenster und knipste ebenfalls ein Selfie mit meiner Kaffeetasse. Lachend beobachtete ich, wie auch Ty sein Handy aus der Jogginghose zog und ein Foto mitsamt seiner dampfenden Tasse knipste. Evie kommentierte beide Fotos mit einem Herz, auf unsere Fragen nach Casey jedoch reagierte sie nicht.

»Pf, sie kann vergessen, dass sie mit Schweigen durchkommt!«

Tyler sah mich kopfschüttelnd an. »Jetzt gib ihr doch mal 'ne ruhige Minute. Sie wird schon erzählen, wenn sie dazu bereit ist.«

»Ich bin zu neugierig, mein Herz hält das nicht aus.«

Sowohl Cam als auch Tyler warfen mir vielsagende Blicke zu, als mein Smartphone erneut in meiner Hand vibrierte. Auch Ariana hatte ein Selfie geschickt, allerdings war sie im Gegensatz zu uns dreien nicht am Lächeln, sondern zog eine Grimasse. Kein Wunder, denn sie saß weder in der Küche noch auf einer sonnigen Dachterrasse, sondern …

»Ist sie im Büro?«, fragte Cam ebenso irritiert, wie ich mich fühlte.

»Diese Frau hat ein Problem«, kommentierte ich trocken.

Shae, 10.20 am:
Yay zum Kaffee, aber was macht der Laptop vor deiner Nase da? Owen hat uns heute freigegeben! Wir sind zu verkatert, um überhaupt an Arbeit zu denken.

Tyler, 10.20 am:
Lüge. Ich bin nie verkatert, nur müde. 😎
Und Ariana hat gar nichts getrunken, du bist die einzige Saufnase hier, Shae.

»Sie ist viel zu hart zu sich«, meinte ich mit einem Seufzen, schickte ihr drei Herzen und legte mein Handy auf die Theke.

»Wie immer eben.« Tyler hob seine Tasse, doch anstatt daraus zu trinken, schüttete er deren Inhalt in einen Thermobecher und holte dann einen weiteren aus dem Hängeschrank.

»Was hast du vor?«

»Ariana mit Koffein versorgen. Dann ist vielleicht nicht mehr alles furchtbar.«

»Du bist ein Guter«, erwiderte ich und knuffte ihn in den Oberarm. »Ich würde mitkommen, aber meine Kopfschmerzen sagen Nein.«

»Dito«, murmelte Cam, der mittlerweile an der Anrichte lehnte, als würde er seinen Beinen nicht mehr trauen. Vermutlich hatte es bei der Show auch mehr als genug zum Anstoßen gegeben.

»Netflix and chill?«, fragte ich. »Ich könnte uns Katerfrühstück bestellen.«

Cam nickte, runzelte die Stirn und fasste sich an den Kopf. Anscheinend hatte es ihn noch schlimmer erwischt als mich.

»Netflix and chill ist internationaler Code für Sex.« Tyler gab etwas Milch in den zweiten Kaffee und verschloss den Thermobecher dann. »Was bedeutet, dass ich mich besser mal beeile.

337

Treibt es nicht auf der Couch, sonst zieht Evie bald wirklich auf die Dachterrasse.«

»So wie sie Evie und Casey verkuppeln will, motiviert sie das nur noch mehr«, meinte Cam lachend.

Ich hob die Schultern. »Lästert ihr nur. Ich will Evie eben glücklich sehen. Und Ariana auch, also bring ihr am besten noch ein Croissant mit!«

Tyler salutierte, und ich sah schmunzelnd zur Couch. Sosehr ich mich für Evie freute und obwohl ihr Aufenthalt hier nur eine Notlösung gewesen war – wenn ich ganz ehrlich war, hatte ich mich zu sehr an unsere Dreier-WG gewöhnt, um sie wieder aufzugeben.

28
ARIANA

Freitag, 5. Juli

Angewidert verzog ich den Mund und zwang die warme Flüssigkeit hinunter. Wer auch immer sich Früchtetee ausgedacht hatte, musste auch ein Problem mit Hundewelpen, Taylor Swift und allem Gutem auf dieser Welt haben. Ich schob die Tasse mit einem frustrierten Stöhnen zur Seite und widmete mich wieder den Zahlen vor mir. Eigentlich war der neue Pitch fertig. Er ging in eine komplett andere Richtung als der zuvor, Owen würde am Montag noch einmal drüberschauen, und Dienstag stand die Präsentation vor dem Kunden an. Alles würde gut gehen. Sollte es das wider Erwarten doch nicht, wäre es kein großes Drama, und der Kunde und Greenwood & Steele hätten eben grundlegend andere Herangehensweisen. Das war ab und an der Fall, und dann ging man getrennte Wege.

Doch der Gedanke tröstete mich heute kein Stück. Denn dadurch war ich hier fertig. Und die Aussicht war noch schlimmer, als mir den Pitch ein drittes Mal vorzunehmen.

Ich klappte den Laptop zu und lehnte mich in meinem Stuhl zurück. Was nun? Ich brauchte Beschäftigung. Doch meine Beine schmerzten vom vielen Sport der letzten Tage, und der Pitch war perfekt so, wie er war. Eine Weile saß ich einfach da und starrte an die weiße Decke und die schicken schwarzen Industrielampen. Es war unheimlich still im Büro. Meine Kollegen und Kolleginnen fehlten, und obwohl ich sonst rund um die Uhr Musik hörte, war mir selbst danach heute nicht gewesen. Traurige Musik würde mich noch tiefer hinabziehen, und fröhliche Klänge hätten mich wie eine Lüge umspielt. Die Stille jedoch war genauso schlimm. Denn sie zeigte mir, wie allein ich eigentlich war.

Ich griff nach meinem Handy und schaute mir zum wiederholten Mal die Fotos der anderen an. Sie sahen glücklich aus, und ein klein bisschen dessen übertrug sich auf mich. Noch vor einem Jahr hätte ich mir einen Tag wie den gestrigen nur erträumen können. Den 4. Juli mit so wundervollen Menschen zu verbringen, die mich um sich haben wollten, mir ihre Geheimnisse anvertrauten und für mich da waren, war neu. Neu und beinahe so gruselig wie die Stille im Büro.

Es war zu lange her, dass ich solche Freundschaften gepflegt hatte. Ich wusste, dass die drei sofort alles stehen und liegen gelassen hätten, um mir zu helfen. Nur musste ich dafür um Hilfe fragen. Und das tat ich nie. Hatte ich nie. Würde ich womöglich nie tun.

Mit den Jahren war es immer schwieriger geworden. Jared hatte selten Zeit gehabt, mir zu helfen. Meine Eltern waren mit ihrer Trauer – oder der Vermeidung dieser – beschäftigt. Meine Freundinnen hatten sich in den Jahren zurückgezogen, was ich ihnen nicht einmal verübeln konnte. Ich war ja selbst nicht für mich da gewesen, sie hatten sich mit meiner Hülle treffen müssen, die weder spannende Gespräche noch Witze bereitgehalten hatte. Irgendwann waren sie meinen Einladungen nicht mehr gefolgt und hatten auch von sich aus keine mehr ausgesprochen.

Das hier war das Einzige, was mir immer geblieben war: die Arbeit. Doch jetzt hatte ich keine mehr.

Ein weiteres Mal ließ ich meinen Blick durch den penibel aufgeräumten Raum gleiten und führte gerade eine innere Debatte darüber, das Regal mit den Zeitschriften und Büchern neu zu sortieren, als es am Türrahmen klopfte. Mein Kopf schnellte herum, und meine Augen weiteten sich, als ich erkannte, wer da in der Tür stand.

»Ty?«

»Und Kaffee.«

Er hob einen Thermobecher und kam damit auf mich zu, sein typisches Lächeln auf den Lippen.

»Du bist der Beste.«

»Ich weiß«, meinte Ty sachlich, und ich seufzte, als er mir den Kaffee reichte und ich den Duft frisch gemahlener Bohnen inhalierte.

»Warst du grad in der Gegend?«, fragte ich, nachdem ich den ersten Schluck getrunken hatte. Meine Zunge brannte, doch das war mir egal.

»Nein, ich war daheim.«

»Du bist den ganzen Weg gekommen, nur um mir Kaffee zu bringen?«

»Nicht ganz.« Tyler ließ sich auf einen der beiden Sessel gegenüber meinem Schreibtisch fallen, stellte seinen eigenen Kaffee auf den kleinen Tisch davor und nickte dann in Richtung des freien Platzes.

Für einen kurzen Moment spielte ich mit dem Gedanken, den Kopf zu schütteln und zu behaupten, ich hätte noch Arbeit zu erledigen. Doch zu meiner eigenen Überraschung ignorierte mein Körper diese Gedanken. Ich stand auf, ging zu Ty und ließ mich ihm gegenüber in den weichen Sessel sinken.

»Erzähl.«

Fragend sah ich ihn an.

»Shae hat mir berichtet, wie geknickt du letztens warst. Und so schön es gestern Abend auch war, du warst nicht ganz du selbst. Irgendwas ist los.«

»Hey, ich hab sogar über deine schlechten Witze gelacht. Und über die Kamel-Story.«

»Sag ich doch: nicht ganz du selbst.« Tyler schmunzelte, wurde jedoch schnell wieder ernst. »Ist es Jared?«

Ich schüttelte den Kopf und schnaubte. »Nee, an den denke ich kaum noch.«

»Aber es ist nicht nur die Arbeit, oder?«

»Nein«, sagte ich nach kurzer Pause. »Es ist nicht nur die Arbeit.«

Tyler drängte mich nicht. Er nickte bloß und wartete ab, ob ich weitersprach. Und dann tat ich es. Langsam erst, dann redete ich mich immer mehr in Fahrt. »Die Situation mit meinen Eltern belastet mich nach wie vor. Seit dem Streit herrscht komplette Funkstille. Sie haben sich kein einziges Mal gemeldet. Ich weiß nicht mal, ob sie noch mal in New York waren oder nicht. Ich melde mich genauso wenig. Eigentlich wollte ich den Kontakt ja ganz abbrechen. Aber dafür bin ich zu schwach, und wenn ich ehrlich zu mir bin, will ich das auch gar nicht. Sie sind doch meine Eltern. Ich kann sie nicht einfach aus meinem Leben schneiden. Ich will, dass sie meine Erfolge miterleben, will sie teilhaben lassen. Wenn ich mir mein Leben ohne sie vorstelle …« Ich schüttelte den Kopf, und Tyler nickte mitfühlend. »Ich hab es versucht, wirklich. Aber sie sind alles an Familie, was ich noch habe. Und dennoch … ich kann nicht schon wieder einknicken, gute Miene zum bösen Spiel machen und sie so in ihrem Verhalten bestärken. Ich kann und will das nicht mehr. Das alles mit anhören. Und es ist egal, was ich sage oder tue, sie lassen nicht davon ab. Nur davon, mir alles zu erzählen, denn jetzt schreiben sie nicht mal mehr, um zu berichten, wie ihre Ermittlungen laufen.« Bei dem letzten Teil formte ich Anführungszeichen mit den Fingern. »Eigentlich sollte mich das doch freuen, oder? Ich hab mich ja ständig darüber aufgeregt, wollte, dass sie aufhören. Aber nicht so, weißt du? Ich vermisse sie. Trotz allem.«

Tyler nickte, als ergäben meine Gedanken Sinn. »Das verstehe ich. Nur weil dich ihr Verhalten gestört hat – zurecht übrigens –, heißt das ja nicht, dass du jetzt nicht traurig sein darfst. Magst du sie denn mal anrufen?«

Ich blies die Wangen auf. Wollte ich das? Bei dem Gedanken, die Stimme meiner Mom zu hören, zog sich mein Herz zusammen und schrie Ja. Doch bei der Vorstellung, wie sie von dem Detektiv erzählte, von Quinn, von …

»Nein«, sagte ich. »Ich mag den Kontakt nicht abbrechen können, aber gerade übernehmen sie das ja prima für mich. Vielleicht ist das einfach meine Lehre, nach und nach ohne sie klarzukommen.«

Tylers Augen weiteten sich, die Überraschung war deutlich in seinem Blick zu lesen. Kein Wunder. Meine Meinung zu dem Thema war ein einziges Auf und Ab, ich blickte ja selbst kaum noch durch. Ich konnte weder mit noch ohne meine Eltern.

»Es tut mir nicht gut, genau wie bei Jared. Da habe ich mich angestrengt, mich angepasst – und was hat es mir gebracht?« Ich hatte mich um einen lockeren Ton bemüht, doch bei Tyler fiel er nicht auf fruchtbaren Boden. Stattdessen hatte er die Stirn in Falten gelegt.

»Ari … Bist du sicher, dass das das Richtige ist? Du vermisst sie ganz eindeutig. Und sie lieben dich und …«

»Das meintest du letztens beim Joggen schon«, erwiderte ich. »Aber wie groß kann diese Liebe sein, hm?« Mein Gesicht wurde heiß, und in meiner Brust baute sich Druck auf, sosehr versuchte ich, die Emotionen niederzuringen.

»Ja, und da meinte ich auch, dass du eine enorm starke Frau bist. Ich glaube nicht, dass du dich bei ihnen melden sollst, weil du ohne sie nicht könntest. Ich glaube, dass du dich bei ihnen melden sollst, weil ich weiß, dass du stärker bist als sie. Dass du es schaffst, ihnen den Spiegel vor die Augen zu halten. Nicht, weil du es musst. Kein Kind muss um die Aufmerksamkeit seiner Eltern kämpfen. Es ist unfair, dass sie sie dir nicht zuteilwerden lassen. Und wenn es dir wirklich besser ohne sie geht, dann zieh einen Schlussstrich. Wir alle stehen hinter dir. Aber ich bin mir ziemlich sicher, dass du die Fronten klären kannst.«

Ich schluckte, ballte die Hände so fest zu Fäusten, dass meine Fingernägel ins Fleisch drückten. Dann schüttelte ich den Kopf.

»Und genau da irrst du dich. Das kann ich nicht.«

»Wieso?«

Tyler stellte die Frage nicht anklagend, vielmehr lag aufrichtiges Interesse darin.

»Ich …« Ich schluckte, mein Herz schlug viel zu schnell. »Ich glaube, sie geben mir die Schuld an Quinns Tod. Nein, eigentlich weiß ich es sogar.«

Der Satz und die Erkenntnis taten weh und waren doch lächerlich im Vergleich zu den nächsten Worten, die mir über die Lippen kamen.

»Und manchmal tu ich das auch.«

In der Therapie kurz nach Quinns Tod hatte die Therapeutin gesagt, dass ich nichts hätte tun können, aber das musste sie ja. Sie kannte mich nicht, kannte Quinn nicht – wusste nichts von der gesamten Situation. Sie konnte mir keine Absolution erteilen, niemand konnte das. Mein Bruder war tot, ich konnte ihn nicht mehr um Vergebung bitten.

Mein Herz schlug rasend schnell in meiner Brust, wie immer, wenn ich die Gedanken doch zuließ. Nicht einmal mit Jared hatte ich darüber gesprochen, aus Angst, in seinen Augen etwas zu lesen, das meine Befürchtung bestätigte. Jetzt hob ich den Kopf, langsam, zögerlich, bis mein Blick Tylers kreuzte. Doch da lag keine Verachtung in seinen Augen, kein Urteil. Vielmehr erkannte ich den Schmerz darin, den ich selbst fühlte. Und dann stand er auf, ging auf mich zu und nahm mich in die Arme. Hielt mich so lange fest, bis meine verspannten Muskeln sich nach und nach lockerten und ich wieder besser atmen konnte. Dann erst löste er sich von mir und sah mich erneut an.

»Du bist nicht schuld. Quinn war krank.«

»Aber ich hätte für ihn da sein müssen. Was denkst du, wie oft ich mich in der Vergangenheit schon gefragt habe, ob ich etwas hätte ändern können? Wenn ich schneller reagiert, Quinn öfter angerufen, ihm mehr zugehört hätte …«

»Du konntest es nicht wissen, Ariana.«

»Seine Nachrichten an mich waren anders als sonst.«

»Du kannst aber nicht von dir selbst verlangen, dass du jede eingehende Nachricht auf deinem Handy sezierst und nach einer versteckten Bedeutung suchst.«

Ich schluckte. Weil das, was er da beschrieb, nach meinen Eltern klang. Waren wir uns am Ende gar nicht so unähnlich?

»Es ist nicht deine Schuld. Bitte glaub mir das.«

Seine Stimme klang eindringlich, und ich konnte die Verzweiflung darin hören. Er kannte in jeder Silbe, wie sehr er sich wünschte, dass ich ihm glaubte. Aber das konnte ich nicht – weil er nicht die Person war, von der ich diese Worte hören musste.

Tyler schien zu derselben Erkenntnis zu kommen, denn er stand auf und reichte mir seine Hand, damit ich mich daran hochziehen konnte. »Komm mit«, sagte er, als ich sie ergriff. Er zog mich durch die Tür ins Großraumbüro und machte sich an Zoeys Rezeption zu schaffen.

Irritiert sah ich ihm dabei zu. »Was wird das?«

»Wir fahren nach Oswego. Oder besser gesagt, du fährst, ich bin viel zu platt von gestern. Ha!«

Triumphierend reckte er einen schwarzen Schlüssel in die Luft.

»Auf keinen Fall klau ich den Firmenwagen.«

»Ist nur geliehen, nicht geklaut.«

»So wie das Kamel damals?«

Seine Antwort war ein strahlendes Grinsen.

Ich starrte auf den Schlüssel, unsicher, wie ich reagieren sollte.

Ich wollte meine Eltern sehen, wollte mit ihnen sprechen, über alles, aber vor allem über Quinn. Wollte nachholen, was wir seit seinem Tod versäumt hatten. Aber ich hatte auch Angst. Nicht wegen des Wagens, sondern davor, ihnen gegenüberzustehen. Was, wenn sie mich abwiesen?

»Wir müssen nicht fahren«, sagte Tyler sanft. »Ich will dich nicht drängen und hätte dir den Schlüssel gar nicht gezeigt, wenn du deine Eltern nicht angesprochen hättest. Aber ich glaube, dass ihr reden solltet. Vor Problemen weglaufen geht leider immer nur eine gewisse Weile lang gut. Sie holen einen ein, und wenn ich eines gelernt hab, dann, dass sie in der Zwischenzeit eher größer werden als kleiner.«

Ich nickte, machte einen Schritt auf ihn zu und nahm den Schlüssel. »Aber wir bringen ihn heute noch zurück, und niemand darf jemals davon erfahren, hörst du?

»Okay.«

»Auch nicht bei Trinkspielen oder sonst was! Sonst jage ich Shae und ihren Sex-Fluch auf dich.«

»Gott bewahre.« Ich hörte das Lächeln aus seiner Stimme, blickte jedoch schnell zu dem Schlüssel in meiner Hand, weil in meinen Augen plötzlich Tränen brannten. »Ich kenn dich und weiß, dass du stark genug bist, das heute zu klären. Lass dir Zeit, deine Sachen zusammenzusuchen, ich warte unten im Foyer auf dich.«

Dann ging Tyler ohne weitere Worte in Richtung der Aufzüge. Ich war dankbar für den Raum, den er mir gab, erlaubte den Tränen, ihren Weg über meine Wangen zu finden. Atmete zitternd ein und aus. Was für ein wunderschönes, seltsames Gefühl, dass es Menschen gab, die man nicht um Hilfe bitten musste und die sie trotzdem gaben.

Ich hätte erwartet, mit jedem Meter, den wir uns Oswego näherten, angespannter zu werden, doch das Gegenteil war der Fall. Das Fahren brauchte genug meiner Aufmerksamkeit und

Konzentration, dass meine Gedanken nicht ständig zu meinen Eltern wanderten. Die restlichen Gedanken beanspruchte Tyler mit weiteren Geschichten seiner Vergangenheit. Ich hätte nicht gedacht, dass etwas das verpfändete Gebiss und das geliehene Kamel toppen könnte, doch vor knapp einer Stunde hatte ich erfahren, wie Tyler einen Tamagotchi-Contest für Kinder gewonnen hatte. Als Erwachsener. Sehr zum Missfallen der anwesenden Eltern.

Irgendwo zwischen Cortland und Syracuse hatte Tyler Hamilton eingeschaltet, und ich war entspannt genug, um sogar einige Songs daraus mitzusingen. Etwas, das ich mich früher in Anwesenheit anderer niemals getraut hätte. Meine Gedanken flogen zur Gala im Frühjahr und somit zum ersten Mal, dass Tyler und ich gemeinsam gesungen hatten. Knapp drei Monate war dieser Abend jetzt her. Wie konnte in der kurzen Zeit so viel passiert sein? Wie konnte ich nun hier sitzen als völlig anderer Mensch? Nein, nicht als völlig anderer, denn ich trug nach wie vor die alten Probleme mit mir herum. Und das musste ich heute ändern.

Ich fuhr am Country Club vorbei, der für mich als Kind immer die Landmarke gewesen war, die zeigte, dass wir fast daheim waren. Folgte dem Oswego River, an dem Quinn und ich als Kinder gespielt hatten. Die Sonne brachte das Wasser zum Glitzern, und die Wiesen und Bäume erstrahlten in sattem Grün, als hätte es gerade erst geregnet.

»Es ist schön hier«, sprach Tyler das aus, was ich gedacht hatte.

Ich nickte, nun doch zu angespannt, etwas zu sagen. Es war seltsam, auf den Straßen meiner Kindheit zu fahren. Zu sehen, was sich verändert hatte und was gleich geblieben war. Die kleinen weißen Häuschen, die den Beginn der Stadt markierten, waren sauber und gepflegt wie eh und je, doch das Internetcafé an der Kreuzung war neu. Dass im heutigen Zeitalter noch jemand ein Internetcafé eröffnete, brachte mich zum Lächeln. Ich konnte mir zu gut vorstellen, wie Mrs. Fry, unsere alte Nachbarin, dort an einem Tisch saß.

Ich bog links ab, und mein Herz klopfte im Takt des Blinkers, nur um schneller zu werden, als wir die Mohawk Street entlangfuhren.

»Wir sind fast da«, presste ich hervor und bemerkte, wie ich langsamer wurde, dabei brachte es rein gar nichts, Zeit zu schinden. Als ich das hellgraue Eckhaus mit den weißen Fensterläden und der sonnenüberfluteten, einladenden Veranda erblickte, atmete ich zitternd aus. Aus dem Augenwinkel sah ich, wie Tyler den Kopf zu mir drehte, doch er sagte nichts. Er war einfach nur da. Das Auto meiner Eltern stand in der Einfahrt. Sie waren also zu Hause.

Mein Fuß bebte, als ich auf die Bremse trat und hinter einem Ford am Straßenrand zum Stehen kam. Ich schaltete den Motor aus und saß, die Hände am Lenkrad, eine Weile still an Ort und Stelle. Dann wagte ich es, den Kopf zu drehen. Die Blumen am Rande der Veranda waren gepflegt, das Haus erweckte einen fröhlichen, sommerlichen Eindruck. Die rot-weiß-blaue Flagge zierte windstill den Zaun. Ich schluckte, als ich sah, dass Quinns Basketballkorb nach wie vor in dem kleinen Vorgarten stand. Beinahe erwartete ich, ihn aus der Tür rennen zu sehen, wie damals, als ich das erste Mal vom College heimgekommen war.

Tyler schien die Veränderung in meiner Miene bemerkt zu haben, oder aber er hatte eins und eins zusammengezählt, denn im nächsten Moment spürte ich die Wärme seiner Hand auf meiner Schulter.

»Ich bin da, okay?«

Ich nickte. »Ich bin so weit. Warten nützt auch nichts, ich geh am besten direkt rein und bring es hinter mich. Magst du mit reinkommen?«

Tyler schüttelte den Kopf. »Nein. Es sei denn, du brauchst mich?«

»Nein, ich schaff das schon, ich …«

Mein Atem stockte, als ich das weiße Schild sah. Die fetten schwarzen Lettern darauf brannten sich in meine Netzhaut, zersägten jegliche Zuversicht, die ich gerade noch gespürt haben mochte.

»Was zur …«

Wie hypnotisiert stieg ich aus dem Wagen, den Blick weiter auf das hölzerne Schild geheftet, das im Vorgarten steckte. *For Sale.*

»Nein«, hauchte ich. Das musste ein Irrtum sein. Vielleicht gehört es Mrs. Fry und war lediglich zu weit links gesteckt worden? Oder aber betrunkene Jugendliche hatten sich am 4. Juli einen Scherz erlaubt, und meine Eltern hatten es noch nicht entdeckt?

Die Angst vor der Konfrontation mit Mom und Dad war verschwunden und durch eine andere ersetzt worden: die, sie endgültig zu verlieren. Sie durften das Haus nicht verkaufen, es musste sich um ein Missverständnis handeln. Ich war hier aufgewachsen. Mit Quinn. Sicher würden sie nicht den Ort aufgeben, der sie mit ihm verband, oder?

Mein Blick schwenkte zum Basketballkorb, als könnte dieser mir die Kraft für das geben, was nun bevorstand.

»Ariana?« Tys Stimme drang zögerlich und dumpf durch den Nebel meiner Gedanken.

»Such dir ruhig ein schönes Café, in der Nähe der Kreuzung ist ein gemütliches. Das Haus ist grün, du kannst es eigentlich nicht verfehlen. Ich komm dann nach.«

Ich drehte mich nicht um, wartete seine Antwort nicht ab, sondern ging wie in Trance die Treppenstufen der Veranda nach oben. Ohne zu zögern, drückte ich die Klingel, die sich neben der vertrauten goldenen Plakette mit dem Namen Hunt befand. Es dauerte einen Moment, dann hörte ich schwere Schritte im Innern. Dad.

Die Tür wurde geöffnet, und ich hielt den Atem an. Die Augen meines Dads weiteten sich, dann lächelte er und zog mich in seine Arme. »Ariana, was für eine Überraschung! Was machst du denn hier? Bist du grad beruflich in der Gegend?«

»Nein.« Ich schüttelte den Kopf und trat einen Schritt zurück. Sah meinem Dad in die Augen. Ich durfte nicht schwach werden durch den freundlichen Empfang, die Umarmung, die Vertrautheit. »Ich bin hier, weil ich mit euch reden möchte.«

Das Lächeln meines Dads geriet ins Wanken. Vermutlich, weil er sich schon genau denken konnte, worüber ich sprechen wollte. Doch zu meiner Überraschung nickte er und trat zur Seite. Ich drehte mich noch einmal um, sah, wie Tyler ans Auto gelehnt dastand und mir einen Daumen nach oben zeigte. Dann folgte ich meinem Dad ins Innere.

Es war ein Wunder, dass ich noch atmen konnte, so dick, wie die Luft war. Dabei hatte ich noch gar nicht gesagt, weshalb genau ich hier war. Doch so grimmig, wie meine Mom schaute, konnte sie es sich denken. Mein Dad versuchte sichtlich, zwischen uns zu vermitteln, das Gespräch auf Belanglosigkeiten zu führen, doch das Unausgesprochene stand zwischen uns allen im Raum. Zeit, es auf den Tisch zu bringen.

»Ihr wollt das Haus verkaufen?« Meine Stimme zitterte vor unterdrückter Wut, und was als Frage gedacht war, kam als Anklage hinaus.

»Ja«, erwiderte Mom. »Und du hast kein Recht, wütend darüber zu sein. Wir haben dieses Haus gekauft, wir können es verkaufen.«

»Stimmt. Aber meinst du nicht, eine Memo wäre nett gewesen? Hier stehen auch noch Sachen von mir, ich bin hier aufgewachsen, ich … Warum verkauft ihr es?«

Mom zuckte mit den Schultern. »Du sagst doch immer, wir sollen unser Leben weiterführen. Damals wolltest du mit uns gemeinsam Quinns Zimmer umgestalten.«

»Debora …«, setzte mein Dad an, doch ich hob die Hand und sah meine Mom ungläubig an. War das der Grund?

Ihre Art, mit der Trauer umzugehen? Sofort fühlte ich mich schlecht, und ein flaues Gefühl breitete sich in meinem Magen aus. Denn sie hatte recht: Genau das hatte ich mir gewünscht. Nicht, dass sie das Haus verkauften, in dem ich aufgewachsen war. Aber wenn es das war, was sie brauchten, um weiterzumachen, wäre ich die Letzte, die ihnen Steine in den Weg legen würde.

»Das wusste ich nicht.« Ich schluckte, schämte mich für meine Reaktion draußen, als ich das Schild gesehen hatte. »Natürlich ist es euer gutes Recht, das Haus zu verkaufen, wenn hier zu viele Erinnerungen dranhängen.«

Tränen quollen in den Augen meiner Mom, und das schlechte Gewissen mischte sich mit der Erleichterung, dass der Streit in New York doch etwas bewegt hatte.

»Mom«, sagte ich und erhob mich, um sie in den Arm zu nehmen. »Ich weiß, wie schwer das ist, aber wenn es euch hilft loszulassen, ist es die richtige Entscheidung.«

Ich ging auf meine Mom zu und bemerkte zu spät das Kopfschütteln, mit dem sie mich bedachte. Erst als sie ihren Stuhl mit einem lauten Schaben zurückschob und aufsprang, hielt ich inne. Die Tränen liefen nun über ihr Gesicht.

»Wie kannst du nur!«, rief meine Mom.

»Debora, bitte«, versuchte mein Dad es erneut, doch sie wischte seinen Einwand mit einer fahrigen Handbewegung weg.

»Denkst du wirklich, wir verkaufen dieses Haus, weil wir Quinn vergessen wollen?« Wütende, rote Flecken erschienen auf ihren Wangen. »Wir könnten ihn niemals vergessen! Wir werden seinen Namen ganz sicher nicht beschmutzen, indem wir sein Zuhause leichtfertig hergeben!«

»Aber …«, begann ich perplex. »Was soll das Schild dann? Wieso steht das Haus zum Verkauf?«

»Wieso?« Meine Mom schluchzte auf, dann funkelte sie mich wütend an. »Du verstehst gar nichts, Ariana. Rein gar nichts.

Wie auch? Du sitzt in deinem schicken New Yorker Apartment und lebst dein Leben weiter, als ob nichts geschehen wäre.«

»Debora, es reicht!« Die Stimme meines Dads durchschnitt die Luft wie ein Messer, doch die Worte meiner Mom hatten schärfere Klingen, und jedes einzelne traf mitten in mein Herz.

»Denkst du das wirklich?«, fragte ich leise und schüttelte fassungslos den Kopf. »Weißt du, wie oft ich wach liege und an Quinn denke? Jeden Tag passieren Sachen, die ich ihm erzählen will.« Ich hob die Hand mit meinem Armband. »Jeden Tag rede ich mit diesem Ding, als würde es meine Worte auf magische Art und Weise zu ihm weiterleiten. Ich hab ihn auch verloren, Mom!«

»Aber du findest dich einfach damit ab!«

»Was soll ich denn sonst tun?«

Atemlos sah ich sie an. Wartete auf weitere verletzende Worte. Mein Herz schlug schneller als bei einem Marathon, meine Muskeln waren zum Zerreißen angespannt.

»Kämpfen, so wie wir! Dein Dad und ich tun alles, um zu verstehen, was passiert ist. Alles!«

Und dann fiel der Groschen. Sie wollten das Haus nicht verkaufen. Sie mussten. Mussten ihr Zuhause aufgeben, das Letzte, was sie mit Quinn verband, um irgendwelche Quacksalber zu bezahlen, die ihnen das Blaue vom Himmel logen.

Ich lachte leise und sah mich in dem Esszimmer um, in dem Quinn und ich früher gespielt hatten. Blickte zu dem gemusterten Teppich, dessen dunkelrote Fläche die Lava gewesen war, die wir nicht hatten betreten dürfen. Aus dem Fenster in den Garten, in dem wir Schneckenrennen veranstaltet hatten. All das warfen sie weg – und für was?

»Findest du das etwa lustig?« In der Stimme meiner Mom lag so viel unterdrückte Wut, dass ich es im Normalfall mit der Angst zu tun bekommen hätte. Angst, dass sie mich hasste, wenn ich weitersprach. Doch was für eine Rolle spielte es noch? Wir waren aus dem Ruder gelaufen. Jeder Einzelne von uns.

»Nichts von dem, was ihr tut, bringt ihn zurück. Begreift ihr das denn nicht?« Ich verschränkte die Arme vor der Brust, und plötzlich wirkte meine Mom nicht wie die Frau, die uns großgezogen hatte, sondern verloren und klein. »Diese ganzen Spuren, von denen ihr faselt – was haben die euch bisher gebracht? Textnachrichten, die ihr mir zum Vorwurf macht, als würde ich das selbst nicht schon jeden Tag tun. Namen irgendwelcher Freunde von Quinn, die ihm auch nicht helfen konnten. Was hofft ihr denn zu finden? Einen Schuldigen? Wollt ihr einen seiner Kameraden vors Gericht zerren? Wollt ihr, dass jemand hinter Gittern sitzt? Dass ich mich unter Tränen vor eure Füße werfe und um Vergebung bitte, dass ich nicht richtig auf seine Nachrichten reagiert habe? Geht es euch dann besser?« Ich fuhr mir über die Stirn, hinter der es zu pochen begann. »Wäre Quinn noch hier, er würde euch nicht wiedererkennen.«

»Sag das nicht.«

»Doch«, erwiderte ich klar und deutlich. »Und wisst ihr was? Wenn er uns drei jetzt sehen könnte, wie wir streiten, uns auseinanderleben, anstatt das Ganze zusammen durchzustehen, wäre er enttäuscht. Von jedem von uns.«

Meine Mom sagte nichts. Ich erkannte nur, dass meine Worte zu ihr durchdrangen, weil ihre Unterlippe zu beben begann. Dann drehte sie um und lief davon. Ich folgte ihr und hörte mit halbem Ohr, dass auch mein Dad von seinem Stuhl aufsprang.

»Du kannst nicht schon wieder vor allem weglaufen. Mom, das kann so nicht weitergehen!«

Ich folgte meiner Mom die Treppen hinauf, direkt ins Zimmer meines Bruders – und hielt inne, als mich der Schmerz wie eine Lawine überrollte. Fast ein Jahr war es her, dass ich diesen Raum zuletzt betreten hatte. Alles sah genau aus wie zuvor. Selbst sein Buch lag noch aufgeschlagen auf dem Schreibtisch. Mein Atem ging flach, und meine Brust schnürte sich schmerzhaft zu. Ich presste die Hand darauf und schloss die Augen für einen Moment, um mich zu konzentrieren. Das Schluchzen meiner Mom drang in mein Bewusstsein und ließ mich die Lider schließlich wieder öffnen. Dad saß mittlerweile neben ihr auf dem gemachten Bett. Hielt sie. Sah mich an, doch in seinen Augen erkannte ich keine Wut, sondern bloß Verzweiflung.

»Ich weiß einfach … nicht …, was ich tun soll«, brachte Mom unter Schluchzern hervor. Jetzt erst entdeckte ich das kleine Plüschkrokodil in ihren Armen. Quinn hatte es seit seiner Geburt, es im Laufe der Jahre aber in eine der hintersten Ecken seines Kleiderschranks verbannt. Es wegzuwerfen, hatte er sich dennoch nie getraut. Nun krallte meine Mom ihre Finger in das Stofftier, hielt es umklammert, als beinhalte es die Antwort auf ihre Frage. Als wäre ein Teil von Quinn inmitten des Stoffbezugs verschlossen. Tränen liefen über ihre Wangen, und Dad strich ihr beruhigend über den Rücken. Auch seine Augen waren feucht.

Wie oft hatten sie so dagesessen? In die Stille des Zimmers geweint, in der einst Quinns Lachen erklungen war? Nun füllte seine Abwesenheit jeden Quadratzentimeter des Raums, und der Schmerz lag über all den Erinnerungen, die wir gesammelt hatten. Es war zu viel. Zum zweiten Mal an diesem Tag bildeten sich Tränen in meinen Augen, und diesmal bemühte ich mich nicht, sie zurückzuhalten. Ich ging vor meiner Mom in die Knie, legte meine Hand auf ihr Bein, und als mein Dad seine auf meinen Rücken legte und mich enger zu ihnen zog, brach ich. Ich brach mit meinen Eltern, für meine Eltern, und indem ich brach, fühlte es sich an, als rückten all die kleinen Puzzleteile endlich an ihren richtigen Platz. Denn zum ersten Mal seit Quinns Tod hatte ich nicht das Gefühl, mit meiner Trauer allein zu sein. Zum ersten Mal trauerten wir gemeinsam, als Familie.

»Es tut mir leid«, brachte ich hervor. »Dass er weg ist, aber auch, dass ich nicht schneller reagiert habe.«

»Nein«, sagte mein Dad sanft und hob meinen Kopf an, so-dass ich ihn ansah. Auch über seine Wange rollten nun Tränen. »Du bist nicht schuld an dem, was passiert ist.«

Es war nicht das erste Mal heute, dass ich diesen Satz hörte, und doch wollte ich ihn aus dem Mund meiner Mom hören. Also wagte ich es und drehte den Kopf zu ihr. Mittlerweile war ihr gesamtes Gesicht von roten Flecken gezeichnet, und die Tränen rannen von ihrem Kinn auf das Krokodil, dessen Stoff sie dunkelgrün färbten. Sie hatte die Macht, mich mit nur wenigen Worten zu zerstören. Denn unter all der Wut, die ich meinen Eltern gegenüber verspürt hatte, hinter all den Streits steckte nur Liebe. Und diese Liebe machte verletzlich.

»Es tut mir leid, Ariana«, brachte sie heraus und wurde von weiteren Schluchzern geschüttelt. »Es tut mir so leid.«

Sie nahm meine Hand zwischen ihre, brachte sie an ihre Lippen und drückte einen Kuss darauf. Das Krokodil fiel von ihrem Schoß in meinen, doch das schien sie gar nicht zu bemerken.

»Natürlich bist du nicht schuld an Quinns Tod. Ich hätte das niemals sagen dürfen. Ich …« Sie schniefte. »Ich hab so verzweifelt nach einem Schuldigen gesucht. Bei der Navy, in Quinns Freundeskreis, habe sogar die Schule von früher kontaktiert, Lehrer gefragt, ob er gemobbt wurde. Ich wollte so dringend einen Namen, verstehst du?«

»Aber was hätte es denn geändert?«

Meine Mom stieß ein Geräusch aus, das Lachen und Schluchzen gleichzeitig war. »An seinem Tod? Nichts. Natürlich nicht. An der Schuld, die ich jeden Tag spüre? Alles. Quinn, du und dein Dad seid mir das Wichtigste im Leben. Quinn war mein Kind. Ich hab geschworen, ihn zu beschützen. Mit meinem Leben, mit allem, was ich habe. Und dann habe ich versäumt zu sehen, wie schlecht es ihm geht. Ich hab zugelassen, dass da irgendwas ist, was ihn so plagt, dass er lieber nicht lebt, als es weiter zu ertragen.« Ihre Schultern bebten, und sie presste die Augen fest zusammen, aus denen weiter die Tränen liefen. Dad zog sie enger zu sich. »Ich hab ihn im Stich gelassen. Dabei bin ich doch seine Mom. Ein Teil von mir ist mit ihm gestorben. Und jetzt habe ich bei dir schon wieder versagt.« Sie drückte meine Hand fester, legte ihren Kopf in meinen Schoß und schluchzte auf. »Es tut mir so leid, ich wollte das nicht. Ich wollte dir nie die Schuld geben. Natürlich bist du nicht schuld. Du bist mein Kind, Ariana. Ich liebe dich.«

Ich war nicht schuld. Da waren sie, die Worte, die ich hatte hören wollen. Doch es waren die letzten drei, die das Gewicht von meinem Herzen hoben, das dort so lang gelegen hatte. *Ich liebe dich.* Ich hätte nicht sagen können, wann ich diese Worte zuletzt aus dem Mund meiner Mom gehört hatte. Seit Quinns Tod nicht mehr.

»Danke«, krächzte ich. Zu mehr war ich nicht in der Lage, da mein Hals brannte, mein Herz raste – diesmal jedoch nicht vor Angst, sondern vor Dankbarkeit.

»Natürlich lieben wir dich«, sagte mein Dad und strich mir übers Haar. »Du bist das Wichtigste in unserem Leben.«

Meine Mom nickte und sah zu mir auf. »Zweifle daran nie, ja? Ich hätte es nie so weit kommen lassen dürfen … das Haus, wir … Ich wollte das alles nicht kaputt machen.«

»Es ist nicht so kaputt, dass wir es nicht repariert bekämen«, sagte mein Dad mit seiner üblichen Zuversicht.

»Ich hab euch nicht verdient.« Sie sagte diesen Satz mit einer solchen Überzeugung, dass auch das letzte Fünkchen Wut in mir verpuffte. Ich sah nicht länger die Frau, die sich Verschwörungen hingab, mit der ich stritt, sondern die, die ihr Kind verloren hatte und sich verzweifelt an alles krallte, das sie zusammenhielt. So verzweifelt, dass sie Menschen und Dinge in ihrer Umgebung mit sich zog.

»Doch, Mom. Hast du.« Ich wischte mir über die Augen und die Nase und versuchte, mich zu sammeln. »Aber es muss sich etwas ändern.«

Sie nickte. »Ich weiß. Eigentlich weiß ich das schon länger, aber … irgendwann bist du an dem Punkt, an dem du so viel von dir gegeben hast, dass du nicht mehr zurückkannst.«

Trotz allem musste ich lächeln. Wir waren uns wohl ähnlicher, als ich gedacht hätte, denn dieses Gefühl kannte ich nur zu gut. Es war der Grund, weshalb ich so lange bei Jared geblieben war. Ich hatte so viel Zeit, Liebe, Geld, Energie in ihn, unser Zuhause und die Beziehung gesteckt, dass ein Ausbruch unmöglich erschienen war. »Glaub mir, du kannst das. Und du bist nicht allein.«

»Wir schaffen das. Als Familie«, stimmte mein Dad zu und strich weiter beruhigend über den Rücken meiner Mom. »Ich rede mit ein paar Freunden … David hat mir von Anfang an von den Detektiven abgeraten. Er spricht nicht mehr mit mir, aber vielleicht …« Er hob die Schultern. »Vielleicht kann er uns aushelfen. Wir kennen uns seit Ewigkeiten.«

»Ich werde häufiger vorbeikommen«, versprach ich. »Und … ich fände es schön, wenn wir eine Familientherapie machen.«

Zu meiner Überraschung nickte meine Mom nach kurzem Zögern. Als ich das Ganze nach Quinns Tod vorgeschlagen hatte, war ich auf Ablehnung gestoßen. Dass ich meine eigene Therapie frühzeitig abgebrochen hatte, hatte meine Mom in ihrer Skepsis nur bestärkt.

»Ich glaube, das wäre schön. Auch, dich öfter zu sehen.«

»Dann kriegen wir das hin. Ich such gleich morgen Therapeuten raus und leg einen Kalender für uns an. Nach Mietwagen schau ich auch direkt, vielleicht gibt es ein Abomodell und …«

Das Schmunzeln meiner Mom ließ mich innehalten. »Das ist so typisch du«, sagte sie leise, und der Stolz in ihren Augen sorgte dafür, dass mein Herz sich zusammenzog. »Ich bin so stolz auf dich.«

Sie zog mich an sich, und dann saßen wir drei einfach da, auf dem Bett in Quinns altem Kinderzimmer. Die Tränen versiegten, der Schmerz blieb. Womöglich würde er immer bleiben, denn die Lücke, die Quinns Tod in unser Leben gerissen hatte, würde sich nicht einfach schließen lassen. Doch wenn wir zusammenhielten, würde sie uns auch nicht mehr in sich verschlingen. Und das war alles, was zählte.

29

TYLER

Ich presste Lily gegen die Hauswand des *Orchards* und versank in unserem Kuss. Hitze brodelte in meinem Bauch und auf meinem Rücken. Die New Yorker Sommersonne kitzelte meinen Nacken, und Lily krallte ihre Fingernägel in mein Shirt, um mich näher an sich zu ziehen. Ich ließ mich fallen, kostete sie voll und ganz aus, ging in ihrer Hingabe auf und gab ihr das zurück, was sie mir schenkte. Unsere Zungen fanden sich, tanzten diesen Rhythmus, den wir mittlerweile ziemlich gut beherrschten. Ihr sanfter Zitronenduft hüllte mich ein, ich drückte sie fester gegen die Wand, entlockte ihr ein lustvolles Keuchen und damit das Versprechen auf mehr.

Später.

Heute Nacht.

Morgen früh.

Immer.

»Braucht ihr ein Zimmer?«, hörte ich Shae hinter mir fragen. »Ariana lässt euch bestimmt in ihres.«

Ich löste mich von Lily, sie biss mir zum Abschluss in die Unterlippe, was einen heißen Schauer mein Rückgrat runterschickte. Direkt in meine Hose. Ich räusperte mich und stellte mich schräg hinter sie. Wir hatten uns alle vor dem *Orchard* verabredet. Shae und Cam waren gemeinsam aus der Agentur hergefahren. Es fehlten nur noch Evie und Casey, aber die hatten schon geschrieben, dass sie später kamen, weil sie eine Bahn verpasst hatten und auf die nächste warten mussten.

»Nein, wir kommen klar«, sagte ich.

Shae schüttelte den Kopf und öffnete die Tür für uns.

»Schön, dass du da bist«, hauchte ich Lily ins Ohr. Sie war noch im Training gewesen und von dort in die Kneipe gefahren, und ich war von der WG aus gekommen. Ich griff nach ihrer Hand und folgte Shae und Cam ins Innere.

Es war noch gut was los. Layla trug gerade ein Tablett mit Essen an einen der Tische, und Ariana bereitete hinter der Bar Getränke zu. Wir winkten den beiden zu und gingen zu unserem Stammplatz neben Audrey, die mal wieder gewachsen war und sogar eine kleine Blüte bekommen hatte.

»Wow, du wirst ja immer schöner«, sagte Shae und begrüßte die Pflanze, indem sie ihr über eines der grünen Blätter strich.

»Ich musste sie vor zwei Tagen umtopfen«, sagte Layla im Vorbeigehen. »Echt unglaublich, wie sie abgeht.«

Shae, Cam und Lily ließen sich auf den freien Plätzen nieder, ich blieb stehen und sah mich in der Kneipe um. Layla war gerade in der Küche verschwunden.

»Ich hol uns mal was zu trinken, dann hat Layla nicht so viel Arbeit, und so, wie es aussieht, ist Ari unsere Barfrau.«

»Ich nehm erst mal einen Kaffee«, sagte Shae. »Der Tag hat mich echt geschlaucht.«

»Dafür wirst du bald ein tolles Magazin in den Händen halten, das du erschaffen hast«, sagte Cam.

»Ja, aber es ist noch so viel Arbeit! Eigentlich müsste ich jetzt im Büro sein und …«

Cam räusperte sich, und Shae zuckte zusammen. »Ist gut, ist gut. Ich bin ja schon still.«

»Ein freier Abend wird dir nicht schaden.«

»Ich weiß. Bin nur so aufgeregt, wenn es endlich losgeht, und ich muss noch zwei Artikel schreiben.«

»Schaffst du«, sagte ich. »Der heutige Abend wird dir Kraft verleihen.«

»Oder mich komplett zerstören, wie nach unserer Feier am 4. Juli.«

»Dazu lassen wir es nicht kommen«, sagte Lily. Sie würde sowieso nur Wasser trinken. Nach wie vor hielt sie sich an ihren Trainings- und Ernährungsplan, um in die Form zu kommen, die sie im Frühjahr für die Bühne brauchte. Es war bewundernswert und ein klein wenig verrückt, wie akribisch sie alle Nährstoffe abwog und abstimmte. Ich könnte das definitiv nicht.

»Cam?«

»Für mich zum Einstieg einen Eistee, bitte.«

»Kommt sofort.« Ich ging rüber zur Bar. Ariana stellte gerade drei hausgemachte Limos auf ein Tablett und garnierte sie mit einer Scheibe Zitrone.

»Hi!« Sie kam um die Theke herum und nahm mich in den Arm. »Schön, dass ihr da seid.«

Sie deutete auf die zubereiteten Getränke. »Helf nur aus. Die letzten zwei Stunden war es so voll, dass Layla kaum hinterhergekommen ist. Aber jetzt wird es ruhiger. Ich bring das schnell an den Tisch, dann bin ich bei euch.«

»Keine Eile.«

Ich ließ mich auf einem Barhocker nieder und blickte Ariana hinterher. Unser Ausflug nach Oswego war eine Woche her. Als wir an jenem Abend zurück nach New York gekommen waren, hatten wir uns alle hier in ihrer Wohnung getroffen. Layla hatte uns den besten Eintopf der Welt gezaubert. Wir hatten uns zu fünft auf Aris Couch eingekuschelt, Netflix angeworfen, bis sie irgendwann vor Erschöpfung eingeschlafen war. Seither schien sie losgelöster und ein klein wenig fröhlicher, auch wenn noch ein sehr langer und anstrengender Weg vor ihr lag. Aber ich wusste aus eigener Erfahrung, wie es war, einen Schritt in die richtige Richtung zu machen. Mit Dr. Heisenberg hatte ich erst eine Kennenlernsitzung gehabt, doch die hatte bereits geholfen. Nicht genug, um Rhianna mit der nötigen Gelassenheit an jenem Tag im Büro zu begegnen, aber das würde ich hoffentlich bald können. Ich musste! Nächste Woche hatten wir das zweite Treffen, um die Verträge mit Green Touch Solutions zu unterzeichnen.

Die Tür zur Küche ging auf, und Layla kam raus. Ihr Blick schweifte über die Bar. »Hat Ariana die Getränke schon weggebracht?«

»Hat sie.«

Layla lächelte und stemmte die Hände in die Hüfte. »Sie ist echt unbezahlbar.«

»Wem sagst du das.«

»Danke«, meinte Ariana und kehrte zurück zu uns. Sie stellte das Tablett ab und schenkte Layla einen raschen Kuss. »Gibt es noch was zu tun?«

»Nein, fürs Erste sind alle versorgt, bis auf euch.« Sie deutete auf mich.

»Wir wollen nur was zu trinken. Evie und Casey müssten auch gleich kommen.«

»Ich mach das«, sagten Layla und Ariana gleichzeitig.

Ariana schmunzelte. »Räum du die Küche auf, wenn du magst. Ich behalt das hier im Blick.«

Layla griff nach ihrer Hand, drückte sie und hauchte ein leises Danke. Sie ließ uns wieder allein, während ich die Bestellung an Ari weitergab.

Sie bereitete zuerst die kalten Getränke vor. »Nächste Woche fahre ich übrigens für drei Tage zu meinen Eltern. Ich hab eine Liste mit Therapeuten erstellt, und wir wollen die ersten ken-

362

nenlernen. Außerdem wollen wir über das Haus sprechen. Dad konnte es zum Glück vom Makler zurückziehen und sich Geld leihen, um die offenen Rechnungen zu begleichen. Wir wollen aber auch gleich einiges renovieren. Quinns Zimmer braucht einen neuen Anstrich, genau wie meins. Das Dach sollte erneuert werden, und die Heizung ist nicht mehr die modernste.«

»Klingt nach einem guten und gesunden Plan.«

»Ich glaube auch. Vielleicht können wir alle im nächsten Sommer dort Urlaub machen. Die Gegend ist wunderschön. Wir können im See baden, die Natur genießen, wandern gehen. Gibt ein paar richtig schöne Wege.«

»Ja! Am besten einen Berg hoch. Ich rieche einen weiteren Wettbewerb, wer als Erster ankommt.«

»Es geht bei manchen ziemlich steil nach oben.«

»Herausforderung akzeptiert.«

Ariana hob eine Augenbraue und musterte mich.

»Ja, ich weiß. Du wirst natürlich gewinnen. Lass mich träumen, okay? Bis zum nächsten Jahr hab ich genug Zeit, fit zu werden, außerdem hab ich ja jetzt eine tolle Trainerin an meiner Seite.« Ich deutete auf Lily, die gerade über irgendwas lachte, das Cam erzählte. Ich grinste mit, und schon stieg wieder diese Wärme in meinem Bauch auf, die ich so oft in ihrer Nähe vernahm.

»Sie tut dir gut«, sagte Ariana.

»Tut sie.«

Sie warf einen kurzen Blick auf die Tür hinter sich. Durch das runde Fenster sahen wir Layla drinnen herumwuseln und aufräumen. Ariana lächelte und packte die ersten Getränke auf ein Tablett. »Den Kaffee für Shae bring ich gleich an den Tisch.«

»Danke.« Ich nahm die Sachen und lief zurück zu unserem Platz. Kaum hatte ich alles verteilt, kamen Evie und Casey zur Tür rein. Evie hatte rote Wangen und wirkte ein wenig gehetzt, und Casey lächelte gelassen. Das einzige Mal, dass ich ihn nervös erlebt hatte, war, als wir sein Penthouse betreten hatten. Er hatte uns später erzählt, dass sich Leute manchmal komisch benahmen, wenn sie herausfanden, wie viel Geld er besaß, und deshalb auch schon Freundschaften in die Brüche gegangen waren.

»Die Fahrt hierher hat mich echt alle Nerven gekostet«, sagte Evie und setzte sich mit einem lauten Seufzen neben Audrey. »Erst haben wir die Subway verpasst, dann musste die nächste mitten im Tunnel anhalten, weil irgendwas ausgefallen ist, und beinahe hätte mein Sitznachbar eine Panikattacke bekommen. Aber Casey konnte ihn beruhigen.«

»Er hatte nur etwas Platzangst.«

»Oh Gott, mein absoluter Albtraum«, sagte Shae. »Ich fahr vielleicht doch keine Subway mehr.«

»Ich laufe auf keinen Fall mit dir durch die ganze Stadt«, sagte ich und verteilte die Getränke. »Es reicht schon, wenn ich mit dir die Treppen hoch in die Agentur nehme.«

»So was passiert ja normalerweise auch nicht«, sagte Lily. »Die Subway ist ein recht sicheres Verkehrsmittel.«

»Was wollt ihr trinken?«, hörte ich Ariana hinter mir fragen. Sie stellte den Kaffee vor Shae ab und hatte noch eine Karaffe mit Wasser für alle dabei.

»Das reicht erst mal, danke!«, sagte Evie und goss sich ein. »Ich verdurste, und warum ist es schon wieder so heiß draußen?«

»Könnte am Sommer liegen«, sagte ich und ließ mich neben Lily nieder. »Ist aber nur 'ne Vermutung.«

»Klugscheißer«, sagte Evie. »Auf Caseys Dachterrasse geht immer ein Lüftchen, da merkt man das nicht so.«

»Das stimmt.« Er goss sich ebenfalls von dem Wasser ein und lächelte Evie an. Sie rutschte im Stuhl ein Stück nach unten. Zwar wirkte sie wesentlich entspannter in seiner Nähe, aber es war ihr anzusehen, wie sehr sie das Zusammensein mit ihm überforderte. Bisher hatte sie drei Nächte bei ihm verbracht, uns aber sofort am nächsten Morgen erzählt, dass nichts gelaufen sei und sie sich nur umarmt und geküsst hätten. Ich freute mich für sie. Casey schien der Typ Mann zu sein, den sie brauchte. Ruhig, geerdet, geduldig und ziemlich vernarrt in sie.

»Auf diesen Abend«, sagte Lily und hob ihr Glas Wasser.

»Cheers.« Wir stießen an, und ich lächelte, weil ich es liebte, mit meinen Freunden zusammenzusitzen. Hier an dem Ort, an dem alles angefangen hatte.

Auf einmal zuckte Shae zusammen und fasste in ihre Tasche.

»Alles klar?«, fragte ich.

»Hab vergessen, mein Handy lautlos zu stellen.« Sie zog es heraus und sah auf den Sperrbildschirm, wo die Vorschau einer Mail aufleuchtete.

»Du wirst das jetzt nicht lesen«, sagte ich.

»Ja, reiß dich zusammen«, sagte Ariana.

»Meint die Frau, die quasi in der Agentur wohnt und nur an ihre Arbeit denkt«, erwiderte Shae.

»Hey, ich bin viel besser geworden«, sagte Ariana. »Ich hab heute noch nicht … Ist alles in Ordnung? Du guckst so ernst.«

Statt das Handy wieder wegzulegen, entriegelte Shae das Telefon und rief ihre Mails auf.

»Das glaub ich nicht.«

»Was ist? Geht es Em gut?«, fragte Cam sofort.

»Ja, hat nichts mit ihr zu tun.« Sie schluckte und blickte mich an. »Sondern mit Green Touch Solutions.«

Mir wurde mit einem Schlag eiskalt. »Was?«

»Checkt … vielleicht am besten eure Mails. Die ging auch an Ari und dich.«

Ich nahm mein Handy aus der Tasche, genau wie Ariana. Als ich die Mail-App aufrief, trudelten erst mal die ganzen Nachrichten vom Tag ein. Und dann kam eine von Owen. Sie war mit einem roten Ausrufezeichen versehen und an Zoey, Ariana, Shae, Hannah, mich und Paul gerichtet.

Im Betreff stand: »Sofortige Aufhebung der Zusammenarbeit mit Green Touch Solutions.«

Ich hielt die Luft an, mein Herz begann zu rasen.

»Hallo zusammen«, las Ariana vor. »Gerade habe ich die Zusammenarbeit mit Green Touch Solutions gekündigt. Hannah: Bitte zieh den Artikel für den Blog zurück, den du bereits geschrieben hast. Zoey: Falls Anrufe diesbezüglich bei dir landen, stelle sie sofort zu mir durch. Ich kläre das direkt. Ty: Bitte cancle alle Termine, die noch zwischen Rhianna, Pete und mir angedacht waren. Paul: Lösch die App *Funvironment* von den Agenturrechnern. Privat darf sie natürlich jeder gern weiter nutzen, aber ich möchte sie nicht mehr geschäftlich unterstützen. Shae: Alle Anzeigen, die Green Touch Solutions in deinem Magazin gebucht hat, werden durch andere Sponsoren ersetzt. Danke an euch alle, Owen.«

»Aber er hat sich doch erst vor Kurzem mit Rhianna und Pete getroffen, um alles festzuzurren«, sagte Ariana.

»Hat er«, sagte ich und erinnerte mich an den grauenhaften Termin vor einer Woche.

»Und er ist so begeistert von der App.«

»Ist er.«

»Was hat das zu bedeuten?«

Ich blickte Shae an, blinzelte, versuchte, diese Nachricht zu verarbeiten. Sie sickerte nur langsam zu mir durch, und ich war mir nicht sicher, ob mir die Antwort darauf gefiel oder nicht.

Mein Handy vibrierte, und eine weitere Mail trudelte ein. Wieder von Owen. Dieses Mal nur an mich gerichtet: »Tyler. Die Auflösung mit Green Touch Solutions kommt vielleicht etwas plötzlich, aber ich habe mir lange Gedanken gemacht und halte es für das Beste. Für die Agentur und für dich. Ich weiß nicht, was zwischen dir und Rhianna vorgefallen ist, und es geht mich nichts an, wenn du nicht darüber sprechen willst. Falls doch, steht dir meine Tür offen. Immer. Ich möchte, dass du dich wohlfühlst, und das tust du nicht mehr, seit wir diesen Deal aushandeln. Mach dir bitte einen schönen Abend, und sei dir sicher, dass Greenwood & Steele für dich da ist. Bis Montag, Owen.«

Ich schluckte trocken, las die Mail ein weiteres Mal, weil ich nicht glauben konnte, was da stand.

»Ty?«, fragte Shae.

»Ja, ich bin … das ist … Er hat es wegen mir gemacht.« Shae und ich tauschten einen intensiven Blick aus, und es war, als würde etwas in mir brechen. Etwas Altes und Hässliches, das ich die ganze Zeit in mir dringehalten hatte. Mein Herz pochte so heftig, dass ich das Blut in meinen Ohren rauschen hörte. Das Bild von Rhianna erschien wieder vor mir. Dieses Mal nicht in unserem alten Büro, sondern vor dem Meeting mit Owen. Der Kaffeeunfall, der Gang zur Toilette, ihr Versuch, alles mit Normalität zu überdecken, und ihre Anmache. Owen hatte seither nicht mit mir über den Vorfall gesprochen. Er hatte einfach nur beobachtet. Die ganze Zeit.

»Ich bin …« Weiter kam ich nicht, denn mein Handy klingelte und zeigte mir den Namen, den ich am allerwenigsten in meinem Leben sehen wollte.

Rhianna Priceton.

Das war das erste Mal, dass sie mich anrief.

»Oh nein, das glaub ich jetzt nicht«, sagte Shae, die es ebenfalls sah. »Da wirst du auf keinen Fall rangehen.«

»Sie will bestimmt wegen der Auflösung sprechen.« Mein Innerstes bebte, während ich auf den Bildschirm blickte. Die Buchstaben verschwammen vor meinen Augen. Ich hörte auf zu atmen, zu denken, aber leider nicht zu fühlen.

Die Angst vor ihr war da.

Ständig.

Sie verfolgte mich wie ein Bluthund, biss sich an meiner Ferse fest und zerrte seither an mir herum.

»Blockier sie am besten gleich«, sagte Shae. »Oder ich mach das für dich.«

Sie wollte mir das Handy wegnehmen, aber ich ließ es nicht zu. Ich atmete durch zusammengepresste Zähne ein und sah in die Runde. Mir kam es vor, als würden alle mit mir den Atem anhalten. Cam, Evie, Casey, Ariana, Lily. Shae. Nur sie wusste bisher, was mit Rhianna und mir passiert war. Sie und Dr. Heisenberg.

Ich schluckte, während mein Telefon klingelte. Es klang aggressiv und drängend, genau wie Rhianna. Am liebsten hätte ich das getan, was Shae mir riet, aber wenn ich jetzt kuschte, wo sollte das enden? Ich konnte doch nicht ständig wegrennen.

Also drückte ich den grünen Hörer und nahm das Gespräch an.

»Tyler«, erklang Rhiannas kalte Stimme. Sie war wütend, ich hörte es.

»Ja.«

»Ich habe soeben eine Mail von Owen Greenwood bekommen. Er will die Zusammenarbeit mit uns auflösen?«

»Ja.«

»Wie kommt er denn bitte darauf? Wir waren uns über alle Punkte einig! Greenwood & Steele sollte auf der Startseite unserer App gefeaturt werden. Wir haben die Anzeige schon eingespielt.«

Unserer App. Nicht meiner. Alles gehörte ihr.

Ich schloss die Augen. Ihre Stimme dröhnte laut in meinem Inneren und rief die Bilder der Vergangenheit wach. Sie und ich. Allein. In ihrem Büro oder der Kaffeeküche. Ihre Hand auf meiner Brust, in meiner Hose, ihr warmer Atem auf meiner Haut, ihre Worte auf meinem Herzen.

»Was soll das?«, fuhr sie fort. »Diese Zusammenarbeit ist für uns beide sinnvoll. Wir haben viel Arbeit reingesteckt und zählen auf die Kampagne durch die Agentur.«

Ich zuckte zusammen, riss die Augen wieder auf und merkte, wie ich zitterte. Wie alles in mir dorthin zurückkroch, wo Rhianna mich einst hingeschickt hatte. An diesen dunklen komischen Ort, wo ich nicht ich selbst war. Wo dieser verängstigte Teil von mir existierte, der durch ihre bloße Anwesenheit traumatisiert war.

»Ich verlange eine Erklärung!«

Ich atmete ein weiteres Mal ein. Shae legte eine Hand auf meine Schulter.

»Dann solltest du Owen anrufen, nicht mich«, sagte ich schließlich. »Er ist der Geschäftsführer.«

»Hast du etwas damit zu tun?«

»Wie kommst du darauf?«

»Ist es irgendeine billige Rache, weil wir *Funvironment* derart erfolgreich gemacht haben? Ohne dich. Willst du ein Stück vom Kuchen?«

»Wow. Klar doch. Ich sabotiere das Geschäft mit dir und unserer Agentur, weil ich deinen Erfolg nicht ertrage.«

»Warum denn sonst? Und sag mir jetzt bitte nicht, dass das mit dieser alten Sache zwischen dir und mir zu tun hat.«

Ich ballte die Hand fester um das Handy. »Alte Sache? So bezeichnest du das?«

Sie schnaubte. »Dann hab ich recht? Welchen Mist hast du Owen erzählt?«

Ich wollte auflegen. Ich *sollte* auflegen, aber ich konnte nicht. Meine Hände waren zu verkrampft, mein Herz zu eng.

»Das mit uns hat überhaupt nichts mit den Verträgen zwischen dir und Greenwood & Steele zu tun«, sagte ich.

»Hat es das nicht? Warum warst du dann so nervös, als wir neulich bei euch waren? Du hast dich benommen wie der Praktikant, der zum ersten Mal an einem wichtigen Meeting teilnehmen darf, und sogar eine meiner besten Blusen versaut. Oder hält Owen dich so klein, dass er dir normalerweise solche Aufgaben nicht zutraut? Du hast doch so viele Talente, Tyler. Du solltest Owen auf die Art überzeugen, wie du mich überzeugt hast.«

»Was zum Teufel willst du damit sagen?«

»Das weißt du genau.« Sie senkte die Stimme. Das hatte sie früher immer getan, wenn sie mich angegraben hatte. »Er fährt doch auf Männer ab, oder hab ich das falsch verstanden?

369

Machst du es bei ihm genauso wie bei mir? Bietest du dich ihm an? Flirtest du mit ihm und …«

Ich schlug hart mit der freien Hand auf den Tisch. So laut, dass sogar Rhianna innehielt.

»Ich habe nicht mit dir geflirtet! Nie! Verdreh nicht wieder die Tatsachen.«

»Ich bin nicht diejenige, die irgendwas verdreht, du stellst deine privaten Probleme mit mir übers Geschäft. Aber das war schon immer so mit dir. Du hast mich umschmeichelt, nur damit ich dir gestatte, deine App zu entwerfen.«

»Eine App, die dir Gewinne in Millionenhöhe einspielt!«

»Was nicht allein dir zu verdanken ist, sondern unserem Marketing.«

»Dann freu dich darüber und lass mich in Frieden.«

»Du tust dir gerade keinen Gefallen, Tyler. Du bist nur ein kleiner Fisch in einem Becken voller Haie. Du magst dich auf deinem nichtssagenden Assistentenjob verkrochen haben, aber du wirst dennoch daran scheitern. Weil du nicht genug Biss hast. Weil du keine Ahnung hast, wie man im Geschäft siegt. Dir fehlt es an Durchsetzungskraft und Mut.«

Ich atmete durch. Mir war schwindelig und kotzübel. Ich hatte keine Ahnung, ob jemand in der Bar etwas von dem Gespräch mitbekam, und es war mir zum ersten Mal egal. »Du hast recht. Ich hab den Schwanz eingezogen und bin nach New York gezogen, weil ich nicht den Mut hatte, dir gegenüberzutreten.«

Owens Worte aus seiner Mail kamen mir in den Sinn. Sein Angebot zu reden, seine stille Entscheidung, die Zusammenarbeit aufzulösen, nur weil er gemerkt hatte, wie schlecht es mir ging.

»Und damit ist jetzt Schluss. Ich hab genug von dir. Ich hab genug davon, dass du dich schon wieder in mein Leben drängst und denkst, du könntest mich behandeln, als wäre ich dein Eigentum. Das ist vorbei, Rhianna! Wenn du Fragen zur Agentur hast, wende dich an den Mann, der sie leitet, und lass mich gefälligst in Frieden.«

»Du wirst nicht so mit mir sprechen.«

»Ich hätte schon viel früher so mit dir sprechen sollen, aber ich war ein Feigling und ein Narr.« Ich schloss die Augen, lauschte auf mein hämmerndes Herz und meinen rauschenden Atem. »Ich mag nicht verhindern können, mit wem du Geschäfte machst, und vielleicht laufen wir uns mal wieder über den Weg, aber privat will ich nie mehr von dir hören. Ich bin fertig mit dir. Endgültig.«

»Du …«

Ich nahm das Handy vom Ohr und legte auf. Einfach so. Mein Magen krampfte, ich hatte einen bitteren Geschmack auf der Zunge und war mir nicht sicher, ob ich Audrey, wie Evie damals, auch gleich mit meiner Kotze düngte.

Ich blickte zu Shae, die Tränen in den Augen hatte. Zu Lily, die sanft nickte und mich still fragte, was ich brauchte. Zu Evie, zu Ariana, zu all meinen Freunden, die sich um mich versammelt hatten und gerade Zeugen und Zeuginnen davon geworden waren, wie ich das Monster aus meiner Seele gerissen hatte. Nun lag es vor mir auf dem Tisch in all seiner Hässlichkeit.

»Ich …«

Das Handy klingelte ein weiteres Mal. Es war wieder Rhianna. Ich schnaubte, drückte sie weg und sperrte auch gleich ihre Nummer. Es fühlte sich befreiend, richtig und längst überfällig an.

Shae gab ein zustimmendes Brummen von sich.

»Ich könnte jetzt echt einen Drink gebrauchen«, sagte ich. »Einen starken.«

»Ich geb dir einen aus«, sagte Shae. »So viele du willst.«

Ich ergriff ihre Hand, drehte sie herum und küsste ihre Finger. »Danke«, hauchte ich, weil ich das eben nicht ohne sie geschafft hätte. Ohne sie alle. »War vermutlich schräg, diesem Gespräch zu lauschen. Tut mir leid, Leute.«

»Spielt keine Rolle«, sagte Casey. »Lass uns lieber feiern, dass du gerade über deinen Schatten gesprungen bist. So wie es sich angehört hat, war der ziemlich dunkel und ziemlich groß.«

»Du hast ja keine Ahnung.«

30
EVIE

Freitag, 16. August

Ich drehte mich vor dem großen Spiegel in Caseys Ankleidezimmer und prüfte mein Outfit. Eine kurze weiße Jeanshose,
ein fließendes Top in Bordeaux, das mir genug Platz um den
Bauch ließ, oben aber enger geschnitten war. Dazu würde ich
meine neuen Lieblingssandalen tragen, die ich vor einer Woche in Soho gekauft hatte. Wie ich mit Zufriedenheit feststellte,
füllte sich nicht nur mein Herz jeden Tag mehr mit dem New
Yorker Flair, sondern auch mein Kleiderschrank. Seit einem halben Jahr lebte ich nun in dieser fantastischen Stadt, hatte die
besten Freunde gefunden, die ich mir vorstellen konnte, und
durfte mich selbst verwirklichen.

Ich war angekommen in einem fremden Land, das mir von
Tag zu Tag vertrauter wurde. So ähnlich wie der Mann, der mich
gerade mit einem breiten Grinsen vom Türrahmen aus musterte.

»Fertig?«, fragte Casey.

»So halb. Ich überlege, ob ich dieses Top anlasse oder lieber
das beigefarbene nehme und dazu die orangene Strickjacke.«

Ich drehte mich noch mal vor dem Spiegel und sah, wie Casey mich dabei musterte. Mit diesem Ausdruck aus Bewunderung und Zuneigung. Es machte mich nach wie vor nervös, ihm näherzukommen. Wir küssten uns viel – weil ich das sehr mochte – und kuschelten noch mehr.

Manchmal berührte er mich sanft, streichelte meine Arme, mein Dekolleté, und gestern hatte ich ihn zum ersten Mal meine Brust berühren lassen. Es war ein langsames Herantasten. Er drängte mich nie, achtete auf kleinste Regungen und hörte sofort auf, wenn ich mich nur ansatzweise verkrampfte. Nie hätte ich so etwas für möglich gehalten. Nach meinen Erfahrungen mit Sven war ich misstrauisch gewesen, denn er hatte mir zu Beginn auch versichert, dass es okay für ihn sei, wenn wir keinen Sex hatten. Aber er hatte es immer wieder probiert und schließlich die Geduld mit mir verloren. Diese Angst saß nach wie vor in mir, und ich fürchtete mich vor dem Tag, an dem Casey mir sagte, dass er keine Lust mehr auf mein Getue hatte.

Er trat von hinten an mich heran und legte seine Arme um meinen Oberkörper. Ich ließ mich gegen seine warme Brust sinken, atmete seinen wundervollen Duft ein und genoss den Halt, den er mir bot. »Wie viel Zeit hab ich noch?«

Er sah auf seine Armbanduhr. »Du solltest in zwanzig Minuten los.«

»Sicher, dass es okay für dich ist, nicht mitzukommen?«

»Das ist euer Ausflug. Ihr freut euch seit Wochen drauf.«

»Aber es fühlt sich komisch an, ohne dich zu feiern.«

»Machen wir ja später noch. Ich bereite mit Layla und den anderen alles vor und werde euch gebührend empfangen.«

Gleich würde ich mich mit Tyler, Ariana und Shae treffen, um die erste Ausgabe unseres Magazins auf der Staten-Island-Fähre zu feiern. Es war Shaes Idee gewesen, das zu machen, weil die Überfahrt auf ihrer New-York-Bucketlist stand und sie auf die Veröffentlichung mit der Skyline Manhattans vor sich anstoßen wollte. Später würden wir uns mit Cam, Lily, Layla hier bei Casey im Penthouse treffen. Layla hatte das *Orchard* extra früher geschlossen.

»Gott, es ist so aufregend.« Ich drehte mich herum, schlang die Arme um seinen Nacken und presste meine Lippen auf seine. Er schnappte hörbar nach Luft und ließ sich auf mich ein. Mittlerweile bekam ich fürs Küssen ein ganz gutes Gespür, und ich glaubte, besser darin geworden zu sein. Casey legte eine Hand zwischen meine Schulterblätter und drückte mich fester an sich. Ich schmiegte mich an ihn, küsste ihn intensiver. Das hier war mein Safespace. Hier fühlte ich mich wohl und geborgen und absolut sicher. Er strich sanft meinen Rücken auf und ab. Mir wurde warm im Bauch, im Herzen, meiner Seele. In meiner Mitte entstanden ein angenehmes Brennen und das zarte Verlangen nach mehr. Ich freute mich, dass mein Körper so auf ihn reagierte, dass ich Lust empfinden konnte, auch wenn sie sich nach wie vor hinter einer Mauer aus Angst verbarg. Aber es war ein Anfang und wer wusste, wohin es eines Tages führen würde.

Ich knabberte an seiner Unterlippe, entlockte ihm damit ein sanftes Stöhnen und ließ schließlich von ihm ab. »Schätze, ich sollte los.«

»Lässt du dieses Top an, oder nimmst du doch das beigefarbene?«

Ich trat einen Schritt zurück und betrachtete mich noch mal im Spiegel. Eigentlich mochte ich das andere einen Ticken lieber, weil es mir mehr Bewegungsfreiheit ließ. Ich griff an den Saum, zögerte einen Moment, und dann streifte ich es mir über den Kopf. Sofort bekam ich Gänsehaut, weil ich nun halb nackt vor Casey stand. Zwar trug ich noch einen BH, aber mein Bauch blieb frei. Der Bereich, den ich am meisten an mir verabscheute. Ich erinnerte mich an die Rooftop-Party, die ich vor ein paar Monaten mit Shae besucht hatte, als wir uns mit Cocktails bekleckert hatten und uns im Klo umziehen mussten. Shae hatte sich frei und ungeniert vor mir ausgezogen, während ich eine der Kabinen genutzt hatte.

Ich sah mich nicht im Spiegel an, sondern hielt den Blick fest auf Casey gerichtet, der mich voller Bewunderung musterte.

»Du bist wunderschön, Evie.«

Meine Wangen färbten sich rot, und ich biss mir auf die Unterlippe. »D-danke. Das ist gerade … ungewohnt für mich.«

»Zu viel?«

Ich schüttelte den Kopf und merkte, dass es stimmte. Es war schön, mich vor Casey auf diese Art zu zeigen. Vor allen Dingen, weil in seinen Augen dieses intensive Funkeln lag. Ich griff nach dem anderen Top und streifte es mir über. Sofort atmete ich wieder freier und entspannte mich, weil das definitiv mehr meine Wohlfühlkleidung war.

»Dann mal los.«

Exakt eine halbe Stunde später erreichte ich den Whitehall Terminal im Süden Manhattans, wo die Fähre alle dreißig Minuten ablegte. Die Sonne ging gerade unter und zauberte ihren orangeroten Schimmer über die Stadt. Wir hatten extra die Abendstunden gewählt, um das schönste Licht für unseren Ausflug zu haben.

Ich blickte mich nach den anderen um und wäre dabei fast mit einem Straßenkünstler kollidiert. Er war komplett blau angemalt und stand mitten im Weg rum. Dabei rührte er sich keinen Millimeter, hatte eine Hand in die Höhe gereckt, die andere auf seine Brust gelegt. Ähnlich wie die Freiheitsstatue.

»Hallo, mein Name ist Blue«, stand auf einem Schild.

»Tut mir leid.« Ich kramte rasch nach einem Fünf-Dollarschein und warf ihn in den Hut zu seinen Füßen. Dabei musste ich an Casey denken, der auch auf der Straße saß, aber nicht auf das Geld angewiesen war. Er selbst spendete viel und gab immer reichlich, wenn er einen Künstler auf der Straße sah. Leider hatte ich nicht mehr Bargeld einstecken.

Blue bedankte sich dennoch mit einem breiten Grinsen. Er nickte mir dankend zu und veränderte seine Position, stemmte nun die Hände in die Hüfte und blickte wie ein Eroberer über den Platz.

»Evie«, hörte ich Tyler hinter mir. Ich verabschiedete mich von Blue und eilte ihm entgegen.

»Hast du die anderen schon gesehen?«

»Da vorne am Kiosk.«

Ich blickte hinüber und entdeckte Shae und Ariana.

»Kaufen sie das Magazin? Ich bin so aufgeregt. Hab extra noch nirgends geschaut, um mich nicht vorab zu spoilern.« Natürlich kannte ich es digital in- und auswendig. Shae und ich hatten schließlich gemeinsam daran gearbeitet, und ich hatte jedes einzelne Bild abgesegnet, das darin abgedruckt worden war. Aber es war eine andere Sache, es gleich in echt in den Händen zu halten.

Shae quiekte freudig und drehte sich um. Sie sah mich, hielt das Magazin in die Höhe und rief laut meinen Namen.

»Ja!«, erwiderte ich und riss ihr die Zeitung förmlich aus der Hand.

Da war es. Auf Hochglanz gedruckt, mit bestem Papier und einem wunderschönen Cover von Dawn. Es stammte aus unserem Shooting bei der NYMSA. Shae und mir war von Anfang an klar gewesen, dass Dawn auf das erste Titelbild des Magazins musste. Die Fotostrecke an der Schule war schließlich ihre Idee gewesen und der Aufmacher für alles. Dawn hatte die Arme um sich geschlungen, das Licht streifte sanft ihren Körper, und im Hintergrund waren die Tänzer und Tänzerinnen der Schule aufgereiht. Rechts außen standen sogar Em und Alessia, die als Statistinnen eingesprungen waren.

»Hast du es deiner Schwester schon gezeigt?«, fragte ich und strich über die Titelseite. »Es fühlt sich so gut an!«

»Klar hat Em es entdeckt. Sie flippt daheim aus und hat all ihren Freundinnen Bilder davon weitergeleitet. Ich kann es gar nicht richtig fassen.«

»Ich auch nicht.« Aber ich hielt es in den Händen. Das hier

war nicht nur Shaes Werk, sondern auch meins. Hier lebten meine Bilder, hier lag so viel von mir zwischen den Seiten. Meine Leidenschaft, mein Ehrgeiz, mein Schweiß und meine Angst. Ich hatte so hart dafür gekämpft, in diese Stadt zu kommen und bleiben zu dürfen. Und nun stand ich hier und hielt die ersten Früchte meiner Arbeit in den Händen.

Ich drückte es fest an meine Brust und gab einen zufriedenen Laut von mir. »Das geb ich nie mehr her.«

»Musst du auch nicht, denn ich hab genügend Exemplare in der Tasche«, sagte Shae. »Ich werde nachher welche auf der Fähre liegen lassen.«

»Ihr seid großartig, Mädels«, sagte Tyler und küsste Shae auf die Schläfe. »Bin echt stolz auf euch.«

»Ich auch«, sagte Ariana, die für sich und Tyler ebenfalls eine Ausgabe gekauft hatte.

»Danke«, sagte Shae und grinste breit.

»Und das ist erst der Anfang.« Tyler blätterte mit strahlenden Augen das Magazin auf. »Ihr werdet noch viele weitere Ausgaben zaubern.«

»Werden wir«, sagte Shae und gab mir High five.

Das Horn der Fähre ertönte und gab uns zu verstehen, dass gleich eine anlegen würde.

»Wollen wir?«, fragte Ariana. »Ich hab uns eine Flasche Wasser als billigen Ersatz für Champagner besorgt, damit wir gleich anstoßen können. Leider ist es nicht erlaubt, Sekt mit auf die Fähre zu nehmen.«

»Holen wir dann bei Casey nach.« Ich klatschte in die Hände und schloss mich meinen Freunden an. Mit zahlreichen anderen Leuten betraten wir die Halle. Neben den Anzeigen für die Abfahrtszeiten war auch ein Infoscreen angebracht, wo gerade Werbung für *Funvironment* lief. Tyler stöhnte leise, als er es sah. Zwei Tage nachdem Rhianna bei ihm angerufen hatte, hatte er uns erzählt, was damals vorgefallen war. Mir hatte es bei jedem Wort das Herz zugeschnürt, und ich hatte ihn an jenem Abend bestimmt zwanzigmal in den Arm genommen. Auch Owen gegenüber hatte er einige Andeutungen gemacht, ihm aber die volle Geschichte nie erzählt. Er meinte, er wolle das erst in seiner Therapie aufarbeiten, aber wirklich gut ging es ihm damit nach wie vor nicht. Vor allen Dingen dann nicht, wenn er – wie heute – eine Anzeige seiner alten Firma sah. Er würde noch viel verarbeiten müssen, was dieses Thema anging, und wir würden ihm den Rücken frei halten.

»Da vorne geht es rein«, sagte Ariana und lenkte die Aufmerksamkeit so wieder auf unseren Ausflug.

Tyler lächelte ihr dankbar zu, atmete durch und hakte sich bei Shae unter.

Kaum hatten wir die Fähre betreten, suchten wir uns natürlich die besten Plätze hinten, damit wir beim Wegfahren die Skyline bewundern konnten. Es dauerte eine Weile, bis alle Passagiere an Bord waren, aber als das Horn ertönte und die Abreise ankündigte, wuchs meine Freude. Mir kam es vor, als würde ich in der letzten Zeit in diesem Gefühl baden, und oft musste ich mich selbst kneifen, um zu begreifen, dass dieses Leben real war.

Langsam tuckerten wir aus dem Hafen, der Wind nahm zu, und ich war dankbar, dass ich doch die Strickjacke eingepackt hatte, die ich mir jetzt über die Schultern zog.

Als wir die ersten Meter hinter uns gelassen hatten, zückte Ariana die Wasserflasche und vier Gläser aus ihrer Tasche. Sie verteilte sie unter uns und goss jedem ein. »Auf euch, Mädels. Und die erste Ausgabe von *Concrete Jungle*.«

Ich stieß mit Shae an, grinste von einem Ohr zum anderen und trank einen Schluck. Eine Woge aus Wärme und Glück schwappte durch mein Innerstes. Jeden Tag wachte ich in dieser Stadt auf und freute mich auf das, was mich erwartete. Jeden Tag war ich dankbar und erfüllt. Gestern erst hatte ich mit Christin geschrieben und ihr gesagt, wie froh ich war, dass sie mich damals in Köln dazu ermutigt hatte, mich bei der Agentur zu bewerben.

»Oh, ich muss ein Foto für zu Hause machen.« Ich reichte Tyler mein Glas, zückte das Handy und hob das Magazin hoch. Dann drehte ich mich so, dass ich mit der Skyline im Rücken ein Selfie von mir schießen konnte.

»Ihr anderen auch. Kommt näher.«

Tyler, Shae und Ariana streckten ihre Köpfe ganz dicht an meinen. Wir grinsten in die Kamera, während ich ein Bild nach dem anderen schoss.

»Schick sie mir«, sagte Shae. »Die hänge ich daheim auf.«

»Mach ich.« Ich drehte um, machte auch ein paar Fotos von Manhattan und atmete die frische Seeluft ein. Als ich fertig war, nahm ich von Tyler mein Glas wieder entgegen und hob es Richtung Stadt.

»Auf dich, New York City! Du wundervoller Ort, an dem alles möglich ist. Du bist unsere Bühne, auf der wir uns austoben dürfen.«

»Cheers«, sagte Tyler.

»Ich freue mich auf die Zukunft mit dir«, sagte Shae und hob ebenfalls ihr Glas.

»Mit den besten Freunden, die man sich vorstellen kann«, ergänzte Ariana.

Unsere Gläser klirrten aneinander, und die Abendsonne strich über die Wolkenkratzer. Der Stadt stand eine weitere schlaflose Nacht bevor, und vielleicht erfüllte sich da draußen auch gerade irgendjemand seinen Traum.

Ich hatte es auf alle Fälle getan.

DANKSAGUNG

Nicole:

Jetzt ist es vorbei! 😭

Anabelle:

Na ja, abwarten. Ideen hätten wir ja noch genug ...

Nicole:

Danke fürs Trösten, aber dieser Schmerz ist zu schlimm.

Anabelle:

Ich besorge dir Eis und Popcorn, so wie Ty es für Shae tun würde. Aber wo du schon Danke sagst ... Wollen wir uns bei ein paar Leuten bedanken?

Nicole:

Also erstens: Ich will dann auch einen Schokomuffin dazu, bitte!

Anabelle:

Notiert.

Nicole:

Zweitens: Ja! Wir sollten uns unbedingt bei ein paar Leuten bedanken. Ein riesengroßes Dankeschön geht an die Verlagsgruppe HarperCollins, die unserer Chaos-WG ein Zuhause gegeben hat.

Anabelle:

Danke vor allem an Anna und Pascalina, die die Geschichte genauso sehr lieben wie wir.

Nicole:

Und dem gesamten Marketing-Team. Ihr seid großartig.

Anabelle:

Oh ja, vielen Dank! Außerdem würde ich gern unseren Agentinnen Gesa und Kristina danken, die uns immer unterstützen. Quasi unsere Owens.

Nicole:

Definitiv! Danke für alles. Ebenfalls ein großes Danke an den wundervollen Alexander Kopainski, der auch dieses Cover gestaltet hat. Wir lieben es!

Anabelle:

Weißt du, was ich auch liebe? Die wunderschönen Illustrationen! Vielen Dank an dich!

Nicole:

Awwww. Gerne. Dieses Mal ohne nackten Tyler.

Anabelle:

Dafür werde ich mich nicht bedanken. Aber wem ich noch Danke sagen will: den wundervollen Menschen, die Shae, Ariana, Tyler und Evie ihre Stimmen geliehen haben. Danke an Pia, Henrike, Vincent und Nina!

Nicole:

Oh ja! Ihr seid großartig, und die Story, wie diese Zusammenarbeit entstanden ist, wird mir für immer ein Lächeln ins Gesicht zaubern.

Anabelle:

Mir auch! Zufall, Schicksal, man weiß es nicht. Auf jeden Fall wie in einer Hollywood-Serie.

Nicole:

Wie immer möchte ich mich auch bei unseren unfassbar tollen Freunden bedanken! Allen voran den PJs.

Anabelle:

Und bei Klaudia möchten wir uns noch bedanken. Sie hat unser Buch auf Herz und Nieren geprüft und uns jegliche Vertipper rausgefischt.

Nicole:

Danke auch an euch da draußen!

Anabelle:

Ja, danke an alle Leser und Leserinnen. Wir hoffen, die vier sind euch genauso ans Herz gewachsen wie uns. Und zuallerletzt natürlich danke an dich, Nicole. Ich könnte mir keine tollere Co-Autorin wünschen. ♡

Nicole:

Jetzt muss ich ja gleich wieder weinen! 😭 Ich danke dir ebenfalls von Herzen. Dieses Projekt mit dir zu schreiben, war eine wundervolle Erfahrung, die ich nie mehr missen möchte.

TRIGGERWARNUNG

Dieses Buch enthält Elemente, die triggern können.

Diese sind: Body Dysmorphia, Essstörung, häusliche Gewalt, sexuelle Belästigung, Tod.